独秀学术文库

# 身体·历史·都市·民族

## 新时期女作家群论

邱慧婷／著

社会科学文献出版社
SOCIAL SCIENCES ACADEMIC PRESS (CHINA)

"广西一流学科·中国语言文学"经费资助成果

"广西高校人文社科重点研究基地·桂学研究院"经费资助成果

"广西优势特色重点学科·中国语言文学"项目成果

首批"广西高等学校千名中青年骨干教师培育计划"项目建设成果

广西师范大学博士后科研阶段成果

2017年度广西师范大学博士科研启动基金项目建设成果

# 序

黄晓娟

20世纪80年代，中国的女性文学研究和文学的性别研究开始兴起，近40年来经过几代学人的努力开拓，取得了丰硕成果，已成为中国文学研究领域的热点和学术增长点。然而作为一门"新兴"学科，女性文学的研究依然面临不少问题。

首先是西方理论本土化的挑战。女性文学批评发轫之时，唯西方女性主义理论马首是瞻，埃莱娜·西苏、西蒙娜·德·波伏娃、艾德琳·弗吉尼亚·伍尔夫等的相关论述，成为当时女性文学研究的重要理论支撑。与具有相对独立性的西方女权运动不同，近现代中国的妇女解放运动与整体性的社会革命紧密结合，是中国社会现代化进程的一个组成部分，女性文学的涌现成为"科学"、"民主"及以"人道主义"为追求的新文化运动的主题变奏；80年代以来，当代女性文学创作的繁荣和女性文学研究的兴起，拓展出了中国女性文学发展的新天地，使中国大陆的女性文学创作与研究形成其独特性，盲目照搬西方女性主义理论，在开始阶段固然有助于"争一席之地"，但长此以往便造成中国当代女性文学创作实践与理论范式之间的背离，使女性文学研究走进狭隘的死胡同。

其次，女性文学创作和当代文学的其他构成一样，都是对中国历史与现实的书写，与时代、社会等人文环境紧密相关，女性文学研究与批评更是以整个文学观念的更新、思维的变革、视野的拓展等为重要依托。就当前女性文学已有的研究而言，对西方女性主义的介绍已取得一定的成就。马克思主义和女性问题的关联思考、后殖民视角下女性问题的考辨以及由女性问题牵连出的本质主义和非本质主义等哲学论题的新探索，不断丰富和提升着女性文学研究并使其走向更广阔的空间。在感受成绩的同时，我们发现当前的研究对女性文学创作中的本土资源、文化传统、民族特性等的发掘，仍然存在大有可为的空间。

尽管女性文学研究仍有很大的空间等待开掘，可喜的是越来越多的学人从更广阔、新颖和别致的角度审视女性文学的来路和发展。慧婷的新著《身体·历史·都市·民族——新时期女作家群论》便是这样的一个成果。它以宗璞、张洁、凌力、霍达、王安忆、王旭烽、铁凝、迟子建八位新时期女作家的创作为对象，从身体与历史、身体与都市、身体与民族三个角度展开论析，挖掘她们作品背后沉潜的中华民族文化传统脉络，关注新时期优秀女作家对国家话语和时代精神的回应，展现她们的创作对社会责任的自觉担当，凸显出鲜明的既立足性别又超越性别的研究视角，具有较强的创新性和探索性，是对既往同类研究的深化和创新。女性文学的研究很容易走入"性别"的误区。在我看来，性别是思考问题、发现问题和解决问题的立足点和途径，而不是目的和归宿。社会是不同性别人的集合，女性问题无法独立出来解决。《身体·历史·都市·民族——新时期女作家群论》立足性别思考问题，是"身体"意义的呈现，它在立足性别的基础上，又将关注的目光投放到"历史""民族"等领域，突出女性视角在探析解决这些问题中的独到价值，展现了论者较好的研究素养，也给女性文学研究和相关历史、民族研究等提供了有益的借鉴和参考，有较高的学术价值，是优秀的女性文学研究著作。

此外，该著还从"身体叙事"的视角对这些作家的创作个性和共性进行了深入考察，探讨国家话语、时代发展在作品身体叙事上的细腻呈现，体现出强烈的历史意识。将女性作家作品读进历史，把女作家的创作读进文学，而不是从历史中读出女性和从文学中发现女性，形成了该著学术价值的鲜明特色。不少女性文学研究成果在展现对女性问题的思考时，容易把女性从历史和文学中抛离出来，似乎女性面对的问题只是一个性别问题，窄化了女性文学研究，使女性文学研究走向固化和封闭，这是不利于女性文学研究深入开展的。新时期以来，文学创作出现了新的繁荣，作家与作品高度而又集中地闪现，文学界形成了多代作家同堂、共同书写中国社会历史与现实的局面。同时，中华民族源远流长的历史文化传统及众声喧哗的当下现实等，亦为当代女作家提供了丰富的写作资源，有利于不同代际作家不同文学风景的呈现。当前不同代际作家之间的传承与差异、共性与个性等研究方兴未艾，《身体·历史·都市·民族——新时期女作家群论》较好地注意到了这个论题，并加以开拓，这是有识见的，体现了慧婷在学术上具有的敏感。她研究的八位女作家其实形成了"20后"（宗璞）、"30后"（张洁）、"40后"（凌力、霍达）、"50后"（王安忆、王旭烽、铁凝）、"60后"（迟子建）五代作家代际传递的矩阵。通过细致考察这些作家对身体符号的选择和具体的身体呈现，深入研究她们之间的共性与个性，慧婷的研究更为直观地呈现出对女性文学创作的观察和思考，触及当代作家代际之间的传承和发展，展现了新时期女性创作的风采和代际传承。

借西方身体叙事理论之石攻新时期女性文学创作之玉的构想，慧婷早已和我提及，从起念到成书历经五年有余。书中涉及西方身体哲学的梳理、身体叙事理论及身体符号的在地化等，都取得了一定的创获。总体而言，她的这部著作论析细致，别有章法，既有对作家作品的犀利审视，也可见出对文学的热爱和灵性感悟，无论是对女性文学研究的理论建构，抑或西方身体理论的本土化，都做出了推进。我们期待她在未来的学术研究中取得更大的成绩。

是为序。

2019 年 7 月 16 日

# 目 录
## Contents

# 引　论

　　"身体叙事"脱胎于 20 世纪晚期西方"身体转向"的哲学背景，逐步走向多元，在社会学、美学、人类学、医学、文学等多个领域衍生出多种分支。于文学研究而言，"身体叙事"的价值不仅在于"身体意识"哲学思维的辐射，更在于"身体"隐喻功能的发掘。肉身性的肢体、动作、面目、欲望等身体元素是为能指，服饰、空间等亦是身体的延伸，具有强大的隐喻功能，对叙事的承转起合有着极其重要的作用，是塑造人物形象、还原历史现场、突出时代背景的关键场域。在具体文本中，"身体"的呈现有多种方式，它可以作为叙事核心弥合多条线索，也可以作为动力推动叙事的进行。"身体叙事"深受文本外宏观背景如国家话语、文艺政策、时代精神等的影响，并在其具体呈现中有所回应。

## 一　身体与文学

　　20 世纪 80 年代，"身体"引起了西方人文学者和社会学家的强烈关注。David Armstrong 的 *Political Anatomy of The Body*：*Medical Knowledge in Britain in the Twentieth Century*①，Don Johnson 的 *Body*②，Bryan S. Turner 的 *The Body and Society*：*Explorations in Social Theory*③，John O'Neill 的 *Five Bodies*：*The Human Shape of Modern Society*④ 以及 *The Communicative Body*：*Studies in*

---

① David Armstrong. *Political Anatomy of The Body*：*Medical Knowledge in Britain in the Twentieth Century*. London：Cambridge University Press, 1983.

② Don Johnson. *Body*. Beacon Press, First Edition, 1983.

③ Bryan S. Turner. *The Body and Society*：*Explorations in Social Theory*. London：Blackwell, 1984.

④ John O'Neill. *Five Bodies*：*The Human Shape of Modern Society*. New York：Cornell University Press, 1985.

*Comunicative Philosophy*, *Politics*, *and Sociology*① 等社会学著作相继出现，成为身体研究蓬勃兴起的标志，直接推动了身体研究成为欧美理论热潮，并持续至今。随着现代科学技术的发展，"身体"成为理解科学、技术与社会问题的新视角。当前对人们生活影响最为直接的现代科学技术和审美范式的建立，都围绕"身体"进行。随着研究的深入、扩大，围绕哲学、医学、美学、社会学、宗教学、政治学、历史学、文学甚至网络技术学等不同研究领域，身体研究分化成多个分支。

身体是物质的、可感的、性的。② 人类依靠身体攫取营养维持生命，只有肉身存活，思维才能运转。失去肉身的物质依托，人们的所谓精神、灵魂就成为不可存在之物。身体是人们与世界的中介，是人们理解世界的工具。只有通过身体的各种官能感觉，人们才得以认识世界、类比世界、同化世界，使不可见的、陌生的事物获得存在意义。只有通过身体和身体体验的类比扩展，人们才能对世界产生最基本的认知，如汉语用山头、山腰、山脚指示山的不同部位，即为他物的拟己化。身体是人类探究外界的出发点，也是终点。人类对世界进行的认知活动和知识的总结，根本目的在于增进人类的幸福感，身体是人类幸福最直接的承载者。现代社会所有号称更为便利的生活设施的根本目的就是为了身体生理性的舒适，从而产生心灵上的幸福感，身体是人类存在的终极意义。

身体的生理性是身体研究多种分支的客观基础，身体首先是可感的肉身性存在。"身体叙事"的重要立足点在于，身体不仅是一种生理生成，更是一种文化建构，社会赋予身体的各种特征及意义，如不同人群身体表现出的差异和界限，并不是社会分层的基础，而是社会分层的产物。身体既是个人隐秘的生存空间，也是社会公共生活的展示场所，不同社会阶层的文化深刻地烙印在身体上，直接参与身体的建构和管理。身体是文化的载

---

① John O'Neill. *The Communicative Body*: *Studies in Comunicative Philosophy*, *Politics*, *and Sociology*. Evanston: Northwestern University Press, 1989.

② 彼得·布鲁克斯在著作《身体活：现代叙述中的欲望对象》中曾解释他所谓"性的身体"并不仅仅指生殖性的身体，而是"将自己视为有性别的生命的观念"。这种观念与性别差异、出身和自我界定等问题互为因果，这里的"性"也并不简单属于肉体性的身体，而是属于在很大程度上决定身份的各种想象和象征的复合体。

体、历史的印记，也是整个社会的具身化隐喻。

文学创作与"身体"的深层关联亦是身体叙事研究的重要前提。首先，"我手写我心"，写作和阅读的是身体性的，作家和读者只有通过身体部件的协调劳动才能进行活动，是大脑在思考，是躯体在动作。身体才是文学的真正生产者。其次，从创作的角度而言，"文学即人学"。文学是个人色彩极为鲜明的艺术范式，作家唯有通过社会经验的内化和个人体验的他者化，并将其融合、呈现，才具备营造艺术风格的思想基础。而所谓个人体验本质即为身体经验。人作为社会关系的总和，身体时刻处于社会、文化、制度的规塑、训导中。在个人成长中，作家通过身体感知外部世界，并形成认知。自然环境与人文环境在个人身体上留下烙印，成为作家笔下独具风情的地域特色。再者，习俗、法律、道德等蕴含了一个民族文化传统的深潜和历史演变，亦须通过对身体的持续锻造、训导，才得以实现代际传承。"身体是事件之被镌刻过的表面。"① 当某种身体特征、体验在特定时期文学叙事中反复出现，即助推某种思潮的产生，如伤痕文学、知青文学等，都存在某种身体特征。身体的呈现是个人经验和集体记忆的凝结。在此意义上，文学作品中身体叙事的演变，是民族历史的另一种呈现方式。"特定的身体形式与展演被赋予的社会意义，往往会被内化，深刻影响个体对于自我和内在价值的感受。"② 个人通过身体习语的不停实践、演练来学习社会秩序、规范，逐渐形成个人价值取向和文化理念。然而，在大多数情形下，规训身体的根本目的是为了更好管理，其背后是个人对集体的服从，伴随对个体身体本能欲望的管束、压抑。深陷其中的身体不可避免地产生痛楚，进而导致思想上的撕裂。正因为在接受训练时产生的身体上的痛苦和思想上的撕裂，促成了作家对所处情境的反思和叛逆。如此种种成为作家个人独特的生命经验，影响着题材的攫取和表达，形成作品的特色和风格。只要作家对"人"进行探索，就无法回避"身体"，作家对人的思考，实际上也无法脱离对身体的本体意义的探求。身体是权力施展的场所，因而总与政治、时代、文化等问题互相纠缠。身体也是个人欲望、感性经验

① 杜小真：《尼采·谱系学·历史》，上海远东出版社，1998，第153页。
② 〔英〕克里斯·希林：《身体与社会理论》（第二版），李康译，北京大学出版社，2010，第79页。

展开的场所，它体现为身体的感性本能具有不可剥夺的言说自身的能力。作家通过身体经验写作，同时描摹的是另外的身体和身体体验。作家在作品的洞穴里向读者展示了无数身体，如何描绘身体、预设身体情境往往充分地体现着他对身体、性别的理解，以及他对个人与社会的关系乃至历史文化的思考。作家笔下描述的人类身体生老病死的种种情状，不仅承载了个人化的隐秘生命体验，同时蕴含着丰富的社会文化信息。

## 二　身体与叙事

从可能世界与现实世界的关系而言，文学创作是通过叙事虚构一个与现实世界相呼应的虚拟世界。只有通过塑造一个或者一系列跨越了作者、读者等现实身体的界限而具有普遍性的身体，文本中的虚拟世界才能与现实世界相联系。丹尼尔·庞德认为，现代艺术叙事的起点是个体对身份尤其是出身的想象与探求。"对叙事学的理解来说更重要的是认识到人的出生或命名这一身份的起点是距今较近的建构，而这一建构依凭于对人类生物学的理解。"[①]作家根据自己的身体情境或者是间接的身体经验在叙事的世界里创造了各种各样的身体，这些身体的流动推动着叙事的发展。叙事意义通过身体经验的呈现展开，同时成为现实的某种镜像。

罗兰·巴特较早将"身体"作为一种叙事学符号进行研究，他在《S/Z》[②]中提出文学作品甚至艺术表现中所有的象征都基于"身体"，多方论述身体作为叙事动力的作用，还阐释身体作为象征符号所具有的多重意味，提出了身体的修辞学意义、性别/色情意义、经济/政治象征意义等多维度身体象征意义。美国学者布鲁克斯（Peter Brooks）也曾在 *Reading for The Plot*：*Design and Intention in Narrative*[③]中运用精神分析方法描绘了激发、推动叙事的

---

① Daniel Punday. *Narrative Bodies*：*Toward A Corporeal Narratology*. New York：Palgrave Macmillan，2003，p. 29.

② Roland Barthes. *S/Z*. Paris：Editions du Seuil，1970.

③ Peter Brooks. *Reading for The Plot*：*Design and Intention in Narrative*. New York：A. A. Knopf，1984.

身体欲望动力学。在 *Body Work：Objects of Desire in Modern Narrative*① 中，布鲁克斯深化了身体与叙事关系的理论，认为无论是现代小说还是绘画摄影等艺术形式，其叙事展开的最主要动力是身体欲望，指出身体欲望是文本叙事逻辑的焦点，也是写作和倾诉的迫切推动力。叙事的过程就是多种形式将身体符号化、象征化、隐喻化的过程，而身体同时也是叙事的根源和意义的核心。

　　20 世纪早期苏联文论家米哈伊尔·米哈伊洛维奇·巴赫金的 "The Banquet，the Body and the Underworld"② 一文中对拉伯雷《巨人传》的阐释，亦是较早从身体视角进行的文本分析。巴赫金认为拉伯雷通过对狂欢节中种种怪诞身体（grotesque body）的描写实现了神圣的、精神性的、高尚的事物向低级的、肉体的、下半身的转化。如嘉佳美丽怀孕 11 个月，最后因在宴会上吃了太多肥牛肠生下巨人高康大；约翰修士宣称"甚至就连修道院钟楼的影子也能使人怀孕"，将"钟楼"作为"男根"的隐喻，对修道院中纯洁神圣精神活动的"讽刺"，将肉体和精神联系在一起，实现崇高精神活动的降格。巴赫金在对拉伯雷的研究中强调了身体与外部世界的勾连，"人们是通过自己的身体，在人体极端物质的活动和机能即饮食、分泌和排泄及性生活行为中，掌握和感觉物质宇宙及其元素的，他们正是在自己身上找到了那些东西，并且仿佛是在自己肉体内部由内而外地触摸着土地、海洋、空气、火及全世界的物质及其所有表现形态，并以此来掌握它。恰恰是肉体下部形象，更多地具有小宇宙意义"。③ 但巴赫金对"身体"意象的发掘受限于夸张怪诞的身体，分析重点也集中于身体的下半部分，并没有将叙事意义赋予普通身体。相对而言，罗兰·巴特在《S/Z》中对《萨拉辛》④

---

① Peter Brooks. *Body Work：Objects of Desire in Modern Narrative*. London：Harvard University Press，1993.

② M. M. Bakhtin. "The Banquet，the Body and the Underworld"，Pam Morris，ed.. *The Bakhtin Reader：Selected Writings of Bakhtin，Medvedev，Voloshinov*. London，New York，Sydney，Auckland：Edward Arnold，1994，p. 234.

③ 〔苏联〕巴赫金：《巴赫金全集》（第六卷），河北教育出版社，1998，第 390 页。

④ 巴尔扎克作品。波旁王朝 1830 年 6 月垮台，11 月《萨拉辛》写成。《萨拉辛》最初作为"幻想故事"收录于三卷本《哲学小说与故事》内。1842 年，巴尔扎克将作品总名定位为"人间喜剧"，《哲学小说与故事》改名为《哲学研究》。1835 年，巴尔扎克将其抽出，放入《巴黎生活场景》内。转引自〔法〕罗兰·巴特著《S/Z》，屠友祥译，上海人民出版社，2000，第 78 页。

的分析，倾向从某段身体叙事中阐发出身体的文化、政治乃至经济、医学的多维度象征意义，老人、少妇等非怪诞、普遍性的身体，也是身体解码的场域。"一个独特的客体占据了象征领域"，"据此客体，我们便具有某种权利去命名象征领域，获致描述象征领域之际所产生的某类愉悦，将某一充作特权者，授予象征系统。"① 罗兰·巴特所言独特的客体就是"人的身体"。《萨拉辛》作为解码身体符号象征意义"尝试"，给予了后来者极大的启发——身体叙事学正是建立在"身体"作为一种叙述修辞符号而具有丰富象征意义的前提之上。

2003 年丹尼尔·庞德在 *Narrative Bodies*：*Toward A Corporeal Narratology*② 一书中首次明确提出作为一种理论的"身体叙事学"。庞德在书中从现代身体观对小说叙事观的影响、身体对构建人物形象的影响、身体对情节发展的影响、身体对叙事场景的影响等方面详细论述了身体对文本叙事产生的巨大作用。"身体叙事"已成为文学研究新转向。近年来相关研究不断拓展身体叙事研究的深度和广度，但仍存在一些问题。

学界普遍认为身体叙事学是"以欲望的身体为切入点对经典叙事学的重新审视与有益补充"③。此处仍须对"欲望的身体"这一概念进行辨析。弗洛伊德提出身体欲望是艺术动力和美感产生的源泉，艺术是被压抑的性本能冲动即无法被满足的身体欲望在幻想中的满足，艺术作品的呈现是身体欲望无法被满足时的精神升华。作家通过对自己"白日梦"的伪装，在创作的过程中获得一种欲望实现的满足，也间接使读者在阅读过程中获得快感。彼得·布鲁克斯在一定程度上认同弗洛伊德关于欲望和艺术的学说，在《身体活：现代叙述中的欲望对象》一书中，将关注点集中于"性欲的身体"，因为"性爱的身体也许是最古老的身体"——人类最初在艺术上的很多尝试是表现多产的女性形体或者勃起的男性生殖器形象，也因为布鲁克斯的研究对象立足于西方艺术，而"作为欲望对象的身体是西方传统最初阶段的很多诗歌的主题"。但在声明自己的研究对象是性欲的身体的同

---

① 〔法〕罗兰·巴特著《S/Z》，屠友祥译，上海人民出版社，2000，第 336~337 页。
② Daniel Punday. *Narrative Bodies*：*Toward A Corporwal Narratology*. New York：Palgrave Macmillan，2003.
③ 欧阳灿灿：《当代欧美身体研究批评》，中国社会科学出版社，2015，第 253 页。

时，布鲁克斯仍强调了文学身体呈现的多种形式。"一部身体的历史，甚或关于文学里的身体的一篇透彻的概论，都必须追溯到起点，必须考虑到各种类型——英勇的，神圣的，苦难的，悲剧性的（结合面前三种类型），纵情享乐的（沉迷于肉体性），色情的，甚至垂死的"① 身体，而他选择性欲的身体并非对上述身体形式的否定，而是"我无法尝试这么多内容"。布鲁克斯论述中"性爱的身体"实际上并不仅限于"身体写作"中泛滥的两性关系，而是从"性欲"延伸至"认知欲"，以代指"从根本被构想为欲望的动因、媒介和对象，进而具有重要意义的身体"，其落脚点并非产生欲望的身体，而是作为欲望的对象身体如何被想象、被建构。

丹尼尔·庞德继续推进身体叙事学，强调身体不仅仅是物质的，也是文化的。身体始终处于一定的历史进程中。身体是历史的身体，是文化的身体。丹尼尔·庞德并非此观点的创始人，米歇尔·福柯的权力学说对此有更为深入的阐发。"人的身体位于这种不同权力构成之间的斗争中心，历史力量以某种方式作用于人的身体，并且也通过人的身体而发生作用，但这种方式却不能从一种总体的历史规律加以解释"。② 不同的是，米歇尔·福柯以现实案例为研究对象，探讨权力机制如何规塑个体，丹尼尔·庞德则聚焦于文本中的身体表达。他认为作为一种修辞符号的身体，被赋予了复杂的历史文化意义。布鲁克斯提出身体欲望是现代叙述的动力，也是叙述的核心和意义，执着于从多种角度向读者展示身体欲望的多种呈现和多重意义。丹尼尔·庞德探讨的则是，身体如何影响叙事。庞德认为，身体至少在叙事观念、人物、情节、场景四个方面影响着叙事的进行，实际上就是影响着整个叙事结构的建设，毕竟小说叙事的进行，很大程度依赖于写作者对社会历史文化的理解。写作者在叙事中表现身体的方式，如人物的塑造、叙述技巧的运用、结局的安排等，体现出的也是其对身体的理解和想象。作品中各种身体情境的呈现必然融入了写作者本人在现实生活中的种种身体经验。从某种意义上，作为一种象征符号被赋予历史文化意义的身体，和蕴含着丰富历史文化内容的文学叙事，具有一种同质

---

① 〔美〕彼得·布鲁克斯：《身体活：现代叙述中的欲望对象》，朱生坚译，新星出版社，2005，第6~7页。

② 〔法〕米歇尔·福柯：《尼采·谱系学·历史学》，《学术思想评论》1998年第4辑。

（consubstantial）的关系。"符号化的身体成为了叙述中的一个关键，存在着某些必然的因素，它承担了故事的重要意义，同时也再次伴随着故事的躯体化。"① 在具体的文学叙事中，身体充斥着整个叙事进程。身体之间的冲突、融和是叙事的动力；对特定身体的探究、认识的欲望引导着叙事的方向；身体也成为叙事展开的场域；甚至故事的意义也必须借助对身体的描写、叙述才得以呈现。"现代小说里除了身体，什么都没有。"

尽管弗洛伊德、彼得·布鲁克斯都认为身体欲望是艺术叙事的重要动力，但若以此来证明 20 世纪 90 年代中国"身体写作"和"身体叙事"的同一性则是一种曲解。有研究者认为"身体叙事"是 20 世纪晚期中国当代文学的一种创作现象，② 将其等同于 20 世纪 90 年代大量涌现的"身体写作""下半身写作"，或直接将"身体叙事"定义为"从对身体的感性认知出发，以女性的欲望、形体、感觉、想像等为写作的对象和修辞的方法，直率表达女性被压抑到无意识领域的各种经验的女性叙事文学"③，将身体叙事局限在女性写作。事实上并非身体叙事是女性写作的某种特征，而是女性主义是身体研究的一个组成部分，或者说女性主义运动的兴起及其后续研究，正是建立在"被建构的身体"等理论之上。类似的对"身体叙事"的理解本质上是西方理论在当代中国的本土化"嫁接"，既不利于"身体叙事"深广度的发展，也不利于女性主义研究的开拓。20 世纪 90 年代中国当代文学"身体写作"虽立足于"身体"尤其是"欲望身体"和"女性身体"，是对一种特定的文学现象的概括，并未建立起一种系统的、具有普适性的文学理论。而彼得·布鲁克斯和丹尼尔等人倡导的"身体叙事"是在社会学领域身体研究热潮影响下，对作品（尤其是经典作品④）中"身体"的重新挖掘，存在建立一种可应用的叙事理论的野心，对开拓文学研究的空间有着重要意义。

---

① 〔美〕彼得·布鲁克斯：《身体活：现代叙述中的欲望对象》，朱生坚译，新星出版社，2005，第 47 页。

② 杨经建：《"身体叙事"：一种存在主义的文学创作症候》，《文学评论》2009 年第 2 期。

③ 钟立：《试析"身体叙事"小说的身体意象》，《文艺评论》2004 年第 1 期。

④ 彼得·布鲁克斯的身体叙事学经典著作《身体活：现代叙述中的欲望身体》中分析的案例，大多为 20 世纪以前的作品，如卢梭著作、巴尔扎克小说、福楼拜的《包法利夫人》、左拉的《娜娜》《弗兰肯斯坦》等。

　　较早将"身体"视角引入中国现当代文学研究领域的有李欧梵、黄子平、南帆、谢有顺等。南帆曾撰写如《抒情话语与抒情诗》①《躯体修辞学：肖像与性》②《躯体的牢笼》③《身体的叙事》④《文学、革命与性》⑤《文学形式：快感的编码与小叙事》⑥ 等多篇文章，探讨身体与文化、与创作的关系，其论著多基于西方身体哲学研究成果，采用精神分析学的方法对身体与文体发生的关系进行探讨，认为在日常环境之中，身体欲望构成了文学创作隐秘的强大动力。黄子平的《革命·性·长篇小说——以茅盾的创作为例》⑦ 及专著《革命·历史·小说》⑧ 的第三章"革命·性·长篇小说"，将革命历史小说文本中的"性"放置于阶级革命的大背景中考察，通过对身体的微观叙事反推时代更迭社会变革等宏大叙事。李欧梵的《上海摩登：一种新都市文化在中国（1930—1945）》⑨ 中"脸、身体和城市：刘呐鸥和穆时英的小说"一章，通过对穆时英和刘呐鸥小说中女性肖像描写的分析，探讨小说中的文化隐喻。这批学者关于身体的探讨多发生于 2000 年以前，他们的研究体现了一种自觉的身体意识，即意识到身体在文本叙事中具有的革命性和反拨性，然而他们依然将身体叙事视为宏观叙事的附庸，并没有将其视为一个独立的叙事体系。这种情况在 2000 年后得到了极大改观。谢有顺在《文学身体学》⑩ 中结合欧美身体哲学史，详细论述了身体在文学和艺术创作中的移易，并基于灵魂与身体统一的立场，对"下半身"诗歌等当代文学现象进行反思，其博士论文《中国小说叙事伦理的现代转向》⑪ 从灵魂与身体的关系入手，分析各个时期文学创作如何处置身体，考察现当代文学的生命哲学和叙事伦理。郜元宝的《从舍身到身受——略谈

---

① 南帆：《抒情话语与抒情诗》，《文艺研究》1996 年第 2 期。
② 南帆：《躯体修辞学：肖像与性》，《文艺争鸣》1996 年第 4 期。
③ 南帆：《躯体的牢笼》，《大家》1997 年第 3 期。
④ 南帆：《身体的叙事》，《天涯》2000 年第 6 期。
⑤ 南帆：《文学、革命与性》，《文艺争鸣》2000 年第 5 期。
⑥ 南帆：《文学形式：快感的编码与小叙事》，《文艺研究》2011 年第 1 期。
⑦ 黄子平：《革命·性·长篇小说——以茅盾的创作为例》，《文艺理论研究》1996 年第 3 期。
⑧ 黄子平：《革命·历史·小说》，牛津大学出版社，1996。
⑨ 〔美〕李欧梵：《上海摩登：一种新都市文化在中国（1930—1945）》，毛尖译，牛津大学出版社（中国）有限公司，2006。
⑩ 谢有顺：《文学身体学》，《花城》2001 年第 6 期。
⑪ 谢有顺：《中国小说叙事伦理的现代转向》，复旦大学博士学位论文，2010。

鲁迅著作的身体语言》① 结合创作背景详细论析鲁迅作品中的身体语言，所采用的论述方法，为现当代文学研究深化提供了新思路、新角度。葛红兵和宋耕合著的《身体政治》② 一书，主要从中国身心一元化的原初哲学立场出发，从发生学的角度探讨政治对创作的影响，揭示政治作用在身体叙事中的显现。此外对当代文学中身体现象投以关注的还有陶东风的《身体叙事：前先锋、先锋、后先锋》③ 《新时期文学身体叙事的变迁及其文化意味》④ 《"下半身"崇拜与消费主义时代的文化症候》等，以及杨经建的《"身体叙事"：一种存在主义的文学创作症候》，通过对具体作品的分析贯穿对新时期文学身体写作现象的梳理，对 20 世纪 90 年代"身体写作"的井喷式现象和"下半身诗歌"进行反思和批评。从不同视角对当代文学身体叙事进行探讨的还有朱崇科的《身体意识形态：论汉语长篇（1990—  ）中的力比多实践及再现》》⑤、顾晓玲的《现当代女性文本与身体叙事》⑥、钟立的《试析"身体叙事"小说的身体意象》⑦ 等。遗憾的是，在文学领域已有的身体研究普遍存在对"身体"的认识偏差。大多数研究者未能冲破将"身体"等同于"欲望"和"性"的樊篱，而没有真正意识到身体视角所具有的于文学史学和文学批评认识论与方法论的重要意义。

部分研究者基于身体叙事研究理论背景，注意到"身体叙事"具有的强大阐释性和方法论认识论意义，将"身体叙事"作为一个独立的话语体系进行系统研究。李俏梅的《中国当代文学的身体叙写（1949—2006）》⑧ 从文化政治学和美学两个角度对近三十年中国当代文学中"身体"的嬗变进行阐释，认为文本中身体表现方式的变化与政治氛围紧密相连，然而从美学的角度而言，"身体"本身具有的潜在反抗性力量为政治规训手段所不

---

① 郜元宝：《从舍身到身受——略谈鲁迅著作的身体语言》，《鲁迅研究月刊》2004 年第 4 期。
② 葛红兵、宋耕：《身体政治》，上海三联书店，2005。
③ 陶东风、罗靖：《身体叙事：前先锋、先锋、后先锋》，《文艺研究》2005 年第 10 期。
④ 陶东风：《新时期文学身体叙事的变迁及其文化意味》，《求是学刊》2004 年第 6 期。
⑤ 朱崇科：《身体意识形态：论汉语长篇（1990—  ）中的力比多实践及再现》，中山大学出版社，2009。
⑥ 顾晓玲：《现当代女性文本与身体叙事》，《西南民族大学学报》2005 年第 12 期。
⑦ 钟立：《试析"身体叙事"小说的身体意象》，《文艺评论》2004 年第 1 期。
⑧ 李俏梅：《中国当代文学的身体叙写（1949—2006）》，中山大学博士学位论文，2006。

能及。宋红岭《能指的漂移——近三十年文学中的"身体"书写》① 借鉴大量西方身体研究理论和布迪厄的"场域",以"文革叙事""新启蒙叙事""新生代叙事"为节点,对当代文学中身体丰富隐喻的分析,重审文学与身体的关系。李蓉的《中国现代文学的身体阐释》② 和《"十七年文学"(1946—1966)的身体阐释》③ 及其他相关论文(《现当代文学"身体"研究的问题及其反思》④《身体阐释和新的文学史空间的建构》⑤《从身体"悖论"出发》⑥)在对文学身体意蕴进行阐释的同时,更关注身体研究在新的文学史建构过程中的重要性。刘传霞的《中国当代文学身体政治研究》⑦ 从权力身体的角度出发,借鉴女性主义批评方法,通过对文学作品中身体的分析,梳理当代中国身体的社会功能和身体观念的变迁。这些研究都呈现了身体研究与文学研究结合的多种可能性,为现当代文学研究开拓了视界和思路。相较而言,国外身体叙事学研究倾向于与精神分析学、心理学的紧密结合,进入中国现当代文学研究视野后,研究者们结合身体与社会的相关理论,更看重身体在文本中的社会文化象征意义。

综合而言,中国现当代文学领域的身体研究相对丰富,但依然存在对"身体"的认识偏差问题,"女性写作""下半身写作"等诚然是"身体叙事"的一方面,但过于聚焦于此,反而削弱了"身体"的阐释功能,也局限了中国现当代文学研究领域"身体叙事"的纵深发展。在文学叙事中,除了"性别""原欲","身体"应有着更为丰富、立体的面向,研究者应进一步拓展学术视野。"我们被囚禁在他(指写作者,笔者按)的洞穴之中,在那里,他向我们展示了无数身体。"⑧ 我们要做的不仅仅是对突出的身体进行阐释,还包括发现日常的普通的身体现象中丰富的意蕴,扩大

① 宋红岭:《能指的漂移——近三十年文学中的"身体"书写》,上海大学博士学位论文,2008。
② 李蓉:《中国现代文学的身体阐释》,华中师范大学博士学位论文,2006。
③ 李蓉:《"十七年文学"(1949—1966)的身体阐释》,人民出版社,2014。
④ 李蓉:《现当代文学"身体研究"的问题及其反思》,《文艺争鸣》2007 年第 11 期。
⑤ 李蓉:《身体阐释和新的文学史空间的建构》,《天津社会科学》2007 年第 6 期。
⑥ 李蓉:《从身体"悖论"出发》,《文艺争鸣》2012 年第 9 期。
⑦ 刘传霞:《中国当代文学身体政治研究》,中国社会科学出版社,2014。
⑧ 〔法〕让-吕克·南茜:《身体》,见汪民安编《后身体:文化、权力和生命政治学》,吉林人民出版社,2003。

"身体"的语义圈,发现身体对于文学作品的巨大阐释功能。

# 三 身体符号及其异变

## (一) 中西方身体观比较

"身体叙事"虽脱胎于西方哲学"身体转向"的理论背景,但"身体"的多元性及身体研究的多元化不容忽略。已有的西方身体研究理论为中国现当代文学身体叙事研究提供了重要参考,但无论理论研究还是文本批评,都不能全盘照搬,因中西方身体研究历史背景及哲学背景存在差异。

在以苏格拉底为代表的古希腊哲学体系中,身体等同于肉体,与灵魂是分开的,身体只是灵魂的暂时性容器,"我们认为死就是灵魂与肉体的分离;处于死的状态就是肉体离开了灵魂而独自存在,灵魂离开了肉体而独自存在"。[①] 中世纪基督教神学和作为古代与现代过渡的笛卡尔哲学都传承了这种"身心二元论",认为人("我")的主体性存在于思(灵魂)而非身体,身体只是"一台神造的机器"[②]。在这种哲学背景下,西方身体研究的萌芽具有极强的颠覆性。叔本华强调"我的身体与我的意志就是同一个事物",尼采大喊"要以身体为准绳",都强调以"肉身意识"推翻的"上帝意志"。但中国传统文化中并不存在类似的"身心对立"观。无论是儒家的"修身齐家治国平天下"还是道家的"即身而道在"抑或是佛教的持戒、苦行,都强调"身"与"心"的统一,通过肉身的修炼达到精神上的圆满。具体而言,中国沿袭数千年的封建社会是宗法制社会,从周代开始,"不同氏族按其血缘亲疏的宗法关系所规定的等级制度日益严密起来,系统的等级身份制度正式产生"。[③] 这种以等级制度为核心的宗法制与统治阶级的利益紧密相连,逐渐成为统治者的一种治国方式,并形成一种被统治阶级所提倡的道德价值体系——儒家文化对民众进行教化。儒家本质上是一种统治学说,强调对人的身体等级的划分。在这种等级文化语境中,对"人"

---

① 〔古希腊〕柏拉图:《斐多》,杨绛译,辽宁人民出版社,2000,第13页。
② 〔法〕笛卡尔:《谈谈方法》,王太庆译,商务印书馆,2000,第44页。
③ 李天石:《中古良贱身份制度研究》,南京师范大学出版社,2004,第40页。

及"身体"的内涵的理解局限于对人的集体性、社会性的强调,"儒家的人格思想从本质上说,不是强调人的主体性,而是等级人格"①。个体必须在既定位置按规则生活,作为独立个体的人格、权利、自由等,在不同层面遭到忽视或否定。晚清至民国兴起"全民皆兵"、强国先强民的军国民身体秩序,本质上依然沿袭个人身体社会化的思维,强调个体在集体中发挥职能。20世纪第一个十年,西方文明伴随战火强势"入侵",首先在知识分子阶层引发对本土文化的审视及反思。据蔡元培回忆,1903年间西方社会主义家庭财产、废婚姻之说已流入中国。② 且不论具体是何种学说、何种理论在中国传播,至少可以见出已有部分国人意识到西方文明的先进性,并有意号召民众进行思想改造和社会制度改良。1912年国民政府公布《中华民国临时约法》,其中第二章"人民"明确规定公民个人权利神圣不可侵犯,如第六条规定"人民之身体,非依法律,不得逮捕、拘禁、审问、处罚"、"人民之家宅,非依法律不得侵入或搜索""人民有保有财产及营业之自由"等。人的主体性,如人的生命、需求、尊严、价值等随之成为辛亥革命后知识分子的重要关切。鲁迅不止一次提及,中国传统文化是"吃人"的文化,中国古代社会是"吃人"的社会,其实质指向中国文化中对个体从身体到精神的压抑和禁锢。"中国人向来就没有争到过'人'的价格,至多不过是奴隶,到现在还如此"③。在鲁迅等先锋的引领下,高扬"人"的旗帜、强调人的个性和自由成为五四新文化运动的主题之一。这种对"人"之内涵的全面革新,在近代语境下,表现为用西方文明的个人本位主义替代封建社会中的家族(等级)本位主义,进行国民性的现代化改造。也即由此,《家》之中敢于挑战家长、勇于脱离家庭的觉慧成为年轻人的"英雄"。需要注意的是,尽管"五四"文化运动强调人的个性和自由,但身体的"政治性"依然是其背后不可忽视的重要力量。

中国现当代文学乃至整个中华民族文学史,从来就不是脱离政治土壤的空中楼阁。"学而优则仕""文以载道"是中国文学与政治结合的传统,

---

① 刘泽华:《中国政治思想史》(先秦卷)第1卷,浙江人民出版社,1996,第45页。
② 蔡元培口述《传略》,见蔡元培《蔡元培全集》第一册《新年梦》第230页脚注。原文:是时,西洋社会主义家庭财产、废婚姻之流已流入中国……。
③ 鲁迅:《文化偏至论》,见《鲁迅全集》(第一卷),新疆人民出版社,1995,第23页。

即使是最浪漫的屈原和最不羁的李白他们的本质依旧是十足的政客。中国现当代文学的发展与中国社会革命的紧密关系更毋庸赘言。19世纪末梁启超、黄遵宪、裘廷梁等人领导的文化革命和白话运动的最根本诉求就是中国民族救亡图存，而这成为中国现当代文学的重要源头。新文化运动为五四运动提供思想条件、组织条件已成为既定事实。随后，以民族解放意识、阶级解放意识为思想武器的左翼革命文学逐渐成为主流，构成中国新民主主义革命的重要组成部分。在如此背景下，强调个体自由的同时，还存在集合一切力量救亡图存的集体取向。1937年抗日战争全面爆发，在救亡图存的时势面前，对个体的凸显转向强调集合个体的力量，共同应对民族危机。"人是集体的人"这一思想即此大范围蔓延。

及至1966年"文化大革命"开始，以家庭作为身体归属单位的传统被进一步打破。拆孔庙、自行更改父母给予的名字、宣布与旧家庭脱离关系、在亲人间以"同志"相称等行为，直接指向摆脱传统家庭、血缘伦理的羁绊，实现的是身体归属从家庭到集体的让渡，建立一种以阶级划分为基础的身体秩序。"革命"与否和"革命"程度成为划分身体的首要标准。"革命是不用论证的。最远大的终极的东西，是人家早已为我们考虑好的，就像我们一生出来就有父母一样，我们呱呱落地，扑通一声，顺理成章地就掉在那只金光灿灿的思想的托盘上。"① 王旭烽这番话形象地表明了"革命""阶级"话语对"身体/身份"的预设。"身体"的个体属性被剥离，成为"集体"的身体，其表面是国家宏观调控的需要，实质是新中国转向现代性的诉求。近代语境下的"革命"是一个舶来词，与英文中"Revolution"一词对应，"创新性因素乃是一切革命所固有的"，在近代中国反封建反殖民的思潮下天然带有"现代性"性质，意味着对旧秩序的涤荡和新秩序的建立。1976年"文化大革命"结束，1978年提出"改革开放"，随着中国经济体制改革，当代中国身体话语持续演变。20世纪80年代初"人道主义"的宣扬并非独立存在，而是宏观背景下社会改革的文化构成，与此同时20世纪70年代末、80年代初的中国当代文学恰在人道主义思潮的推动下发展，并与国家现代化价值理念捆绑一起。

---

① 王旭烽：《筑草为城》，浙江文艺出版社，1999，第70页。

无论是传统身体理念还是当代身体话语，中国文学中的身体表现凝结了中华民族数千年历史的演变、反思，和西方身体观有着极大的不同，如果完全套用西方身体叙事理论来分析中国当代文学创作，容易造成中国文学"身体叙事"复杂性的忽视。但作为一种文本分析方法，西方身体研究仍有非常重要的参考价值。综合考量，本书将在吸取身体研究相关成果的基础上，以作家作品为本，立足本土经验加以考察。

### （二）身体符号及其延伸

欲对文本中的身体叙事进行分析，需对身体符号及其延伸加以探究。在艺术叙事中，肉身性的肢体、动作、面目、欲望等身体元素作为能指，对叙事的承转起合有着极其重要的作用，同时服饰、空间等亦是"身体"的延伸，具有强大的隐喻功能，是塑造人物形象、还原历史现场、突出时代背景的关键场域。基于此，本书将选取欲望与性别、疾病、血缘与生育、死亡、服饰、空间等较有代表性的身体符号为主要切入点，在多元文化语境下以文本细读的方式透视国家话语、文化传统、时代发展等在文学身体叙事中的体现，力求更全面地认知虚构叙事与现实生活之间的深度联结。

#### 1. 欲望与性别

欲望与性别，是"身体叙事"研究中极为重要的内容，亦是深入探究中国当代文学发展的重要线索。

身体是充满欲望的身体。身体的生物性决定了人类必然有各式各样的需求，从原始社会的食物、水等基本生存条件到奢侈品、私人飞机等身份地位的象征，人类欲望的满足无穷无尽。中西方古典哲学皆认可身体基本需求的正当性。孔子言"饮食男女，人之大欲存焉"，认为饮食、对异性的爱慕等是人的基本欲求，应得到正视。古希腊哲学家柏拉图亦持相近观点，在《理想国》中如此描绘和谐欢乐的社会景象：首先，让我们考虑一下在作好上面种种安排之后，人们的生活方式将会是什么样子。他们不要烧饭、酿酒、缝衣、制鞋吗？他们还要造屋，一般说，夏天干活赤膊光脚，冬天穿很多衣服，着很厚的鞋子。他们用大麦片、小麦粉当粮食，煮粥，做成糕点，烙成薄饼，放在苇叶或者干净的叶子上。① 这一切生活条件准备好之后，"他们"就可以斜躺在铺着紫杉的桃金娘叶子的小床上，跟儿女们欢宴畅饮，头戴花冠，高唱颂神的赞美诗。这段理想国的设想，不仅基本生存条件得到满足，身体需求的丰富性也得到了肯定：紫杉、桃金娘叶子铺的小床，暗示了对身体舒适度的追求，用"苇叶"或"干净的叶子"盛放食物、"头戴花冠"是一种装饰的审美需求，与儿女团聚、唱赞美诗则是精神与情感层面的满足。随着人类劳动力的发展，生存资源的丰富开掘，身体的需求开始有了自然的、必要的"第一位需求"和非必要的、非自然的"第二位需求"。"我们应当尽力去过节俭的生活，必要的欲望应得到满足，对自然的但不必要的欲望留有余地，而无价值的欲望则予以取缔。这样的生活自然就是高尚的。"柏拉图将欲望分为三类，分别是"必要的欲望""自然的但不必要的欲望""无价值的欲望"，针对不同欲望类型提出相应的处置方式。柏拉图的言论有其主观的一面，但其背后是长久以来人类社会对身体需求/欲望（尤其是性欲）的甄别和控制。

　　身体研究者如布莱恩·特纳、克里斯·希林、彼得·布鲁克斯、米歇尔·福柯等都认为，"人的本能需要和文明需要在根本上是不相容的"②。以"性欲"为例，人的本性中有"性冲动"，"这些植根于生物性的需要会在各种各样的制度和实践中找到发泄通道：一夫一妻制与乱交，异性恋与同性恋，强奸与卖淫。这意味着，如果要维护社会稳定，人类性欲的可变性必须转入某种由社会建构而成的固定模式之中。……如果要维护个人间互动法则的话，生物满足的潜在混乱状态必须从属于各种各样的机构控制——尤其是家庭"③。从这种角度而言，"文明"的各种形式包括宗教、道德、伦理、法制等，根本目的在于对身体欲望进行规约，因为"性爱的身体既会催生也会摧毁社会秩序"④。宗教体现得更为明显，佛教、基督教、伊斯兰

① The Republic of Plato, Bk Ⅱ, 372A, tr. F. M. Cornford. Oxford: Clarendon Press, 1941. 转引自〔美〕约翰·奥尼尔《身体形态——现代社会的五种身体》，春风文艺出版社，1999，第89~90页。

② 〔英〕布莱恩·特纳：《身体与社会》，马海良等译，春风文艺出版社，2000，第128页。

③ 〔英〕布莱恩·特纳：《身体与社会》，第127页。

④ 〔美〕彼得·布鲁克斯：《身体活：现代叙述中的欲望对象》，朱生坚译，新星出版社，2005，第7页。

教等教义中，都存在明显的禁欲倾向，并制定了明确详尽的禁欲条例。佛教徒回避韭菜、蒜、葱、花椒、八角等配料，因其容易刺激人的嗔贪之念，增加人的荷尔蒙分泌，从而放纵自己的欲望。《圣经》中亚当和夏娃偷食禁果被发现后，耶和华对夏娃说，"我必须多多增加你怀胎的苦楚，你生产儿女必多受苦楚"，将女性生育的痛苦归结为放纵欲望的惩罚；亚当则"必终身劳苦，才能从地里得吃的。地必给你长出荆棘和蒺藜来，你也要吃田间的蔬菜。你必汗流满面才得糊口，直到你归了土"。耶和华对夏娃、亚当的惩罚表明，基督教思想借助亚当和夏娃堕入凡间受苦的经历，强调以理性控制身体需求的满足，欲望的放纵必然会受到加倍的束缚。

无论是在人类文明发展初期还是后现代当下，对欲望的理性管控都有其合理性，对于个体生活的选择和取向亦有参考价值。但无论是西方的宗教禁欲主义，还是中国"存天理，灭人欲"的理学，都非欲望管理的独立话语，而是与某种特定的经济生产方式对应，以实现与父权制的联姻。随着人类私有财产的诞生，后代（继承人）血缘的纯正成为男性的重要追求，保证后代血缘纯正最可靠的方法是确保配偶性欲满足的单一。"欲望方式是一套社会关系，根据这些社会关系，性的欲望得以在亲属系统、父权制和家庭系统之内被产生、控制和分配。欲望的这些关系决定了人们有资格充当生殖角色和为了达到再生产人口目的而进行性的结合。"[1] 对家庭成员欲望的约束和限制，是保证财产继承稳定性的重要手段。"禁欲"思想与经济目的一拍即合。但是，与男性的自我克制相比，更为常见的是从宗教、文化、社会道义、自我审视等全方位对女性欲望的压抑。女性欲望不仅是压抑的，更遭到忽视，忽视意味着否定，意味着"不存在"。在这种普遍存在的历史前提下，身体欲望的解放，很大程度集中为"性"的解放，在20世纪六七十年代的美国，即与女权主义形成话语同构。

20世纪六七十年代，美国进入经济发展黄金时期，妇女的经济地位和社会地位大大提高。美国避孕药开发上市，使"性"与"生殖"脱钩成为可能，1973年美国最高法院对罗诉韦德案的判决承认了妇女堕胎权受宪法隐私权的保护，进一步促动妇女争取对自己身体的自主权。越来越多的妇

---

① 〔英〕布莱恩·特纳：《身体与社会》，马海良等译，春风文艺出版社，2000，第69页。

女意识到父权制对女性的禁锢，强烈反对传统家庭和宗教律令中对妇女身体自由的限制和约束，认为女性应有对自己身体的绝对控制权，认为"性欲"的满足是天赋人权，性行为属个人隐私，不应受道德和法律的约束，进而推动了"性解放"（sexual liberation）的发生。"性解放"指向性的理性祛魅、性权利的民主平等、身体自主权的归属等，更深刻地影响了社会欲望理念的更新。"欲望"不再是某种道德层面或群体层面的事，而是个体的、私人的选择。在不对他人造成伤害的前提下，欲望的满足值得肯定，欲望的宣扬和满足成为新的政治正确。弗洛伊德的精神分析学说认为性压抑会造成精神障碍或行为偏差，现代医学想象中将癌症的发生视为欲望压抑的严重后果。"现在，很多人相信，癌症是一种激情匮乏的病，折磨着那些性压抑的、克制的、无冲动的、无力发泄火气的人。"① 欲望淡薄不再是个人特色，而成了"病态"；自我克制也不再是可贵的品质，却打上了"无趣"的标签；各种身体欲望的满足如精致的饮食、按摩、旅游、购物等满足欲望的行为被视为维持身体健康必要的减压手段……身体欲望的放纵成为手段也成为目的。

近现代中国身体欲望的解放与西方"性解放"有着不同的历程，有与特定历史语境对应的深刻内涵。汉代董仲舒"罢黜百家，独尊儒术"，将儒家理念与社会治理紧密结合，儒家文化得以深潜民族文化肌理。儒家文化对身体欲望的态度有一个漫长的演化过程。孔子对身体欲望的看法与柏拉图有相近之处，他肯定身体欲望的自然存在，"饮食男女，人之大欲存焉"的说法明确表示对欲望的尊重。欲望是无法严令禁止的，是生存需要，应当给予必要的满足。在纵欲与禁欲之间，先秦儒家更倾向于两者折中——节欲，所谓"欲而不贪""欲不可从"，都是在肯定身体欲望合理性的前提下，强调欲望的节制约束。及至明代，程朱理学提出"存天理，灭人欲"，进一步强调身体欲望的伦理秩序。总体而言，儒家思想是通过义理观念的灌输，强调通过心性修为节制身体欲望，从而在社会宏观层面实现对民众身体欲望的约束，建立合乎统治需要的欲望秩序。此正谓"修身齐家治国平天下"。"这种对人身的戒慎看重，并且试图通过种种仪礼教化来加以统

---

① 〔美〕苏珊·桑塔格：《疾病的隐喻》，上海译文出版社，2003，第20页。

筹规划的做法，是儒家思想在过去两千余年来体现于外的最明显特征。"①

19世纪西方列强入侵，促使近代中国发生了深刻持久的身体革命，台湾学者黄金麟在《历史、身体、国家：近代中国的身体形成（1895～1937）》中详细探讨近代中国民众身体的演变，言及只有在统治者、知识分子都意识到身体革新重要性的前提下，20世纪五四运动期间发生于文化界、知识界波及下层民众的"身体解放"才成为可能。1923年在《晨报副刊》上几乎同时发生了两场论战：一场是今日为我们所熟知的"科学与人生观"论战；另一场是由北京大学哲学系教授"性博士"张竞生发起的"爱情定则"讨论。"科学与人生观"论战从五月初开始到六月份刊登21篇文章，而"爱情定则"讨论从4月29日到六月份刊登文稿多篇，包括事件、讨论、读者来信、答复等有36篇，关注度可见一斑。姑且不论详情，个人婚姻事件引发广泛讨论并发表在公开发行的刊物上，彰示着彼时对于"身体"和"欲望"的讨论已经从私人领域进入公共领域，从个人事件上升到社会观念层面，预示"解放"已经成为势不可当的时代大潮。郭沫若、茅盾、巴金、丁玲、郁达夫、张竞生、张资平等在文学维度上为身体欲望的解放提供了多种范式。在现代文学作品中，身体的解放突出表现为反抗家长的婚配权，要求实现自由恋爱，其背后是政治和经济上的深层诉求。这股来势凶猛的"身体解放"思潮，并不仅仅是一种身体欲望的"放纵"，而与中国的现代性进程相关联，是个人主义和"解放"时代话语的另一种表述。"或者强调个人对社会的责任，'小我''大我'的关系，竭力将个人主义描绘成勇猛入世的动力；或者号召婚姻自主，冲出旧式家庭，反抗道德传统……把个性解放的标准规定得非常具体，似乎个性受到的全部压抑，都来自传统的社会规范。"② 身体欲望的解放成为现代性的表征之一。但20世纪上半叶中国社会的"身体解放"并非孤立存在，而是救国存亡时代主题下"军国民"身体改造的表征之一，个体自由背后是国家、民族等集体利益的宏观实现。

---

① 黄金麟：《历史、身体、国家：近代中国的身体形成（1895～1937）》，新星出版社，2006，第37页。

② 王晓明：《一份杂志和一个"社团"：论"五四"文学传统》，《今天》1991年第3~4期。

事实上 1949 年后，欲望的表达在中国现当代文学叙事中被长期压抑，五四时期身体的自由和解放话语隐匿消失，个人身体失去私人维度，而与国家话语、集体话语结合呈现。"爱情""性"等话题成为创作禁区——因其个人性和隐私性会导致对社会秩序的背离。张洁的《爱，是不能忘记的》（1979）和宗璞的《心祭》（1980）都描写求而不得的爱情，"发乎情，止乎礼"是情感双方固守的原则。在《爱，是不能忘记的》里，钟雨与"老干部"在精神上相恋了一生，用尽各种方法获取对方的消息，却一生中相处的时间不超过 24 小时，一次手都没有握过。《心祭》中，黎倩兮与程抗心有灵犀却十分克制，仅止于工作接触和下班后的散步。这类作品有其重要意义，隐藏在契诃夫小说集里的日记和黎倩兮心中默然的祭奠强调爱情的"私人性"，喻示爱情主动权从集体分配回归个体自由，体现了对私人生活和个人能动性的肯定。然而在这两部作品中，"性"的身体从未出场，文本中从未出现对"性"和男女情爱的描写，似乎精神之爱与身体之爱是对立的，不可共存。及至新时期，文学思潮和社会理念都进一步开放，作为文学描写对象的人的"欲望"或曰欲望中的人才得以在作品中出现。结合时代背景，"欲望"的蕴藏也有了更为深刻、丰富的阐释空间。

打倒"四人帮"后，我国 1978 年发生了影响深远的关于真理标准的大讨论，"实事求是，解放思想"逐渐成为指导思想。1978 年 5 月 11 日，《光明日报》发表由胡耀邦审阅定稿的《实践是检验真理的唯一标准》一文，被《人民日报》、《解放军报》、各大省报等纷纷转载。这篇代表国家话语的文章指出：无论在理论上或实际工作中，"四人帮"都设置了不少禁锢人们思想的"禁区"，对于这些"禁区"，我们要敢于去触及，敢于去弄清是非。科学无禁区。凡事超越于实践并自奉为绝对的"禁区"的地方，就没有真正的马列主义、毛泽东思想，而只有蒙昧主义、唯心主义、文化专制主义。[1] 在这场前后持续近三年的讨论中，诗人白桦的诗句代表了当时知识界普遍关于真理的看法：真理往往像珍珠那样/是精神与血肉之躯在长期痛苦中的结晶。[2] 在诗句中，"真理"是经过精神和血肉的痛苦磨砺而成的"珍

---

① 《光明日报》特约评论员：《实践是检验真理的唯一标准》，《光明日报》1978 年 5 月 11 日。
② 白桦：《珍珠》，《诗刊》1979 年 10 月号。

珠"，强调人之肉身和精神的合作。从这场讨论开始，"文革"时期的文化专制被打破，"人"和"人道主义"重新走入知识界的视野。"身体"重新成为重要关注对象。"伤痕文学"即是文学界对这股思潮的热切回应。1983年3月7日至13日，周扬在"全国纪念马克思逝世100周年学术报告会"上作了题为《关于马克思主义的几个理论问题的探讨》的报告，把有关人道主义和异化问题的讨论推向高潮，在全国范围内产生了重要影响。可以说70年代末80年代初的中国当代文学，是人道主义思潮推动发展的。人道主义意味着"人"不再是阶级斗争或思想宣传的工具，而成为文学创作的中心。要写人，反映人的命运，描绘人的喜怒哀乐，则必须涉及对身体的描写。作家必须从自己的身体经验出发理解生活、书写生活，才能更为精准地描绘人物。正是在这种文学思潮中，身体欲望的呈现得以重回公众视野。但大部分文学作品中的身体欲望依然处于边缘，具体表现在对"性欲"身体依然避而不谈或遮遮掩掩，作品对"人"的表现还停留在为作品的社会主旨服务上。即使是张贤亮的《绿化树》《男人的一半是女人》等作品中出现的大量性描写，也不是单纯地写"性"，而是将"性"作为一种社会隐喻，赋予"性"反映社会历史文化的重要任务。霍达《穆斯林的葬礼》中对韩新月和楚雁潮、梁冰玉和韩子奇之间的爱情持肯定态度，赋予他们爱的欲望以反抗封建宗教束缚的重大意义，是这种身体欲望工具化倾向的延续。1980年代初王安忆发表震惊文坛的"性爱三部曲"（《荒山之恋》《锦绣谷之恋》《小城之恋》），重点描写身体欲望迸发时的强大力量，从探究人性的层面探讨欲望解放的尺度和界限。

新时期后，"欲望"的叙述和解读都有了新的空间，与此相关，性别叙事尤其是女性形象的塑造，也具有了全新的面貌。

对女性性别叙事的探究，须回归文学现场。1990年代初女性性别叙事深受西方女权主义影响。"男人们受引诱去追求世俗功名，妇女们则只有身体"[1]，1975年埃莱娜·西苏在《美杜莎的笑声》中鼓励女性写作，并指出正视己欲、接纳己身是女性写作的根本立足点。西蒙娜·德·波伏娃亦强

---

[1]　〔法〕埃莱娜·西苏：《美杜莎的笑声》，见张京媛编《当代女性主义文学批评》，北京大学出版社，1995，第202页。

调女性写女性的重要意义，"在人类经验中，男性有意对一个领域视而不见，从而失去了对这个领域的思考能力，这个领域就是女性的生活经验"。[①]在女性声音缺席、女性写作被否定的背景下，埃莱娜·西苏和波伏娃的鼓舞有其重要意义。似乎为了印证女权主义，林白、陈染、卫慧、棉棉、徐坤等大批女性作家无所不用其极地凸显女性身体、宣扬女性欲望，成为中国当代文学史上一道特殊的景观。在女性身体遭受压抑，女性欲望被视为原罪，甚至欣赏女性身体都被认为是堕落的父性道德秩序中，她们能够正视自己的肉身，言说肉身欲望，赞美女性胴体之美，具有开禁、颠覆的重要意义。有研究者认为1990年代女性欲望书写与五四时期女作家创作遥相呼应[②]，但究其实质，两者间存在本质的区别。五四时期女性创作的涌现是在人的解放、启蒙等宏大话语下产生，其背后依然是"爱国、进步、民主、科学"的核心追求，而非自发、纯粹的女性对自我肉身、性别、欲望的体认或宣扬。应注意到1990年代女性欲望书写引起广泛关注的同时，男性作品的欲望书写也有着突出表现，如《废都》《我爱美元》等作品中的男性欲望并不单指"性欲"，更有经济利益、自我实现、社会认可等深层指向。1990年代欲望书写的爆发或曰泛滥，有女性意识觉醒的影响，但更深层是消费主义的鼓动——身体、欲望刺激着人们的感官，成为新的经济增长点。消费时代，个体的自我认同、个性的张扬、欲望的实现，无不与消费捆绑，甚至已被消费绑架。在这种语境下，正视性别与欲望，书写身体有着更深层次的意指。

改革开放以来，我国经济保持了高速发展，国民经济总量扩大，固定资产投资高速增长，投资需求带动了消费需求，从某种意义上已逐步走向消费时代。在大多数地区，人们生活水准的提高已经远远超越生存的"第

---

① 〔法〕西蒙娜·德·波伏娃：《第二性》，中国书籍出版社，1998，第171页。
② 孟悦、戴锦华曾在著作中赞誉五四女作家群，称"中国女性那从来没有年代的凝滞的生存延绵，恰借民族生存史上巨大的临界点跨进历史的时间之流；中国现代女作家作为一个性别群体的文化代言人，恰因一场文化断裂而获得了语言、听众和讲坛，这已经足以构成我们历史上最为意味深长的一桩事件"，见孟悦、戴锦华《浮出历史地表》，河南人民出版社，1981，第1页。

一位需求"①。在市场经济将文学引向商业化的助推下，当代文学身体欲望的表达日益赤裸，配合影视作品的宣扬，整体倾向于身体欲望的全面释放和无节制满足。约翰·肯尼斯·加尔布莱斯在《富裕社会》一书中如此形容消费社会中身体欲望的极度膨胀："设想每天早上一起床，一个人就受到某个恶魔的蛊惑，它将一种贪欲注入他的体内，使他有时渴求丝绸衬衫，有时是厨房用具，有时是便壶，有时是桔子汁，这样就不难理解为什么人们总是努力去搜寻（哪怕是极怪异的）物品，以满足他们的欲求。"②

中国当代文学中的欲望和性别叙事有其特殊性，不仅蕴藏性别平等、权力等话语，也与时代、社会走向等深入关联，有待进一步探究。

2. 疾病

在对"疾病"的认识上，人类走过漫长的道路。身体是人们认识世界的本体性工具，这是由人体的生理结构决定的。只有通过肌肉、关节、韧带中的本体感受器以及内耳所提供的平衡感、位置感和肌肉紧张感等本体感受（proprioception），我们才得以获取有关世界的关键信息，形成对外界的认知，从而建立与世界（外界）相处的模式。获取感受的途径受阻，某个器官、部位不再如常给提供信息，对世界的认识将产生偏离，"疾病"随之发生。"疾病"是生理性的，是肉身无法回避的"障碍"，对疾病的认知却是多种文化、观念纠葛的场域。

现代哲学家米歇尔·福柯和苏珊·桑塔格都认为，在疾病的认识和管理治疗中，存在着一种"凝视"以实现主体与客体的区分，在这种对他者的凝视中，一种权力关系得以实行。在弗洛伊德、福柯等人的叙述中，早期西方对疾病的认识和治疗呈现出一种阴沉的令人恐怖的气氛，《临床医学的诞生》前言中对波姆治疗癔病患者情况的引用使人不寒而栗：18 世纪中期，波姆在治疗一个癔病患者时，让她"每天浸泡十到十二个小时，持续了十个月"。目的是驱逐神经系统的燥热。在治疗尾声，波姆看到"许多像湿羊皮纸的膜状物……伴随着轻微的不舒服而剥落下来，每天随着小便排

---

① 在《身体形态：现代社会的五种身体》中，作者将"食物、饮料、清洁的空气、休息、住房、衣服以及一定标准的社会健康和安全"等总结为身体的"基本需求"，即"第一位需求"。

② John Kenneth Galbraith. *The Affluet Society*. Boston：Houghton Miffin，1958，p. 153. 在此采取张旭春译文。

除；右侧输尿管也同样完全剥落和排出"。在治疗的另一阶段，肠道也发生同样的情况，"肠道内膜剥落，我们看到它们从肛门排出。食道、主气管和舌头也陆续有膜剥落。病人呕出或咯出各种不同的碎片"。① 西方极力渲染疾病神秘性，中国传统文化中对疾病的态度也令人寻味。

曾有西方哲人认为灵魂高于身体、身体仅是灵魂的容器，并影响深远。但"身心二元对立论"在中国传统哲学中从未出现过。中国传统哲学倾向于"身心一体论"，无论是用身体指认万物的命名方式②，还是中医"藏象说"的践行，都是"身心一体论"的具体体现。在"身心一体论"的观念统摄下，中国文学中呈现出来的疾病往往是写作主体的一种自我形象经营手段。无论是杜甫"吾老抱疾病，家贫卧炎蒸"，元稹"垂死病中惊坐起，暗风吹雨入寒窗"或者是陆游"疾病侵壮年，发恐不及白"，都不是对疾病的客观描述，而是自我形象的投射、建构——以身体状况的夸张形容突出思虑的严重。《红楼梦》中林黛玉身上的顽疾，是绛珠仙子的残留，更成为一种清高品质的彰显。

疾病是生理现象，对疾病的认识与科学的发展息息相关，对疾病的描述却是一个社会文化过程。"文学对疾病的描述，更是包含着民族文化心理内容。人类对疾病的认识史折射着人类的文明与进步的轨迹。对疾病的认识的深化，始终与对人的认识的深化密切相关；对疾病的阐释方式，则与整个民族的思维模式联系在一起。"③ 人类童年时期对疾病的认识总体而言表现出一种唯心主义浪漫色彩。据苏珊·桑塔格考证，在古希腊文学中，疾病是因个体或群体过失遭到上天的报应，"在《伊利亚特》和《奥德赛》中，疾病是以上天的惩罚、魔鬼的附体以及天灾的面目出现的"。④ 中国古代文学中以疾病作为天谴实现正义的民间神秘主义逻辑也不少见，更多时候在诗词歌赋中出现的才子佳人的体弱多病是一种风雅闲贵的自持。及至近代，西方列强入侵，在异质性的西方现代文明观照下，"病相"从个人领

---

① Promme. Traite des affections vaporeuses des deursexes（《两性气郁病症论》）。转引自米歇尔·福柯《临床医学的诞生》，凤凰出版集团、译林出版社，2011。
② 如"山脚""山腰""山头""桌脚"等命名，都是用身体部分指认外界。
③ 黄晓华：《现代人的身体维度：中国现代文学身体意识论》，中国社会科学出版社，2008，第100~101页。
④ 〔美〕苏珊·桑塔格：《疾病的隐喻》，上海译文出版社，2003，第40页。

域拓至民族国家层面，"东亚病夫"成为中国封建病态社会的具体微观表现，文学叙述中的"疾病"体验也因此具有更为庞杂的社会文化内容。在这种共同的民族危机下，中国现代文学中的"疾病"表现成为国家、民族、文化现代性诉求的别样形式。

中国现代文学之父鲁迅将华小栓（《药》）、宝儿（《明天》）的疾苦归咎于社会的封建和国民的愚昧，以他们的"病"与"死"揭发中国传统礼教中"吃人"的一面；郁达夫的多愁多病身遗留了古代才子的自怜情愫，亦不忘嫁接对国富民强的期盼；丁玲《莎菲女士的日记》中莎菲的肺病成为女性欲望解放的助推力；萧红《小城三月》中翠姨的病成为逃离女性婚恋悲剧命运的出口……在国家苦难、民族救亡的时代背景下，中国现代文学中的疾病伤痛形成了"医国""医人"的隐喻，直接指向批判封建礼教，建立现代秩序的社会结构调整，是一种"现代"目光的回望。随着西方现代医学的普及，疾病应得到更为客观的正视。然而中华人民共和国成立初期，文学创作依然延续了"延安文学"的内核，尤其是乡村叙事，"无不表现一种更新的现代性秩序（相对于民国的现代性秩序）对处在传统地方权威以及民国以来新政治权威支配下的乡土社会进行重新整合"①。相对单一的政治伦理及国家权力的过分干预潜在造成中国当代文学尤其是当代革命小说题材中"疾病"隐喻的大量消失，"疾病被视为社会的阴暗面，所以，成功的革命必须铲除疾病，疾病应该随着革命的胜利而消失"②。即使其他题材小说如赵树理的部分作品仍出现疾病，如《李家庄的变迁》中铁锁的"心病"、《邪不压正》中王聚财的"肚疼"、《锻炼锻炼》中的"小腿疼"等，其间的疾病叙事及隐喻都趋向单一，"通过以政治与疾病为两极再现'世界'的情感结构……通过小说形式提出了一些政治导致和治愈疾病的可能，希望构建某种适应意识形态化的新的伦理生活"③。这种疾病符号的缺席和"失语"喻示着现代"人的文学"到当代"国家/集体"文学的转向，是一种人道精神的失落。及至新时期，"疾病"符号在文学作品中再次大量

---

① 王宇：《延安文学中的"医疗卫生叙事"》，《学术月刊》2017 年第 8 期。
② 刘传霞：《身体治理的疾病隐喻——1950—1970 年代中国文学的疾病叙事》，《甘肃社会科学》2011 年第 5 期。
③ 李国华：《农民说理的世界：赵树理小说的形式与政治》，上海书店出版社，2016。

出现，与回应时代话语相比，新时期的"疾病"书写更倾向于展示个人空间与公共空间之间的矛盾和冲突，为资本时代中"人的异化"提供另一种思索。在对疾病隐喻功能的发掘上，凌力、宗璞、王旭烽、铁凝、王安忆、张洁、迟子建、霍达等新时期知名女作家的创作，给当代文学提供了有益的文学实践，患病或残疾的人物大多有着鲜明而坚定的自我立场，曹荆华、韩新月、赵寄客、梅菩提等都是小说的主要表现人物，"疾病"或"残疾"成为人物"个体"与"外界"撕裂的隐喻。小说人物身上的病痛或残疾，首要功用是作为人物个性化的一面，是小说人物形象塑造的一部分。此部分的深入探讨将在具体章节中展开。

3. 血缘与生育

在中国文化语境中，"血缘"是一个特殊的话题。在欲望、性别、疾病等身体符号的内涵和外延不断变迁的同时，"血缘"经历史性的扬弃后，仍呈现出相对稳定性，其"祖赋人权"① 的中国理性在当代中国社会结构中升华为个人、家庭、社会与国家的共生共荣关系。

血缘在人类社会中是确立联系的重要方式，血缘的继承构成了亲属关系基本架构的基础。② 血缘关系作为构成人类社会的重要基础，对人类社会秩序的形成和运作产生着极为重要的作用。如统摄古代中国数千年之久的、以周礼为基础的儒家伦理体系，就是在血缘传承的基础上建立起来的。"血缘理性的第一法则是生命、财产、规则的起点同等性；第二法则是年龄、性别、身份的过程差等性；第三法则是位置、权力、责任的关系对等性。"③ 以血缘为联结纽带建立的亲属关系，内生的是利益/命运共同体意识，对位置、权利、义务的赋予和界定给予人类最基本的安全感和同属感。然而在当代中国，"血缘文化"的处境充满了尴尬和矛盾。毫无疑问中国社会是以血缘为基本单位的构成，对姓氏的强调、现代家庭伦理等都是"血缘文化"的衍生；然而在中国的近现代文化进程中，"血缘文化"多次遭到质疑和否定。在20世纪上半叶，中国社会政权更迭、民族存亡之际，"血缘"成为

---

① 即就因为祖宗而赋予同一血缘关系的人的存在与行为的合理性和依据。见徐勇《"祖赋人权"：源于血缘理性的本体建构原则》，《中国社会科学》2018年第1期。
② 〔美〕斯特拉桑：《身体思想》，王业伟、赵国新译，春风文艺出版社，1999，第151页。
③ 徐勇：《"祖赋人权"：源于血缘理性的本体建构原则》，《中国社会科学》2018年第1期。

封建家庭子弟追求个人自由和民主思想的绊脚石而被抛弃，"基于血缘理性形成的家族主义和宗族主义是以血缘共同体为本位的，在相当程度上是以压抑甚至牺牲部分个体权利为条件。这显然不利于通过解放个体形成新的国家和新的社会。为此，新文化运动对于长期历史延续的血缘专制礼教进行了激烈批判，有人甚至要'毁家'"①。以觉慧、林道静为代表的离家出走者是旧式家庭的掘墓人，他们通过身体的逃离实现对血缘的反叛；《雷雨》中鲁大海和周朴园尽管存在着血缘的继承，他们之间的阶级对立却无法为血缘所弥合，相反血缘关系的存在激化了两人的矛盾；甚至创作于新时期的"茶人三部曲"，也对这一历史情境进行了重绘，杭嘉和、杭嘉平兄弟闹学潮时声称"只有同志没有爹妈"，将血缘关系推至民主思想的对立面。在新文化的现代性观照下，传统的、宗族性的血缘关系被批判、被抛弃。

宗族共同体的解体并不意味着血缘关系的消失，仍以多种形式存在于社会结构中。"人类社会的各个发展阶段，不管其文明进步的程度如何，在社会内部人们只有年龄、性别、家族和亲属关系的划分是永存的，这三种天赋身份存在于所有社会中，因此，与生存、死亡、爱欲一样，'家族'作为人类一种最基本的文化心理情结和精神价值确认也从来就存在于人类的观念形态中。"②"家族情结"是对"血缘关系"的追溯，其本质是对"个体"来源的追溯。血缘意味着身体与身体之间的相似和继承，是对个人身体来源的指认，对血缘的追溯和确定，关系到个体的身份归属和自我定位。宗族性血缘纽带的影响力在消费时代被持续削弱，但重视血缘关系的原始思维依然影响着个体对自我的认知。身体叙事学概念的提出者和重要理论家丹尼尔·庞德认为，小说叙事的起点来源于个体对身份尤其是出身的想象与探求。"对叙事学的理解来说更重要的是认识到人的出生或命名这一身份的起点是距今较近的建构，而这一建构依凭于对人类生物学的理解。"③也即是说，个人对出生情境、父母家庭甚至是家族历史的反复追溯，是文

① 徐勇：《"祖赋人权"：源于血缘理性的本体建构原则》，《中国社会科学》2018年第1期。
② 杨经建：《家族文化与20世纪中国家族文学的母题形态》，岳麓书社，2005。
③ Daniel Punday. *Narrative Bodies：Toward A Corporeal Narratology*. New York：Palgrave Macmillan, 2003, p.29.

学叙事的主题和展开的动力之一。"血缘"在中国当代文学叙事中依然承担着重要角色。对血缘关系的强调或质疑、追溯，不仅是小说叙述建构的普遍策略，更与个人身体、身份勾连，蕴含着深刻的社会文化思考。

"血缘"是人类发展过程中出于"种"的繁衍本能形成的一种靠血统区分的社会关系，与之捆绑的"生育"话题。"生育"首先是生物性的，生物具有繁衍的本能，生育是人类延续的唯一方式。"生育"的主体是女性，亦是女性作家创作深切关注的话题。《补天裂》中被英国牧师收养的倚阑怀了抗英烈士易君恕的孩子；《无字》中叙述了墨荷、叶莲子、吴为、禅月几代人血脉的传衍；《野葫芦引》中凌雪妍生下了卫凌难；"茶人三部曲"中对小茶、沈绿爱、白夜、嘉草等人怀孕、生产的描写；《额尔古纳河右岸》中也频频出现生育图腾；《北方佳人》中有洪高娃怀孕的情节；《玫瑰门》结尾处，苏眉生下的女儿酷似司猗纹，却在眉间有一弯新月，喻示了血脉和精神上的延续……显然在文学叙事中，"生育"话语从来非孤立存在，而牵涉两性平权、民族国家等多种视域。

女性主义者指出在人类社会制度中，女性处于生育进程中的身体是男性统治女性的突破口。正是因为生育时身体耗损和养育后代的需要削弱了女性的野外生存能力，使女性不得不依附于男性，并在长期的弱势地位中逐渐等同于男性财产，沦为"第二性"，丧失了个人的自由和独立。"生育机器"成为女性的噩梦，似乎只有担当传宗接代的义务，女性才能获得生存的意义。在这种男权意识中，尽管承担生育的是女性的身体，但女性并不真正具有"生育权"，而是必须生育，必须为男性生育。现代女性主义者争取两性平权，提出生育功能是女性"生物特征内在固有的力量"，"生育"对活动能力的限制并不能决定男性高于女性的地位，而是意味着两性社会分工的不同，应当得到充分的认识和酬报。越来越多女性认同"生育权"属于女性自身，女性有权力决定"生"或者"不生"，并以"不生"作为反叛父权秩序、获得个体自由的重要方式。在这种时代背景下，"生育"话语不再是纯粹的"种的繁衍"，而牵涉两性平权、个体自由、教育、法律等诸多场域。

4. 死亡

在中国文学叙事中"死亡"及"死亡的身体"成为面向现实的重要母题。"死亡"首先是本己性的，是每个个体都要面对的终局。人所拥有的身体是生物性的身体，有着一切生物本有的生命规律，身体必有一死，对死亡的恐惧是人类本能反应。人总有一死，在死亡面前人人平等，奋斗/成功等生存的世俗意义在"死亡"这一终极性结果面前消解，所谓"红颜白骨""一切有为法，如梦幻泡影，如露亦如电"。既然死亡是一种人类境况的本质属性，如何应对死亡，如何克服死亡带来的幻灭感和虚无感，成为人类艺术创造的母题之一。在现代心理学中，繁殖本能、艺术创造等都被视为面对死亡前景所做的努力。然而死亡是如此矛盾复杂的问题，它是属己的，对生命个体来说，死亡意味着身体的消亡，意味着现世一切的终结，死亡的结果只能由个体来承受而无法转接给他人。但"死亡"同时又与己无关，因为对死者来说一切都归于虚，需要处理死亡的是"他者"。人类如何面对自己的死亡，如何处理他人的死亡，涉及更为庞杂的文化内容。在人类学视域，处理死亡的不同方式，是人类文明程度的判断依据之一。在一种集体的注视中，作为身体的终结，死亡并不仅仅是一个生理过程，而是一个话语建构，甚至拥有超越话语建构性质的意涵。"人类命中注定的死亡或许是这样的东西，人类的各种话语都自称为对它的抗议，或是针对它而恢复和保存人类精神的努力，但是它却对人类的建构施加了一种严厉的生理限制。"① 在这种意义而言，文学中死亡想象在某种程度上代表着作者最为真实、完整的文化认同，也只有对作家笔下身体的死亡与消失进行解读，才能理解其间更为本质、深刻的内涵。

中国历有回避死亡的传统。儒家重生轻死，为了践行个人的信念，生命随时可抛弃；道家乐生恶死，追求现世生命的无限延长；民间多将"死亡"视为不祥，如客家人在谈及"死亡"后，往往要吐出一口口水，以避免"一语成谶"。古代文学作品也较为少见对"死亡"的叙述。及至近现代，适逢社会制度、文化革变之时，"死亡"叙事大量地出现在文学叙事中。民国时期乡土作家将目光投向底层人民无奈的死生，鲁迅讲述了华小栓、祥林嫂、子君、魏连殳等人从活着到死亡的故事，萧红在《生死场》《小城三月》《呼兰河传》等作品中描述了多位妇女死亡的惨状，张爱玲在

---

① 〔美〕彼得·布鲁克斯：《身体活：现代叙述中的欲望对象》，朱生坚译，新星出版社，2005，第8页。

《花凋》中惋惜了一个少女的早逝……现代作家将矛头指向封建礼教，死亡书写与批判民国腐败统治等时代议题形成合流，旧制度、旧礼教的死亡与人的死亡形成了同构。1930 年代以来，在"延安文学""十七年文学"和"文革文学"中，与民国文学相比，"死亡叙事"明显减少，表现新制度建立后人们宛如新生、欣欣向荣的生活成为创作主题。直到新时期，"死亡"叙事才重新进入创作视野，尤其受先锋作家青睐。"死亡叙事"成为余华、马原、苏童、格非等先锋作家创作的重要标识。先锋作品中的死亡不再对具体的社会制度进行批判，也较少底层劳动人民苦难生存的显形表达，更多是通过表现死亡、性和暴力的纠缠，提出对有生有死的生命本体形而上的思考。生死爱欲本是人的生命本质，人的生命从"生"而死，至"死"而终，这不仅是文学创作的母题，也是每个个体必须面对的生存焦虑。在文学叙事中对生与死亡的表现，直接体现的是多元语境下作家对身体最本己、个性的生命体验，创作者可以记录死亡、叙述死亡，甚至安排死亡、创造死亡。因此文学作品中的"死亡"叙事，是创作者文化理念的终极表达。

"死亡"具有浓重的神秘色彩：死亡何时、为何发生；是否存在一个死后世界。"死亡"的发生始终存在一种神秘的色彩，每个人都无法知道下一秒会发生什么，死亡会否降临在自己或亲人身上，所谓"意外和明天哪个先到"。这种不确定性催生了关于死亡的命定论，即"生死由命"，似乎承认一种操纵人类生死的力量的存在，可以有效地缓解因死亡悲剧带来的痛心和不甘。"死后世界"的问题指涉更为复杂。西方宗教中的地狱、东方鬼神传说中的阴间等，都是对死后世界的想象，灵魂信仰是死后世界构筑的前提。在地狱和阴间中，人的灵魂须对自己在人间的所作所为进行检讨，因自己犯下的罪行接受审判和惩罚。在这些想象中死亡不仅是生命的终结，还承担着伦理教化的重要职责。作品中关于死亡世界的想象和描述，是创作者生命本质观的最直观体现。

5. 服饰

当进入文学身体研究，首先面临的重要问题是：什么是身体？如何界定文学作品中"身体"的边界？借用日本作家村上春树的表达，即"当我们谈论身体时，我们谈论什么"。身体是人们能拥有的世界的总媒介。"有时，它被局限于保存生命所必须的行动中，因为它便在我们周遭预设了一个生物学的世界；而另外一些时候，在阐明这些重要行动并从其表层意义突进到其比喻意义的过程中，身体通过这些行动呈现出了一种新的意义核心：这真切地体现在像舞蹈这样的习惯性运行行为（motor habits）之中。有时，身体的自然手段最终难以获得所需的意义；这时它就必须为自己制造出一种工具，并藉此在自己的周围设计出一个文化世界。"①　梅洛-庞蒂所述的这种"工具"指涉复杂，在不同的情境中任何事物都具有身体关联的可能性，包括空间布局、使用之物、随从、封建君主的仪仗等，因此"身体"不再局限于生物性的身体。文学叙事中的"身体"涵括梅洛-庞蒂所言的"身体的工具"，对其阐释须在更为宏观的社会背景下进行。

约翰·奥尼尔在《身体形态——现代社会的五种身体》中对现代社会中身体的表达、呈现方式进行深入的探讨。在这本书的书名中，"身体研究"的重要前提之一得到了准确的表达：身体是社会的身体，身体研究必须在社会考察的基础上进行。原始人类社会的形成基于共同觅食、抗敌的生存需要，原始人类以各种方式组成联盟。长此以往，"合群"从生存需要演变为人类的本能需求，即使在现代社会"社交"仍是人类极为重要的活动，"身体"展演、呈现亦具有社会性。人是社会关系的总和，身体是社会的身体。围绕统治、管控的目的，社会规则持续对身体进行规训，风俗、礼仪、宗教、道德、性别歧视等皆是对社会身体的调控，在现代社会以个人自我管理的方式更为隐秘地进行。细思下去，当下身体与社会的关系不免让人惶恐，社会规则已对身体进行了等级区分。"对于人们如何在社会空间中表征自身，社会会预设某种稳定性。"②　符合标准即为"优秀"，获得肯定、赞赏；与标准有所偏离，则遭否定、排斥。这种对身体的区分极为隐秘，并持续进行，其间"服饰"是初步划分的重要手段。作为个人与外界交流的桥梁，服饰也是艺术作品中最为常见的身体表达工具。

在人类文明中，通过服饰确认对方的社会身份有着深刻的文化渊源。

---

① Maurice Merleau-Ponty. Phenomenology of Perception, tr. Colin Smith（London：Routledge & Kegan Paul, 1962），p. 146. 见〔美〕约翰·奥尼尔《身体形态——现代社会的五种身体》，春风文艺出版社，1999，第3~4页。

② 〔英〕克里斯·希林：《身体与社会理论》，李康译，北京大学出版社，2010，第88页。

身体是文化的一种载体，"文化中的主要规则、等级制度甚至形而上学的信念都记录在这个表面，并且通过身体的具体语言得到强化"①。"身体的具体语言"就包括了衣服和其他身体装饰。"在前现代社会里，个体的表征是通过地位和徽章等外在标志而客观化的。"② 在中国封建社会，服饰的选择有着严格的规定。在周朝，朱红色属于统治阶级的专用色，只有王公贵族才可使用朱红色的衣服或配饰；自唐代李渊将明黄色立为天子色以来，明黄就成为封建社会的着装禁忌，逾制使用便有谋反的嫌疑；"玉佩"作为古代最为常用的男性配饰，其组装和搭配也有着严格的规范。在社会等级分明的背景中，服饰蕴含丰富的社会文化内容，成为身体的具体语言之一，彰显身体主体所属的社会阶级与家庭出身，也成为后世历史研究的重要工具。尽管在现代社会，个人身体的服饰呈现与制度性角色逐渐分离，其作用依然不可小觑。"我们总是自觉或不自觉地对事物体现出的外观感兴趣（对人尤其如此）。……只有通过身体的外貌我们才能把握到社会生活的两个基本层面。"③ 身体是人们社交中自我表达的重要工具。在社交活动中，人的身体呈现能够促使他人迅速形成第一印象，引发肯定、信任、愉快等感觉，也可以令他人产生否定、害怕或逃避的情绪，从而成为能够成功交往的重要因素。这种身体呈现与直观感受的挂钩是不可避免的心理现象。于是，如何通过服饰表达自己的友善，吸引目标对象，根据不同场合进行不同的身体调控，成为数千年来人类不知疲倦的课题。拉斯·史文德森直言"服装是自我社会构成中极其重要的一部分"④。西苏也以为"时尚并不是作为身体的防护物，而是作为身体的延伸物而存在"，"You are what you wear"成为一种隐秘的判断准则。无论从何种角度进行论证，"服饰"都是身体研究的重要对象。在作家的文学创作中，对人物服饰的描写是人物塑造的重要环节，作品中每一段对人物服饰的描写都有着明确的表达内容。服饰作为文学作品中身体形象塑造的重要元素，能够充分地反映人物的文化品格

---

① 〔美〕苏珊·波尔多：《身体与女性气质的再造》，见〔美〕佩吉·麦克拉肯主编《女权主义理论读本》，艾晓明、柯倩婷等译，广西师范大学出版社，2007，第241页。

② 〔英〕克里斯·希林：《身体与社会理论》，李康译，北京大学出版社，2010，第88页。

③ 〔英〕布莱恩·特纳：《身体与社会》，春风文艺出版社，2000，第9页。

④ 〔挪威〕拉斯·史文德森：《时尚的哲学》，李漫译，北京大学出版社，2010，第11页。

和形象内涵。

《南方有嘉木》中赵寄客要随军赶往南京前一晚，沈绿爱要求赵寄客带她一起走。身披黑色大氅的沈绿爱让杭天醉有了另一种了解，"原来她是这样的！又孤独又傲慢，碰不得说不得！跟天神似的不可侵犯！又狂得像个女王！"黑色大氅成为沈绿爱刚烈人格的直观表达。《玫瑰门》中大旗落下的裤子，是与竹西"偷情"的罪证，成为司猗纹反击街道办主任罗大妈，获得社会阶层提升的有力武器。《树下》中七斗嫁给张怀后住在农场里，只要不下地干活，她总是"穿着一件银灰色的亚麻布的长裙子，发梢结着栾老太太送她的紫色缎带"和一双蓝布鞋。紫色缎带是七斗过去生活的痕迹，对裙子的执着则是七斗对自己女性身份的强调，象征她内心不灭的善良和对温情的追求，也使外来采风的画家一下子辨认出她不是当地人。《起舞》中齐如云极为珍惜舞会那晚穿着的蛋青色连衣裙，"那场舞会之后，她将其收起，藏入箱底。当年溅在裙摆上的那星星点点的处女的血迹，虽然经过了近半个世纪时光的敲击，已经暗淡如一片陈旧的花椒，但它们仍散发出辛辣的气味"。染有血迹的裙子成为齐如云"一夜绽放"的见证，是她从女孩成为女性、母亲身份转换的浓缩，也是她婚姻悲剧的注脚。齐如云对这条裙子的执着，既有对刹那盛放的女性之美的怀念，也象征她对生命自由的向往……服饰已不仅是服饰，而是身体的延伸，承担着肢体、语言等不具备的隐喻功能。

6. 空间

身体与空间之间紧密的关系显而易见。首先，身体是必然处于某种空间中的身体，不存在脱离空间的身体。当我们用"左""右"来分辨两手，就已经默认了身体本身具有的空间性，身体本身即是一个空间。其次，"空间"这一概念本质上是身体性的，我们用"头上""脚下"来指认自我方位，意指空间只有对在其中的身体而言才有意义。再者，"人"的哲学概念范畴，身体和空间在人类活动中具有"原初设置"的特点，即"无论人的行动还是思维都离不开身体和空间，人的一切活动都必须凭借身体，同时也必然要经历空间"[①]。身体和空间构成了"人"以及人的活动中无法去除

---

① 皮家胜：《身体与空间：拓展与深化历史唯物主义研究的两个维度》，《社会科学辑刊》2015年第2期。

的要素。方位是相对的，但"客观"的空间概念在某种层面上则是绝对的——只有对于能直立行走的正常人类，空间的概念才得以存在。"空间"的原初概念包含对"身体"的指涉，即"原初的空间不是奠基于一种范畴意向性、认识意向性或理论意向性，而是奠基于一种身体意向性、运动意向性或实践意向性"。① 对于爬行动物、未能直立行走的婴儿甚至是丧失某种机能的人来说，客观的空间概念是不存在的，因其既不能分辨方位，也无法获得身体空间性的感知。知觉现象学认为，身体和空间始终处于一种"交互构造"之中，并不是身体"在空间中"，而是身体与空间"相互归属"——空间只有相对于身体才有意义，也只有通过身体才能到达空间。空间是身体性的，亦是历史性的。黄金麟在《历史、身体、国家：近代中国的身体形成（1895~1937）》一书中，详尽论述了近代中国全面而普遍的空间革命，包括住所等私人领地或学校、广场等公共区域中的点滴改变，如何实现近代中国国民身体的改造，如何参与国家、民族的现代化进程。

对空间的探讨必然涉及身体，也涉及权力。福柯通过对 17 世纪城市瘟疫流行时采取的措施和对现代监狱构造的分析，展示了权力通过空间对身体实施监控的过程。在福柯的权力理论体系中，空间之所以成为权力实施的场所，是因为通过对空间的割裂和封闭，每个个体都有效地被镶嵌在固定的位置，使任何微小活动的被记录、被监视成为可能。对空间中的个体实现有效监控，就可以建立一种可连续的、统一运作着的等级体制，在这个体制中，"每个人都被不断地探找、检查和分类，划分活人、病人或死人的范畴"。瘟疫中对人的划分是社会对人进行划分的微观缩影。社会也在用不同的标准，财力、职业、性别等对人进行划分，形成层层隐秘的等级，从而完成话语权、移动权等人身权利行使范畴的分配。体制的建立意味着秩序的形成。"秩序借助一种无所不在、无所不知的权力，确定了每个人的位置、肉体、病情、死亡和幸福。那种权力有规律地、连续地自我分权，以致能够最终决定一个人，决定什么是他的特点、什么属于他，什么发生

---

① 参见 Dillon, *Merleau-Ponty's Ontology*, Evanston: Northwestern Unieversity Press, 1997, 第 136~137 页。转引自刘胜利《身体、空间与科学——梅洛-庞蒂的空间现象学研究》，江苏人民出版社，2015，第 139 页。

在他身上。"① 福柯采用的城市瘟疫例子具有寓言的象征意义。无论是封建社会还是现代社会,身体的空间性都体现出一种权力意志的等级秩序。"禁区或保护区的设立也是一种权力意志的表现。因为禁区并不是对所有人来说都是禁区,比如紫禁城、帝王的后宫或某个人的卧室。因而禁区实际上表达的是某种身份或地位某种特许或特权,而且禁区因其特定的意味,比一般公共空间和私人空间更能刺激和满足人的欲望。保护区的设立同样如此。保护者和被保护者的设立同样也是权力意志的直接表达。保护在这里实际上是一种变相的占有。"② 在权力体制中,身体的空间性与身体主体享有的身体权力之间具有同一性,针对不同身体进行的空间区分,实际上就是对身体进行的一种区分。

哲学家、历史学家等关于身体与空间的关系的探讨有助于我们更好地认识自我与外界的关系,然而抽象的哲学术语在某种程度上反为文学身体的研究增添了迷雾。当我们进入文学研究领域,我们考察的并非完全客观的空间存在,而是一个作者建构的文本空间。所有文本中呈现的世界,都经过写作者的艺术加工,即使是摄影、素描等具有客观基础的活动,最终的效果呈现都饱含创作者的主体观感。因此在文学作品中的空间呈现,虽基于作者对客观世界的观察,但也始终与作者的叙述目的交缠扭结。对研究者而言,更具有意义的显然是这种文本世界的空间呈现与叙述意义之间的深刻关联。在文学世界中,空间是人物自我身体空间的一种延伸,为"我"的身体所开创,并围绕着"我"的身体而展开,一切都为了氛围的形成、人物身体的塑造而进行。"小说中人物的身体是有生命的、个体性的身体,而空间即场景也是动态的、个体性的。"③ 简言之,小说中空间尤其是私人空间的设置,目的是不同人物个性差异之间的体现,是人物身体呈现的另一种形式。

---

① 〔法〕米歇尔·福柯:《规训与惩罚:监狱的诞生》,刘北成、杨远婴译,三联书店,1999,第 221 页。

② 卢世林:《身体的空间性与"环境人"的生活世界》,《学术论坛》2005 年第 6 期。

③ 欧阳灿灿:《当代欧美身体研究批评》,中国社会科学出版社,2015,第 272 页。

身体与历史

中国小说叙事深受"史传"影响，素有"文史不分家"的传统。"重大历史题材，由于阐述和重构了历史的隐秘存在和复活了被湮灭的历史记忆，既给当代社会提供经验和借鉴，又提升我们对人生、现实与世界进行有比较的审美观照与反思。"雷达这番话阐释了历史题材小说的社会文化意义。追根溯源，"小说"一词的定义最早见于东汉班固《汉书·艺文志》："小说家者流，盖出于稗官，街谈巷语，道听途说者之所造也。""稗官"，为统治者收集里巷风俗者也，代指"野史"，即正史的民间版本。班固对"小说家"的定义，潜在地通过"稗官"的身份将"小说"与"历史"联系起来，认为"小说"与"历史"具有同源之缘。从魏晋南北朝的笔记小说、隋唐两代的传奇和变文，到宋元时期的话本再到明清的章回体，中国古典小说多是基于正史的细节想象，是对正史的另一种补充。中国人也惯以读史的眼光去读小说，甚至于虚构的《三国演义》在一定程度上比正史《三国志》在民间流传更广，影响更深。再有，从叙事手法而言，中国小说深受史书叙事技巧影响。司马迁所作《史记》，以"人"为叙述中心，常通过选择历史人物一生中最具典型的事件来突出人物的性格特征，并加以人物心理活动的刻画，叙事显得生动、活泼，为后人提供了叙事的参照。金圣叹就认为"《水浒传》方法，都从《史记》出来，却有许多胜似《史记》处。若《史记》妙处，《水浒》已是件件有"；毛宗岗盛赞《三国志演义》，也有"《三国》叙事之佳，直与《史记》仿佛，而其叙事之难则有倍难与《史记》者"之言。可见《史记》的叙事方式和风格对小说创作影响之甚远。"自司马迁创立纪传体，进一步发展历史散文写人叙事的艺术手法，史书也的确为小说描写提供了可资直接借鉴的样板。"此外，"小说"与"历史"之间还存有一份更为深刻的联系："大凡对自己的写作有一定追求的作家，最后都会回到一种或朴素或芜杂的历史写作上来。"此论点乃杨庆祥基于对 21 世纪第一个十年中国当代文坛的观察而来。他认为包括莫言、张炜、贾平凹、刘震云、阎连科等"中国第一线作家"，几乎都转向了一种广泛意义上的历史写作。再观照新时期"第一线女作家"，如从中华人民共和国成立前出生、见证中国现代史的宗璞（1928—）、张洁（1937—）到迟子建（1964—），从历史小说家凌力到侧重日常审美的王安忆，她们的创作确实都从不同的侧面切入中国数千年的历史。宗璞的《野葫芦引》三部曲对战乱时期西南大学生活的回顾；张洁的《无字》另一线索是顾秋水和胡秉宸的革命历程；凌力的"百年辉煌"系列小说是基于大量史学的严肃之作；霍达的《补天裂》对19世纪香港历史进行梳理；王旭烽的"茶人三部曲"通过杭氏家族的兴衰反映中国历史的动荡；迟子建的《伪满洲国》是日伪时期东北地区的浮世绘；王安忆的《长恨歌》《纪实与虚构》《天香》《叔叔的故事》等作品也都凝聚了作者对历史的思考……几位堪称中国当代最优秀的女作家，都不同程度地表达着对中国社会、文化历史的关注。

　　中国当代小说家对历史叙事的兴趣与"历史"的性质有关。在汉语中"历史"的含义最初仅用"史"一字来表示。甲骨文中"史"与"事"字形相近，都指"事件"。可见"历史"首先是对过去的、已发生的事件的指称。清代文学家皮锡瑞言："古来国运有盛衰，经学亦有盛衰；国统有分合，经学亦有分合。历史具在，可明征也。"其中"历史"的概念，就是指已经发生的客观事实。这种对历史的理解在很长一段时间内占据了主流，至今仍有相当一部分人持相同理念。然不可忽略的是，"历史"不仅是事件，而且是对事件的"记录"。许慎所著《说文解字》中对"史"的释义是："史，记事者也；从又持中，中，正也。"也即说明"历史"是被记录的。一旦以文字形式被记录下来，记录者的理解、观念甚至是行文的习惯等，都会影响到"历史"的面貌。福柯的《词与物：人文科学考古学》一书，从"物/客观事实"与"词/言语陈述"的关系出发，对"大写的历史"表示质疑，提出历史本该是"无主体的、分散的、散布的、非中心的、充塞着各种偶然性的多样化空间"的"小写的历史"，他的探讨实际上说明"历史事实"与"历史表述"之间的距离，《知识考古学》中的诘问更能反映其历史观："谁在说话？在所有说话个体的总体中，谁有充分理由使用这种类型的语言？谁是这种语言的拥有者？谁从这个拥有者那里接受他的特殊性及其特权地位？"历史既是史实，更是对历史事件的"再表述"。历史事件或曰史实是不变的、客观的，然而对历史的叙述和解说，却一定受到表述者的主观理念影响，如布莱德雷所说"历史学必定总是建立在一种前提假设上的"。这种"前提假设"就是历史学家本人的哲学见解。"历史学家是各以其哲学观念在看待过去的，这对他们解说历史的方式有着一种决定性的作用。"也正是在这种前提下，沃尔什才会说，"历史之光并不是投射在'客观的'事件上，而是投射在写历史的人身上，历史照亮的不是过去，而是现在。毫无疑问，这就是为何每一代人都觉得有必要重写他们的历史的缘故。"我们也就不难理解作家们重述历史的执着。既然我们所见的历史表述深受叙述者的影响，那么它就不是历史的真相，至少不是全部真相，或许将"历史"理解为"经验之基本的存在方式"，而非一种"早已发生过的事实性替代与连续"的汇集，更接近"历史"的本相。综合福柯的理论体系，他所提倡的"经验"归根结底是生命个体/身体的经验。在这种层面上，基于陈述者生命经验的小说创作本质上是一种广泛意义上的历史文本写作。事实上，对叙事的本能追求、"还原历史本相"的野心正作为一种创作冲动鼓舞着作家们。本职历史专业具备修史者专业素养的王旭烽放弃对原有的宏大历史的关注，怀着"世界是多维的，世界就是那个可以被无数次不同叙述的空间和时间"的思辨，在《绿衣人》中讲述了一段被湮没的民国故事。宗璞在谈及《野葫芦引》的创作动机时说，历史是个"哑巴"，人本来就不知道历史是怎么回事，只知道写的历史。因此她写小说，是为了将过去的事情记录下来："写小说，不然对不起沸腾过随即凝聚在身边的历史。"凌力写历史小说，也是为了"表现和颂扬那些使人类奋发上进的精神品质，颂扬过去、现在、将来都被人们追寻的真善美"，重视的仍是从自身经验出发挖掘历史节点，以文学重述历史，为当下提供精神参照。霍达和凌力持有相近观点，在《补天裂》的后记中强调写作的动机是香港回归的感怀，说"历史永远是今人眼中、心中的历史，……死去的历史的价值在于对活着的人有用，所以历史才活在一代又一代的人的心里"，凸显的依然是重述历史、达成以史鉴今的文学职能。

当代文学与历史的关系如此紧密，以至有学者提出，中国当代文学就是在讲述历史，尤其是"革命历史"中发生、发展和转型。"近30年来文学对历史的修复、反思、重写以及随着而来的种种书写历史的现象，几乎都是以重新认识和评价前此文学如何讲述'革命历史'开始的。"以1921年中国共产党建党至1949年中华人民共和国成立的这段革命历史为题材的小说作品，在相当长的一段时间内占据了当代文学的主流，其间历史叙事服务于论述政权合法性的集体话语，故事的发展隐含人类的阶级斗争史，所塑造的人物形象对阶级、敌我阵营等皆有着强烈的象征意味。黄子平认为此类对历史的意识形态化叙事对当代文学影响最深的在于"时间观"一项。"传统治乱交替的'循环史观'被乐观向上的进化论矢线所取代。'革命历史小说'遵循'从失败走向胜利,从胜利走向更大胜利'的模式来构思情节,并依照各阶级在时间矢线上的'前进'程度来安排人物关系。"然而如果因此就认为"文革"前革命历史小说开启的线性的、进化论式的历史想象是当代文学历史叙事的流毒,未免过于极端。事实上新时期以来,大部分优秀的历史叙事建立在线性的历史叙事方式上,如凌力的"百年辉煌"三部曲、王旭烽的"茶人三部曲"、宗璞的《野葫芦引》三部曲等鸿篇巨制,其历史叙事都基于一种线性的、进步的历史观,但毋庸置疑在历史叙事上这几部作品都是较为优秀的作品。究其原因,笔者认为,"文革"前后,或者说各个时期历史叙事的最根本的区别并不在于指导作者的历史观形态,而在于"身体"在历史叙事上处于何种地位,被如何表现。

20世纪以来研究者已从多种角度阐发"身体"与"历史"的关系。概括而言,"身体"与"历史"两者间最基本的联系在于两点。首先,身体是历史的身体,身体必然处于历史进程之中,接受特定历史时期文化、政治、经济等意识形态的规塑。如封建社会女性在相当长的一段时间内被强制缠足,以推翻清政府的封建统治为首要任务的辛亥革命则率先提出放足、剪发的口号并实施行动。其次,承认身体必然受到"历史"规训,则意味着"身体"必然存在着历史的烙印,或者更直接地说,人的身体,就是历史最真实、最根本的反映。身体铭刻着各种脉络交织和力量权衡的历史痕迹,是人类历史过程中不同主体化模式和权力技术关系的再现。只有透过身体,通过身体不同遭遇和对待方式的理解,我们才得以探求"身体为何如此"的社会、文化和历史建构因素。文学历史叙事中的身体书写,不仅仅是对某种特定的历史身体的记录,经过创作者主观建设、描述的身体,是对作者所处时代身体秩序的反映,而且就作家的存在和写作行为本身,就具有"历史样本"的重要意义。

新中国成立初期,历史小说"身体"形象塑造的关键词是"脸谱化",英雄人物必然是健美的、阳刚的。在新时期以来历史叙事中,身体与历史的关系发生了显著的变化,"身体"不再盲目服从于历史叙事,而是"历史"通过人物身体呈现——"历史身体化"。在此需要阐明的是,本书所言

"历史身体化"的倾向，并非探讨身体尤其是身体欲望的压抑或满足如何成为反思历史的符码，而是一种叙事策略上的，人的身体如何成为历史的象征。"人的文化本性包含着历史性。……作为一种文化的存在的人也是一种历史的存在。这蕴含着双重意义：他既有高于历史的力量又依赖于历史；他既决定历史又为历史所决定。"因此真正能够反映历史的是人的存在，具体表现为身体的存在。不仅人物的身体历程暗合历史进程，包括已消逝的难以描述的时代氛围，都通过身体遭际得到了活泛、重现。如《东藏记》《西征记》中孟樾因"左倾"言论遭绑架威胁，江昉和周弼因支持民主遭暗杀，还有在延安的李宇明跳崖自杀等，共同展现了复杂纠葛的中国现代史。身体为具体历史情境的再现提供了组织材料。对身体与历史叙事的关系进行重整，体现出新时期女作家们重述历史的"野心"。

多位女作家有涉及历史叙事的鸿篇巨制，《野葫芦引》、"茶人三部曲"、《伪满洲国》、《补天裂》等是以经过论证和考察的史实为基础的呕心沥血之作。在叙事上，几位女作家的历史叙事共同特征之一是宏大历史事件的消隐，取而代之的是特定历史情境中身体的突显。总体而言，在这几位作家的创作文本中，对重大历史事件的叙述抛开了正统的说教性的介绍，通过人物身体来表现其发生。

宗璞的《野葫芦引》重点描写卢沟桥事变到日本投降八年抗日战争时期知识分子的生活，开篇是卫葑和凌雪妍婚礼的筹备。"卢沟桥事变"正是发生在婚礼上。"一声沉闷的炮响打断了他的话，接着是一阵隆隆的声音"，用短短一句话便交代了事变的发生。参加婚宴的宾客"有人站了起来，左右看了一番又坐下去"，因炮声"站起来"说明人们内心的极大震动，但"又坐下去"的身体动作转折，却表明此时人们依然心怀幻想，不敢确信战争的发生，真正引起骚动，是"城门关了"这句话。文中形容"厅中忽然一阵骚动，象是波浪一样，传过来，是这样一句话：'城门关了！'"又说"可能中国人在观念中有某种封闭的东西，对于门很重视。城门一关，不管哪一阶层都觉得事情格外严重"。在这些叙述中，战争的火药味已然弥漫。但下文作者笔锋一转又将关注点转回具体的细节——"客人中不少是从明仑大学来的，都在算计住处"，再说"最受影响的是卫葑夫妇，他们不能用各方精心布置的新房了"。住处、关城门等都是身体活动空间的改变，宗璞对这些细节的强调，是通过对人身活动空间的禁锢表现战争。作者用"炮声""关城门"等象征性符码概括了一个在历史上极为重大的战争事件，是有意突出战争对人们生活的影响，也是对宏大历史事件的消隐。类似的处理在小说中频繁出现。如卢沟桥事变发生不久，1937年7月28日平津作战发生，28日当晚，国民党第三十七师奉命由宛平、八宝山、门头沟一线撤离北平，此后北平正式沦陷，意味着中国抗日战争正式全面爆发。以抗日战争为背景的《南渡记》自然无法回避这一重大事件，但在文本中，作者是这样写的："弗之在睡梦中觉得有什么把他推向睡梦的边缘，推了几次，他忽然醒了。定了定神，分辨出是车马和脚步声，从南面传来。"此处是用身体部位发出的声音（脚步声）来指代庞大的军队身体。据载卢沟桥事变时，北平以东地区总兵力约为十万人，北平全面撤兵，尽管经过一段时间的战争有所伤亡，但至少几万众兵士有所保证，如此庞大的军队撤离，在文本中仅表现为一阵"整齐而有节奏"、从东向西的脚步声，颇具"退场"意味。

迟子建的《伪满洲国》也采取了类似的处理方式。《伪满洲国》以伪满洲国成立期间十四个编年区分章节，虽主要内容是通过溥仪、张秀华、羽田、王金堂、吉来、王恩浩、王亭业、胡二等人为线索，全景式描绘伪满洲国期间社会各阶层人士的日常生活，但也无法回避政经军事。1945年8月6日和8月9日，美国分别在日本广岛市和长崎市投下原子弹，促使日本天皇在8月15日宣布无条件投降，从而终结长达十四年的中国抗日战争，也意味着世界反法西斯战争的胜利。这无论在中国历史还是世界历史中都具有重大意义的事件，被迟子建借助溥仪的身体处理成类似"滑稽剧"的表演。

溥仪连忙通知溥杰以及在场的一些满洲国政要人员一同收听。从短波里传来了天皇沙哑而疲倦的声音，由于收听效果不佳，这声音一直被吱吱啦啦的噪声所笼罩着，但他们还是听明白了，天皇宣布日本接受波茨坦宣言：无条件投降！

溥仪此时已是泪流满面，他觉得周身冰凉刺骨。满洲国彻底解体了，大清国真正是灭亡了，溥仪拉着溥杰的手，泣不成声。就在一片哀恸之中，溥仪忽然"扑通"一声跪在地上，面向东方，不断地磕起头来。吉冈安直被这一幕情景深深感动了，他拉住皇上的手，说虽然日本已经宣告投降，但美国政府表示将维持天皇的地位和安全。溥仪越发哭得不可收拾了，他说："我感谢上苍，保佑日本天皇平安无事！"

溥仪"周身冰凉刺骨"的身体感受，深刻地表现了事件的严重性和内心的震动，但作者并未对历史事件的性质和意义进行渲染，而是重点描述溥仪的怪异行为。他跪在地上，向日本所在方向不断磕头，还泣不成声地为日本天皇祝祷。在紧随而来的退位仪式上，他再次跪下，面向东方叩头，他还"打了自己几个耳光，骂自己不才，辜负了天皇对他的信任"。这一连串的行为无疑是一种表演，在得知日本无条件投降之后，溥仪就敏锐地意识到自己对于日本人已经毫无利用价值，性命危在旦夕，他"觉得自己的五脏六腑已被人掏得干干净净，他仿佛只是迎风兀立的稻草人，真正空空荡荡的只是一具躯壳了"，下跪、磕头、打耳光等身体举动，不过是为了保存性命、肉身存活的身体展演，"表演最后的忠诚给日本人看"。通过溥仪这一系列夸张的身体举动，日本投降、康德皇帝宣布退位、伪满洲国解体等重大事件的历史意义被抽离，历史现场变成以溥仪为主角的滑稽戏。由此也能看出作者的真正关注点并不在于重建历史现场或凸显历史的线性进程，而是一种历史的身体想象，凝聚其间的是非常时期芸芸众生的日常作息与情感流动。"'历史'不再是对象，相反，它仅仅变成一种素材，用来演绎一种理想、哲学或一种精神意志。"历史在叙事中不再以巨大的历史话语板块呈现，而是解体成情景碎片，融入人物身体，人物身体的变化、动荡或消亡，也构成了对"正史"的隐喻。

与男性作家相比，新时期女作家的历史叙述在对宏大历史话语进行消解的同时，突出表现出对男性历史缔造者神圣色彩的剥离。在历史叙事领域，有一个不可忽略的无奈事实：男性把控着绝对的话语权。美国 Slate 杂志编辑 Andrew Kahn 和 Rebecca Onion 对 2015 年最畅销的 614 本通俗历史读物的研究显示，75.8% 的作者是男性。根据 2010 年美国历史协会的 Robert Townsend 调查，在高校历史教师中，只有 35% 是女性。不仅在"讲述"历史的领域男性比例高于女性，作为叙述对象的男性也远多于女性，如占据出版书籍总数 20% 的传记文学，其中 71.7% 的传记对象是男性。夏洛特·帕金斯·吉尔曼毫不客气地指出，作为讲述人类生活的历史，在男性手上，成为男性如何战争、如何征服的故事。"男性作为唯一的仲裁者，他决定该做什么，该说什么，该写什么，我们看到的社会，其发展从开始就受到持续破坏，伤痕累累，裹足不前；我们看到的历史，持续记录的是勇气和红色暴政，胜利和黑色耻辱。……至于历史上实际发生了什么，如工作领域伟大而缓慢的进步，各种发明和发现，人性的实际进步——从男性角度来看，这些都不值一提。"在历史叙事中男性的特殊地位已是不争的事实，然而我们看到的是，在女性作家"历史身体化"的历史重述中，男性英雄形象一再崩坏，男性的历史主体地位被进一步消解。

显然在诸位作家的历史叙述中，一种新的历史叙事倾向正在出现。宏大历史话语的隐匿，男性"正史"的消解，似乎都指向 20 世纪 80 年代兴起的新历史主义浪潮。1982 年史蒂芬·格林布兰特（Stephen Greenblatt）在《文艺复兴时期形式的权力和权力的形式》（*The Power of Forms and the Forms of Power in the English Renaissance*）中正式宣布"新历史主义"理论流派的诞生。新历史主义认为，"历史"是一种叙述话语，真正的历史充满断层，应通过对"原生态"史料的挖掘，恢复历史语境。新历史主义理论对当代文学影响深远。随着 20 世纪 80 年代新历史主义的冲击，中国以阶级斗争为主线的"元历史"叙事范式遭到了质疑，作家们竭力摆脱"集体记忆"的禁锢，从个人的角度审视、解读、重述历史。这股"新历史主义"的文学思潮如今已占据了创作主流，陈忠实、苏童、叶兆言、余华、刘震云、莫言等一大批"一线"作家，都建构起了另类的历史叙述空间，以个人化的历史视角消解权力对历史叙述的话语权。研究者认为当代历史小说深受新历史主义影响，渐进呈现出碎片化、微观叙事的倾向。"文化转型后随着民主意识的普遍提高，人们不再把'人民'这一空洞的能指作为历史的主体，而是把历史看做无数个体交往活动的历史，个体终于获得了历史叙事的合法性，个人化视角成为作家观照历史的普遍视角，最终导致元历史叙事神话被颠覆，分裂为无数历史个体的微观叙事。""微观叙事"是总体倾向，与此伴随的是历史叙述民间化、欲望化等特征的出现。叙述者将目光投向被宏大话语长期遮蔽的民间记忆与欲望，如刘震云的《故乡天下黄花》、格非的《大年》等揭露出正统历史话语下权力与性的纠缠，形成了对权威历史阐释的反讽和解构。应该说"新历史主义"为史学与文学都提供了新的视角，是一种有益的借鉴，但当旨在解构和颠覆的内在动力在消费主义的土壤上落地，即不自觉地发生"变异"，最为显著的是"新历史主义"还原历史语境的努力在当代文学历史叙事中更多地表现为对"身体""欲望"的过度聚焦。《黄金时代》中王二声称和陈清扬做爱是为了升华伟大的"革命友谊"，毕飞宇套用革命话语来描述村支书王连方和女人的性关系，在"上床不是请客吃饭"中用"上床"替换了"革命"……在男性作家的历史叙事中，历史与性的嫁接构成对神圣话语的戏谑和嘲弄。在女性作家笔下，"身体欲望"也成为历史叙事的主要推动力。在《少年天子》《暮鼓晨钟》中作为点缀和背景的后宫斗争，在《武则天女皇》《后宫·甄嬛传》中被夸大、戏剧化，几乎占去所有叙事篇幅，政经军事沦为情爱、后宫争斗的陪衬。当失却历史理性主义和客观立场后，历史叙事剩下的只有空无。"对身体的大量书写是对历史与现实空无的双重焦虑，是对身体压迫与错过，失去中心主义的恐惧。通过书写，通过白日梦式的占有（《后悔录》），再就是通过偷窥（《兄弟》），通过打白条（《别看我的脸》），这是对现实消费主义感性革命的强行的介入，这次历史拼贴显不出多少超越历史的能力，也看不出胜过现实的力量。"21世纪以来网络的出现大大降低了历史叙事的门槛，新世代写手们甚至不需要查证史实就可进行叙述甚至虚构历史，穿越小说、架空小说，或是套着历史外衣的言情小说等拥有众多拥趸、粉丝。历史叙事主体青春化，历史叙事态度娱乐化，此两者的合成在张扬新世代的活力和反叛精神的同时，将历史叙事导向价值虚无主义，作品的粗糙和低俗呈现出具有普遍性的艺术危机。在这种消费主义对历史叙事的侵蚀中，宗璞、凌力、王旭烽等女作家的历史叙事难能可贵，在对被过分拔高的宏大历史进行质疑的同时，依然不失客观、理性的历史立场。她们的历史叙事受到新时期历史叙事个人化、民间化的影响，力图从自己的角度解读历史，阐述历史，成一家之言，与此同时依然保持对历史的严肃态度，自觉抵御消费主义、价值虚无主义的侵蚀，坚持以一己之躯承历史之重，将个人经验与对国家历史、文化的思考相结合，加以女性创作的实践，无论对于正统的国家话语历史叙述，还是男性把控历史阐述权的惯例，或者当下鱼龙混杂的历史叙事状况，都突破了现有的叙事结构而形成一种历史叙述秩序上的消解和重构。

# 第一章　凌力

迄今为止，凌力共创作《星星草》《少年天子》《倾城倾国》《暮鼓晨钟——少年康熙》《梦断关河》《北方佳人》六部长篇小说，都以明末到晚清的中国历史为背景，在以基本史实为骨架的前提下，填充虚构的事件细节丰满小说创作。随着个人经历和文学思潮的流变，她作品中的身体叙事出现显著的变化。

## 第一节　《星星草》的英雄图谱建构

凌力本名曾黎力，父母都于开国前参加中国革命事业。父亲曾庆良1931年参加工农红军，1961年被授予少将军衔。结合凌力的家庭背景，不难想象在成长过程中凌力听过多少革命先烈为了共产主义事业理想艰苦奋斗、英勇献身的案例。"我从小就喜欢听他讲老家的故事。打土豪分田地和偷跑出山参军的故事"[1]，凌力家中的相册也如实记载了延安时期的生活风貌：军队干部的合影"十多个人就有十多种装束"[2]，充分体现了当时物质生活的困乏和艰难；不少照片甚至"以窑洞、小山村、渡口、硝烟尚未散尽的战场乃至牺牲战友的墓碑为背景"。无产阶级革命的历史通过图像展现在凌力面前，使她身临其境感受到了历史真实的力量。凌力本人1942年出生于延安。"文革"开始于1966年，当时凌力已经24岁，已经基本完成了人生观、世界观的塑造，根正苗红的革命家庭背景，使青年凌力的价值观、

---

① 凌力：《永远的故乡》，见凌力《蒹葭苍苍》，广州出版社，2001，第4页。
② 凌力：《一肩风雪》，见凌力《蒹葭苍苍》，广州出版社，2001，第51页。

看待历史和社会的视角,都"根正苗红",是彼时时代思潮的复刻,纯正革命传统的荣光也使她坚信父辈革命事业的正确性。然而她的信仰却在"文革"时遭到深刻的挑战,引以为豪的父亲因 1937 年在河西走廊被俘不得不假意参加国民党军队的历史被揪出来,当作叛徒被关押在"牛棚"里,家里也数次被抄家。尽管是非混淆使她感受到了历史的滑稽,但这一切并没有动摇凌力的信念,反而成为凌力研究历史的动力,《星星草》的写作正是为处于逆境的不公、激愤所激发。

> 我想应该为人民做点事情。这是一个共产党员的天职。我父亲被关在"牛棚"里,还叮嘱我们要相信党,相信人民,相信历史的车轮不会倒转。于是我下决心研究一下历史……
>
> 在读史的过程中,捻军的英雄史实深深的感动了我。太平天国后期,捻军处于中国革命低落的逆境里,却不后退、不投降,"誓同生死,万苦不辞",坚持抗争到底。在他们身上,我当时忧郁愤懑的情怀得到了寄托。"四人帮"横行时,不允许我用更为直接的方式说出我心中的一切,我只好借助捻军将士的英灵,借助于捻军苦斗的历史,来歌颂已经长眠于地下和仍在人间战斗的人民英雄们,《星星草》就这样诞生了。[1]

1949 年之前,随着父母在革命圣地延安度过"马背上的摇篮"、与革命战士同生共死、"文革"时父亲被批斗等经历,塑造了凌力看待战争、革命、历史的独特视角,成为解读凌力历史创作的重要前提。

## 一 神圣身体与邪恶身体

《星星草》上、下两部分别出版于 1980 年和 1981 年,据编辑回忆,凌力是 1968 年开始查阅史料,1970 年确定以捻军为题材进行写作。历史小说《星星草》实际上是一部借捻军农民起义的史实寓寄对无产阶级革命的歌颂和弘扬民族英雄情怀的历史小说。在捻军"人人有饭吃,人人有衣穿"的

---

① 凌力:《献给昨天和今天的人民英雄》,《光明日报》1980 年 9 月 3 日。

"大同思想"与"共产主义"革命理想的概念互换的前提下，小说中明显存在着以作者价值观为评判标准的身体区分。在作者的价值判断中，捻军所代表的农民起义是正确的，代表了历史前进的方向，因此以赖文光、张宗禹等人为代表的捻军领袖，是作者最为认可、喜爱的角色，为了实现作者情怀的寄寓，他们成为"民族精神和民族文化的化身"[①]，渊博的文化教养、丰富的精神世界、出色的军事才能、爱民如子、牺牲小我成全大我等优秀品质，罕见地完全集中于他们身上，而找不出任何性格瑕疵。

在黑石渡大战后，赖文光为了掩护大军撤退，领兵断后，血战两天负伤惨重奄奄一息，剩下的捻军多次寻他不得，神迹却在众人焦灼无比的时候出现：赖文光的坐骑铁青马驮着负伤的赖文光回到捻军驻地。且不说如何避开敌军的层层搜索，光是在瞬息万变的战场，能寻到旧部的踪迹，这匹战马的识途能力堪比先知。在尊重史实的大原则下，凌力在塑造赖文光的领袖身体时，无法赋予更多的夸张描写，面容清癯、颧骨突出、眼窝深陷等外貌描写指向的是捻军部队筚路蓝缕，赖文光为捻军革命事业鞠躬尽瘁的辛劳付出。然而凌力并没有放弃赖文光身体"神性"的描写，在文中多次采用侧面描写，通过赖文光传递给他人的感受来强调他作为革命领袖非同一般的魄力。当赖文光作为阶下囚被清军审判时，他身上的不凡气度使已位极人臣的李鸿章"虽然初次与之谋面，又处于审讯者的地位，却不知不觉地不得不收敛自己的威风和盛气"[②]。赖文光身体的出现和闪耀的光辉调转了权力关系——已经经过浴血奋战被五花大绑压在审判席上的赖文光，却使堂上的多位将领"感到一种威慑他们的巨大的精神力量"[③]。作者在描写张宗禹时，在身体形象上着墨更多。张宗禹的初次出场就以身体的力量震撼了众人。武艺高强的鲁王任化邦与刘守诚短兵相接时，张宗禹远远地射出一支白羽响箭落在相接的刀剑上，阻止了一场捻军内部的血拼。"他看着任化邦，眼里送过来一片金属般的光亮"[④]，向双方交代了赖文光放行的指示后，"脸上两道剑眉直射鬓边，双目奕奕有神，衬着端正高直的鼻

① 凌力：《〈星星草〉写作断想》，《读书》1981年第4期，第54~59页。
② 凌力：《星星草》（下），北京出版社，1981，第526页。
③ 凌力：《星星草》（下），第526页。
④ 凌力：《星星草》（上），第30页。

准，棱角分明的嘴唇，就在面临着捻军可能覆灭的时刻，也没有丝毫地改变"。[1] 作者运用大量主观色彩浓烈的形容词描绘张宗禹的外貌特征，目的是"着意刻画他决心按照《资政新篇》的纲领，为创立一个美好、强盛、公平合理的新天国而奋斗的革命精神和当时中国最崇高的社会理想"[2]。可见张宗禹的身体在文本是具有超现实意义的，他实际上是当时中国最进步思想的具身化隐喻。在这种创作意图下，张宗禹的人物形象体现出极强的预设性。他不仅身材潇洒、伟岸胜于常人，精力也比常人充沛，作为捻军的左右首脑，在亲身上战场冲阵杀敌外还承担了大量军事部署的工作。从常理推断，普通人早已身心疲惫，闲暇时只愿休养生息，张宗禹却将精力集中于阅读征战时搜罗来的官府文书、来往书信，从中了解清军内部关系和民俗风情，在审判杨福昌时起到了重大作用，在联回初期也有效避免了回汉冲突。张宗禹身体的神性光辉在与清军谈判时达到了"巅峰"。作者在捻军全盘失败，清军将领刘铭传和苏子云前往捻军军营劝降时，设置了一个连环疑局，刘铭传和苏子云两人依次误会程大老坎、张皮绠、罗立海三人是梁王张宗禹。且看《星星草》中作者通过服饰对捻军将领的侧面描写：

(1) 程大老坎：身着棕色长袍，袍边袖沿上滚有紫色花纹，红头巾上有一排金黄色闪亮的边饰，披了一领黑斗篷。

(2) 张皮绠：滚了银边的蓝布战袍被风雨吹洗得褪了颜色，领口、肩头都缀着补丁，但平整洁净。

(3) 罗立海：红巾红袍，镶饰着金黄的滚边，腰里挎着一支短剑。他的黑披风坠在身后。[3]

三人的服饰主色调与各人所属军营代表色呼应，也与各人性格经历吻合。程大老坎率领后军，棕色彰显出他的老成持重；张皮绠是得力战将，褪了色的战袍和补丁，是他身经百战的军功章；罗立海的红、金、黑的搭

---

① 凌力：《星星草》(上)，北京出版社，1980，第31页。
② 凌力：《〈星星草〉写作断想》，《读书》1981年第4期。
③ 以上三段服饰描写见凌力《星星草》(下)，北京出版社，1981，第655、656页。

配，使他气势逼人。刘铭传一再将此三人误认为张宗禹，更凸显了他们卓然的气度。经过重重误会，刘铭传终于得见张宗禹真身。"他穿着一件雪白的长袍，袍边、袖口、领口都滚着深蓝的花纹；蓝色的腰带上，悬着佩剑和手枪。红头巾的金黄色边饰正中，缀了一块椭圆形的碧玉。他身上那领蓝色的披风，迎着海风翻卷着，象大海里蓝色的波涛。"白色因"无颜色"的特性给人纯净神圣的观感，在世界范围被视为崇高、神圣的颜色。多年追寻而不得见一面的张宗禹就身穿白色长袍出现在刘铭传面前，此前在涉及张宗禹服饰时，一般是蓝色战袍或蓝色长衫，如阻止了任化邦和刘守诚内讧时就身着蓝色战袍，"朝霞披在张宗禹的身上。他挺拔魁伟的身材，紧称合身的蓝色战袍，颀长宽大的黑色披风，显露出慷慨潇洒的风度"。蓝色有多种，在以白色喻圣洁之后，凌力特意强调了张宗禹披风的颜色是大海的蓝色，也是力求表现张宗禹的广博和深邃。刘铭传和苏子云果然受到震撼，他们快速地将朝廷重臣和名帅名将在脑海中过了一遍，深感朝野上下，无人能望其项背。

　　备受清军看重、生性深沉冷峻的刘铭传前往捻军驻地与张宗禹谈判，面对张宗禹统领的捻军部队，平日盛气凌人的刘铭传只觉心跳气短、两腿发软，"他觉得自己作为堂堂大清王朝的赫赫一品提督，现在完全不象是要说降捻匪，倒象是焚香顶礼来朝圣一样"①刘铭传朝拜的圣者自然是张宗禹。在得见张宗禹之前，作者依次细致地描写老成持重威风凛凛的程大老坎、具有"一种夺人的精神和气魄"的张皮绠、异常英武俊拔"使人觉得他那心灵象大海一样深邃"的罗立海等中层将领的外貌特征，突显他们非比寻常的气度，并有意制造误会，让他们作为张宗禹的层层衬托——刘铭传一再误会他们就是张宗禹，以此突出张宗禹的气魄和精神都在这些人之上。刘铭传的一再误会充满了"仪式感"——为了见真佛，必须经历重重磨炼。这种仪式使会谈张宗禹这件事充满了神圣感，突出张宗禹高高在上的象征意义。凌力尤其希望通过张宗禹的人物形象，体现19世纪中国革命追求近代资本主义理想的进步性。因此有着深厚的文学修养，渊博的历史知识的赖文光和张宗禹是受作者认可的重要人物；次一等是受他们影响，

① 凌力：《星星草》（下），北京出版社，1981，第654页。

坚定地追随他们脚步的鲁王任化邦、张皮绠、罗立海、刘三娘、罗晚妹、鲁王嫂等捻军将领。凌力不仅不遗余力地展现赖文光、张宗禹作为捻军最高指挥的神圣光辉，对鲁王任化邦的身体描写也颇具象征意味。

在历史上，鲁王任化邦机警过人反应迅捷。捻军初期，红旗和蓝旗因首领早死，早已溃不成军。因此以皖北"蒙、亳之众"为主力的东捻军的实际首领是鲁王任化邦。① 在经过史料的取舍、嫁接，凌力将"谋略"交给了赖文光和张宗禹，更注重任化邦身上"勇"的神威一面。他所到之处，清军闻风丧胆。

> （1）任化邦横刀一抢，大吼一声：
> "弟兄们，过河攻关！"
> 任化邦面前的蒙古骑兵被这一吼吓呆了，举止失措。任化邦刀头一削，两个清兵坠马而死。
> （2）任化邦一听，把右脚狠狠一踩，地上早成了一个土坑。
> （3）任化邦跳起来老高，一刀把河边的一棵古槐砍倒了半边。②

在凌力笔下，任化邦天生神力异于常人。牛保忠头上戴着百十来斤的石臼如无物，能将四五百斤的碌碡轻轻松松举起，鲁王的神力比他更胜一筹。两人掰手腕，牛保忠"憋住劲儿，发起了一次又一次的冲击，但他感到鲁王的手臂和手腕象有铁架子支撑着，纹丝不动"，当他使出全身力量时，鲁王的手腕也只是"轻微地颤动一下，又顶住了"，最后将牛保忠的手腕和手臂一起压倒在桌上。鲁王任化邦不仅力气过人，身体感受也异于常人。在滴水成冰的冬夜，他还觉得很热，"用蒲扇似的大手直往脸上煽风"。在战场上他犹如战神，被僧王亲随马家驹暗算后，他前额射进一支箭，他顶着这支箭杀到放箭者前，命马家驹亲手把箭拔下来，"一缕鲜血顺着鲁王左颊流下来"，鲁王却像是完全没有感觉，流着血又冲进战场。鲁王任化邦不怕疼，女将罗晚妹也坚韧过人。她受伤骨折后，在没有麻醉药的情况下，

---

① 江地：《〈捻军人物传〉绪论》，《社会科学战线》1984 年第 3 期。
② 以上三段关于任化邦的描写分别出自凌力《星星草》（上），北京出版社，1980，第 55、56、58 页。

毅然接受老石的接骨方案，疗伤过程中疼得咬着的下唇和抠进木板缝的指尖都鲜血淋漓仍不哼一声。罗晚妹接骨的故事实为"关羽刮骨疗伤""刘伯承不打麻药做手术"等民间故事的变异。正是通过对任化邦、罗晚妹等异于常人特征的描写，暗示他们"天选之子"的身份，从而肯定捻军的合法性。

在《星星草》中，捻军是代表历史进步的正义方，与其敌对的清朝军队及其领导者则被作者直斥"清妖"。明确的叙事意图及情感倾向通过对清军及其将领的身体描写清晰准确地呈现。僧格林沁亲王被朝廷看重，是剿灭捻军的清军首领，是为"妖王"，其所行所事残酷、暴虐。富精阿救援不力，僧林格沁下令将他生祭阵亡将士；舒保伦战败被残酷殴打。僧林格沁"两步就跨到舒保伦面前，伸手揪住舒保伦的马褂，老鹰抓小鸡似的，一下子把他拎起来，猛烈地摇晃他，好象要把他的骨头架子摇晃散了才能解恨"，"左右开弓，乒乓一阵，扇了舒保伦十几个耳光"。舒保伦被打得"脸色苍白，嘴角流血，浑身筛糠似的颤抖，舌头打结说不出话来"。心情焦躁时，亲生儿子也是一言不合就要斩首，伺候他的人更是提心吊胆，随时准备"脑袋搬家"。除此以外，其余清军将领无不贪婪、残暴。僧格林沁的亲随杨福昌贪财，利用常接近权力核心的特殊地位，公然向求见僧格林沁者索取例银。僧格林沁如此残暴，随从敢于收受贿银，可见已得到默许。小小一个随从索取的"过路费"，少则二百两银子，多则上千，晋见的见面礼就更为可观。舒保伦是满族富家子弟，傲慢奢华，"长得相当漂亮，但有斜眼看人的习惯"。贪图享乐在小说中是所有清朝权贵的共同特征，舒保伦表现尤其突出。在行军阵战之中，舒保伦依然有闲心把帐篷布置得华美舒适，坐着舒服的靠椅"摆弄着一对刚刚弄到手的水晶鼻烟壶，对烟壶内壁雕镂的精美花纹赞叹不已"。舒保伦的生活方式从侧面给读者提供了窥视僧格林沁日常生活的窗口：仪仗远胜于舒保伦的僧格林沁生活必然更加奢靡。另一个僧格林沁的宠信陈国瑞生性残暴，多以僧格林沁精神继承者的面貌出现。陈国瑞相貌丑陋，"身姿粗大，皮肤黧黑，半截眉下鼓出一双金鱼眼，闪着桀骜不羁的光。下巴向里收缩，使他大而薄唇的嘴更显得突出。当他咧开嘴笑起来，露出两颗白厉厉的又尖又长的犬齿时，他的面貌就更象一只凶恶的、贪得无厌的黑豹"。陈国瑞嗜血，经常拿活人当活靶练射击，和好友吴礼北分吃陈老五的眼睛。吴礼北"左手掌中托着两个血淋淋的团球","把一个滴着鲜血的眼睛塞进嘴里,呼噜一口吞了下去",陈国瑞也接着呼噜吞了另一个眼球。作者不惜以惊悚恶心的情节来刻画以陈国瑞为代表的清军的凶残和兽性,指向清军有违天道亦违民心,喻意清朝腐朽已到极点,并以此从侧面烘托捻军的善良和正义,确证捻军顺民心、行天道的合法性。

凌力曾明确表示,她写历史小说是"想要表现和颂扬那些使人类奋发上进的精神品质,颂扬过去、现在、将来都被人们追寻的真善美"①。《星星草》中的捻军代表人类真善美的品质,尽管是"失败的英雄",依然是革命的新生力量,代表了历史前进的步伐。张宗禹有着"挺拔魁伟的身材""剑眉乌黑,鼻梁高耸,眼神炯炯";赖文光身材清瘦并不高大,"但是结实、挺拔、匀称",眼睛里"始终燃烧着一朵火焰",依然是"眼神炯炯"的另一种表述;任化邦"魁梧得象座铁塔";罗立海也拥有"长方的脸膛"和"炯炯有神的眼睛"。与此相对,清军是作为被批评的假丑恶形象出现。考虑到新中国成立初期面临政治、文化、经济、道德等多种意识形态都需大规模重建的历史背景,英雄人物身兼示范、榜样的"偶像式"重任,人物"脸谱化"是可以理解的,也作为一种时代特色在历史长河中具有不可埋没的地位。"脸谱化"身体书写的真正问题在于对身体的单向度理解。时间是流动的,身体也不可能保持某种状态凝滞不前,必然会经历低落、疾病、衰老、消亡等变化,真实的人的思想也会出现犹疑、徘徊。但革命历史小说的叙事竭力回避了这一点。如《星星草》中的赖文光,成为清军的俘虏后,依然保持了绝对的身体优势,不仅李鸿章等满堂清军将领折服于他的气度,身为在押犯受到一段时间的监禁折磨后,赖文光"象甩开一滩烂泥似的猛踢左腿",仍能把向清军投降未受折磨的原捻军魏王李允踢到"一个仰巴跤子甩出去丈把远"。"一丈"约三米,而魏王投降前也是捻军的佼佼者,为了烘托赖文光的精神"伟光正",不惜违背常理塑造出一个功力惊人的身体,借此反映出人物的思想之坚定,似乎身体状态的改变就意味着思想的动摇。当"脸谱化"的身体书写出现在历史叙事中,就导致另一个问

---

① 凌力:《路漫漫其修远兮》,《文学评论》1992 年第 1 期。

题：身体与历史的脱节。塑造了一批"高大全"的英雄人物身体后，捻军的失败实际上已经是一个不可理解的事情。读者很难想象赖文光、张宗禹有着如此逼人的气度、高强的武艺、缜密细腻的心思，还有高尚的人格，为何还有郭正武、李允的叛变，也很难想象一个军纪如此严明、思想如此先进的军队为何会战败。英雄人物的身体形象越是"高大全"，与真实的历史之间越缺乏合理的过渡，因为"身体"不再是真实的、鲜活的身体，而是概念化的、单向的，文本所试图陈述的历史也变成机械的、物化的历史，这恰恰与作者重现历史现场的初愿南辕北辙。

从《星星草》面世以来，已有众多研究者总结归纳小说人物形象创作的得失，读者的反映也表示，与"高、大、全"的捻军和"假、丑、恶"的清军相比，曾国藩、李鸿章、刘铭传等湘军、淮军的将领更有层次感，有善也有恶，显得更为真实、动人。然而在谈及创作时，凌力曾坦言，直到第四稿《星星草》中曾国藩、左宗棠、李鸿章等依然是作为反面人物出现。初稿对他们的描写也是"极尽丑化之能事"①。将人物明确划分为善良与邪恶、美丽与丑陋等描写方法，实与"文革小说""样板戏"等人物描写方式一脉相承。自提出无产阶级文学开始，中国文学就逐步加强与政治的联系。1942 年毛泽东《在延安文艺座谈会上的讲话》直接表明，文艺工作要"很好地成为整个革命机器的一个组成部分，作为团结人民、教育人民、打击敌人、消灭敌人的有力的武器，帮助人民同心同德地和敌人作斗争"。②1949 年后，中国当代文学承继无产阶级文学的思想遗产，在必须巩固政权，肃清敌对反动势力，建立新的社会秩序的时代要求下，为无产阶级革命和新政权的建立提供合法性论证，成为文化指导工作的最直接要求，也是当时文学创作的重要主题。

"文革"文学的叙事方式与时代精神为凌力所内化，自觉地运用"三突出"的创作方法表现代表历史进步的革命英雄人物，已经成为作者心中的创作激情和主要动力。在《星星草》中，除了被歌颂的正义方捻军和假丑恶的清军，还有大量如赵得祥、牛保忠、苏子云、回军任生彦等下层兵士

---

① 李树声、凌力：《人的颖悟与梦的追寻——漫谈凌力的作品及其他》，《当代作家评论》1992 年第 4 期。
② 毛泽东：《在延安文艺座谈会上的讲话》，商务印书馆，1972。

和李如秀、郑玉燕、郑玉莺等普通老百姓，凌力对他们的态度都有所保留。李如秀文质彬彬书法过人，郑玉燕、郑玉莺花容月貌倾国倾城，但都性格怯懦，对清朝心存幻想，在忠于朝廷和投诚捻军之间摇摆不定，颇似"十七年文学"与"文革小说"的中间人物。《在延安文艺座谈会上的讲话》中有关于如何对待中间人物的方针："对于统一战线中各种不同的同盟者，我们的态度应该是有联合，有批评，有各种不同的联合，有各种不同的批评。他们的抗战，我们是赞成的；如果有成绩，我们也是赞扬的。但是如果抗战不积极，我们就应该批评。如果有人要反共反人民，要一天一天走上反动的道路，那我们就要坚决反对。"在中间人物写作方针的指导下，李如秀和郑玉燕等都善良美好，但作者并没有给他们一个美满的结局。李如秀妻子郑玉燕被童荣抢走，两人相隔咫尺却无法相认，饱受生离之苦，郑玉燕最后被郭正武凌辱自杀身亡。李如秀数次遭劫难，被当作捻军的探子抓进监牢，三次成为陈国瑞练射击的活靶差点死掉；摆摊代人写信刚能维持生活，遭同行串通诬告差点被淹死；迫于无奈做了汪洋大盗童荣的书记，险些被清军当作盗贼同伙抓获……他的种种遭际成为清王朝已经腐朽之极必然灭亡的明证，反映了凌力对于中间人物犹豫、纠结、不彻底的不满，她要用自己的笔使他们醒悟。

凌力选择捻军作为创作对象，还有更为直接的因素。如她自述，她是被"文革"中的不公和逆境所激愤而创作的，老革命父亲的遭遇使她清醒地意识到"文化大革命"本质上是历史的一种倒退，"同情当时被打倒的大批的革命干部，为他们鸣不平，想讴歌在逆境中坚持斗争的英雄"①。《星星草》手稿送到编辑手中时已经是1978年"文化大革命"结束、新时期开始之际，《星星草》（上）于1980年出版，其间经过了多次修改。当时"文革"已经结束，对人们心灵造成的创伤仍难以愈合，反映"文化大革命"给人们带来的精神物质上的伤害和对国家民族前途的反思的伤痕文学和反思文学成为创作主流，旨在弘扬人间正气、鼓舞人心、批判邪恶力量的《星星草》显然亦是对伤痕、反思文学思潮的一种回应。

《星星草》的不足显而易见。"主观上，是由于我把农民英雄理想化，

---

① 戴逸：《星星草·序》，见《星星草》（上），北京出版社，1980。

试图把所有起义领袖的美好品质都集中在主人公身上，歌颂他们气壮山河的英雄气概，而不忍心去写他们的错误和缺陷。客观上，长期存在的极‘左’思潮，文艺创作上‘高、大、全’的唯心主义创作观念和方法，对我也产生了一定影响，突不破束缚和框框，表现了自身的历史局限性。"① 这段剖白式的创作总结指出了一个文学工作者无法回避的问题：意识形态、历史、文化、思潮运动等时代潮流对作品创作尤其是人物身体叙事具有非常深刻的影响。多种社会意识通过对身体的规训为作家所吸收、内化，形塑为作家的主体意识，转而在作品的人物身体描写中呈现。

## 二　宗族血缘与阶级血缘

在《星星草》之中，能够清晰地看到作者进行的对血缘关系建立的家庭概念的刻意模糊和消解：鲁王、鲁王嫂和小虎头一家虽然同在捻军，却被拆散到各个不同的军营，即使是亲密母子，鲁王嫂和身在童军营的小虎头也不得经常相见。这实际上是对以血缘为核心建立的家庭关系的消解，因其会促使人放弃集体利益而倾向自我或家庭利益的满足，从而破坏"大一统"的形成。作为个人隐私庇护的家庭从形式上被解散，个体无处遁形，唯一安置自身的方式是融入集体，以阶级身份成为集团的一分子。悖论的是，在对原始家庭消解的同时，集体作为一个利益共同体被刻意强调：赖文光、张宗禹、任化邦等捻军首脑都将刘三娘当作义母对待。通过对"孝"的强调，捻军部队无形中用"家庭"概念将更多的个体纳入集体话语之中，只要有着共同的阶级身份，人人亲如手足，这种"小家"与"大家"概念的置换，也体现了集体话语对个体话语的淹没。作为英雄母亲刘三娘对回归的亲生儿子的质问更充分体现了对阶级情感高于血缘亲情的强调。

　　一片阴云升上三娘的眉间，赶走了刚才充溢在整个脸膛上喜悦的神采。她冷冷地望着儿子，久久地沉默着。她忽然变得象冬天裸露在高山之巅的石块一样冷峻。她一字一句地缓缓问道：

---

① 凌力：《从〈星星草〉到〈少年天子〉的创作反思》，见凌力《少年天子》，北京出版社，1998。

> "你们,从哪里来?"
>
> "从……扬州江都一带转回来……"
>
> "没有回淮北老家?"
>
> "没有,……攻不过去。"自知理亏的儿子一直低着头。
>
> "你这把腰刀向清妖缴过?"严峻而低沉的声音,猛然高起来。
>
> ……
>
> "你吃过清妖的血腥茶饭?你打过清妖的肮脏龙旗?"三娘一句接一句地逼问上来,目光象犀利的长剑,直刺在儿子惊呆的脸上。

这段描写中出现了三次"儿子"。三娘的态度则表明,如果亲生儿子曾向敌军投降,她将毫不犹豫亲手了结儿子的性命。因为只有在肉体上对叛变者进行彻底消灭,才能保持阶级血统的纯洁性。同为女性将领的罗晚妹与张宗禹的感情线贯穿全文,当他们终于冲破个人理性结合后,罗晚妹说,"宗禹!要是刚才……你,能给我留下一个儿子,那该多好啊!"个人情爱之私与无约束的激情会产生灾难性的后果,因此不为集体至上的伦理观所容。但由于情欲为生殖繁衍所必需,不能完全消除或回避,所以必须加以管束和指导——只有在繁衍革命接班人的前提下,情欲的发生才具有合法性。在传统社会中,婚姻和血缘关系是联结财产所有权和人的身体支配权的关键机制。通过对血缘家庭的消解和阶级家庭的强调,以及"性"的控制,国家话语成功将个人话语融入集体话语之中。

## 第二节 《少年天子》的身体图绘

荣获第三届茅盾文学奖(1991)的《少年天子》是一部描绘清兵入关后第一位皇帝顺治政治生涯与爱情生活的小说。凌力曾非常清晰地表述了作品中的人物身体图式分布。整部小说中的人物图景呈"恒星系统"分布,恒星当然是顺治帝,而其他人都是围绕他的行星,"最近的一层,是宫廷中的人,即他的母亲庄太后与妻姜子女皇后、董鄂妃、康妃、三阿哥等;第二层是皇亲贵族,以岳东、济度为代表;第三层是朝廷的满汉大臣,如傅以渐、陈名夏、汤若望、索尼、鳌拜等;第四层,中下级官吏,有李振邺、龚鼎孳、苏尔登、熊赐履、徐元文等；第五层，是一批汉族士人，吕之悦、陆健、张汉等；第六层，民间百姓，柳同春兄弟、乔家母女姐妹等；还有一层，是蛰伏的故明复辟势力，朱三太子、白衣道人、乔柏年等"①。同层次人物之间有他们各自的联系，各层之间也有纵向联系，辐射式地向内指向以顺治帝为恒星的中心。表面上人物图景是以顺治帝为核的权力中心向外辐射分布，落实到身体描写与价值判断上，其背后支撑是"改革"精神。

1978 年 12 月，中共中央第十一届三中全会于北京召开，提出"改革开放"的口号，决定把党和国家的工作重心转移到经济建设上，逐步在全国范围内实行经济体制改革。此后，人们日益将重点投注到改革工作中。似乎是受到人们激情的感召，反映现实生活中城市和农村经济体制改革成为当时文学创作的重要主题。蒋子龙的《乔厂长上任记》（1979）为"改革文学"拉开序幕，《花园街五号》（李国文）、《新星》（柯云路）、"陈奂生"系列（高晓声）、《鸡窝洼人家》（贾平凹）等作品陆续面世，全国文学界形成了一股"改革文学"的热潮。国家政策的实行和贯彻需要小说等文学形式的助力——1985 年第二届茅盾文学奖评选出《钟鼓楼》《沉重的翅膀》《少年天子》三部作品，都是弘扬进取、改革精神，描写改革进程的作品。为国家的重大变化所鼓舞和激动是自然而然的事情，凌力毫不讳言"处于改革的 80 年代，我被立志变革而又步履维艰的顺治皇帝的独特命运所吸引，被他那深拒固闭的传统意识压制不住的人性光华所感动，又写了《少年天子》"②。简言之，作者为全国上下如火如荼的"改革运动"所感召，选取了历史上锐意改革的一代君主——福临作为叙事对象。

在《少年天子》中，"服饰"是作者塑造人物形象的重要手法。凌力着意通过对福临服饰的描写，突出其君主身体。"在伏地的一片红蓝相间、如同厚厚的地毯似的人丛中，以金黄色为主调的少年从容而立，不但显得高大轩昂，而且如黄金铸就的一般闪闪发光。"③ 作者采用主观色彩极为浓厚

① 凌力：《从〈星星草〉到〈少年天子〉的创作反思》，见凌力《少年天子》，北京出版社，1998。

② 同上。

③ 凌力：《少年天子》，北京出版社，北京十月文艺出版社，2003，第 23 页。

的叙述方式极力突显福临君主身份和生理气质的完美结合。在塑造庄太后的人物形象时，为了凸显太后的尊重身份，也多次对其服饰进行描写。"皇太后高坐在宝座之上，因为穿了全套礼服而显得越加庄严高贵：三重宝石冠顶上，珍贵的东珠围绕着一块硕大的红宝石，九只镶了珍珠的金凤环集在皇冠的四周，金凤嘴里各衔着五串珍珠垂挂，前面的垂向前额，侧后方的垂至耳下肩头；马蹄袖的深紫色朝袍外，罩着石青色绣行龙朝褂和披肩，上有山海日月龙凤图案，显示着无上的尊严。"朝廷重臣傅以渐训诫下人不得多嘴议论国家大事时，穿的不是日常着装，而是象征着身份和权位的朝服。"他那魁梧的身体几乎挡住了半扇红门、团龙朝袍、仙鹤补褂、青金石朝珠、红珊瑚顶子朝冠"，这一身上朝的礼服，不仅衬托出傅以渐的威严，也为他责罚下人的权力增添了说服力，显示出一种官民秩序的既定性。前明降臣陈名夏和龚鼎孳同游顾园，"两人都是文士装束。陈名夏身着满式无领蓝衫，外面罩一件貂皮镶边暗蝙蝠花纹的烟色缎马褂，头上一顶瓜皮小帽。龚鼎孳穿的却是前明秀士常着的直领蓝衫，夹里对襟，胸前以绦带随便一系，头上无帽"①。服饰显示出两人际遇、心态的差别。龚鼎孳虽然降清，仍以中原文化为傲，内心依然充满对前朝的眷念之情，赋闲在家，心情郁结，陈名夏则更识时务，得到朝廷重用。

《少年天子》中的服饰描写，比《星星草》更进一步，不仅是塑造人物要点，还承担着还原历史现场、推动叙事进展的重要职能。福临二次大婚时，命百姓"人人须穿红戴绿"以示普天同庆，是一种帝王权威向百姓日常生活的渗透，彰显出权力对身体的强大规训力量。在圈地事故中，吕之悦和陆健身着满式服装，走近村民时，"村民们对他俩一打量，立刻变了神色，眼睛里透出一股冷冰冰的敌意，像是避瘟疫似的纷纷躲开了"。汉族村民因满式服装，流露出对其他汉人的排斥。在村民中，"虽然都已薙发留辫，但衣裳大都是前明通行的交领衫、直领袄，妇女还是短襦、长裙、发髻，全套汉家服饰"。显而易见的排斥、满汉服饰混搭的历史情境，喻示当时清朝贵族和汉族平民之间的激烈矛盾，为改革的必然性埋下铺垫。

顾媚生为激励龚鼎孳向清朝权贵示好以求复出一段中，服饰的描写占

---

① 同上书，第63页。

据了大量篇幅。顾媚生先是特意换上明末妇女流行装束:

> 云髻高耸，双头凤钗左右贯穿；光灿灿的金步摇缀着点点水钻，垂向前额，垂向双耳和双肩，仿佛闪烁在乌云间的星光；点蓝点翠的银饰珠花，恰到好处地衬出黑亮的柔发和俊俏的脸；月白小缎袄外，披了一幅湖蓝色绣着云水潇湘图的云肩，一颗鲜红的宝石领口在下颏那儿闪光；玉色罗裙高系至腰上，长拖到地，鲜艳的裙带上系着翡翠九龙珮和羊脂白玉环；长长的、轻飘飘的帛带披在双肩，垂向身后，更映出那潇洒出尘的婷婷风姿。

这身装束触动了龚鼎孳今非昔比之感，随即顾媚生换上满式服饰:

> 鬓角抿得油光水滑，头上的高髻不见了，头发全梳到脑后，做成两个短燕尾；戴着金丝点翠的发箍，两边各插一朵拳头大的朱红娟花；耳戴三孔三坠的金环；身穿长及脚背的宽大氅衣，银红的底色上绣了八团翠黄的秋菊图案，周身镶宽白缎绣花边，外压狭花绦子；脖子上围一条长及衣裾的雪青绸巾；衣裙下露出一双金钱绣云头的高底花盆鞋；右手拿着乌木细长杆烟袋，铜烟锅，杆上坠着红缨穗的烟荷包，左手拿一只钿子。——这是目下时兴的满洲贵妇出门作客的打扮。[1]

　　顾媚生实际上是通过服饰的比较来促使龚鼎孳充分意识到前明已经覆灭，天下已是清朝的天下，从而激励他放下戒备和自尊向清朝权贵示好以达到复出的目的。女性身体在不同的服饰中，体现出不同的美态，也是顾媚生意欲向龚鼎孳表达，无论什么朝代，百姓的日常生活并不会出现大的改变，衣食住行仍是生存的终极追求。
　　《少年天子》全书主要线索，是以福临为代表的改革派和满洲贵族势力为代表的保守派之间，围绕体制改革所展开的一系列矛盾和斗争。围绕这

---

[1] 凌力:《少年天子》，北京出版社，北京十月文艺出版社，2003，第275~276页。

个线索，凌力将书中人物进行了区分。通过多年写作经验的反思和总结，作者已经尽力掩盖自己的个人倾向，《星星草》中泾渭分明、高下立见的人物身体刻写方式不再出现，然而我们还是看到作者对福临、乌云珠、庄太后等人物的偏爱。其中关于福临外貌的描写散落文中多处，除了"团团的脸""高耸的鼻梁""眸子非常明亮"等普通的外貌特征描绘，文中还多次出现包含主观色彩的描写。"福临穿了一身射猎的便服，披了一幅黑丝绒披风，骑着他心爱的玉骢骥，英姿挺拔，神采焕发"等描述体现了凌力对他君主身体的强调。即使是微服私访，福临的气质依然高贵不凡胜于常人。福临穿着普通军士的服装出现在孤高的熊赐履面前，熊赐履内心暗暗称赞"虽然此人貂帽、旧袍、黑马靴，装束毫不起眼，但面若冠玉，眼似晨星，神采奕奕，顾盼生辉，绝不是一般的旗下军士；但说他是贵公子，看去却不油滑；说他是皇亲，又不骄矜"。作者不吝赞美福临的气质，塑造他的美好形象。汤若望爱戴福临，暗自赞美：啊，他的发如冬之夜的黑，他的颈如夏之雪的白，他的脸如晨光之红。对于支持福临改革的乌云珠、庄太后、安郡王岳东等人的身体描写，也明显多于其他人物。岳东器宇不凡，"身材高大，两肩宽阔，四十以下年纪，一双眼睛亮闪闪的，气度很是轩昂"，他有勇有谋且宽以待人。在董鄂妃的陪葬队伍通过时，阿丑以为妹妹容姑身在其中，"趁着谁都没有拉着她，猛跳起来，像受惊的鹿，向前飞跑"，把脸挤在铁栏杆之间盯着从面前走过去的殉葬者。安郡王当着皇宫卫兵的面呵斥责打阿丑，意在通过对阿丑的责罚，表明自己对她有处置权，再命护卫将阿丑交给安王府总管，使阿丑免于被皇宫卫兵责罚而送命。安郡王收养弃婴、救助阿丑，体现出其性格中温厚仁慈的一面，是他和吕之悦成为朋友、为顺治帝和康熙帝倚重的基础，也使他成为小说中的正面人物。

作者赋予改革者诸多美好品质，对于反改革者着力批评。人物的形象塑造是作者价值批判的重要呈现。简亲王济度是反对顺治帝改革的重要人物，他性格狭隘、残暴、虚伪。虽然自己也喜欢汉族饮食，欣赏汉妆，还是固执己见，要求"满洲家要严守古朴祖风，这汉俗汉风一点不能沾"。他残暴、冷酷，立下家法，新奴仆进门必须先接受一顿鞭打，"直打到他无声无息，鞭子抽在身上劈啪响，像打着石头木头一样"。与新入关的清朝贵族相比，想要反清复明的朱三太子显然更缺乏改革精神，也是书中最为人所不齿的人物。朱慈炤假借为前明皇室血脉传宗接代的名义奸淫多个妇女；贪生怕死，以为清军围剿时吓得瑟瑟发抖；生性残暴，常常虐打梦姑；狠心将亲生的双胞胎女儿抛弃荒野；眼看复明无望时还要"妃嫔们"自杀殉葬。强奸幼女容姑未遂还振振有词："我们祖上就讲究选幼女进宫伺候，叫作采阴补阳。哪一年不选个二三百！专要八岁到十二岁的。"面对乔柏年对他意图强暴容姑的谴责，他还扬扬得意说："姐妹共事一君，乃千古佳话！"以为他看上容姑是容姑的福分。作者对朱慈炤进行了严厉的批评，认为"前明的大好江山，不就是因为一代代皇帝荒淫无耻、昏庸腐败而断送"。朱慈炤"国君"身体对晚明国体的讽喻显而易见。此前在描述文人们鉴赏戏子双手的淫秽场面前，龚鼎孳曾发表狎弄莲官的点评，作者特意强调龚鼎孳是"老风流、老名士"，这种强调实际上是将朱慈炤、龚鼎孳、李振邺、张汉之流，一并归为晚明腐朽文化的代表。狎妓、玩弄男宠曾被视为文人雅士的风流韵事，朱慈炤奸淫幼女"采阴补阳"的说法在历史上也有迹可循，作者将这几人塑造成纵欲丑陋的形象，通过对他们的批评揭露中国封建文化中荒唐不堪的糟粕一面，着意揭示正是因为晚明统治阶级追求享乐、放纵身体欲望，才导致民不聊生、战火绵延。朱慈炤的身体是晚明国运的隐喻，他的纵欲和无道象征了晚明的腐朽和不堪，他的暴虐残忍正是晚明社会秩序混乱以至灭亡的最佳注脚。

## 第三节　转向："史"与"人"

凌力倾向关注宏大历史，从《星星草》到《少年天子》《倾城倾国》《暮鼓晨钟》等"百年辉煌"三部曲，都是在"正史"基础上的添枝加叶。小说中的故事、情节、人物，都是从已有的史实记录中寻找，也是在"真实的历史"允许的可能性范围中虚构，甚至间插史书原文也是常有的手法。在遵循线性、进步的历史观的前提下，凌力的历史创作历经多次转向。

从《星星草》到《少年天子》，是农民起义叙事转向帝王叙事，其本

质是历史小说还原到文学层面，确立写人为中心的法则问题①，是从
"史"到"人"的转向。"清史三部曲"中汤若望的描写是这种创作转向
的体现之一。

德国传教士汤若望的身体贯穿了《倾城倾国》《少年天子》《暮鼓晨
钟》反映明末清初历史变革的"百年辉煌"三部曲，他的形象在不同历史
阶段有不同表现。

　　（1）这庄严热情、水晶般纯净的声音，在这间小小的礼拜堂四壁
间回响。主礼的汤若望神父立在圣坛边，身着黑色长袍，头戴黑色小
帽，胸前悬着耶稣受难十字架，深深的蓝眼睛、高鼻宽额、线条刚劲
有力的面容以及整个身姿，都显示着一种极富感染力的虔诚。

　　（2）汤若望学着中国人的样子端茶闭目品味之际，一双温软的手
臂缠上脖颈，带着浓烈的脂粉香，一个妖艳的姑娘力图挤进他怀中。
汤若望大惊，茶盏摔了，热茶溅了一身。他的狼狈相招来一阵大笑……

　　汤若望指着商人，说着半生不熟的汉语："你！骗！欺骗！"

　　他的指责只换来更加放肆的狂笑。汤若望压不住火爆的脾气，怒
吼一声，掀翻了桌子，整个船身震动了。

以上两段是汤若望在《倾城倾国》中的身体描写片段。汤若望和明臣
孙元化成为朋友，参与到修造火炮、炮台，甚至与一百多名"粉红脸膛、
高鼻深目、棕红色鬈发鬈须"的葡萄牙火炮手参与登州作战。第一段描写
将汤若望的身体放置在礼拜堂中呈现，突出"传教士"是他在中国的最根
本身份。第二段是通过商人的戏弄来突出他作为传教士的品格，也为《少
年天子》中劝诫福临节欲埋下伏笔：只有自己品行端正无可挑剔，才能有
足够的资本劝诫皇帝。实际上汤若望本人的贞洁和端正，也是他在顺治朝
中德高望重的基础。在《少年天子》中凌力展现出他极得顺治帝崇信的情
况。他服饰贵重，"头戴蓝宝石顶戴的朝帽，身着绣孔雀的朝褂，项下一挂

---

① 王姝：《历史叙事的转换与原型模式的开启——重评凌力的历史小说〈少年天子〉》，
《长江文艺评论》2019 年第 2 期。

青金石的朝珠和一枚金色的十字架一同闪亮",虽已是白发苍苍,但碧蓝的眼睛满含慈和的微笑,在坚持革除不学无术的清朝贵族子弟时,"昂起白发苍苍的头",展现出"一脸坚决得近于执拗的表情",面对福临的试探也"面不改色"。在与福临的交往中,他呈现出不卑不亢的身体语言,既是对品行的突出,也是对地位的暗示。及《暮鼓晨钟》汤若望被卷入鳌拜和皇室的权力斗争中,成为清朝保守势力打击汉官、变革倾向的首要突破口,被诬蔑为妖教的教头加以审判。他已是年迈体衰的老人了:"偏瘫的汤若望,由李祖白和南怀仁搀扶着,十分困难地一步挨一步地向前移动。寒风把他雪白的头发和胡须吹得乱蓬蓬的。他是那样消瘦、虚弱、衰老,簌簌地抖动着:手脚在颤抖,白发苍苍的头在颤抖,嘴唇在颤抖。"等到死后数年,仍被康熙念叨"汤玛法无故冤死",并作为反攻鳌拜党的第一记重拳。从对汤若望身体的描写中可以看出,与部分人理解不同,在小说中汤若望作为"洋人",在明末清兴这段历史中并非旁观者的角色,也非晚清中趾高气扬的侵略者。从身体描写中可以看出,汤若望在中国的土地上度过了大半生,从热情洋溢的传教者到年迈力衰的老朽,从备受推崇到阶下囚再被救出,他的身体极大程度地参与了中国历史发展的进程,是历史的亲历者,甚至是牺牲者,他的身体也成为这段历史的一个侧面。对这一身体形象的描写,是对长期被遗忘的史实的重现和还原,体现了作者对历史真实的探索。

"写史"转向"写人"体现了凌力对历史真实多种层面的思考。《星星草》、"清史三部曲"等都以男性为中心,在2008年出版的《北方佳人》中神圣崇高、代表历史进步力量的男性形象被凌力一再消解。

《北方佳人》讲述的是北元1400年至1444年间蒙古王朝更迭的风云故事。作为以真实历史为背景的小说,《北方佳人》无法回避叙事的历时性,奇特的是文本的叙事并未给予读者一种历史发展感,相反汗庭的反复动荡、男人的征战杀戮体现的是历史的重复。洪高娃显然是叙事的核心,她的身体出现在每一次权力更迭的关口,对她身体的渴求成为杠杆撬动着每一个逐权者的热望。在洪高娃去世前,共有六位蒙古大汗出现。每一场汗庭剧变都伴随着对洪高娃身体的争夺。洪高娃为报杀夫之仇,挑拨额勒伯克汗和浩海达裕的关系,引发瓦剌各部各蒙古本部之间的斗争,额勒伯克汗被攻进和林的瓦剌叛军杀死；乌格齐因坤帖木儿汗觊觎洪高娃盛怒之下失手将他打死，顺势称汗；本雅失里怀着"洪高娃属于我"的想法杀回和林城；答里巴汗庭背后的实际掌权者巴图拉和此前几位大汗一样，都想得到洪高娃；阿岱为巩固汗王地位二娶洪高娃……称汗的人如走马灯似的变换，只有洪高娃数十年如一日，青春美艳"一点儿也没变"。衰老是人身体的必然，作者不惜违背自然规律，塑造出一个毫无时光刻痕的女性身体，实际上是强行赋予其意义，将其设定为象征符号。屡次成为男性争夺对象的洪高娃身体，凝聚着性欲、权势欲、财富欲、征服欲等多种欲望的交缠，是男性幻想性、社会性的建构，获得她不仅仅意味着身体欲望的达成，还意味着草原领主地位的确定，是对男性成就的最高表彰。对她身体的渴求推动了北元 1400~1444 年间的历史发展，洪高娃的身体正是在这种意义上成为叙事核心，显著表征之一是洪高娃作为男性欲望投射的焦点及叙事的核心，在所有叙事的关节点（汗庭的剧变当口），都保持着惊人的青春美艳。她也曾历经苦难，被额勒伯克汗关禁闭，被斯琴大哈屯放逐，也曾为强盗夺取沦为女奴，但作者强调的仍是她身体的青春不老。文中借助旁观者的视角多次出现对她青春不老的强调：

（1）塔娜出神地看着主母，怎么也看不出她比八年前有多少改变。

（2）他却一眼就看定了洪高娃，惊讶地笑道："洪高娃哈屯，你怕真的是仙女下凡吧？这么多年过去了，我的胡子都开始白了，你怎么一点儿也没有变呢？"

（3）他盯着她的目光都发直了，脑子里也空白一片。洪高娃这一声问，才把他惊醒，有些手足无措，有些口吃，总算是反应过来了："好，好……洪高娃，十年了，你竟然……一点儿也……没有变！"

在这种对"不变"的强调中，我们看到的图景是，叙事核心（洪高娃身体）固化而稳定，叙事（北元政权更迭）围绕这个核心发生。

《北方佳人》是典型的"讲述战争和征服的故事"，围绕洪高娃和萨木尔的遭遇，勾勒出北元 1400 年到 1444 年的历史。女性（洪高娃）是文本叙事的核心，通过她美艳绝伦的身体，折射出男性的利欲熏心，即使是得到洪高娃一生爱恋的哈儿古楚克也不例外。在小说开头，哈儿古楚克是以男性中的翘楚形象出现的，他的身体外形象征了身份和精神上的高贵。"乌黑的剑眉斜插入鬓，眼尾上挑的细长双目星光闪烁，鼻梁又高又直，下面一张轮廓鲜明、形状好看的紧闭的嘴，浅棕色的皮肤细致光润，身姿挺拔匀称，行动表情间时时透露出高贵和优雅。"但这么一个高贵的王子，婚前一再表示竭尽全力保护洪高娃，却贪生怕死，在被大汗设计陷害后隐姓埋名远走他乡，任由洪高娃带着他的骨肉在男人间的辗转，历经战火和屈辱。尽管发誓一生不再亲近其他女性，却还是敌不过"男人总得有个女人"的生理现实，在晚年还嘱咐子孙走投无路时可投靠洪高娃。"他不过是个男人，一个怕死的、好色好欲的、尽人可妻的普通男人！和她一生经历的男人没有不同，论情分和真爱，甚至比不上为她献出年轻生命的博罗特……"当洪高娃认清男性全无不同的身体真相，哈儿古楚克崇高神圣的男性形象随着被撕得粉碎。被蒙古草原上最美丽的女性洪高娃供奉一生的情爱圣殿尚且不堪一击，其他暴虐纵欲的汗王、部落首领更不在话下。黄金家族的额勒伯克大汗在位数年，关注点从不在国家大事上，当哈尔古楚克和阿鲁台报告明朝政局，建议趁机出兵时，他"表情归于平淡，复国大事也好，用阿鲁台做怯薜的小事也罢"，一概用"平静地，甚至带着和善的口气"打发过去，但当提及妻女的宴会打扮时，他立即"兴致勃勃，滔滔不绝"。仅仅是听到宠臣提及洪高娃的美貌，都未见过真容，就"一股热血猛冲上大汗的面庞，欲望在他胸腹间强力冲荡着"，继而想出杀弟夺妻的"精明"计谋。萨木尔的丈夫巴图拉沉稳善战、英俊端庄，"身材如同一棵松树，挺拔又健壮"，有着"王侯将相宁有种乎"的气魄，决意用实践打破黄金家族才能当大汗的传统。无论从何种角度说，巴图拉都符合历史缔造者的角色，但在他立业征战的野心下，潜藏的是他对洪高娃的觊觎之心，"年轻的他多少次梦想，像所有英雄好汉去远方部落抢夺美女为妻那样，去抢一个洪高娃一样的美人！"无论是已经拥有话语权的大汗还是正在抢占历史高地的巴图拉，都是为了身体私欲制造战争，英勇立功的表象下是奴役弱者的贪欲，宏大历史的真相被无情揭露，历史缔造者们的崇高地位也不复存在。

# 第四节 《梦断关河》的后殖民疑思

2018 年 7 月 18 日，凌力因病逝世，学界、文坛深切悼念。《万象》在 2018 年 11 月推出"缅怀凌力"专栏，发表《记住凌力》《造导弹的科学家"转身"写出〈少年天子〉》《"茅盾文学对于我，完全是个意外"——深度对话凌力》等文章。此情此景让人不无哀伤地发现，对凌力的研究已沉寂多时，偶见少数研究文章如隔靴搔痒。学术须有新的增长点，但对经典作家作品的解读是否已足够充分，对他们文学史意义层面的认识是否已足够到位，是否还有深入发掘扩展的空间等疑思仍待探讨。就笔者看来，对凌力创作的探讨仍有较大空间，如对《梦断关河》的解读远远未够。

《梦断关河》是一个特殊的文本，凌力描写了梨园弟子柳天寿坎坷的一生。柳天寿身上存在多重困境。最为直观的是柳天寿的女性主体与男权文化的尖锐冲突，柳天寿生殖器畸形同时具有两性性征。为了破除柳家"瓦窑"的风水，父亲柳知秋对外宣告柳天寿是男性，将她作为名伶培养。十岁以前，柳天寿的性别认同一直是"男性"，十岁时老医生诊断出她其实是女性而且是石女①。于柳天寿而言老中医的确诊无疑晴天霹雳，但她的男性身份已为外界接受，她只能以男性的身份继续梨园生涯。

在柳天寿身上集结了尖锐的性别倒错、冲突。从生理上来说柳天寿的身体是女性的身体，却被父亲/家族强行赋予男性身份，从而才具有唱戏的资格；但她是旦角，在舞台上饰演女性角色，因此她在戏台上又获得了女性身份的复归。身体—女性、身份—男性、戏台—女性三种自我认知的循环、冲突、矛盾给柳天寿带来了极大的痛苦，在施行手术彻底"获得"女性身体之前，柳天寿一直在男性和女性的性别选择中徘徊。老医生给出石女的诊断时，平日从不动手的父亲柳知秋"一下子满脸血红，眼睛就像着了火"，左右开弓，巴掌就狠狠地落到柳天寿脸上。父亲的掌掴、母亲的绝望让柳天寿知道自己"女性"尤其是"石女"的身体是羞耻的，她在父母处首先感受到父权文化对女性身体的排斥。在感情上，柳天寿先后对胡昭

---

① 俗指先天性的阴道缺失或者阴道闭锁的女性。

华、亨利、天福三人产生好感,他们对女性的态度影响着柳天寿的自我认知。胡昭华是一个同性恋者,他对尚年幼的天寿坦言自己对女性身体的厌恶,"我这性情,和妇人隔着三间屋就闻得见她的臭气!"还说"她们臭!她们脏!心机深心肠毒!"胡昭华对女性的审判代表了数千年来父权制文化中对女性身体根深蒂固的敌视,"一旦贴上男人,恨不能敲骨吸髓,把你活剥了,切成一片片吃了"的怨恨是父性秩序将女性性欲本能妖魔化的缩影。第一次看见胡昭华,柳天寿就对他产生了好感和信赖。胡昭华一直以来对她的爱顾和恩惠加深了她的感情。喜欢和信赖之人对女性如此厌恶,更促使柳天寿放弃女性身份选择做一名男性。曾信誓旦旦要娶柳天寿为妻的天福在得知天寿是石女,既不能享鱼水之欢也不能生儿育女之后,立刻变卦了,只愿以兄妹相待,彻底地断绝了天寿嫁作人妇的愿望。与姐夫葛云飞接触之中,柳天寿再次坚定以男性身份行走江湖的决心。"看着他神采飞扬的棕红色面孔,看着他亮如晨星的眼睛,这一瞬间,天寿决定了,他要随着葛云飞去定海;天寿决定了,从此要做一个葛云飞一样的男子汉;天寿决定了,要完成大丈夫的事业,像葛云飞那样光宗耀祖!"甚至在天禄向她求婚后,她还暗暗等着葛家太夫人的许诺,谋得朝廷封赠、正经出身,当一辈子的男子,改换柳家门庭。外界持续地施与柳天寿压力,她似乎也接受了自己"命犯孤鸾"的人生安排,但内心依然犹疑困惑。在充满脂粉气的状元坊,柳天寿感受到女性服装、首饰对她的强烈吸引。"他忽然明白了,自己在这充满女人气息的环境中是这样舒适顺心合意,他的天性使他依恋这里,甚至希望属于这里——哪怕这里是为人们所不齿的狎邪曲巷、下流青楼!他看清楚了:桃腮樱唇,柳眉星眸,绣衣闪闪,长裙翩翩,是我,那就是我!我应该是,也确实是个女人!"女性身体的本能与外界对男性的期许成为撕裂柳天寿的两股力量,在这两股力量的博弈撕扯中,柳天寿对自我主体的身体、身份充满了困惑和矛盾,看似有两种选择,其实走投无路。

今日看来,柳天寿在女性/男性之间的摇摆、困惑,似极了香港的文化认同困境。1842 年《南京条约》签订,清廷正式将"香港岛"割让予英国;1847 年,清政府修建九龙寨城,隶属新安县(民国后更名为宝安县,为深圳旧称);1860 年,《北京条约》签订,清政府将九龙半岛界限街以南部分，包括昂船洲在内，割让给英国；1898 年，《展拓香港界址专条》签署，英国向清政府租借深圳河以南土地，并于 1899 年将其更名为"新界"；1941 年，日本占领香港，开始香港日统治时期；1945 年，日本战败投降，香港重归英国管治；1984 年，中华人民共和国与英国签订《中英联合声明》，明确 1997 年香港主权归还中国。看似简单的历史事件背后，是复杂的香港身份认同。香港中文大学教授、社会学家吕大乐将香港人划分为四代：出生于 1945 年前为第一代，战后婴儿潮（1946~1965）为第二代，1966~1975 年出生者为第三代，1976~1990 年出生者为第四代。① 第一代香港人为婴儿潮一代（第二代）的父母，他们多为广东人、福建人、上海人移居，自我身份认同非常明确，同时认为自己是中国人与广东人/福建人/上海人，并无"香港人"的概念；第二代开始与大陆接触减少，他们及其后时代"香港人"的自我认同自然而然，但依旧摇摆。从种族血统而言，"香港人""中国人"的认同是既定事实。但在殖民时期，英统治者从制度、文化、法律等多个维度重塑"香港"，加之地理与政治上的隔绝，新生代"香港人"与"中国人"之间存在疏离；"九七回归"后，在血统、地缘、政治等层面"香港人""中国人"的认同不应再有犹疑。

　　将香港人的身份认同与柳天寿的性别认同加以对照是否过于牵强？且看凌力的创作后记："1995 年初，我选定了这个表现鸦片战争的题材，很想在九七年七月完成，以纪念香港回归的伟大历史时刻。中华民族洗却百年耻辱，自豪地屹立在世界民族之林；英国也在对世界的认知感受方面有了百年后一大进步，这是两个民族的盛事，也是全人类的盛事。"② 《梦断关河》正是源自于香港回归的时代感召，作者的创作意图是"香港"与柳天寿关联的衔接点。但能否直接判断柳天寿的性别困境与香港"后殖民"困境之间的同构关系则有待进一步探讨。

　　柳天寿与英国人亨利的关系耐人寻味。两人相遇尚年幼，亨利曾祈愿天寿变成女孩。多年后外科医生亨利发现柳天寿是个患有阴道闭锁症的少女，亲自为天寿实施了手术，使她成为正常的女性，并获得了爱情。这个

① 吕大乐：《四代香港人》，香港：进一步多媒体有限公司，2007。
② 凌力：《〈梦断关河·后记〉，梦断关河》，北京十月文艺出版社，1999，第 825 页。

故事极为近似奥维德的《变形记》。皮格马利翁爱上自己雕刻的象牙少女伽拉忒亚，他的真挚感动了维纳斯，维纳斯赐予了伽拉忒亚生命，使她成为皮格马利翁的妻子。但"直到维纳斯使欲望实现之前，它一直是他者，是无生命的"[1]。从性欲的身体叙事的意义上，皮格马利翁的欲望和抚摸激活了伽拉忒亚的生命，使之成为欲望的对象，具有叙事意义。在《梦断关河》中，柳天寿无论是作为男子的身份还是女性的身体，都无法成为欲望实现的对象，即是在叙事系统中柳天寿未能获得可言说的主体身份。亨利的手术雕刻了她的身体，使之成为真正的女性身体，结束了她身体上两股力量的冲突分裂，但又造成了另一层面的困境。

柳天寿已经通过手术恢复女儿身，在姐姐英兰和天禄的坟前与姐姐大香相遇，不禁将自己的遭遇和盘托出。大香不仅不同情，还质问柳天寿。

> 姐姐的脸板了起来，严厉地看着她，说：
> "你这样……不是成了个汉奸了吗？"
> 天寿不禁打了个冷战："你说什么？……我刺死了仇人，我为咱家遇害的亲人报了仇！我……"
> "你报的是私仇！"大香神情凛然，"国家的大仇、君父的大仇你可曾放在心上？大节有亏，报这点私仇折不下你的罪过！除非你刺死夷鬼的首领，叫他害怕了我天朝，从此俯首称臣再不作乱，才算你为国为君父立了一功！"
> 天寿心里一片迷乱："我的罪过？……我是汉奸？……"
> "你受夷鬼的恩惠，吃他的，穿他的，用他的，不是汉奸是什么？连女人家最不可给外人看的地方，也竟让夷鬼在那里动手动脚动刀子，这跟受夷鬼玷污有什么不一样？你已经是失节之妇，还有什么好说的！"

此段情境与《星星草》中刘三娘对刘守诚的质问颇为相近。

---

① 〔美〕彼得·布鲁克斯：《身体活：现代叙述中的欲望对象》，朱生坚译，新星出版社，2005，第30页。

一片阴云升上三娘的眉间，赶走了刚才充溢在整个脸膛上喜悦的神采。她冷冷地望着儿子，久久地沉默着。她忽然变得象冬天裸露在高山之巅的石块一样冷峻。她一字一句地缓缓问道：

"你们，从哪里来？"

"从……扬州江都一带转回来……"

"没有回淮北老家？"

"没有，……攻不过去。"自知理亏的儿子一直低着头。

"你这把腰刀向清妖缴过？"严峻而低沉的声音，猛然高起来。

……

"你吃过清妖的血腥茶饭？你打过清妖的肮脏龙旗？"三娘一句接一句地逼问上来，目光象犀利的长剑，直刺在儿子惊呆的脸上。

在以上两段对话中，质问者构造出自身与对话者的对立关系。在《星星草》中是忠诚捻军和叛变者之间的对立，意指把持阶级血统的纯洁性。《梦断关河》中"鬼婆"和"贞洁烈妇"的矛盾，实则是一种自由个体和民族国家之间的冲突。军国民身体理念在晚清、民国时期更为显著，但究其根本在中国身体观中就存在"舍身取义"的传统。军国民身体言说继承了"以身载道"的传统，但把抽象的"道""义"提炼为具体的"民族国家"概念，将"国家"概念塑造为身体忠诚的唯一正确对象。大香对天寿"汉奸""鬼婆"的指责是一种军国民身体观的体现。在亡国的压力下，身体被赋予新的历史使命。中国文化中"天下兴亡，匹夫有责""为国捐躯"的身体传统和国家救亡图存的现代化进程结合，"救国"成为身体的根本职责。在这种更为宏大的国家话语统筹下，个体的主体感受和生命意志被最大限度压抑，身体不再是属于个人的身体，而是属于国家的身体。"在这种言说中，身体只是为国家、民族话语提供了一种言说方式，并表现为与真实的身体无涉的喻指符号。"[1] 柳天寿身体成为晚清"国体"的喻指，接受英国人的"恩惠"以存活，被认为是"国体"的折损受辱。大香罔顾天寿性别主体的获得，而指责其国家立场的丧失，体现的是对个人身体的贬抑。

---

[1] 李蓉编《中国近现代身体研究读本》，北京大学出版社，2014，第17~18页。

在统治者缴械投降出卖国家利益以求一时苟且的情况下，对民众身体"贞烈"的要求，完全是一种封建、畸形的道德绑架。类似的国家身体对个人身体的扼杀不仅在战火下的中国出现，而是在所有民族国家都成为可能。事实上"试图将身体开发成为国族生存的基础与国力的辅助手段，是近代民族国家普遍在进行的工作"①。民族大义、国家利益凌驾于个人选择之上，要求个体为集体牺牲，已经成为现代民族国家潜在的伦理逻辑。故事的最后亨利决议和柳天寿离开中国也不去英国，到"需要医学科学、需要艺术的国家和地方"，尽管亨利并没有具体说出去哪里，但作为一个英国人，成为解决柳天寿身体困境的关键，引领她向往自由和平的国度已是故事结局。读者不禁再问，为何是英国人亨利手握解决性别困境、身份困境的"手术刀"？

"中国没有完全殖民化的经历，因此反而更容易不自觉地陷入殖民主义/帝国主义的陷阱而不自知。"② 赵稀方认为后殖民视角有助于重新审视中国民族主义。西方民族主义长期存在，将中国视为"他者"。改革开放以后，中国研究界、文学界大量吸收西方思潮，并深受影响。"民族主义者的思想接受和采纳了与殖民主义同样的建立在'东方'和'西方'区别基础上的本质主义者概念，同样的为先验研究主体所创造的类型学，同样的为西方科学后启蒙时代的知识所建构的'客体化'过程……只不过他不再是被动的，非参与性的，而被视为可以有所作为的'主体性'。"③ 凌力将解决困境的希望寄托于亨利的引领，是无意识中将西方文明视为更高等、更科学的文明，抑或仅是表达一种世界大同、和平的美好愿景？诸多疑问有待探讨。

---

① 黄金麟：《历史、身体、国家：近代中国的身体形成（1895~1937）》，新星出版社，2006，第34页。
② 赵稀方：《后殖民理论》，北京大学出版社，2009，第152页。
③ Partha Chatterjee. *The Thematic and the Problematic*, *Nationalist Thought and the Colonial World：A Derivative Disourse*, United Nation University, 1986, p.38. 转引自赵稀方《后殖民理论》，北京大学出版社，2009，第139~140页。

# 第二章　宗璞

出生于 1928 年的宗璞并非传统意义上的历史小说家，但身份的特殊性使她成为近百年中国当代史的亲历者和见证者，《三生石》《野葫芦引》等多部作品在历史重述和虚构中取得良好平衡，凝结了作者对历史的思考。宗璞小说的历史性研究已取得一定成果，《野葫芦引》以西南联大师生的流散聚合为叙事线索，立足个人（家庭）记忆又兼具南渡群体集体记忆，对抗战时期知识界做全景式展现，重返大转折时期的伤痕现场，有利于复苏历史记忆，进一步召唤民族身份与文化意识[1]，是"南渡"文学叙事的经典范式。宗璞小说的历史性已受关注，但作品身体性仍未得到足够认知。"身体"是宗璞小说创作的重要意象。《我是谁》中韦弥在丈夫被批斗、自杀的打击中神志迷乱。在幻觉中她果然变成了"青面獠牙""凶恶万状"的大毒虫；《泥沼中的头颅》中的"头颅"原本是一个完整的有身、有脚的人，为了寻找能使国人冲洗泥糊的钥匙，从"下大人"找到"中大人"再找到"上大人"，就在不断寻找中磨蚀掉了躯体、脚，最后只剩下一颗头颅。"毒虫""头颅"等是异变、扭曲、荒诞的身体，象征知识分子身份的尴尬、精神的痛苦，影射社会现实。总体而言，宗璞作品中大量的身体意象仍有待发掘，本文将从"疾病""死亡""服饰""空间"等身体符号解读。

---

[1]　陈庆妃：《"南渡"文学叙事的三种范式——由〈野葫芦引〉〈巨流河〉〈桑青与桃红〉谈起》，《文学评论》2018 年第 4 期。

## 第一节　知与痛：《三生石》的
## 疾病隐喻

　　"疾病"是宗璞小说创作中较为常见的身体符号，大多涉及对"文革"伤痕的书写及反思，具有极强的现实干预意味。《全息摄影》中沈斌因为乙肝赋闲在家，视角的转换促使他重审自身与他人、个体与集体等关系。沈斌个性温和、具有奉献精神，虽长期在家休息，闲时尝试进行科学论文的翻译，期待为集体多做贡献。沈斌十分敬佩同单位前辈老高，觉得老高"矮胖的身影显得那么坚实，他本人好像就在发着光"。可正当他希望和老高分享译文发表的喜悦时，无意间听到老高对他的鄙视，他发现老高关爱话语表象下思想的狭隘，他感到自己与老高之间产生了隔阂，亦对老高所代表的"集体"产生了质疑。他曾经觉得自己属于集体，感慨"只有长期脱离集体的人，才能体会出有一个自己所属的集体是多么可贵"，"乙肝"使他脱离集体，成为旁观者，更清楚地看到个体与集体之间的分裂——"哪怕他做的事再有意义，只要不在分内，他是没有好报的"。从"看到的事物若只记录了光点的对应，那其实是太狭隘、太片面了。他曾莫名其妙地逃过种种灾难，但他逃不过习惯中狭隘、片面的衡量和估价"的议论看，宗璞是借沈斌的乙肝续写了以王蒙《组织部新来的青年人》为代表的干预现实、批判官僚主义、批判保守主义等主题。

　　"疾病"是一种身体的异常状态，意味着个体脱离日常进入一种相对陌生的领域，转换观察视角。在身体正常运作时，支配我们行动的往往是合乎现实目的的理性思维。无论是工作还是休闲娱乐生活，我们都在使用身体以获他物。绘画、写作、烹饪、运动、进餐、工作等日常生活中，自我即身体，身体处于一种"缺席的潜在"，"当我们不假思索地与物质客体或其他人互动的时候，我们的身体很少明确浮现在我们的脑海中"①，而是将注意力集中于身体需要打交道的事物，如文案、书籍、事物、球赛中的对

---

　　① 〔英〕克里斯·希林：《身体与社会理论》，北京大学出版社，2010，第199页。

手等。我们自己的身体其实是遁逸的，"它们逸出了视线，从自觉意识中消失了"①。只有当身体出现疼痛、或者身体部位活动出现障碍时，注意力才会从客体/他者转移至自我，身体得以重回关注视域。传说六祖慧能十六岁的一天，六祖上山砍柴，不小心胳膊被一根带刺的树枝划破了，一阵清晰的疼痛"唤醒"了六祖，使他注意到自己胳膊的存在。大师突然意识到那"觉"和"疼"的分离，他开始思考，"我"是那个"疼"的人，还是那个知道"疼"的"知"呢？六祖在这个机缘中顿悟，他认为他不是那个"疼"，而是那个"知"。"疼"提供了一种思考的契机，使六祖发现"知"与"疼"的分离，意识到身体/自我/他者的玄妙关系。疾痛使"身体"从认知的主体转化为认知的客体，从"去认知"转化为"被认知"。或者说，如果自我与身体是同一的，那么从患者角度看，身体所感觉到的"疾痛"，就是外在于身体的客体。显著的例子是"癌症"。从病理学上说，癌症、肿瘤本来就是一种身体的异物，是寄生于身体的某种侵入物。但是在他人眼中，患者与疾病间的同一性却不可割裂，患者等同于癌症的逻辑普遍存在。"尽管疾病的神秘化方式被置于新的期待背景上，但疾病（曾经是结核病，现在是癌症）本身唤起的是一种全然古老的恐惧。任何一种被作为神秘之物加以对待并确实令人大感恐怖的疾病，即使事实上不具有传染性，也会被感到在道德上具有传染性。因此，数量惊人的癌症患者发现他们的亲戚朋友在回避自己，而自己的家人则把自己当做消毒的对象"。② 苏珊·桑格塔所描述的"癌症"的"传染性"实质是指对疾病/患者的污名化，指向健康者与患者间的区隔，似乎将患者/疾病隔离出去就可以避免"被传染"。

《三生石》虽然是虚拟叙事，但自传色彩浓厚。母亲和弟弟都因癌症去世，宗璞本人也多次因肿瘤入院治疗。在《谁是我》《一墙之隔》《三生石》等小说中癌症的出现是现实的投射。真实的、细致的疾病体验反复出现在宗璞的创作中，无疑增添了病症的隐喻色彩。在患者等同于疾病的逻辑下，小说中癌症的发生与患者牛鬼蛇神、大毒草的身份形成一种"污名

---

① 〔英〕克里斯·希林：《身体与社会理论》，北京大学出版社，2010，第199页。
② 〔美〕苏珊·桑塔格：《疾病的隐喻》，上海译文出版社，2003，第7页。

化"同构。梅菩提是写作《三生石》的大毒草，是反动学术权威梅里庵的女儿。被批斗的身份使她就成为众人眼中的"会传染的癌症"，"父亲被'揪出'后，许多人都不再和菩提说话"，"系里再也没有一个人敢和她说话，最好的也只是从路的那边投来关切的一瞥。若同走在路的这边，那肯定是不会看她一眼的"，似乎和梅菩提多接触，就会被判定为牛鬼蛇神的同党。梅菩提患了癌症之后，众人对她更是避之唯恐不及。政治因素导致的生活隔离和癌症病人遭到的另类对待如出一辙。《一墙之隔》中白师母和梅菩提一样，都曾身患癌症，在"文革"时期也被定性为牛鬼蛇神。"文革"结束后，一墙之隔的小蓝对她仍怀有避忌。把新生儿接回家后，小蓝夫妻为婴儿床的摆置很是踌躇。"小蓝又指指放在墙边的摇篮床，小黄明白了。立即把它搬到大床的另一边，哪怕这里离门近，有风。最要紧的是远离不祥病床。"在小蓝眼中，白师母就是癌症、不祥。将患者等同于疾病本身，对患者的回避是一种自我保护，似乎把自己与患者隔离，就不会遭到疾病的威胁，癌症、患者皆为客体。

耐人寻味的是，在健康人眼里，癌症和患者皆为客体，但在患者眼中，癌症亦是客体。梅菩提等人都认为，"自我"和癌症是割裂的。癌症、肿瘤是寄生在身体内的某种异物，"自我"排斥、反感、千方百计要将这种异物从体内摘除。"自我"与疾病之间形成紧张的、非此即彼的对立关系，同时疾病成为横亘在患者与社会之间的第三者，阻碍患者融入正常的社会秩序，割断了与他人之间的交流。在患者的视角中，癌症是"恶势力"。《三生石》中梅菩提曾通过显微镜看癌细胞和正常细胞，"她很容易看到镜头下的几个细胞，颜色很深，显得很硬。最奇怪的是，它们竟然给人一种凶恶的感觉"。这种观看的视角是患者下意识的隔离。梅菩提将癌症、癌细胞看作侵入身体的他者，投射观察现实的目光。当张咏江认为"牛鬼蛇神"梅菩提患癌是罪有应得，将她视为"病原体""传染源"，梅菩提也将他们看成了"凶恶的"癌细胞。"通过它，看见父亲的死，自己的病，看见整个国家的癌肿在长大，脓血到处污染"。张咏江们排斥、批斗癌症患者梅菩提，梅菩提认为张咏江们就是损害自己身体的"癌细胞"，在这种疾病、患者、客体的身份重叠、倒置中，抓人批斗、抄家、写大字报、害死齐永寿的张咏江、施庆平等代表的"文革"积极分子和张牙舞爪损害人体的癌细胞构成了喻体与本体的关系。小说中梅家第一次被抄时的情景是这种"国家癌肿"的典型表现。"他们进到客厅，先把多宝橱上摆的古玩瓷器摔得满地，一对明朝大花瓶在地板上摔不碎，就用另一对龙头方口铜瓶来砸；只听一阵乱响，满屋子立时都是碎片。……有一个舞起方天画戟，啪啪几声把客厅里大灯罩、壁灯罩全都打碎。"以"癌症"喻"文革"得到方知、韩大夫、陶慧韵的认同。在方知、韩大夫等旁观者眼中，癌症的治疗是一场癌细胞与正常细胞的搏斗。在这种认知前提下，梅菩提将癌细胞视为他者，"总应该是人战胜疾病，而不是疾病战胜人"的心理暗示，就是国家形势必然好转的昂扬斗志。韩大夫"最高神经系统失调，癌细胞一旦得势，就难制止。不过总该是正常细胞打赢"的判断，也具有了极为浓厚的现实讽喻色彩。梅菩提手术虽不彻底，但最终并无复发的小说结局，也在喻示着"文革"的结束和新时期的到来。

抽离"癌症"本身的符号隐喻，"疾病"在宗璞小说中承担多种功用。在社会秩序的机械化运转中，人们会遭遇种种不适的身体经验。只有当身体处于疾病状态时，我们才会跳脱现状，重新思考身体与社会、自己与他人的关系问题。梅菩提长期接受集体主义教育，患癌症后发现荣誉是集体的，疾痛却归属个体，只有自己才是所有疾痛的唯一承受者。当她躺在手术台上，面对生与死的终极问题时，更超然地看待自身与他人、个体与社会的关系，她感到在生死面前，种种社会关系都成为虚无之物。"以前她有青春，有父母，有祖国，有党，现在一切都已远去，只剩下她孑然一身。"类似主题在宗璞作品中多次出现。

《全息摄影》中沈斌因为乙肝病假在家。进行科学论文翻译的原意是为集体做自己所能做的，却发现对他来说是心灵安慰的翻译对集体来说是不可取的"搞自留地"行为，还因此被重新分配去资料室。面对老高所代表的集体的评价，沈斌感到"精疲力竭，几乎从楼梯上栽了下来"，集体的排斥抽去了他的精神支柱，他看到冒雨来接他的母亲，他"擦干了眼泪，大步向母亲跑去。他觉得有足够的力量。那瓢泼般的大雨，是不足道的"。因母亲而重新充满了力量，是"身体"从集体主义向家庭的回归，是一种国家化、集体化的身体生成向日常身体的还原，指向宗璞本人对近代以来长期占据主流的"军国民身体"① 的拒绝和反思。在宗璞小说的身体叙事中，疾病成为个人从集体中抽离最合适的缘由。《三生石》中梅菩提的乳腺癌为她提供了从如火如荼的批斗活动中隔离出来的契机，她得以不参加批斗。崔力甚至说"我倒有点羡慕你得了癌症，可以清静一段时间"。年轻姑娘的真诚心声从侧面反映了"文革"对人的摧残更甚于绝症和死亡。从形体上，她得到了暂时的释放，可以不用上课，甚至因住院可以避开批斗、开会，"生病还有病假！那次在病房贴大字报以后，一次也没斗过她！"更重要的是"她那被打得粉碎、乱作一团的精神世界，好像有了新的着落，至少她可以想一想癌症问题，而不觉得茫然"。因家族和个人遭际，宗璞的身体叙事往往指向其对生命的终极思考。

## 第二节　此在与永在：宗璞的儒家生死观

宗璞身体叙事深受儒家文化影响，具体表现在其对死亡的思考。《野葫芦引》重点描绘 1937~1945 年知识分子的战时生活，对中国知识分子的死亡表现较多。吕老太爷吞了一瓶安眠药，端正地躺在正房的矮榻上溘然长逝，留下两句遗嘱"生之意已尽死之价无穷"和"立即往各报发讣告"。他是为日军威胁，以死来表明自己拒不出任日军伪职的坚决，充分体现了中国传统知识分子威武不能屈、宁死不从侵略者的气节。吕家大女婿严亮祖颇近吕老太爷风骨。抗日战争结束后，严亮祖接到前往山西攻打共产党的命令，心生倦意屏息自杀，在遗书中一再表明自己是不愿打内战而以死相诫。无论是以死明志还是以死劝和，死亡都成为一种为达到某种目的的"手段"。但"目的"的博大和无私彰显了"死亡"中灌注的个人意志，使吕老太爷和严亮祖的死亡具有庄严感和使命感，成为知识分子坚持自我信念不可避免的牺牲。

① 黄金麟在《历史、身体、国家：近代中国的身体形成（1895~1937）》一书中对近代中国人民身体思想、集体规训进行考察，他认为在近代中国国破家亡的民族危机下，国民身体的改造与国权的兴亡和国体的打造唇齿相依。出于国家利益的考虑，将"国家""集体"等概念塑造为身体忠诚、献身的唯一对象是近代国民身体改造运动的统领思想。笔者认为当代中国初期沿袭了这种身体思想，甚至在 1990 年代以前这种身体的国家化、集体化依然占据主流。

相形之下，年轻人的意外死亡让人痛心。李之芹还差一站就能见到父亲，却死于急病；仉欣雷向峨求婚获得了应允，第二天就坠崖身亡；生长于富贵之家的凌雪妍，为追随爱人卫葑，断然与家庭决裂，贫困流离，坠河身亡；澹台玮不到二十岁，才能卓绝，在前线中弹身亡；李宇明在延安整风运动中跳崖自杀；周弼在宣扬自由民主的演讲中被国民党特务暗杀……种种意外突出战时生活的颠沛流离。宗璞的描述渗透了作者主体感情，充满了感染力。她深深痛惜生命的消逝，暗暗谴责死神的残忍，使读者痛感生命的无常、无奈。凌雪妍的去世让人深深痛惜。多年流离清贫的生活使凌雪妍产后体虚，在黑水潭洗衣服时不慎落水。

> 水涡旋转着，她有些头晕，站起身时也去扶脚下的石头，可是身子一歪，很轻地，没有一点声音地滑进水里。……她不要离开，她不要恨，她要紧紧地抱住亲人，可是她周围只有抓不住的水。漩涡推着她旋转，瀑布的声音淹没了她的呼救，她向下沉，向下沉，似乎回到了北平家中自己的小天地，那两扇门沉重地关上了。
>
> ……
>
> 三天以后，有人在龙江大石头处，发现了雪妍，宽大的白袍像一朵花，她安卧其中。

凌雪妍的死是莎士比亚笔下奥菲利亚的死。凌雪妍和奥菲利亚一样是性格单纯、脆弱、执着于爱情的女子，都在至亲和恋人之间痛苦徘徊。凌雪妍家境优渥，从小娇生惯养，为了追随卫葑发表了与家庭决裂的声明，内心却始终处于一种难以觉察的痛苦中。她始终不能相信父母是卖国求荣之徒，在她看来父亲出任伪职始终是基于被迫和无奈。凌雪妍其实始终无法理解卫葑的信仰和革命追求，只是以女性特有的包容和耐心支撑着两人的爱情。像花一样的宽大白袍的意象，使她的去世具有了救赎的意味——死亡终结了她精神上的徘徊和痛苦。值得注意的是旁观者面对凌雪妍之死的反应。卫葑和孟家人自不待言，碧初痛哭失声，孟弗之泪流满面，合子一边哭一边刻了一个"凌雪妍不死"的图章，嵋哭得抬不起头来欲写一篇祭文始终无法完成，少不更事的阿难也在不停地哭着。类似的情绪渲染多次出现。在澹台玮牺牲前后，作者也反复大篇幅地渲染了悲伤的气氛。

澹台玮尚未死亡仍在治疗时，作者就开始铺垫情绪。昏迷中冷若安和嵋在病床前站着，嵋眼泪盈盈地说"我想锁住房门，我觉得他正在离开"；弥留之际，表亲严颖书、嵋、丁医生都在旁边，严颖书紧张地看着玮的眼睛，嵋恐惧地唤他"你不要走——"，丁医生无助地低下了头。待澹台玮确实死去后，作者写道：

> 病室内外，整个的医院，整个的村庄，从村庄延伸开去的大片土地，一片寂静。
>
> 我们的玮玮死了。
>
> 我们的玮玮他死了！嵋心里有一个巨大的声音在喊。这声音像战鼓，咚咚地敲着，从四面八方传过来。

紧接着在下一节吕绛初到医院时，仍在强调：

> 没有人说话。是写在天上，是传在空中？人们的心得到了这消息：澹台玮已经死去。
>
> 我们的玮玮死去了。
>
> 我们的玮玮他死了。
>
> 无声无形的信息，沉重地撞击着亲人的心，把心撞得粉碎。

四句"我们的玮玮"渗透了作者强烈的主体情感，"我们"一词打破了作者与读者间的隔阂，使读者产生强烈的代入感，从而得以更真切地体会失去亲人的悲痛，死亡的降临也就更使人厌恶憎恨。澹台玮、凌雪妍、李之芹等年轻人的死亡叙事充满了无奈和对生命的留恋。凌雪妍在水中挣扎，"她不要离开，她不要恨，她要紧紧地抱住亲人，可是她周围只有抓不住的水。漩涡推着她旋转，瀑布的声音淹没了她的呼救，她向下沉，向下沉"；李之芹攥住嵋的手越攥越紧，"嵋的手抽不出来"……死亡在宗璞笔下意味着身体、生命的真正消亡，也是人与人之间再无法相见的离别，因而犹显痛苦凄凉，流露出留恋人间、厌恶死别的重生倾向。

尽管痛惜亲人、友人的离去，但宗璞从未进行死后世界的描述，亦不展开对灵魂的想象。其中较为接近死后世界想象的是吕老太爷的"棺中人语"。吕老太爷死后躺在棺材中，仍心情激荡，心念"如今我利用这一着，不只否定了我的生，也否定了利用我这存在的其他。何幸如此！"但这一"棺中人语"，并非死后世界的描述，而是对吕老太爷死之意义的阐发，所表达的其实是后辈对吕老太爷死前心境的想象。《南渡记》中以孟弗之的视角进行的独白"野葫芦的心"中讲述的野葫芦的故事具有魂灵传说色彩，以无论怎样砍、切、砸、磨、烧都毫发无损的野葫芦比喻被敌人杀害的小儿，但强调葫芦的完整和坚硬，象征人类热爱和平、不畏武力的坚韧精神。

宗璞创作中的死亡叙事的神秘色彩集中于死亡的发生。《南渡记》中抗日战争刚开始时，弦子、凌雪妍、峨、嵋和香阁曾在院子里拿蜡烛许愿占卜，最先被风吹灭的是凌雪妍的白蜡烛。这五人中境遇最苦、最先撒手人寰的果然是凌雪妍。白蜡烛的先灭像是一种死亡的预言。另一个核心人物澹台玮，也像是在死神的安排下一步步走向冥界。澹台玮是大学三年级，本不在征调之列，他强烈要求成为志愿者参军。澹台玮在报名后去看望弦子阿难时，就突然冒出"如果我死了，你会记得我么？"的念头，最终一语成谶。澹台玮的父亲澹台勉是政府要人，在得知玮玮报名从军后，就大力疏通关系将他分配到不用上前线的炮兵学校。不料被分配去保山通讯学校的阿谭出发时水土不服患了急性病，高烧不退，澹台玮便代替阿谭去了保山；澹台玮是在前线南城一带为连接电话线中枪受伤身亡，原先的任务分配是玮玮留在营地帮布林顿整理文件，薛蚠和谢夫前往南城，却因薛蚠身体不适，和谢夫一同上战场的换成了澹台玮……一再的巧合似乎是某种神秘力量的展示，正是这股力量将澹台玮一步步推向死亡，但灵魂想象并没有在宗璞小说中出现。《野葫芦引》中死去的有吕老太爷、李之芹、凌雪妍、李宇明、澹台玮、严亮祖、周弼、吕碧初等人，对他们的描写也结束于他们的死亡。在李之芹死后，作者明确说"生命已经离开她，这身体，再没有主宰的灵魂了"，凌雪妍入葬后，也有"从此，雪妍远离尘嚣，只对着滔滔江水，失去了人间的岁月"的叹息。这两段对死亡的感慨说明在作者的理念中，死亡即是失去，是生者和死者的真正别离，并不存在一个缥缈的灵魂仍能参与人间的生活，也没有一个与人间并行的世界去安置这些早逝的生命。有研究者批评作者创作《北归记》时已心力不足，留下不少遗憾。"碧初之死表现得不够真实：被诊断出癌症的结果，似乎对孟家并没有造成特别重大的冲击——孟樾像是不食人间烟火，只是哭了一场，后面依旧去忙学校的事；嵋除了闲时照顾母亲，也照样正常地上课、游玩，心境没有太大的波动。关于碧初病逝后的描写，我也没有真切感受到孟家人对于妻丧、母丧的巨大悲痛。"①《北归记》与《野葫芦引》前三部确有不够自洽的地方，但文中碧初去世后的描写，恰体现了宗璞一以贯之的生死观。安葬碧初后，孟家子女按规矩到参加葬礼家的长辈家谢孝，梁明时说"你们的母亲虽然去了，可是生命是不会停止的"②，意指节哀、关注当下。儒家认为生死有常，都是很自然的事情，更重视"价值生命"的实现。碧初已去，事实已无可挽回，但生者的生活仍要继续。孟家子女对到长辈家谢孝、梁明时的劝慰等皆是宗璞生死观的体现。

对宗璞生死观的理解需结合其他身体呈现加以探索。《野葫芦引》在继承儒家"国家兴亡、匹夫有责"的家国同构理念外，还秉持一种知识分子为国家栋梁的儒家精英等级思想。"传本于周"③的儒家文化实质是一种等级制的统治学说。儒家主张的"礼治"思想强调的是社会等级按宗法制血缘身份划分，"别贵贱""序尊卑"，使这种上下贵贱等级不可逾越。同时儒家文化主张"应根据人的身份、地位以及所处的特殊环境，而给以区别性对待"④，对处于不同等级的人也赋予不同的责任。尽管历有"得民心者得天下""水能载舟，亦能覆舟"等对统治者重民生的劝诫，事实却是国家政策的制定、实行、司法、监管等维护国家运行的一切要素，都把握在统治者、贵族和士大夫等精英阶层的手里。下层劳动人民要参与议政或著书立说，都必须先得到"士"的身份，否则只是乡野农夫并不为统治阶级所接纳。在现代化的时代背景下，宗璞将"士"的概念转化为现代知识分子，不止一次地表明知识分子是社会的中流砥柱，她说"像我写《南渡》和《东藏》，还是把知识分子看做'中华民族的脊梁'，必须有这样的知识分

① 郭晓斌：《了不起的宗璞，有缺憾的〈北归记〉》，《文学自由谈》2019 年第 3 期。
② 宗璞：《北归记》，人民文学出版社，2018。
③ 蒙文通：《法家流变考》，《古学甄微》，巴蜀书社，1987，第 295 页。
④ 〔美〕D. 布迪：《中华帝国的法律》，江苏人民出版社，1995，第 21 页。

子，这个民族才有希望。那些读书人不可能都是骨子里很不好的人，不然怎么来支持和创造这个民族的文化？"① 同时宗璞也委婉地表示知识分子是社会的精英，普通民众与精英知识分子之间有着不可忽视的差异。"我觉得'普通人'是比较多的，而真正的英雄人物比较少。这种人当然是值得敬仰、值得歌颂的，就像我在小说中写的那个举着自己的头颅的队伍，这是人类当中的精华。我觉得普通人应该尊重那些人，理解那些人。可是普通人还常常骂那些人，批评那些人。我发现真是有很大一部分'芸芸众生'，他们不怎么想事情。"② 在《野葫芦引》中频频见到这种儒家等级思想的体现。

宗璞父亲冯友兰是中国当代哲学大家；母亲任载坤，字叔明，是清末举人、革命家任芝铭之女。一种基于父权制衍生的家庭秩序常见于宗璞作品中。看《南渡记》中吃饭一幕：

> 小娃从矮凳上一跃而起，祖孙一起到饭厅。孟樾夫妇已在等候。老人居中上坐，弗之与碧初坐在两旁，嵋在碧初肩下，弗之肩下的位子空着。
>
> "大小姐呢？"碧初皱眉问。
>
> ……
>
> 老人有一只特制的宜兴紫砂小锅，象个大碗，但有盖有柄。碧初揭去盖子，满屋一阵甜香。这是百合、红枣、糯米和青海特产长寿果一起煨煮的粥。老人舀起一匙粥，全家开始用饭。

座位的安排、餐具、食物、进餐的开始等每一个细节都体现出了长幼有序的家庭秩序。和老太爷在家庭中的尊贵地位类似，孟樾在孟家也享有特权。峨和萧子蔚在房内说话，"弗之进来对峨一挥手，要她退去"。从"退"字即可看出孟弗之作为父亲和女儿峨之间的等级差。宗璞曾在散文《花朝节的纪念》③ 中详细记述家庭生活，坦言"母亲为一家人操碎了心"，

① 贺桂梅：《历史沧桑和作家本色——宗璞访谈》，《小说评论》2003年第5期。
② 同上。
③ 宗璞：《野葫芦须·宗璞散文全编（1951—2001）》，北京出版社，2003，第48页。

正是因为有了母亲奴隶般的操劳，父亲才得以像古希腊自由人一样"充分开展精神活动"。钱明经对孟家厨房"自古庖厨君子远，从来中馈淑人宜"的形容，既是对小说中孟家男性主做学问、女性主理家事的反映，也是宗璞成长环境的真实写照。可以说宗璞是在一种秉持儒家传统的家庭氛围中长大的。她虽然感到母亲的才能绝不只限于持家，家事的操劳在一定程度上抑制其他才能的发挥，但依然态度模糊地表示，父母的分工"完成了上帝的愿望"，可见儒家文化家庭观的体现。

孟家其他家庭成员也体现着儒家根深蒂固的等级观。孟家原来的厨师柴发利到云南昆明后开了餐馆，生活境况已优于孟家，再遇时仍自觉遵循"老爷"与"下人"的等级秩序。见到孟家人时"抢步上前就要跪倒行礼"，"弗之要柴发利坐了说话，柴发利不敢坐，站着说了些路上情况"，去孟家探望时不敢坐在桌旁，拣了小矮凳坐下。跪倒行礼、站着说话、坐矮凳等，都是孟家为尊、柴发利为卑的等级秩序的体现。吕香阁被塑造成野心勃勃的投机者，引起了孟家人的反感。弦子和保罗已谈婚论嫁多时，因为保罗认为借钱给香阁开咖啡馆没有错，弦子决意和他分手，因为"他们观念的不同是从根上来的，恐怕今生很难一致"；香阁到孟家求字，碧初不允，弦子的话道出了大家的心声，"不过三姨父卖字，吕香阁买字，这世界也太奇怪了"。吕香阁实际上并没有做恶事，倒卖化妆品、开咖啡馆、谄媚严亮祖、勾引瓷里土司等行为，说到底不过是乱世中一位女子的自保，并无太多恶意。以弦子为代表的孟家人的反感，实际上是对吕香阁僭越了原有等级秩序的排斥，潜意识中依然认可自身应受尊重的精英地位。反映在死亡叙事上，普通人、"俗人"仇欣雷无端死于车祸，到最后仍然未能获得"未婚妻"孟离己的爱情，而是作为安慰的一张加了黑框的"订婚启事"，他的死未能有形而上意义的阐发，只是战乱时期的普通死亡。吕老太爷、严亮祖的死则是儒家国家为重、"杀身成仁"式的死，引发的不仅是对亲人去世的悲伤，还有为贯彻理想人格献身的敬仰；澹台玮不顾自身安危多次与人调换岗位，是一种"深明大义"思想的反映，是一种儒家式"义士之死"。再有是在诸多的死亡中，反复表达的对凌雪妍和澹台玮死亡的惋惜。凌雪妍幼时曾在法国生活，具有深厚的法文功底，担任明仑大学法文教员期间，教学成绩优秀。她除用课本外，还自己用法文编写一些小故事，又做了一些名著梗概，学生们很爱听，会话读写能力都提高很快，反映极好。她死后，夏正思在朗诵会上特意朗诵了之前凌雪妍预备念而没有念的《八月之夜》以示缅怀。澹台玮在生物方面也具有非常优秀的才能，导师萧子蔚在他参军时就曾劝道："如果你是在征调之列，我绝没有阻拦的道理，可是你并不在征调之列。生物化学是新学科，需要人开拓，要知道得到一个好学生是多么不容易。我相信你会完成我来不及完成的工作。——我也很矛盾。"澹台玮死后，萧子蔚常常感到深切的遗憾和难过，他知道自己再也遇不到玮玮这样的好学生了，他"回到大戏台后，见到嵋的通报，他在窗前站立良久，看着窗下的路，澹台玮从这条路上走了，再也不会回来，再也不会回来"。从不同人物不同角度强调的凌雪妍和澹台玮的才学，和凌雪妍想要更多时间投入教学教出一班学生的愿望，使人产生一种他们的才能不仅在于革命更在于建设，在和平年代能发挥更大社会效用的判断。这实际上就是一种对精英的强调，作者似乎有意引导读者认为，凌雪妍、澹台玮般精英的死亡引发的痛心比一般民众引发的更甚，如此种种，都可见儒家文化对宗璞创作的深刻影响。

## 第三节　服饰与空间：知识分子身体展演

宗璞的《野葫芦引》四部曲是反映1937年卢沟桥事变后"明仑大学"师生南渡、西征，直到1945年日本战败后北归京城的民间生活，重点描写以西南联大师生为代表的知识分子形象。服饰和空间两种身体符号是作者描写知识分子风貌的重要意象，在文本中承担着重要的功能。

服饰的变化是人物生活境遇改变的重要表征。书中吕碧初一套翡翠首饰充分体现了知识分子在卢沟桥事变前后的生存状况。在卫葑和凌雪妍的婚礼上，碧初梳了吕家髻，"在髻上插了一朵红绒喜字。戴上一对翡翠耳坠，衣领上别了同样的别针，都是椭圆形的"。当时卢沟桥事变的影响尚未波及上流阶层的生活，碧初仍然有余力思量在婚宴上自己的角色、将要接触的人，从而选择服饰的搭配。成套的翡翠首饰与她的身份地位是相宜的。养尊处优的凌太太岳蘅芬见到吕碧初，"眼光敏捷地从碧初微笑的脸上落到她墨绿色起黄红圆点儿绸旗袍上，在那一副翡翠饰物上停留了几秒钟"。翡翠首饰第二次出现是在第二部《东藏记》中。战争爆发后孟家随明仑大学迁居昆明腊梅林。全家赶赴吕素初生日宴请。"碧初张罗三个孩子穿戴完毕，自己换上从北平带来的米色隐者暗红花的薄呢袍子。峨说怎么不戴首饰。碧初说应该戴一副红的，可是只有绿的。……遂由两个女儿侍候着，戴好那一副心爱的翡翠饰物。耳坠如两滴鲜亮的水滴，衣领的别针同样晶莹润泽，只是衬出的脸有几分憔悴。"这时碧初固然明白首饰与衣服的不搭配，但已经别无选择，只能硬撑场面，家境的落差已经相当明显。及至孟弗之受伤，家里可以变卖的首饰衣物都已经卖得差不多了，唯独剩下家传的这套翡翠饰物，迫于无奈，碧初忍痛托钱明经出卖。凌雪妍曾经极其讲究穿着，随着卫葑辗转延安、后方，衣着也随着生活轨迹的变化而变得越来越破烂，她不仅穿着粗布衣裳，还亲自洗衣，随时带有针线熟练地缝补衣服上的破洞；昭为的妻子刘婉芳，看着身上的半旧藕荷色绸袍，想着"这破东西不知道还得穿几年"，对清贫的校园生活产生了厌倦，最后不辞而别，做了一个小商人的外室，也换上了打眼的"鹅黄色绸袍""灰呢短披风"……战时知识分子的落魄可见一斑，其他劳苦大众的生活自不待言。

服饰细节透露出的除了社会现状外，还隐藏着知识分子的气节。战乱中的日常生活已是支离破碎，明仑大学秦巽衡仍保留穿熨过的平平整整的衣服的习惯，这是对自身名节的坚持；江昉忙于奔走，经常衣服破了也不知道，"他起身到黑板前写字，只听'嗤'的一声，长衫的下摆被椅上露出的钉子撕破了，现出里面的旧棉袍，棉絮从破洞里露出来，他却毫不觉得，只管讲述……棉絮探着头陪伴他一直到下课"，反映出的是他为教育为救国的忘我精神；凌雪妍生产后，从不沾家务活的卫葑主动去潭边洗衣服，回到家"熟练地把各种破烂衣服挂得满院"，还拿破烂衣服指点江山讨妻子开心，表现了卫葑、凌雪妍苦中作乐的达观精神；嵋天天穿着姐姐的旧衣服上学，被同学取笑，内心也不介意，也未对家人提及。江昉、卫葑、嵋等人物对服饰的态度，具象地呈现出风雨飘摇中知识分子对自身名节的保重、爱国图存愿望的强烈、安贫乐道等精神。残破的服饰更衬托出他们精神的高洁。澹台玮牺牲后殷大士的服装总带有一点黑色，是两人分别时"我——等——你——！"的回响，让人想到这段未开始就已永别的爱情时不禁潸然。

《野葫芦引》力求历史的真实，也寄托着作者对往昔的追忆和未来的展望。对澹台弦服饰的描写是《野葫芦引》中宕开的一笔。澹台弦每次出场，作者都对其服饰着意刻画一番。"五颜六色各样纱绸衣服堆满一床"，"水红巴利绸连衣裙，上身嵌了两条白缎带，好象背带的样子"，在人群中澹台弦每每出现都像花朵一样。澹台弦爱美与生活条件有关，她出身名门，父亲是国民党高官。因此即使南渡、西征几番颠簸，她都能依照心意打扮自己。在昆明时她去探望孟家亲人，在腊梅林中"她穿一件银灰起暗红花纹的半长呢外衣，里面是夹旗袍，特别是只穿了短袜套，露出一截小腿"，很是惹眼；即使是毕业典礼上穿的竹布旗袍、淡蓝色短袖薄毛衣、白鞋白袜貌似朴素，其实都是"考虑了好几天"的结果。直到玮玮和嵋双双参军，澹台弦在后方摆糖果摊筹款时的形象，还是引发嵋和澹台玮的一番讨论。

> 嵋把信放在玮手中，说："玮玮哥，我很想知道弦子姐参加义卖穿的什么衣服。"
>
> 一丝笑意浮上玮的嘴角，笑嵋，也笑弦子。
>
> "绿色的，我想，有花边的。不过，我不知道花边在什么地方。"嵋得意地一歪头，让玮把信拿了一会儿，才代他收起。①

澹台弦的形象对于嵋、澹台玮、卫葑等人来说，已经具有了非同一般的意义。

家境优渥的澹台弦性格单纯，原本对国事漠不关心，日军侵华后仍无忧无虑地准备和美国人麦保罗参加舞会。直到被日军军兵用刺刀割裂了衣服，澹台弦才意识到"覆巢之下，岂有完卵"，主动"共赴国难"。在昆明时澹台弦路遇空袭，在轰炸后爬起来不仅毫发无损而且衣服一尘不染。这种有违常理的处理手法指向作者寄寓在澹台弦身上的期望。作者将新生命阿难寄托给澹台弦，指向赋予澹台弦美好生活的象征意义，喻示战争过后必然迎来和平。

宗璞对空间的描写也寄寓颇多，尤其注重通过对私人空间的描述表现

---

① 宗璞：《西征记》，人民文学出版社，2009，第204页。

人物的不同个性。孟家长女峨虽正当妙年长相秀气，但因怀疑自己非父母亲生而长期受困扰，养成早熟、独立、冷淡的性格。在少年人中她唯独对庄无因另眼相看，认为他的冷淡性子与自己有相通之处，但见面交谈时仍是不动声色，"峨还想说什么，但只冷淡地点点头"。峨并非呆板迟钝的人，相反是生性敏感，表面上的冷淡源于一种严格的自我克制。嵋在饭桌上一边嚼饭一边说话，峨多次提醒。

> 嵋一面嚼饭一面说。
> "吃饭别说话。"峨瞪她一眼。
> 嵋转着乌黑的眼睛，把全桌人看了一遍，决定对着公公继续说："荷花池的萤火虫和后面外头小溪上的差不多——"
> "告诉你吃饭别说话！"峨严厉地说。
> "那你还说呢。"嵋顶嘴。峨立刻放下筷子。
> "姐姐说得对。你们都专心吃饭。"碧初温和地说，看着两个女儿。[①]

峨对嵋的训诫是姐姐对妹妹的指导，更是"身正"的榜样示范。在昆明时，碧初带着三个孩子还有弦子去吃米线，米线端上来后，峨就极少说话。弦子还在东拉西扯时，"峨已经吃完了"。在吃饭和说话之间的取舍和克制，可见峨自我要求严格，她的私人空间也映衬出她的性格本质。仍在北平时，她的房间也以简单为主，虽需要的东西一样不缺，但也没有一样多余的东西，房间的简单展示了她的克己；在点苍山的生活条件极为苛刻，房间极小床褥也极为简单，她处之泰然。在点苍山和北平房间都有出现的是一幅耶稣受难像。在北平时，"从悬挂的地位看来，主人显然不是教徒"。战时多次迁移之后，峨在大理植物研究室安定下来，耶稣像被放到了进门第一眼就能看见的地方，墙上挂着峨绘制的杜鹃花图，此外别无装饰之物。此时峨已经消除与父母之间的隔阂，但在萧子蔚处遭受到失恋的打击，间接造成了仉欣雷的死亡，耶稣像的跟随象征着峨在精神上对自我的救赎。

---

① 宗璞：《南渡记》，人民文学出版社，2000，第15页。

嵋直言峨的房间给人一种不食人间烟火、世外桃源的感觉，床前小几上全家人的照片，是峨和人间唯一的联系。住所的空间设置不仅体现出峨生性疏离、不苟言笑的性格特征，从中还可体味出经历仇欣雷死后峨的反省和自责。

澹台弦与峨年龄相仿，家境优渥，年少时个性张扬，其住处也充分彰显了她受到父母的宠爱。她独占吕府小跨院，房间全都精心装修，"棕色地板绿色纱窗，中西合璧的布置"，最突出的是"满屋摆满了洋囡囡"。来自世界各地的玩偶，暗示了澹台弦的家庭背景，她与美国人麦保罗的交往具有合理性，也为后续去向埋下伏笔；面对满屋的玩偶澹台弦戏称自己是"送子娘娘"，是为她与阿难之间的羁绊埋下伏线。在昆明时，澹台弦住处依然优于其他人，但其时独居且已是租房，玩偶还是房间的重要摆设。"一张蜡染粗布幔子从房顶垂下，遮住两面墙。一张小床罩着同样花色的床罩"，"三四个玩偶挤在墙角，拥着一个站在矮几上的洋娃娃"，这种"将就中的讲究"与当时的战争背景符合，但也表明了在战乱中澹台弦依然保留着原有的精神世界。当澹台弦接管监护阿难，遂将所有玩偶都送给了阿难，独留下来的一个洋玩偶是她作为一个少女最后的坚持。

向往共产主义理想的革命知识分子卫葑，坚持在自己的单身宿舍成婚，有父权制文化的影响因素，但作者主要借此表明卫葑和凌家的"左右"之分。卢沟桥事变北平城门关闭，卫葑不得不滞留凌家。凌宅中卫葑夫妻的卧室相当豪华，卧室外间有个小起居室，里面是"一套新的藤编家居，式样别致，两把躺椅，椅背斜度可以调整，各自旁边有一个矮圈椅，仅仗藤制圆几上摆着马蹄莲、康乃馨等花店送来的花。……靠墙摆着一对红木多宝橱，式样流利灵巧"。空间的陈设体现出凌家的富裕，从中可窥见凌家人注重身体舒适、享乐的倾向，为凌京尧出任日伪职务埋下铺垫，也更突出凌雪妍跟随卫葑的难能可贵。身处起居室卫葑是矛盾的，一方面因为和凌雪妍相爱，在这个空间中感到难得的自由；另一方面也感到压抑，唯恐再不走出去就再也走不出去。凌雪妍溺水时人生闪回的最后片段，是"回到了北平家中自己的小天地，那两扇玻璃门沉重地关上了"。濒死时房门关上的幻境让人深感沉重，凌雪妍死时心境成为一个谜，难以武断地认为这是对和平家庭生活的向往？对战争的谴责？还是离家出走的懊悔？这种矛盾和不明为读者提供了多个理解视角，也增加了小说的张力，拓展了作品的可解读性。

　　孟弗之一家的住所变动充满了历史的真实感。孟家原先住在明仑大学校园中较好的住宅区，"通过道的门楣悬着一个精致小匾，用古拙的大篆书写'方壶'二字"。孟家从方壶离开，北归回到方壶，串联起了抗战八年物非人非的生活。"方壶是一种盛酒的容器，《仪礼》上有记载。还有一个说法，方壶和瀛洲、蓬莱都是海上仙山，这房子有这样一个名字，也是很有趣的。"[①] 浓厚的文化气息和隐逸自得的生活情趣与孟弗之的身份匹配，是孟家人精神人格的载体。时任明仑大学校长秦巽衡住处名"圆甑"。"方壶"和"圆甑"距离较近，从侧面说明孟弗之在明仑大学地位重要，"方"与"圆"的对应，似乎也在暗示两人所处政治地位和与之适应的处事风格的不同。孟家随着明仑大学迁至昆明，住在学校租用的当地一位军界人士的家祠，屋后有一大片腊梅林。虽说住在他人家祠中有种不伦不类的感觉，但腊梅林的存在和花园进门处繁盛的茶花树依然营造出一种和平、宁静的氛围，既契合当时日军尚未侵占至昆明的历史背景，也为在孟家成长的峨、嵋、合子、玮玮、弦子等的人格奠定明朗向上的基调。孟家的住处勉强算是得体，可见在战争初时知识分子依然受到社会的尊重。及至腊梅林被日军轰炸，孟家搬到龙尾村，只能住在猪圈上面。"这厢房比大戏台的阁楼又小了许多，楼板很不结实，走起来吱扭吱扭响。而且木板间有很大空隙，可以看见楼下邻居几只猪的活动。"住所的变换彰显了战争对社会秩序的颠覆。吕碧初出身名门，孟弗之在北平时也颇受瞩目，家中有保姆、厨师、司机，已沦落到与猪同住。尽管如此，孟弗之的书房一直还是家庭重地。在北平时孩子们是不能进去的，"一排排书柜占据了大半间房"，"靠窗摆着一张大写字台，堆满了书稿"；搬到龙尾村时最早收拾好的就是孟弗之的书桌，"四个煤油箱加一个白木板"，虽然简陋，孟弗之还是将其视为自己的小天地，仔细地擦拭干净，收拾整齐。与孟家的困窘形成强烈对比的是孟弗之连襟严亮祖的住所。严亮祖的严公馆"大门前有两座石狮子。进去是窄窄的前院，种着各种花木"，"三面有二层楼房，楼上楼下都有宽大的走

─────────────

　　① 宗璞：《北归记》，人民文学出版社，2018，第50页。

廊"。空间与身体直接关联，居住环境是不同等级身体待遇的直接呈现，学者孟樾局促的居住环境和军人严亮祖宽敞的院落形成鲜明对比，是对在战争时期军人、学者不同等级低位的直观体现。此外，严公馆住处宽敞阔绰，亦有帮佣。吕碧初久病不愈不得不四处寻帮工，从现实考虑可与严家同住。但孟家人没有一个人到严家居住，甚至赴宴也不大乐意，反而是严慧书常到孟家走动，个中情感流动让人寻味。

空间在《三生石》中是权力关系的表征。"文化大革命"开始后，单位之间人的阶级、地位发生的最为显著的变化是住所的更换。学术权威梅里庵原本住的是学校里最好的住宅区，是独立的小洋房，每座小洋房还配有自成格局的花园。这种独立宽敞的空间格局，身处其中的人必然具有更自由的活动空间。这是梅里庵学术成就和社会地位的体现。对梅里庵的批斗也正是从抄家开始。"那无休止的参观的人流，在已成为一团'破烂'里出出进进，有人索性从窗户里跳进来。也有人排好队，认真地上这一课。"住所的被侵犯和公开展览意味着梅家人已经丧失了作为"人"的资格，成为"人"的对立面，处于最底层，应有的居住权和隐私权随之被全面剥夺。梅里庵和梅菩提被赶往"全校几个住宅区中最破烂"的匙园里最破的"勺院"。他们搬到勺院时，红卫兵特意把丁香刨掉向群众宣布这小院就是倒垃圾的地点，以此作为羞辱、惩罚。新住所的确定是对梅里庵和梅菩提成分、阶级的定性：作为牛鬼蛇神，他们只能住在破烂的垃圾堆里。陶慧韵本应不受"文革"波及，却因为造反派的头头张咏江早就看上陶慧韵两间一套的单元房，寻机就通过西语派的派友把陶慧韵赶到勺院，而且规定陶慧韵除了必需的衣物，什么都不准带走。与住所随意被侵占、搜查对应的，是梅里庵、梅菩提、陶慧韵等人的身体自主权被剥夺。原住所被破坏、侵占，梅里庵身体被批斗、被虐待；陶慧韵房子被抢占，她也被剔去头发剪成阴阳头；梅菩提因乳腺癌告假，住所也要循例被查抄一番。空间成为身体的延伸，住所的更迭体现出来的是秩序的颠覆。可以想象觊觎梅菩提和陶慧韵原先住所的人，之前必然住在不如她们的地方，通过一场"革命"，有部分人通过它实现了对原有秩序的颠覆，建立了符合自身利益的新秩序。身体、空间从而与历史发生了深刻的关联。

当从权力视角切入身体空间的研究，空间就不仅仅是一个身体活动的区域，而与人的身体/身份交互构造。但作家在文本内世界中，往往特意构建出一些"特殊空间"。《三生石》中梅菩提入住的医院，病房里"阳光明亮，生意盎然，米黄色的绸窗帘轻轻飘动，那是春风在吹"。从病房的窗口看下去，除了远山，还有缀满黄花的迎春。梅菩提患的是乳腺癌，入住的是重症肿瘤病房，常理推断病房是一个充满死亡气息的空间，毕竟"在疾病酷刑下，人，除了辗转呻吟，还能做什么呢"？医院的氛围显然有违人们想象。疾病面前人人平等，在病房中，政治话语赋予的身体上的种种阶级属性、血统、成分等都被淡化，身体在病房中终于得以剥离政治外壳，还原其肉身性。当外面斗争运动进行得如火如荼，离死亡更近的病房反而充当了一个"避难所"，使梅菩提得以喘息。梅菩提居住的勺院成为多位年轻人休憩的场所，具有非凡的吸引力。郑立铭、小丁、崔力、秦革等青年不自觉地常常往来。他们到勺院来与梅菩提、陶慧韵说话，"随意发牢骚"，过后总能获得别处无法获得的平静。勺院就像是一个"沙漠中的绿洲"，"每次来后都觉得像是服用了镇定剂，照见自己的灵魂清洁了一些，丰满了一些"。如果说身体生病住进病房逃脱了权力的规训，那么勺院的存在是宗璞有意以其抗衡暴力秩序，实现空间等级划分的再颠倒。

# 第三章　王旭烽

　　王旭烽是相对特别的历史小说写作者，1982 年毕业于浙江大学历史系，2006 年始担任浙江农林学院茶文化学院学科带头人。特殊的专业背景深刻影响了王旭烽认知世界的方法，"它在回忆、再现、想象已经发生过的一切事件时，时空往往成为第一要素出现，人物嵌在其间方能成立"①。传统历史观认为个体是历史中的个体，随着历史动荡或颠沛或流离。王旭烽显然认同传统历史观，并在创作中有所体现。如合计 1500 多页、100 多万字的"茶人三部曲"遵循的是一种线性的历史叙事，人物镶嵌在线性的、前行的历史进程中，"叙事都是在一个大的编年史中展开，个人情爱、性格、命运和家族史等等，都是被历史决定了其方向和结果"②。悖论的是，"茶人三部曲"出版后，文中穿插的关于茶史的长篇大论成为"败笔"受人诟病。③ 真正形成小说魅力的，是"历史"中的个体。恰恰是杭天醉、杭嘉和、赵寄客、沈绿爱等各具特色、有血有肉的人物形象，吸引了一批又一批的读者，成为小说的精华所在。究其根本，作者的历史思考、文化感触，也只有通过人物的塑造、身体的描写才能传达给读者。不可否认小说所囊括的百多年中国近现代史是按时间顺序排布、讲述的，但身体在"茶人三部曲"中已经不再是概念的、意识形态化的身体，而是流动的、跟随历史情境的发展而变化。因此尽管身体依然落入历史事件中，但并非偶然镶嵌在历史叙

---

① 孙侃、王旭烽：《历史风貌和文化叙述》，王旭烽《曲院风荷》，新世界出版社，2002，第400 页。

② 陈晓明：《新世纪文学："去历史化"的汉语小说策略》，《文艺争鸣》2010 年第 10 期。

③ 费团结：《〈茶人三部曲〉："缺点"的克服与文体的自觉》，《陕西师范大学学报》（哲学社会科学版）2006 年第 3 期。

事中，仅仅为了说明某种历史的必然性而存在，而是以身体遭际、命运成为历史的一种隐喻。

# 第一节 历史的身体化：打碎与重组

《南方有嘉木》的叙事时间范围从太平天国失败（1864）到国共第一次合作失败（1928）。其中由清末农民起义过渡到辛亥革命的历史关键点，是通过吴茶清的人物形象表现的。小说叙事的起点由吴茶清和林藕初的相遇开始。作者先描述一个长毛将士被清兵追剿的过程：这个长毛将士"身手不凡，脸上蒙块黑布，露两只眼睛，身轻如燕，体态矫健，嗖嗖嗖地几下蹿上人家的屋檐，在那斜耸的瓦脊上一溜箭跑，瓦片竟不碎一块"。再交代与此同时，杭九斋"正昏头昏脑地用大红绸缎带子牵着比他大了三岁的新娘子林藕初往洞房走。说时迟，那时快，从天上掉下来一个人，狠狠地擦过院中那株大玉兰花树，然后一个跟头，便闷闷地砸在了新娘子身上。新娘子一声'啊呀'，便踉跄倒地"。吴茶清的身体与林藕初的身体相撞，林藕初当机立断把他窝藏进洞房，从此开启一部全新的杭家史，也开启了杭家家族沉浮与国家历史同构的命运。

吴茶清作为逃脱清兵追剿的长毛将士，一生隐忍冷静，但农民起义的火种仍潜藏在身体深处。资助赵寄客东渡日本是他掩饰不住的革命志向的外露。辛亥革命（在小说中是杭州起义这一节）正式开始后，向来老成持重的吴茶清像换了个人，他压抑不住内心的兴奋，让小茶找来剪刀，"反过手去，一刀剪了头发"，毫不畏惧地表达了革命必胜的信念。在杭州起义总司令部，他面发红光说话响如铜钟，哈哈大笑："我们吴家是被清兵满门抄斩的，妻儿老小，无一幸免。我孤身一人，流落异乡几十年。常言道，君子报仇，十年不晚，我是君子报仇，五十年不晚啊！"显然他潜藏已久的起义热情已被炮火点燃，再次参加革命义不容辞地再次担负给清兵旗营送劝降信的重任成为一种历史的必然。吴茶清给旗营将领贵林费古多送信是杭州起义的关键一步，他背中冷枪是"拿命来告诉大家，清兵是不好相信的"。有了这一步，民军才得以下定决心上城隍山点火炮轰旗营。作为太平天国老英雄的吴茶清在没有加入光复会也没有加入同盟会的情况下，以老迈肉身为杭州起义送劝降信，意图架起清军和民军之间沟通的桥梁，是以个体肉身实现两段历史的对接，实是暗示了太平天国、义和团等农民起义与辛亥革命之间的精神联结。杭天醉"我都搞不清我们是不是太平军还魂了？怎么做出来的事情一模一样？"的感慨也说明了两场发生在不同时期的革命之间从身体到精神上的传承。

再有，赵寄客东渡日本，历经杭州起义、沪上战役、教育救国、实业救国等几番革命浪潮，暗合了由旧民主主义革命向新民主主义革命过渡的历史轨迹。作者是将他当作旧民主主义革命者的代表来塑造的，心怀辛亥革命时期的民主革命意识，也清醒地意识到辛亥革命精神层面的不彻底性。在解释断臂缘由的前因时，作者写道：他已发现辛亥革命并未实现他心中的国富民强的目标，倒是给另外一批投机分子提供了上场表演的机会。洪治纲认为赵寄客代表了"辛亥革命思潮"[1]，其人其行成为辛亥革命精神的具象化，其命运也充满了对"国运"的隐喻。赵寄客在战火中失去一只胳膊，断臂/残缺的身体是对辛亥革命/残缺的国体的隐喻，意指国民党中央政府的失败。以"身体"喻"国体"，以个人命运映射民族国家命运在"茶人三部曲"中是常见的历史叙述方式。杭嘉平1919年五四运动开始后为无政府主义所鼓动，闹学潮、办小报、开"孤儿院"、参加社团、去日本、去法国、参加北伐军……其人生历程完全体现了五四时期民主思潮的复杂性和时代变化。其他人如"游击队长"杭汉与那楚卿之间的爱和博弈，暗示民间游击队与共产党之间是否接受归编和整肃的尴尬；参加"造反派"并成为领导者的杭得茶则代表了"文化大革命"的红卫兵浪潮。杭家的每一代男性，都与一系列的重大历史事件紧密相连，他们的人生历程就是某时期历史变换、时代精神的肉身反映。历史不再是概念化的、物化的历史，而是鲜活的、"身体化"的历史。如果说在"茶人三部曲"中，王旭烽的历史叙事依然是遵循传统的、直线型叙事模式，那么在《绿衣人》中，王旭烽一改严肃的历史叙述方式，以近似"聊斋"的形式，通过刘学询八姨太和陈子虚、姚亦安的故事，进行了一场"历史叙述"的实验。

---

[1] 洪治纲：《历史与文化的双重寓言——读长篇新作〈南方有嘉木〉》，《当代文坛》1996年第6期。

《绿衣人》是一个史实与虚构交织的文本，小说中的"刘庄"，包括刘庄中的人物、地点，刘庄少主人刘启言及其生平，都是真人真事。文末引用的信件，也是王旭烽从刘启言处获得，文中提及的挖掘雷峰塔的具体时间、挖掘队长的姓名等，都有报纸可查。但八姨太和陈子虚、姚亦安等青年男女的爱恨情仇，则完全是虚构的，但这段情感纠葛恰恰是"历史"成为小说的叙述对象。小说中叙述者有三个，分别是亦幻似真的绿衣人、中文系毕业生陈子虚、历史学博士朱静，叙述版本也对应有三种。朱静的叙述秉持理性的历史主义的逻辑，讲究明确、大量的史料支撑，是"在阳光明媚下记录在案的，是有逻辑、有史实，经过调查研究考证的"。她坚持认为绿衣人是陈子虚虚构的，是陈子虚有意为之或精神出了问题。但小说给读者展示的却是绿衣人如何以一种"没有记录，一些片段，梦幻方式"的叙述征服了众人，最终获得了包括朱静等人的信任，甚至影响了现实的进程。最开始是绿衣人轻易获得了陈子虚的信任。在第一次的接触中，绿衣人的叙述始终伴随着护发程序的进行，陈子虚对她的认知也一再被颠覆。刚开始他只是把绿衣人当作普通的洗发妹，看到关于雷峰塔的预言剪报后吓得心惊肉跳，"手里拿着的报纸就抖了起来"，开始怀疑绿衣人是人是鬼。这时绿衣人把他按回座椅上，给他梳理头发。"她的手指是真实的，有血有肉的，散发着热气的"，陈子虚这才克服惊惧，"心里踏实了下来"。陈子虚通过自己头部的触觉，感受到绿衣人可触可感的、"散发着热气"的手指，从而确信绿衣人的真实存在，使她的叙事得以继续。绿衣人的叙述进行到刘庄时，陈子虚再次起疑，他"突然有一种不在阳间的恐惧，顿时就屏住了呼吸，全身的骨缝都收紧了"。但绿衣人依然在仔细洗头，一再让他感受到自己肉身的真实存在，终于陈子虚不再顾虑她的身份，心想"哪怕她就是一个货真价实的女鬼，他也不怕了"。

> 子虚乖乖地走到水龙头前，水是温的，他低下头去，水就漫过了他的前额和眼睛，他舒服极了，真是温柔乡啊，他想。然后他听到她问："还想听吗？"
>
> 子虚连忙说："想听，想听，你讲什么都好听。"

从"想听，想听"的强调可见陈子虚已经被引入了绿衣人的叙述幻境之中，但他对故事的真实性存疑，一边听一边判断，在几次关键处认为故事又"回到编的痕迹当中去了"。这时绿衣人开始给他吹干头发，"子虚就觉得他的头热起来了，他靠在椅子上，舒服得几乎要昏昏睡去，好半天才想出一句他想说的话：'你哭什么呀，你说的每一句话我都相信。'"陈子虚终于说出了"相信"，也即是承认了绿衣人叙述的真实性，而这一切都伴随着他身体感觉的产生、深化。当朱静和姚亦安明确地表示香薰护发并不存在时，他执着地说"可是，我的头发，它是香的……她的手指印还在我头上……"，以此作为叙述可信的证据。可见陈子虚对绿衣人的相信完全是凭仗身体的本能感知而非理性的判断，"身体"成为"认知"的途径，身体感受的真切使绿衣人的叙述具有可信性。那么陈子虚的版本，又是如何"征服"朱静的？

要明确的是陈子虚并非毫无差异地转述绿衣人的版本，而是在绿衣人叙述的基础上加以想象、补充，再传达给朱静，这种"间接"叙述使绿衣人的存在更加扑朔迷离。在朱静等人看来，绿衣人不过是陈子虚虚构的"叙述者"，真正的叙述者依然是陈子虚。朱静原本坚持认为陈子虚是出现了精神障碍，但是当陈子虚讲到长衫亦安对八姨太动了情后，朱静也陷了进去。因为现实中姚亦安确实就是个到处拈花惹草的"花花公子"。在婚礼上，作为新郎的他姑且"见缝插针，利用每一秒可以利用的事件，和她们分别使眼色，或者挤个眼色，或者努一下嘴"，可见长期相处中类似的举动都毫无疑问落入朱静眼里。朱静纠结于陈子虚的叙述是因为虚构的长衫亦安和现实的姚亦安带给她的情感刺激是一致的，她听到长衫亦安对八姨太动情时内心的痛苦是真实的。正是这种无法回避的个人的痛苦以及"姚亦安对这样的女子是不会轻易略过"的现实，使她正视陈子虚叙述中的"真实性"，并且将叶惠红代入了八姨太。至此陈子虚所叙述的八姨太的生平是否真实的历史已经不重要，重要的是在他的叙述中，人物关系的进展构成对现实的一种影射，是另一种形态的真实。如果说朱静考据出的史料是"历史上空轻盈的风"，"只触摸到事物的表皮"，那么绿衣人的版本展现的就是"事物的内核"，更接近历史的真相。

王旭烽实际上是通过朱静和绿衣人的博弈，进行一种历史学意义上的真实与虚构的探讨。朱静说："只有去探究，事实才会水落石出。不探究，事物永远就是暧昧的。这就是历史学的全部意义。"在小说结尾时，朱静将刘氏后人关于刘庄的文字交给陈子虚时说："我把对人的自身生活的伟大探索的任务交给你了。"在这两段对话中，朱静实际上将"历史"替换成"人的自身生活"，将叙述和考证都归纳为"探究"/"探索"。"现代历史著作方面的一切真正的进步，都是当历史学家从政治形式的外表深入到社会生活的深处时才取得的。"①马克思这段关于历史的阐释，实际上也是历史学者王旭烽对"历史"的看法。在《绿衣人》中，绿衣人多次表示她并不关心"革命"，也不关心已被定论的历史，而只是关心历史中的人。从《南方有嘉木》（1995）到《绿衣人》（2003），王旭烽长篇小说中的历史书写发现了显著变化。在"茶人三部曲"中，"历史"是主角，人物被裹挟在历史之中，偶尔闪现的个体挣扎呈现为消沉（杭天醉），但在《绿衣人》中，已有的、已被记录书写的历史被割裂成多个时空，叙事的凝聚点不再是线性的历史，而是历史中的个体。《绿衣人》中绿衣人时而身着绿衣，时而又着红裙，点拨陈子虚曰："绿亦可以是翠，翠亦可以是红，莫非没有听说过'翠色真红'的典吗？"红绿一组撞色的无缝转换，似乎正暗示了历史可以随叙述者角度不同而呈现不同面貌。

无独有偶，迟子建在《伪满洲国》的创作后记《小人物与大历史》中，直言叙述主角是特定历史情景中的命运个体，"写作之前，我已经确立了用小人物写大历史的写作理念和以人性之光驱散战争带给日中两国人民心灵阴霾的基本思路，所以工作进行得十分顺畅。……这些形形色色的小人物一出场，那个时代在我眼前就栩栩如生了"。②迟子建所言的"小人物"并不仅止于弹棉花的王罗锅、天真愚顽的吉来，或者叼着长烟袋的杂货张，满洲国的皇帝溥仪也被归入作者所言的"小人物"之列，成为主要的小说人物之一。无论是"我对革命毫无兴趣，但我对加入了共产党的青年军官陈子虚深感兴趣"，还是"我对你们男人在那个时代里的种种热情并没有更多的关注，我更关心的是女人。我关心八姨太远远超过关心其他任何人"，

---

① 《马克思恩格斯全集》（第 12 卷），中共中央马克思恩格斯列宁斯大林著作编译局译，人民出版社，1962，第 450 页。

② 迟子建：《小人物与大历史》，《长篇小说选刊》2005 年第 1 期。

再或者是"小人物才是历史真正的亲历者和书写者。人世间的风霜雨雪，都被普通百姓所承受了"。透露出的都是一种"历史身体化"的倾向——是"身体"而不是"事件"，成为历史叙事的核心。从"茶人三部曲"、《额尔古纳河右岸》到《绿衣人》，"身体"在历史叙事中的地位越显突出，这一切都说明新时期当代历史叙事者们，已经不再满足于客观的、物化的历史陈述，更注重探究历史情境中的真实人生、将注意力转向普通人的生活实践，并展示出以此打破原有历史格局，重述历史、再现历史现场、建立一种全新历史图景的努力。

# 第二节　身体化的历史：传承与认同

身体化的历史叙述在王旭烽历史小说中颇常出现，但流转其间的并非西方当代"身体以外别无他物"的唯身主义，而依然以中化文化传统和民族精神为内核，并具体呈现于血缘、疾病、死亡等身体符号。

赵寄客是"茶人三部曲"中的英雄人物形象，心怀热忱、戎马一生，"断臂"是其英雄身体标识。赵寄客的左臂是在"沪上战役最激烈的向市内大军火库发动的五次猛攻"中失去的，对于一个以革命为毕生事业的男人来说，为革命理想失去的左臂成为英雄的象征。文中作者多次强调独臂赵寄客的英雄气概。

（1）赵寄客一只拳头握得紧紧的……他气得说不出话来，一口气跑到塔下湖边，扎进西湖，用他那一只独臂在水皮扑打起来。

（2）他叹了口气，开始不慌不忙地解自己的衣扣。脱得赤条条只剩一条短裤，断了的左臂难看地裸露在了大雪之中。

……

"不知寄客从小就在冬季里习泳吗？拿酒来！"

赵寄客咕噜咕噜喝了一大碗酒，用一只独臂，把自己身上一阵好擦，站在大雪中，发出了巨大的急促的声音，然后便扑通一声，跳到西湖里去了。

以上两段分别是赵寄客壮年和近晚年时两段在西湖游泳的描写。在第一段中"扑打"一词犹能见到赵寄客身体残疾的不便；第二段中，尽管作者形容赵寄客断臂"难看"，但文中"拿酒来"的吆喝，和大雪纷飞背景的衬托，实际上强调的是赵寄客一如既往凛然天地间的英雄气概。同样遭遇断臂的还有杭嘉和的同学陈揖怀。陈揖怀的右臂是日军侵华杭州沦陷时被日本浪人砍废的。陈揖怀宁可被砍伤，也不愿放弃自己的气节，断臂后仍用左手坚持书法练习，体现了知识分子的韧性。赵寄客和陈揖怀的断臂各自完成人物形象塑造的一环，共同展示的是逆境中不屈的中华民族精神。

杭盼的肺结核意蕴更为复杂，结核病首先与她的形象塑造形成同构关联。肺结核因其症状的特殊常见于文学作品，其外延及内涵都具有深刻的历史文化意味。肺结核是一种症状对比极为明显的病症，患者脸色一会儿苍白、一会儿潮红，精神状态也一会儿亢奋、一会儿疲乏，整体上使患者呈现出一种神经质的特征。这种精神状态的神经质，为肺结核增添了浪漫色彩，结核病患者激情突然高涨的戏剧性，使肺结核成为一种"艺术家的病"[1]。在文学的漫长历史中，结核病常被赋予在生性敏感、多愁善思的人物身上。丁玲笔下的莎菲患有肺结核、充满激情，郁达夫小说中的结核病患者也多呈现表面娇弱内心丰富的美态。杭盼的肺结核病症呈现沿袭了"肺结核"疾病符号的审美特性，具有文学名作中结核病人的浪漫色彩。在杭盼为救嘉平冒死与小堀一郎面谈中，作者通过小堀一郎的视角对杭盼的身体和精神状态进行了细致的刻画。

（1）姑娘站着，突然轻轻别过头去，轻轻地咳嗽。

（2）眼前这一位，因为生着肺病，面孔潮红，忧伤满面，满腹心事，斜斜地站着，也是玉树临风，楚楚动人的啊。

（3）杭盼低下头去了，她的小脸因为红得厉害，看上去甚至都大了一圈。

（4）她本是一个讷言的姑娘，此时抬起头来，长眼睛内饱含着泪水。她的声音很低，因为长期的咳嗽，甚至有些沙哑，听上去便像是

① 〔美〕苏珊·桑塔格：《疾病的隐喻》，上海译文出版社，2003，第31页。

一个成熟女子发出的富有磁性的声音了。她说话的声调也很慢，还不时地要咽下暗涌上来的泪水。

（5）此刻她浑身发抖，仿佛发梢都通了电；她的目光平时懵懵懂懂，突然间却发出了狂热的光芒。

（6）盼儿此刻却是面容惨白的了，她剧烈地咳嗽起来，摇晃着，然后，嘴角流出血来，一声不吭地，就滑倒在地上——她昏过去了。

（7）她的头又垂了下来，嘴角的血一滴滴地滴在地上。

以上多处对杭盼的细致描写中，都突出了结核病人的特征，也与她情感的起伏一致，充分展现了她柔弱外表下杭家人铁骨铮铮的斗争精神。杭盼的形象在病弱和激情的矛盾、交织中立体、丰满。

其次，杭盼的肺结核还充当着勾连小堀一郎与杭家人所代表的中国传统文化精髓、民族精神的桥梁。在举市参与种植樱花树时，小堀一郎得知杭盼患有肺结核，就对她充满了怜悯之情。杭盼身上体现出的古典女性气质使小堀一郎充满了认同感。看到弱不禁风又内心高傲的杭盼，小堀一郎想起一种美丽易逝的伤感，比如林黛玉和"紫式部的《源氏物语》中的那些宫廷女子"。他对这样有着浓郁古典情调的女子有着说不出来的认同和怜悯。将《红楼梦》和《源氏物语》相提并论，隐藏其间的是不分血统不分种族的人类艺术之美，也彰显出对弱者的怜悯、保护的人性本能。小堀一郎对患肺结核的杭盼的特殊照顾和"还是让她死在他后面吧"的心态，表现出的是他人性中残存的善。在某种程度上，小堀一郎将杭盼引为知己，将之视为自己的另一面。杭盼生理上的疾病构成对小堀一郎心灵患有疾病的暗示。小堀一郎内心认为自己和杭盼一样，都是"不能够假以天年的人"，他对给杭盼提供治病的药，是他对自己内心"毁灭不了的善"和"爱"的潜在守护。

生与死是人类必须直面的终极问题，文学艺术作品中"死亡"的不同叙述方式，是创作者生命观的直观体现。且看"茶人三部曲"中几处较为经典的死亡叙述。

旁边有一队手提鬼头刀的侩子手，原来刀片白光闪闪，红缨垂垂，一路咣当咣当，卖个杀人的威风罢了，并不真正用刀的。都民国十六年了，杀人也改进了，不作兴杀头，作兴枪毙了。然三番五次枪毙不了，侩子手们就不耐烦了，其中一个上去，还没待嘉草再一次冲上来，一脚踢到了林生。那林生正要扭头，刀下血飞，一颗头颅早已滚下入地，一腔的血直冲向天空，身子往前使劲一窜，就扑倒在地。滚动的头颅上眼睛却还张着，嘴就一口咬住了地下的黄土。

上文为《南方有嘉木》中革命者林生被日军处决的场景。白光闪闪的鬼头刀、踢倒在地、冲天的血、张着的眼睛，林生的死是典型"断头台"的展示。"砍头"是对未被驯服身体的公开处罚，以其阴森、恐怖威吓公众，权力得以彰显。但在国民政府已近腐朽、日军入侵的背景下，林生的死亡具有献祭、牺牲的意味，反而更激起观众的恶感。

杭嘉草的死亡更是惊悚。林生死后杭嘉草精神失常，与忘忧失散后处于疯癫的状态。日本兵几番用枪射击她，都没有结束她的生命，恍惚中她以为忘忧被日本兵带走了，身中数枪仍跟随他们走了一路：

那血淋淋的女人，竟然又出现在他的面前。她已经被他们打得千疮百孔了。她的身上没有一处不流血，现在却大概因为流尽了而结成血洞。她仿佛是经历了那样的地狱的煎熬之后，变成了复仇的女厉鬼。是的，现在这个日本士兵看到的中国女人，的确已经是一个鬼气森森的地狱使者。她的嘴唇，一张一合的，发出的声音谁也听不见了，她摇摇晃晃地站在那士兵身后，每一根头发丝都在往下滴血，每一滴血都在呼唤着——忘儿，忘儿——

……他退后几步，端着刺刀就冲了上去，他甚至来不及取下挂在刺刀上的那条大鱼，便撕心裂肺地狂嚎了一声，把尖刀刺进了那厉鬼一样的女人的胸膛。

女人一声不吭地倒下了，但她是抱着那条大鱼儿倒下的。现在，那条大鱼和她一起，被刺刀捅穿在了一块。年轻的日本士兵拔出刺刀时不敢相信自己的眼睛——女人紧紧抱着那条鱼时，脸上竟露出了一丝欣慰的微笑。

再看杭忆、杭得放的死亡叙述：

> 男的扑在女的身上，血正从他的太阳穴往外流淌。女的面朝天空，眼睛睁开着，神色非常安详。一阵秋风吹过，满山的茶蓬叶子就哗啦啦地响了起来，吹落的几片，就盖在了这对青年男女的身上了……
>
> ……当敌人认出茶坡上的那对青年正是威震平原的杭忆和楚卿时，他们已经没法照他们事先宣扬的那样加害他们了。他们只得把这对死去的平原的儿女放在一块门板上，顺水而下，他们说这就是示众——这就是抗日的下场。

> 他们像风一样地掠过，像鸟一样地飞，像小鹿一样地跳跃，他们彼此听到了强烈的喘息，茶蓬哗啦啦地惊呼起来了，他们突然弹跳起来，有什么东西把他们抛向了空中，然后，他们就像两片刚刚浸入水中的茶叶一样，舒展着、缓缓而优美地沉入绿色的深处去了……

王旭烽笔下的死亡呈现出一种浪漫激情的风格，人物的气性、风骨在死亡的瞬间爆发，叙述多采用抒情、主观色彩浓烈的诗化语言极力渲染悲伤慷慨的氛围，给读者造成情感上的震荡。如杭得放和爱光坠崖时，用风、小鸟、小鹿等比喻他们正当青春尚未成熟的身体，更突显他们的死亡让人痛心。

"茶人三部曲"气势恢宏，人物众多，但即使是反面人物杭嘉乔、小堀一郎的死，都没有"锄奸除恶"的称快之感，而回荡着一种说不清道不明的痛惜。杭嘉乔为日军翻译，养父吴升愤而下毒。杭嘉乔毒发骨痛，不堪折磨拔枪自杀，吴升一步步走远却又无法克制地不断回顾，一边退远一边反复哭叫着"乔儿你可不能死啊"。吴升亲自下毒，明知杭嘉乔会死，却又一遍遍喊着"你可不能死"，其间民族大义与个人情感之间的撕裂、善与恶的交织冲突，让人动容。战败后小堀一郎投湖自尽，同在船上的杭盼忽然发现，"他的面容会和另一个亲爱的人那么相像"，恨与爱的界限瞬间模糊，痛苦与释然深深纠葛。小堀一郎落水后，"偌大一个西湖，都被这突如其来的自杀事件震惊了。西湖和西湖边所有的人一样，一下子都屏住了呼吸。就只见湖中心一只孤零零的小舟，舟上一个孤零零的女人，女人怀里一把孤零零的曼生壶，壶里一只怀表，还在孤零零地响——滴答滴答，滴答滴答"。肃穆孤寂的氛围渲染体现了一种强大的文化力量。这样的静默既是对小堀一郎侵华杀人的谴责，也是对他的宽宥，字里行间依然透露出一种生命消逝的伤怀之情。无论是吴升对杭嘉乔还是杭盼对小堀一郎，他们的感情都是复杂的。在爱之间交织着恨，恨之间又掺糅进怜惜，但又不得不接受只有"死亡"才能终结一切的结局。这种"乐生"与"哀死"之间的情感碰撞，使读者不禁思索死亡之外的可能性，是小说叙述张力的凝聚。

"茶人三部曲"中出现了较多死亡，但王旭烽并未建造一个死后的灵魂世界。无论是吴茶清、沈绿爱、赵寄客、杭忆、杭得放还是其他人的死，死了就是死了，生者无法得见死者的灵魂与之交流。但在王旭烽的另外一些作品中，出现了生者与逝者的喃喃对话。在纪实文学《谁不需要那温柔的怜悯》《光明是这样照耀灵魂的》中，作者大篇幅叙述了死者王延勤和哀悼者王靖波、周伟民之间的对话。即使如此，依然可见作者是不相信灵魂一说的，她不过是借对话的形式使对王延勤生平的回顾显得更为客观可信，止于一种纪实文学体裁的创新。尽管坐在父亲墓前她也有爸爸在"另一个世界"是否也很温馨的念想①，更倾向于相信人存在脱离肉身的灵魂，认为"灵魂"是一种精神力量。"我心中的灵魂，依然指的是一种精神。一个能永垂不朽的精神，我们便称之为灵魂永存；一个丧失精神的人，我们便称之为行尸走肉。"②"灵魂是什么呢？是精神，是传统，也是文化。"③沈绿爱之死具有的神秘力量，是在这种理念指导下凝聚的。沈绿爱死于丈夫杭天醉小妾所生的杭嘉乔手中。在杭嘉乔的指挥下，手下人吴有等把沈绿爱拖到院子装水的大缸下，"绿爱还在破口大骂呢，只听訇然一声，就如那西湖边的白娘子被罩到雷峰塔下一般，竟被活活地罩到了那院子里的缸底下了"。尽管杭嘉乔并未真心想要闷死沈绿爱，叫人在缸沿下垫了一块砖透气，真正杀死沈绿爱的是"赵寄客都被日本人拉出去毙了"这句话。刚烈

---

① 王旭烽：《悠然见南山》，见王旭烽《香草爱情》，广州出版社，2001，第322页。
② 王旭烽：《有些人死了但还活着》，见王旭烽《香草爱情》，广州出版社，2001，第324页。
③ 王旭烽：《香草爱情》，广州出版社，2001，第325页。

的沈绿爱早已做好随赵寄客而去的准备，因而在听说赵寄客被日本人杀死后，当即吞下了手中的金戒指。得知沈绿爱已无任何生命迹象后，杭嘉乔早前肩上被沈绿爱咬破的伤口突然冒出血来，他捂着伤口的手"血糊糊的一片"。杭嘉乔的养父吴升一生的奋斗、拼搏，也因沈绿爱之死付之一炬。吴升隐忍一生，是为了像杭天醉一样获得人们的认可和尊重，但亲儿养子一同逼死沈绿爱，从前规规矩矩的老茶客再也不到他的昌升茶楼喝茶，他最为看重的脸面最终还是成了一张"老屁股"。对他人生命的尊重和珍视，是伦理道德的底线之一。杭吴两家无论在生意上如何使手腕竞争，都不能采取"杀人"等极端的人身迫害。杭嘉乔打破了这一底线。杭家人参加了辛亥革命、抗日战争，是杭州城内的民族英雄，杭嘉乔逼死沈绿爱无形间构成了对爱国人民的挑战。杭嘉乔和吴升家被人们划分到了对立面，人们已不再视他们为同类，而视为"畜生""禽兽"。

在"茶人三部曲"的死亡书写中，有两个意象频繁出现：祖坟、扫墓。"祖坟"是埋葬祖先的地方，一般情况下葬入祖坟的必须有血缘上的联系，但杭家人的祖坟也埋葬了多位和杭家祖先并无亲缘关系的"外人"。杭九斋交代要吴茶清葬在杭家祖坟里，对外的说法是"忘忧茶庄，日后要靠茶清撑，成也在他手里，败也在他手里了"，实际上决定性的因素是杭九斋得知杭天醉是吴茶清的亲生儿子，要求吴茶清葬在杭家祖坟，是逼吴茶清不得将杭家茶业改名换姓据为己有，也无形中意味着吴茶清被"杭家"所接纳，成为杭家家族的一员。由此杭天醉即使不是杭九斋的亲生骨肉，杭家继承人的身份也无法动摇。第二次出现是撮着和林生死后，杭天醉决定将他们葬在吴茶清旁边。撮着本就是孤苦无依的流浪者，林生也是外人，杭天醉将他们葬在祖坟的举动也意味着一种接纳，也是对女婿林生、撮着杭家人身份的确认。几乎每一个杭家人的死亡，都伴随着祖坟意象的出现。在忘忧茶庄、忘忧茶楼、羊坝头杭家大院等家族标志都相继沦陷之后，祖坟成为唯一完整的家族史的象征，到祖坟扫墓也成为杭家人的重大事件。《不夜之侯》中第一次完整的杭家人扫墓的场面颇为壮观，到杭家祖坟扫墓的人有四茬，分别是：开着小车的沈绿村，去祭奠妹妹沈绿爱；坐在马车上的杭嘉乔和吴升，因为杭嘉乔的骨痛不仅要祭小茶和天醉，还要给沈绿爱、林生和嘉草烧香；杭嘉和、小撮着、叶子、杭盼和孙辈杭汉；杭嘉平和那楚卿等都陆续出城扫墓。除了寄草和杭忆，几乎活着的与杭家人有血脉联系的人全部到场。第二次扫墓的情形出现在《筑草为城》尾声中，因祖坟要搬迁，所有杭家人都参与了。除了杭嘉和、寄草等老人，还有杭盼、杭汉、杭得茶、杭布朗、忘忧、迎霜、方越，以及夜生、窑窑等小辈。祖坟和扫墓的共同出现，杭家人入葬、祭奠的场景一再出现，凸显了儒家对家族、传承的重视。

儒家素有重视丧葬仪式的传统。孔子常强调"生，事之以礼，死，葬之以礼，祭之以礼"；孟子曰"养生者不足以当大事，惟送死者足以当大事"；荀子也要求"事死如事生，事亡如事存"。丧葬仪式的存在是以家族为基本单位的，具有特殊的聚合功能。在丧葬仪式上，或者死亡即将到来时，有亲缘关系的族人都被要求聚在一起。每个家族成员在丧葬仪式上都有明确的身份界定和相应的职责要求，成员间的亲疏关系也一再得到确认，因此死亡丧葬仪式加强了家族成员对相同血缘或姻亲关系的认同感，也通过对仪式上不同身份成员行为的规范，再次调整、巩固家族秩序。祖坟在小说中不仅是死亡安葬之所，还是诸多关键情节的发生之处。杭嘉乔在杭家祖坟吴茶清坟前将吴升当作救世主，为杭吴两家人的恩怨埋下了伏线；杭汉在祖母沈绿爱坟前搭讪舅舅沈绿村，为暗杀汉奸的计划奠定了基础；寄草和罗力定情，也是在祖坟的茶蓬中；赵寄客生前为祖国做的最后一件事，是偷偷运出孔庙古祭器，埋藏在杭家祖坟里……杭家祖坟不仅串联起杭家家族史，亦是中国抗日战争史的缩影，是中华农耕文明的再确认。值得注意的是，在"茶人三部曲"中，多位与杭家没有血缘关系的人都得以入葬祖坟，杭天醉的另一个儿子杭嘉乔却被排斥在外，只能葬在山脚下茶园边，因为杭嘉乔做了汉奸，逼死杭家主母沈绿爱。这一处置表明祖坟不仅是对家族概念的巩固加强，而且充当了一个表彰、认可的功能。几乎所有进入祖坟的人，都对中华传统文化、中华民族的家国概念充满了认同感。吴茶清、撮着、林生等外姓人无一不为中华民族的解放事业作出了牺牲。杭嘉乔内心缺乏对中华民族的认同感，投靠日本人时就放弃了中国人的身份，自愿为日军所使役，手上沾着同胞沈绿爱、林生等人枉死的鲜血。在这种历史背景下，祖坟在文本中的一再出现和对是否能入葬祖坟的区分，是将血缘家族观念转化到家国同构的理念之中，体现的是个人从属家庭、家庭从属国家的身体秩序。

血缘是王旭烽表达文化传承、思考的另一角度。"茶人三部曲"中存在多组血缘关系的错位。杭天醉是吴茶清与林藕初所生，继承了杭家家业，以杭家后人的身份繁衍后代；沈绿爱的亲生儿子杭嘉平浪迹天涯，陪她终老的却是小妾所生的杭嘉和；杭嘉和的儿子杭忆性格与杭嘉平更为相像，充满革命激情也和叔父一样浪迹天涯，杭嘉和守护一生的杭家茶业却由杭嘉平的儿子杭汉继承；杭嘉和的亲生女儿杭盼跟随母亲与继父李飞黄共同生活，李飞黄的儿子李越几经周折在杭家抚养下长大……亲子关系的错位不仅是性格的相近，更体现着个人的身份认同和文化选择。

杭天醉身上集中了生命中最重要的三位长辈的特征："单薄的身体，单薄的眼皮，长睫毛的眼睛"源于母亲，瘦削的身材仿佛吴茶清的影子，"蒙眬的眼神"却承袭于杭九斋——"颀长的脖子，略塌的肩，长眼睛上蜻蜓翅膀一样匆促闪动的睫毛，细挺的鼻梁和不免有些过于精细的嘴唇，紧抿时略带扭曲的神经质和松开时的万般风情"，熟识杭家的人暗中嘀咕杭天醉"二十年后又是一个杭九斋"。在亲缘鉴定的科技手段发明之前，外貌上的接近是最为显性的血缘关系证据。杭天醉神情酷似杭九斋更增添了身世的悬疑。更使读者困惑的是，杭天醉对吴茶清从一开始便表现出明显的疏离，当母亲要求他跟着吴茶清早起晨练时，他总是千方百计地缠在杭九斋的床上。他显然与杭九斋更为亲近，常跟着到西湖、茶楼消遣寻乐，在"不负此舟"上，父子的对话充分展示了两人的亲近。

> 杭天醉喜欢不负此舟，喜欢父亲逐句教他的歌谣：
>
> 今夕何夕兮，搴舟中流；
>
> 今日何日兮，得与王子同舟。
>
> 蒙羞被好兮不訾诟耻，心几顽而不绝兮得知王子！
>
> 山有木兮木有枝，心悦君兮君不知。
>
> 杭天醉不太听得懂这些歌谣的意思。父亲说那是很久以前的越人船夫摇着船在波水间唱的歌。杭天醉便摸一摸父亲苍白的手，认真地说："我们就是船夫。"
>
> 父亲便有一种千古之音的感动，摸一摸儿子的脑袋，眼眶便湿润了。

儿子摸一摸父亲的手、父亲摸一摸儿子的脑袋等肢体语言表明父子间的亲厚，辅以杭天醉关于歌谣的回应，杭九斋和杭天醉两人精神上的契合得以彰显。

作者曾言，"杭九斋"人物形象的基石是陈定山回忆文章《我的父亲天虚我生》中的"天虚我生"。"天虚我生有着'颀长的身材，戴着金丝边近视眼镜，穿熟罗的长衫，常常喜欢加上一件一字襟马甲，手上拿着一把洒金花牡丹的团扇'。一位正向新时代转形的旧时代文人，就此从纸上栩栩如生地立了起来，做了我小说中的血肉载体。"① 中国传统文士是一个面向极为复杂的历史群体，他们既有"先天下之忧而忧，后天下之乐而乐"的宏大志向，也有"长太息以掩泣兮，哀民生之多艰"的慈悲心肠，有"人生自古谁无死，留取丹心照汗青"的浩然正气，也有"良禽择木而栖""识时务者为俊杰"的矫饰精明。"梅妻鹤子"的隐逸和"长伴青灯古佛"的逃潜亦是中国传统文士精神气质中挥之不去的底色。当江南美景与重商风气结合，"风花雪月"即成为江南文人"修身齐家治国平天下"之余的重要补充。随着清代文字狱的兴起，汉族文人入仕途的阶层上升途径受阻，"修齐治平"的理想已经转化为"明哲保身"的生存智慧，风花雪月也从生活的补充成为生活本身。"'江南'的文化最奢侈，最学究气，也最讲究艺术品位，但从满人古板严谨的观点来看，'江南'的文化也最为腐败。"② 研究者多认为杭天醉是封建末世文人的典型形象，实际上杭九斋才是真正的末代文人，他承继的恰是江南文化中最为"腐败"的一面。新婚之夜，林藕初正色告诫"你若不抽大烟，茶庄钥匙就归你挂，你若还抽大烟，钥匙就归我了"。杭九斋毫不犹豫地"立刻将腰上那串沉甸甸的铜钥匙扔了过去"，找出那盏山西太谷烟灯，从此沉浸在虚无缥缈纵情享乐的人生中。杭九斋花重金打造一艘"不负此舟"，上设香炉、竹榻、笔墨纸砚，更设有一床可躺可坐，与杭州士绅们品茗吟诗、笙歌唱答。不事经营、吸食鸦片、留恋妓院等行径共同透露出他尤其注重享乐和身体欲望的满足。杭九斋身上集

① 王旭烽：《走读西湖——从湖西开始的风雅之行》，浙江摄影出版社，2003，第198页。
② 孔飞力：《叫魂：1768年中国妖术大恐慌》，陈兼等译，上海三联书店，1999，第95页。

结了中国传统文人中沉溺享乐、堕落的一面，"中国传统文人的艺术化生活追求"① 的说辞都无法美化杭九斋借艺术之名行享乐之实的不堪。

杭天醉跟随杭九斋出没风月场合，沾染了文人的纨绔习气。在茶楼上，小莲用香绢包着松仁扔到杭天醉脸上时，他不觉羞辱，却为这种浪漫的狎妓情调所沉醉。"心里一团的诱惑"。正是这种对所谓"情趣"的沉溺，造成了杭天醉和沈绿爱之间的隔阂，催生了他和小茶之间的厮混，间接为杭家的悲剧埋下种子。杭天醉对小茶的宠爱和对沈绿爱的回避，体现出的是杭九斋式的文人趣味，直接指向他对旧秩序的留恋和向往。独自泛舟散心时，船老大提点杭天醉清末世道难求清静，留在船上喝半日茶，已是极致。杭天醉吐了口长气："如今的人，哪里还晓得那前朝人的雅兴。那张宗子眼里的西湖——'大雪三日，……独往湖心亭看雪。雾凇沆砀，天与云、与山、与水，上下一白。湖上影子，惟长堤一痕，湖心亭一点，与余舟一芥，舟中人两三粒而已！'那才叫露了西子真容呢！"这番话虽与时局无关，但通过对文化、景色的审美暴露了杭天醉对明清以前的文人意趣和士大夫阶层享受的特权的留恋。细究下去，杭天醉身上偶见的革命激情，并非自发改变旧秩序的野心，而是基于赵寄客的启发以及对领袖人物"一呼百应"优越地位的向往。在营救吴茶清的罢市会议上大出风头后，他当众宣布要接手茶庄一应事务，过后却依然是甩手掌柜，对制茶依旧一无所知。杭天醉想要的不过是一种"英雄"般受人尊重夸奖的感觉。他在小茶身上感到"雄健豪迈"的征服欲，对自己"喉咙响一下，小茶就会吓得目光抖落一下"这种男女关系的欣赏，是杭天醉对男尊女卑式父权制的认可。

杭天醉性格的另一重要来源是茶庄管家吴茶清。与杭九斋的末世文人纵欲、堕落的意趣相异，杭天醉生父吴茶清不是传统意义上的士人，而是漏网的太平天国军士。在他身上更多呈现出一种深具革命反抗意义的侠士精神。尽管吴茶清蛰居杭家数十载，但侠士精神并没有随着生活的安逸和儿女私情而隐退，仍时时在他内心翻腾。由此当吴茶清替杭天醉回绝赵寄客去东洋留学一事，表达了杭家意思后，他掏出一袋钱，重重地掷入赵寄

① 王彩萍：《封建末世的文人——评王旭烽〈南方有嘉木〉中的杭天醉形象》，《山西大学师范学院学报》2000 年第 4 期。

客怀抱，说"四十年前，老夫也是一条好汉！"婉转而决绝地表达了自己对赵寄客参加革命的赞许和支持。待到杭州起义与清军作战，吴茶清前所未有地意气风发，率先割下自己的长辫以示支持，并要求由他再次送信给清军首领谈判。如此种种充分展现了他内心不屈的战斗精神。杭天醉身上也潜藏着吴茶清式革命激情，为了支持维新革命誓死不退学、窝藏起义武器、撰写安民告示等行为充分体现出他继承了吴茶清的革命血脉。当父子两人为革命理想而共聚一堂时，与他们朝夕相处的旁观者沈绿爱才发现，"丈夫和茶清伯原来那么相像"。

但即使有了吴茶清侠士情怀的加持，杭天醉依然无法摆脱对"艺术化生活"的追求，更无法洗刷自己身上文人矫情、放纵的劣根性。终其一生，杭九斋的文人意趣和吴茶清的革命激情都在他内心交战博弈。当赵寄客为于谦"粉身碎骨浑不怕，要留清白在人间"的慷慨而赞叹不已时，杭天醉沉迷的是于谦"涌金门外柳如烟，西子湖头浪拍天，玉腕罗裙双荡桨，鸳鸯飞近采莲船"的小儿女情趣，甚至就在资助赵寄客革命的同时，还抄录被历史定位为奸臣的严嵩的诗。这种性格矛盾的根源正是文人趣味和时代精神之间的冲突。作为忘忧茶庄的继承人，杭天醉的事茶态度也充分体现了他的文化倾向。

杭天醉名义上的父亲和生物学意义上的父亲分别代表了两种事茶态度。杭九斋是忘忧茶庄的老板，实际理事的却是夫人林藕初和吴茶清。"茶"于他是一种风雅的谈资，更是鸦片逛窑子的经济来源。只有当他"芙蓉瘾过足，在荒唐之极钱财两空后"，才知道"回他的忘忧楼府来点个卯"，和夫人温存一番也是为了偷取茶庄的现款。吴茶清代表着与杭九斋截然不同的事茶态度。早在他为报杭家救命之恩帮杭家贮茶时，就流露出对茶的了解和事茶的踏实态度。"一个月内，吴茶清烘烤了所有的石灰缸，运来最新鲜的石灰，小心地用纱布袋包成一袋袋，后场茶叶拼配精选了，就到他手里分门别类贮藏。"吴茶清对茶的生产、制造、贮藏、分类、评品等都有着切身了解，事必躬亲，并严格要求茶庄伙计不喝酒，不吸烟，不准烧咸鱼、烧菜鲞，不准放生姜、大蒜、生葱等，因"茶性易染"。基于茶性而制定的种种戒律，是对茶的真正尊重和爱护。没有这种对茶的精心制作呵护，就不可能成就杭九斋、杭天醉湖上饮茶观雪的情调，种种茶道也就成为无根之木、无源之水。失却林藕初、吴茶清对茶庄的苦心经营，杭九斋、杭天醉等就更不可能有风花雪月的资本。

杭天醉并没有学习到吴茶清对茶的尊重和踏实，而是和杭九斋一样对茶漫不经心。出生于茶庄世家，杭天醉从小得到多位长辈的指点，对茶历史、茶文化熟识于心，可以和日本人坐而论茶一整夜。但他对茶真正的理解却和杭九斋一样仅停留于品味和论道。准备忘忧茶楼开张事宜时，夫妻两人的一番对话使两人对茶的了解高下立见。

> 她一边看着那些前人留下的关于制茶的木刻书，一边问着无事忙的丈夫："天醉，咱们家里的龙井，为啥购来后要先放在旧竹木器里？"
>
> 杭天醉在院里堆着一大堆石砖，正一五一十地检查观看，还用刷子就着东洋进口的肥皂，细细擦洗着，说："这是什么问话？新竹木器时间长了便旧，哪里有年年买了新的贮茶。"
>
> "不对，"沈绿爱批驳他，"你看，祖宗这里说了，茶性易染，新竹木器有异味，所以必得用旧器，你连这个也不晓得吗？"①

沈绿爱潜心学习制茶、贮茶，更衬托出杭天醉对茶的浅薄了解。茶对杭天醉来说，只是一种空中楼阁，一种彰显自己品味、消遣时间的事物。所以尽管他可以和日本茶人羽田整晚坐而论茶道，平日引经据典讽刺他人对茶历史的粗浅了解，事实却是他不仅对"茶"背后的繁杂工艺不甚了解，对茶的高下评点，他也缺乏基础知识。英国人劳伦斯上门要压价一批九曲红梅时，杭天醉仗着自己会几句英语气势凌人，可一旦劳伦斯跟他认真地谈起红茶的种类品牌时，他"听了这话，立时便没了底"，他对茶的分类和品味的常识"可谓一窍不通"。茶行业不准吸烟、不准喝酒，为保护味觉吃清淡食物的戒律，他也一概没有遵守。与茶本身相比，茶器更让他着迷。考上求是书院时，明明是带着一罐明前龙井到赵家谢赵岐黄提点之恩时，说着是品茶，却对着装茶的罐子侃侃而谈，惹得赵寄客忍不住批驳他到底是请人品茶还是品茶罐。杭天醉这种对情调的追逐，是他追求非现实的艺

---

① 王旭烽：《南方有嘉木》，浙江文艺出版社，1995，第150页。

术化生活的侧面展露。

人的身体具有未完成性。身体的生物性构成要求"人"必须建构自己的世界，必须赋予这些建构物以意义。"'人'的未完成性造成所有的实在都是以社会性的方式建构出来的，但人类又要求有稳定的意义，如果总是清醒地意识到，日常实在都是以社会性的方式建构出来的，性质变化不定，就无法生存其间。他们不得不用持恒的重要意涵来包装这些确定性。"[1] 这种对意义的找寻和需要不仅指向个人与世界之间的关系，也指向个人与其身体和自我认同之间的关系。"人们必须赋予其具身性的自我以意义，但这些意义又必须具有客观实在的外观。"[2] 一旦这种自我认同的意义失落，人的自我感会遭到扰乱，从而对生存意义产生怀疑。在这种情形下，"共享意义体系"就成为人类必不可少的东西，只有将自身放置于一定的"共享意义体系"中，人才可避免直面"具身性自我认同的不确定性和脆弱性"。这种"共享意义体系"体现在一定的历史社会环境中，即是人的文化认同的另一命名。建立"共享意义体系"最直接的方式来自对父母的确认。"人建构了'母亲'和'父亲'之类的社会位置，这些位置充当了比较牢固、值得信赖的自我认同之源，使人们能够安排其有关世界的身体体验的秩序，并领会其意义。"[3] 杭天醉的生父实际上是不可寻的，杭九斋只是他名义上的父亲，与生父吴茶清朝夕相处却不得相认。在林藕初明确告诉他"儿啊，你姓吴"之前，他一直在杭九斋和吴茶清之间摇摆。杭九斋去世后，杭天醉曾撒娇要吴茶清陪他去西湖，遭到了吴茶清的拒绝。

> 杭天醉擦了眼泪，从榻上站起，没一会儿，便又欢天喜地起来，说："茶清伯伯，明日你带我湖上玩去，可好？"
>
> 茶清摇摇头，说："不好。"
>
> "怎么不好？"杭天醉很吃惊。

[1] Turner, B. S. (1992a). *Regulating Bodies: Essays in Medical Sociology*. London: Routledge, p. 117.

[2] Berger, P., *The Sacred Canopy. Elements of a sociological Theory of Religion*. New York: Anchor Books, pp. 5-6.

[3] Berger, P., *The Sacred Canopy. Elements of a sociological Theory of Religion*. New York: Anchor Books, p. 14.

"误人子弟啊。"他扔下这么句话，便走了。

这番交谈发生在杭九斋死后，杭天醉要吴茶清带他去西湖玩，是他"觉得那个人应该对他更好些"的内心想法的外显。潜意识中他希望和吴茶清的关系得到深化，在父子关系的确定中获得真正的自我认同。吴茶清的拒绝一方面是对纵欲的排斥，另一方面是出于避嫌进一步与杭天醉疏远。从另一个角度看，吴茶清对于与杭天醉之间的血缘关系是拒斥的。当杭九斋拿着刀子质问吴茶清时，吴茶清坦然地说："要杀就快杀吧，哪里有什么话好说？"为了克制自己完全占有林藕初、杭天醉和忘忧茶庄的野心，他宁愿另开一茶行。直到临终，他的目光还在杭天醉和吴升之间游离不定，"他睁开双眼，目光在杭天醉和吴升之间，打了好几个来回，一会儿亮上去，一会儿又暗下来，最后，手指终于指向吴升"，将茶行留给了吴升。吴茶清掌管忘忧茶庄一辈子，也是顶着杭家的名义做事，真正属于他的是新辟的忘忧茶行的股份。他将忘忧茶行传给吴升，是对"吴"姓家族的承认，也是对与杭天醉之间父子血缘关系的否定，直接导致了杭天醉对自身存在意义的质疑。吴茶清死后，杭天醉反复问自己"我是个什么东西啊""我算什么，我在他眼里……真不是个什么东西"。吴茶清生前的疏离使杭天醉在两种文化价值观之间摇摆、动摇，只有姑且承认杭九斋的父亲身份，继承他所营造的文人情调，杭天醉才能忘却具体的人生、现实，达到一种忘我的意境，实现对自我质询的逃避。吴茶清的临终遗嘱成为压死骆驼的最后一根稻草，他临死时的指认抽离了杭天醉确认自身的重要基础。吴茶清承认与杭天醉父子关系的可能性彻底消失，杭天醉终于被彻底推向杭九斋的老路。在多重刺激下杭天醉吸食鸦片完成了对杭九斋精神的重复，似乎只有和杭九斋捆绑一起，才能确认自己对"杭"姓的继承，找到自己存在的根源，只有确认对杭九斋背后的传统文化的认同、接受自己是杭家大少爷的身份才能重新定位自身，寻找在吴茶清处失落的自我认同。在这种意义上，对血缘的追溯不仅是生物性的追认，更是形成对个体身份认同和文化选择的影射。

中
编
───

身体与都市

　　美国学者刘易斯·芒福德在《城市发展史——起源、演变和前景》中提出,"城市最初是以圣地的面貌出现的,它是控制的中心,而不是什么贸易或是制造业中心","死者的城市确实是活人城市的先驱和前身,几乎是活人城市的核心"。在西方历史上,截至文艺复兴,尤其是在漫长的中世纪,城市的主要功能是作为宗教的中心。如希腊的雅典城就与希腊神话中的诸神联系在一起,古罗马城的中心是罗马万神庙,还有耸立着圣母院的巴黎等皆是如此。中国早期城市的发展与西方早期以宗教中心发展起城市不同,中国城市中心的形成"受政治的影响最大;军事防御次之;商业和交通等的需要,都只是陪衬的",城市是作为世俗的政治权力中心出现的。政治在中国历来是男性的竞技场,因而在以政治为核心的城市文明发展历程中,男性始终把控着核心话语权。随着社会的发展,城市逐渐由原来的政治权力中心、宗教中心转向政治和文化中心、消费中心和商业贸易中心。这种转变给城市居民带来新的际遇。"城市重心的转变客观上促进了市民阶层的壮大以及使命社会的形成,这使现代都市与一种更为人性化、更为自由的生活联系在一起。"城市给人新的机遇和新的发展,人在城市空间里获得更大的自由,尤其是女性。在城市化的进程中,男性比女性更难适应城市生存方式。王安忆说"农业社会里,生产方式给予男人的优势,他们担任家长的角色,他们是社会正宗子孙的角色,使他们比女人更沉重、更难以脱卸地背负着历史、传统、道德的包袱,在进入城市这一违背自然的道路上,便有了比女人更难逾越的障碍。"与之相对应,在走向城市的进程中,女作家要比男作家心态显得更为自如和轻松。男作家在走向现代城市的过程中,往往像是一个外来客,他的身体在城市里生活,心却留在乡村。沈从文长期在城市居住并获得了较好社会地位,却依然自称"乡下人"。"他们进入了城市,但并没有接受城市,或者说,并没有为城市所容纳,城市只不过是服装,而并不是自我"。

　　女性在走入城市的进程中却呈现出与男性相反的态势,可以说城市几乎是为女性解放而出现的。在乡村宗法制社会中女性受到的从心灵到身体的种种束缚和戒律在城市里被一一打破。随着社会的发展,"人类越向前走,越离土地遥远了"。城市的出现是一个渐缓的过程,至今没有具体数据能够表明哪一年哪一月一个大型城市就出现在人类的视野。在这个城市化的过程中，人类逐渐摆脱了土地的束缚，繁重的劳动可以用机器代替，男性的体力优势被削弱，教育的普及、社会分工的细化也使得女性获得更大的生存空间。"谋生的手段千差万别，女人在这个天地里，原先为土地所不屑的能力却得到了认可和发挥"，"还由于那种与生俱来的柔韧性，使得她适应转瞬万变的生活比刚直的男人更为容易见成效。"女人们不再需要守在家中等男人们归来才能获得食物，她可以凭借自己的能力获得高于男性的社会地位和薪酬。苏青就曾在作品中说，她房间里的每一颗钉子都是她自己买的。女性的衣着也不再因他人的指点而遮遮掩掩，甚至传宗接代的这一任务也不再是女性的"天职"，而是一种个人意愿和家庭模式的选择。"城市是一个集合体，涵盖了地理学意义上的神经丛、经济组织、制度进程、社会活动的剧场以及艺术象征等各项功能。城市不仅培育出艺术，其本身也是艺术，不仅创造了剧院，它自己就是剧院。"女性成为这个剧院里面最活跃的主演。在城市中，女人就像肆意盛开的花朵，她们可以尽情展现自己的风貌，通过努力满足自己的欲望。城市使个人获得独立的空间，使女人获得了伍尔芙所说的"一间自己的屋子"。也只有在这样的氛围下，现代中国才得以产生大批的职业女性、知识女性和女作家。在这些写作者身上，或者说在她们的文本想象中，存在着大量城市因素。20世纪40年代张爱玲的小说里就已经出现了一批依靠自己能力谋生的女性，如《封锁》里面的吴翠远、《半生缘》里的曼桢等。张爱玲、苏青等女作家本人也是凭借文学创作在城市获得生存资源的实例，这是乡土宗法制社会所不敢想象的。中华人民共和国成立以来，女性作家大量涌现，她们的创作丰富着城市文化，这些女性写作者本身也是城市里一道亮丽的风景。然而女性在城市里并没有获得想象中的极大的自由和舒展，在享受城市提供的极大便利的同时，她们依然被各种各样的文化价值观禁锢着、切割着。

　　尽管女性在城市里获得了前所未有的自由和发展，也成为了社会发展中不可小觑的力量，但男性依然是城市的领导者，他们依然把控着城市意识形态的话语主导权。城市是男性筑造的。无论是城市的核心意识形态还是城市中耸立的建筑，其主要筑造者是男性，它们更多地代表着男权社会的价值观。作为现代文明产物的现代城市，雄伟挺拔的建筑象征了男性力量的辉煌，是男性的力量和象征。所以尽管城市比乡土宗法制社会给予了女性更多的选择和自由，男性依然把控着城市意识形态的话语主导权，女性在城市里依然是父权秩序的"他者"。

城市消费文化和父权机制的双重存在对女性造成了双重的禁锢，但女性却不可能逃离城市再度进入乡土社会。只有伴随着城市的继续发展，女性在城市的土壤里才能进一步觉醒，只有经历了足够多的困惑，女性才能真正建立完整的、独立的自我意识。可以说女性的成长是在城市中完成的。包括铁凝、王安忆在内的众多女作家都曾以女性角色为喻体来描绘一座城市。铁凝的《永远有多远》、王安忆的《妹头》和池莉的《生活秀》这三篇小说均以一名女性作为书写的核心对象，并明确地将其视为一座城市的精神象征。三位女作家不约而同地"以一个城市一种都市生存空间中的女性形象，抽象出这座城市的内在精神性格，或宽厚或精明或泼辣，从而完成对城市的寓言化书写或人格化描绘"。女性作家的创作表明，女性的成长和困惑也是城市文明在发展过程中面临的精神价值观的困惑。在精神层面上，女性与城市之间存在着一种依存关系。"城市是再造的自然，人工的产物，它代表工业化，是按照人自己的欲望而建立起来的，因此人在城市中既得到了满足又感到极大的压抑，被自己的再造物反过来所造就。"人造城市，城市造人，人和城市造就着城市文化，城市文化又塑造着不同的城市人格。"城"与"人"之间发展出一种相互映照的关系。一座城市的盛衰兴亡往往勾勒出一段历史的变迁。随着历史的发展，城市居民的价值观和行为方式往往也做出相应的调整，这种城市人格的嬗变也喻示了城市文化的嬗变。具体到文学作品中，一个人可以代表一座城，人物形象就是城市文化的具象化呈现。在这种"城"与"人"如此紧密的联系下，理解女性与城市的关系成了人们进入城市深层内涵的必经渠道，理解女性与城市关系也成为解读当代女性文学的重要角度。

此外，权力身体亦是重读、再析当代女性长篇小说创作的重要视角。在对文学作品的身体叙事研究中，身体是物质的身体、性的身体，更是象征的、文化的、情境的身体。对"文化身体""象征身体"进行考察，默认的前提之一是身体是处于权力秩序中的身体。"社会身体的现象不是某种一致性的意愿的结果，而是权力的物质性对不同的个人的身体发挥作用的结果。"权力通过对不同个体身体的规训以维护社会秩序——一种宏观的集体利益。关于"权力"及"权力身体"的诞生，各个时期的社会学家都提出过自己的假设，霍布斯的社会秩序理论尤有代表性。

霍布斯的社会秩序理论以人类身体中的"动物性"为基点。从人类社会产生之始，秩序就隐藏其中。为了抵御自然环境中的威胁，猛兽的侵袭或自然灾害等，原始人类必须以群体生活。一方面，人的身体是有欲望的身体，饮食、生殖等本能需求都是人类生产力发展的根本动力。满足欲望、趋利避害都是人类的本能。但资源是有限的，当每个个体都积极谋求自身好处时，群体中个体与个体间的冲突随即产生。"因为每个人都自然且必然地谋求自己的好处，但与这好处相反的是，我们觉得人们之间的竞争本质上是平等的，能互相摧毁对方。""身体如果不予钳制，就会像太空的星球，隔一段时间就互相碰撞。"人类与其他动物的重要区别之一是人具有"理性"本能。从表面上看，理性是对欲望本能的压抑，其实质是对最大程度满足大多数人利益的折中。正是人类趋利避害的理性本能催生了契约社会。契约社会意味着，每个人都同意一个主权者的存在，主权者将负责增进群体的和平、个体的人身安全、维护自然法则的运行等。从个体、契约到主权者这个过程中就隐藏着权力由个体到集体到主权者的转让。如前所述，解决的办法就是创造一种管制身体的绝对权力。

霍布斯理论中隐藏的唯物主义逻辑遭到质疑，因其最终导向的是父权制社会的合理性。但他对于高于个体的原始权力诞生的构想，为我们对权力的理解提供了一种角度。确实不难想象在原始社会中，人们决定相信、听从某个个体时，绝对与这个个体能够帮助自己实现某个目标或满足某种欲望相关，而当人们听从某个人的安排集体狩猎或与外敌作战时，确实存在一种身体主权的让渡。简单地说，秩序的先天存在要求权力的诞生，只有通过身体权力的让渡，权力的功效才能发挥。当权力已经产生，就必须通过对他者身体状态的改变——惩罚、贬谪、奖赏或死刑等，才得以体现。权力改造身体即成为身体叙事的研究基础。社会秩序、权力、身体三者形成了一种畸形的三位一体形式。反过来即是说，社会秩序通过权力对身体进行管理改造，身体成为秩序的真正载体。社会身体的表现总会体现着秩序。

# 第四章　铁凝

　　在中国现代文学史上，北京是少有的建构了自身文学传统的城市。从20世纪三四十年代的"京派"到80年代的"京味文学"再到"帝都"书写，从老舍到邱华栋到王朔再到冯唐，不同作者笔下，北京具有不同的面貌。铁凝的童年和少年时光大多在北京度过，作为一个"五七女儿"，在北京的生活经历成为其文学创作的重要源头之一。不论是写作资源的累积、人物关系的设置还是文化的凸显，北京意象都是铁凝小说创作的有机组成部分。在铁凝构建的文学世界中，北京是重要的有机构成。成名作《哦，香雪》里让香雪魂牵梦萦的列车员说的是"北京话"，《省长日记》中的男主角叫"孟北京"，《何咪儿寻爱记》中何咪儿一直向往北京，《没有纽扣的红衬衫》中的安然和安静、《大浴女》中的尹小跳和唐菲对北京念念不忘，《玫瑰门》《永远有多远》《银庙》中的主角生活在胡同里，都与北京息息相关。

　　铁凝对北京的特殊情感时时见诸笔端，其中重要表征之一是"北京"都市意象的身体化。在《永远有多远》中，铁凝直接将胡同少女的身体比喻为北京的真实内核，认为如果将北京比喻成一片树叶，行走其间的女孩子就是这片树叶的"汁液"，"她们使北京这座精神的城市肌理清明，面庞润泽，充满着温暖而可靠的肉感"。在铁凝的文学世界里，北京意象不仅以城市面貌呈现，更多时候是通过人物的身体表现北京城市特质的不同侧面，如在"仁义"白大省的自我身体建构的矛盾中，寄托着作者对北京胡同文化仁义精神传承的留恋和审视，司猗纹斗争一生的形象是北京权力文化的折射。

# 第一节　"北京"都市意象的身体化

在铁凝多部涉及北京的作品中，首先给人留下深刻印象的是"外省人"对北京的多种身体想象。铁凝小说中有这么一类人，以安然、何咪儿、唐菲、尹小跳等为代表，或短或长她们都曾在北京生活，后来又被迫离开北京居于外省，但生活上的离开并没有割裂她们精神上对北京的依恋。日常中她们往往带有一种"北京人"、见过大世面的优越感。这种对北京的认同和依恋，常常不自觉地通过她们的身体表达出来。

在北京外婆家生活过的安然，天性活泼，好辩好强，喜欢穿夹克衫、放鞭炮，笑起来无所顾忌，甚至还趁人不备时吹口哨，走在平易市的街道上常引人侧目。这些和平易市本地女孩截然不同的行为，是北京生活经历在安然身上的残留。她常以外来人的眼光，居高临下地看待所处的平易市，穿着被班主任认为"有伤风化"的红衬衫参加评选，毫不客气地批评平易市的雪糕"牛奶、鸡蛋少，香精太多，比北京的差多了，可价钱一样"，还直接建议做雪糕的师傅们"去北京取经"。她这种自信和放肆源于北京经历给予的一种优越感，她内心常有一种"北京人"的自信。作为全国人民敬仰的首都，北京是一个现代、开放、先进的标杆，指导着安然的为人处世和学习生活。为了凸显自己"北京人"的优越，安然更着意通过身体语言表现自己开放、直爽、乐于接受新事物、新观念的一面，彰显自己与平易市本地居民的区别。

《何咪儿寻爱记》中的何咪儿，少年时暑假去北京表哥家住了一段时间，就产生了对北京、成为北京人的强烈向往，集中表现在身体上是"口音"的执着。从北京回来后，何咪儿就鄙视起了福口的口音，她无法忍受在福口听见的"惦着""做啥"等方言，下决心要像表哥那样说一口漂亮的北京话。成年后坐了老闻的轿车去了一趟北京，再坐火车的普通硬座时，就感到强烈的不适应。她觉得自己的身体不应该待在烟气冲天、嘈杂纷乱的车厢，"无论如何她是不乐意跟他们在一起坐"的。作为皇城，北京是国家政治权力的中心，一直是人们趋之若鹜的首都，能在北京生活意味着处在金字塔的顶尖，具备俯视外省的资本。何咪儿两岁时父亲被打死，楼上的老赵家经常欺负她们母女，朝她们吐痰、放烟火、药死她们家的猫……这种备受欺凌的生活造成了她"对世界心怀不满，又仿佛要以斜视在一切生人面前占上风"的外貌和性格。在北京亲戚家短暂的生活使她感受到北京的优越。在北京生活是受人尊敬的，所以她执着地向往北京，她以为只要去北京，她的命运就可以改写，生活境遇就能彻底改变。命运的改变最为显著的是身体的逃离。为了能在北京生活，她不惜放弃自己和马建军的孩子，相继与皮条客老闻、日本人横山、福口老乡宏生发生关系，终于达到了在北京生活的目的。在何咪儿这里，对北京的向往直接根源于对高等级的追求，可以读解为人的本能和北京特殊地位的双重决定。

《大浴女》中的尹小跳和唐菲，都在北京度过童年，在她们心中北京同样是一切美好的代名词。和唐菲初次见面，尹小跳就被唐菲的美丽和气质震撼，同时她觉得"长相如唐菲这样的人必定是一口北京话的，假如不是，反倒奇怪"。唐菲对北京的感情更为复杂深刻。唐菲的母亲在北京灯儿胡同遭批斗受辱后自杀身亡，按理北京应给她留下浓重的心理阴影。但她从不恨北京，相反北京在她心中一直是一个"稳妥而又宽广的念想"。这与唐菲的身世有关。作为私生女的唐菲，从不知道父亲是谁，潜在地一直处在对父亲的找寻之中，她执着地认为自己的父亲就在北京。她想象着来自北京、说着一口标准北京话的厂长俞大声就是她的父亲，依据是他们之间身体特征的相像——唐菲发现自己的手和俞大声的手"非常非常相像"。唐菲认为俞大声就是她的生父的契机，也正是两人身体接触之时。唐菲冒着再次被俞大声轰出办公室的风险将自己的手伸到他面前，俞大声不仅异乎寻常地专注观察她的手，还伸手握住了它。就在那一刻，唐菲强烈地感到俞大声和她之间血浓于水的父女联系，她说"心灵深处有个东西指引着我特别想扑到他怀里痛哭一场，不是一个女人哭给一个男人，而是一个孩子哭给一个大人"。尽管尹小跳后来也发现俞大声的手和唐菲的手的确非常相像，然而文本并没有给出唐菲身世的真相。对俞大声和唐菲之间的血缘关系，读者始终介于怀疑和不确切之中，唯一能确定的是，在唐菲心中，俞大声就是她的父亲。

唐菲一生颠沛流离，经历了太多的坎坷，最缺乏的就是安全感。之所以如此，是因为外在的变化和刺激总是超出她个体的承受范围，为此她不得不选择非常规的方式应对。"只有当我们完全屈从于强大而持久的权力，从而不再需要做决定、冒风险、负责任之时，我们才感到完全地安全了。"①生活波折的唐菲一直渴望有个强大的背景支撑自己，于是她幻想着掌握权势的俞大声是生身父亲，在这种想象无法落实后放大了自我的情感需求，认为北京就是父亲。"有时候她忽然觉得她的父亲就是北京，北京城就是她的父亲"。唐菲对于父亲的想念和对于北京的想念是合为一体的。对女性来说，父亲形象具有重要的意义，一方面父亲身份意味着自身生命、身体的追本溯源，是她依赖的对象和安全感获得的重要基础；另一方面父亲是女性成长历程最初接触到的重要异性，与父亲的关系奠定了女性对异性的期待和幻想的基调。北京无疑是强大的，是全国政治文化中心，驻扎了各类最高机构，是权力集中的所在，掌控着国家的发展方向。相对于外省，北京意味着权威。依附权威，成为其间的一分子可以获得一种妥善安置自身的安全感，在这个意义上唐菲对北京的精神向往和对俞大声生父身体的想象具有本质上的一致性。

铁凝幼年时被寄养在一个北京保姆家。保姆奶奶很疼爱铁凝，同院的小姑娘也常给铁凝讲故事。成年后铁凝将这段经历当作一段"人生好时光"。正是这段好时光奠定了她作品中对人性的体贴和善良的底色。作品中"外省人"对北京的向往，也正是铁凝本人对北京的深切怀念。

随着社会学、心理学等研究的深入，人们日益清晰地认识到个体的自我认同深受社会文化的规塑与影响，在不少场景中自我认同即为外界认同的投射和内转。米歇尔·福柯尖锐地指出，"身体"始终处于特定的社会历史进程中，受到权力/文化/知识体系的控制、干预、训练，甚至是折磨，以至最后个体完全服从于某种文化制度，并形成自我认知。可以说，个体的自我认同并不仅仅是主观追求和努力的结果，更多地来自文化规塑，并最终以仪表、言行等表现形式形成"个人形象"。铁凝的小说中有这么一类人物，他们包容、善良、淳朴、乐于助人，愿意为别人牺牲自我，是别人赞美的对象，也被评论家们以"仁义""善良"等概括，其中以《永远有多远》中的白大省为突出代表。

---

① 〔美〕艾利希·弗洛姆：《健全的社会》，上海译文出版社，2011，第163页。

延续近千年历经几个朝代的北京形成了自己的文化精神，突出地表现为"仁义"二字。白大省就是北京"仁义"精神的化身。白大省身材敦厚、"人高马大"，仿佛就是"忠厚老实"的注脚，她的日常行为就是对北京"仁义"精神的生动诠释。读小学二年级开始她就每日给姥姥倒便盆，长期亲身伺候瘫痪在床的姥姥，从不贪图口腹之欲，有好吃的总是先让给表姐，午饭也分给小玢一大半，新分到的房子一番纠结后就毫不吝惜地让给了弟弟，自己和父母挤在一起……几乎所有人，包括亲人、朋友、同事都可以为了自己免遭伤害、获得利益把麻烦丢给白大省，"用九号院赵奶奶的话说，这孩子仁义着呢"。不论是对待身边的亲人还是对待关系一般的人，白大省的身体总是在承受着不公的待遇。为白大鸣背黑锅，写了一晚上的检讨书；被郭宏背叛后，又接纳了他以及他和别的女人生的女儿；男朋友关朋羽被表妹抢走，白大省忍下痛苦还是送了个消毒柜作为他们的结婚礼物……白大省的形象在新时期文学人物画廊中是一个较为独特的存在，也是北京胡同文化熏陶下的特有产物。

白大省幼小缺失父母的陪伴，知道谦让所有人，包括她的长辈、表姐妹、弟弟等。上小学一年级的时候白大省就把晕倒在公厕的赵奶奶背回家；小学二年级就担负起每日给姥姥倒便盆的责任；姥姥瘫痪后也是她伺候终老；和表姐一起买汽水总是表姐喝得多；弟弟犯了错误，尽管和自己没有关系，她却总是责任的承担者，乃至长大成人分家各自生活，弟弟想搬出父母家要和她换房子时，她都没有拒绝……基于这些，铁凝《永远有多远》中的白大省唤起了读者对老北京仁义精神的怀念，也被众多评论家概括为"仁义"精神的化身。从表面看，白大省的种种谦让行为无疑是"仁义"美德的体现，但仔细分析可以发现，这些仁义行为并非出于她的本意。当白大鸣找她换房子时她本能的反应是拒绝，可是当她想到弟弟成长中经历的苦难，觉得不同意就是欺负弟弟。她立刻转换态度与弟弟联系，求他和自己换房子。

白大省是长女，成长过程中父母不在身边，性格的形成直接来自外婆和所处的胡同文化。在与外婆的相处中，白大省几乎没有得到过宠爱，更多的是外婆打击贬斥的对象。姥姥总是责骂白大省剥不干净蒜、做事拖拉、魂不守舍。白大省每天要伺候姥姥出恭，给姥姥端便盆。为了看《白毛女》

演出，白大省希望姥姥能快些，结果总是起反作用，"姥姥就仿佛为了惩罚白大省，她会加倍延长那出恭的时间"。在这种成长环境中，白大省不自觉地被置于"被欺压"的位置，时间久了就形成她逆来顺受、牺牲承担的性格。看了电影《卖花姑娘》，因为和电影中的地主同姓被同学和小伙伴们喊为"白地主"。这让白大省十分自卑，带给"我"的意识却是：既然白大省是"白地主"，地主就该服从人民，白大省就该服从"我"，她的谦让是有"阶级基础"的，也就理所当然。对于自己所处的位置，白大省曾尝试着改变，她向往成为西单小六那样的人。作品中的西单小六因为乱搞男女关系名声不好，大家都很鄙视这样的人为什么会成为白大省崇拜的对象呢？西单小六长得很美，身边的男性都极力地讨好她。白大省也希望自己成为西单小六那样被周围人爱慕的对象。她的内心并不甘于被压制，她有着对自由生活的向往，既是对个体独立意志掌控的诉求，也是获得外界尊重的追求。铁凝曾说："我通过白大省这个人物想探讨的是人要改变自己的内心诉求……她执着地要改变自己，这才是她的积极性和意义。"[1] 白大省之所以要改变自己，主要原因是对自己传递给外界的形象不满，这个受到外界称赞的形象只是成长过程中外在环境的赋予，并不是个体的主动选择。尽管白大省想要改变自己，但成长过程中的规塑会成为一种无意识促使她认同自己的地位。

人是一切社会关系的总和，在对人的本质的认识上，马克思和米歇尔·福柯不谋而合。他们都认为人的"主体性"是文化规塑的结果。"主体正是通过一系列训从的活动被构成的，或者说得更主动一些，就像古代那样，是通过一系列解放的、自由的活动构成的，当然，这是以文化环境中的规则、时尚和惯例为基础的。"[2]"传本于周"的儒家文化实质上是一种以等级制度为核心的统治学说，它所强调的"人格"并非指人作为个体单元的独立性和主体性，而特指依附于一定文化制度的等级人格。家庭成员间的等级则由身份价值区分。在家族关系中，白大省的弱势地位不言而喻。于姥姥，白大省为孙，祖为尊，孙为卑；于弟弟，男为尊，女为卑；于表

---

① 赵艳、铁凝：《对人类的体贴和爱——铁凝访谈录》，《小说评论》2004 年第 1 期。
② 〔法〕米歇尔·福柯：《生存的美学》，见李惠国、黄长著编《重写现代性——当代西方学术话语》，社会科学文献出版社，2001，第 117 页。

姐，客为尊，主为下。再者，白大省并无特殊才能，不能为家族带来荣光或经济利益，其外界认同只能来自"谦让""仁义"等美名，同时内化为自我认同。白大省在家族关系中形成了退让、奉献的处事方式，在心理定位上她也潜在地认为自己比他人更低一等。因而关朋羽向白大省表白时，白大省才会膝盖一"软"，身子向下"滑"，"跪"在地上，向他"仰"起头。白大省原本呈站立姿势，弹琴的关朋羽是坐着的，两人一高一低，以至于关朋羽一转头，"他的头连同他那只红红的耳朵就轻倚在白大省的怀里"。白大省可以顺势搂住关朋羽的脑袋，但她选择的却是以"软""滑""跪"等动作，改变了两人的高低位置，导致最后她要"仰"起头来，确证了关朋羽为尊、自身为低的等级关系。

种种身体语言表明，面对学历、身份、工作都不如自己的关朋羽，本该像公主一样骄傲地昂起头等着接受赞扬和奉承的白大省，却呈现出"低矮""承接"的姿态。从表面看，这是她的善良，但深层次透析却是成长过程中权力等级文化熏陶形成的性格弱点。类似的情形多次出现。当曾经抛弃白大省的男朋友郭宏带着和其他女人生的孩子来向她求婚时，采取的依然是高一等的姿态："我要和你结婚，而且你不能拒绝我，我知道你也不会拒绝我。"即使郭宏已经跪下了，形体位置低于白大省，仍自觉凌驾在白大省之上，"我要""你不能"等用词显示出一种"命令"的意味，意示剥夺了白大省拒绝的权力；"我知道你也不会拒绝我"表面上传达的是对白大省的了解，潜在的更是一种意识的灌输、情感的威胁——暗示白大省除此以外别无更好出路。

白大省在家族中谦让他人是因为她的地位低下，当这种谦让成为一种本能时，深层次透露出的是权力等级文化对个人的规塑。白大省的这种被规塑，致使她本能地选择"低人一等"的处事方式。所以熟悉她的郭宏、夏欣、弟弟、关朋羽等人可以堂而皇之地利用她的"谦让""善良""仁义"。当她想要改变自己，不再委屈自己屈从他人时，她会"良心不安"。白大省的这种良心不安表面上可以诠释为她本性善良，但实际上是她对自己僭越等级的恐惧。

对白大省身体形象的描写突出地表现了铁凝对胡同文化的复杂情感。白大省不是没有自己的主体诉求，愿意做一个毫不利己专门利人的人，事实上她对于自己呈现出来的形象并不满意，常常产生通过改变自己身体形象从而改造自己人格的强烈愿望。一直以来她最羡慕的是西单小六那样的女人，能得到异性的爱慕和渴望。独处时她想象自己和西单小六一样充满女性魅力，她"站在梳妆镜前，学着西单小六的样子松散地编小辫，并三扯两扯扯出鬓边的几撮头发。然后她靠住里屋门框垂下眼皮愣那么一会儿，然后她离开门框再不得要领地扭着胯在屋里走上那么几圈"。西单小六是北京胡同文化中的"异类"，她一家是从外地搬来，从来没有被北京胡同文化接纳。老人家经常嘱咐自家小孩"不许去三号院玩，不许和西单小六家的人说话"。身边人们的态度实际上是胡同文化对西单小六驱逐和排斥的表现。白大省把西单小六奉为自己的偶像，模仿她的言行，是对胡同文化潜在的"背叛"和"抗议"。她的身体中有两个自我，一个是为环境所规塑的毫不利己专门利人的"仁义"白大省，另一个是张扬自己女性特质、希望别人肯定自己女性身体的白大省。这两种人格始终在白大省身体中搏斗、挣扎。

当郭宏说出找她结婚是因为她是"好人"时，白大省感觉受到屈辱，她发现自己女性的身体和性别身份从来没有得到足够的重视，外界把她定义为一个没有性别的"好人"。随后她改变自己形象的愿望愈加强烈。她要换护肤品，在女装部总是揪着那些不适合她却能凸显女性特征的大花的、薄透的、紧身的衣服不放。这种衣着选择的显著变化，是白大省内心自我对抗的外现。她企图通过身体的变化来达成人格改造的愿望。可是无论她如何挣扎，仍在自己与自己的搏斗中失败了。尽管声称"我现在成为的这种'好人'根本就不是我想成为的那种人"，她还是为郭宏的孩子落在沙发上的小手绢心软，为自己拒绝了郭宏的请求而良心不安，终于还是答应了他的求婚。白大省自我改变的失败实质上是老北京胡同文化精神的胜利，她依然是以前那个委曲求全、舍己为人的"仁义"白大省。

小说中的"我"对白大省的情感是复杂和矛盾的。"我"既爱她又恨她，"我"享受着她的谦让又心疼她的吃亏，"我"欣赏她的仁义又不忍她处处"牺牲"自己。幼小在外婆家长大的铁凝对北京胡同有着深切的感知，也形成了她对胡同文化的复杂感情，很难用爱或恨进行或褒或贬的简单概括，但不可否认的是这种让人又爱又恨的情感恰恰是"仁义"二字在当下的现实处境。事实上，白大省这样的人物不仅是北京胡同"仁义"精神的化身，而且是中国传统美德的现实传承。尽管铁凝对北京文化有现代理性的审视，如质疑其对人规塑的合理性等，但她在小说中呈现出的却是对这种文化精神的眷恋与不舍，这可能是她小说中诸多"矛盾"和"困惑"的根源之一吧。

北京的都市文化并不只有"仁义"的一面，而有着更为复杂的构成。北京京都文化以燕赵文化为初始基质，经过数千年中原文化和华北文化的营养和积淀，北京形成了和南方吴越文化等差异较大的京都文化。"京都文化的明显特征是：庙堂性——强调忠君爱国，强调统治者的权威和尊严，重视各种学术思潮；全国性——丰富的包容性，集结全国各地的优秀文化，吸纳四面八方的文化精英，创造具有国家级水准的京都文化；典雅性，各地精英文化进入北京，都要经过京都文化的改造，由粗而精，由野而文，由俗而雅。"① 无论是庙堂性、全国性还是典雅性，其根本指向都是北京都市文化中的"政治性"这一特点。北京自元代建都以来就成为中国的政治中心，北京的城市人格是在"古都文化——华北文化和历史传统文化——的积淀上，在官——学两级的极大磁场中定型的"②。所以整个北京城的文化是中国传统官本位社会制度、伦理的政治化，社会生活高度意识形态化的集中表现。北京的城市文化是一种政治型的城市文化。这种以政治为核心建构起来的京都文化反映在城市居民的文化性格上就表现为对时事政治的关心和敏感。可以说对时事政治的关心和敏感是北京居民精神人格中的重要因子，作家王安忆直接认为"北京人也有个理想，那便是'做官'……而北京人的'做官欲'，则在几十年强调公共道德的理想下渐渐消灭，上升为一种天下为公的浪漫主义理想"③。前文所说的从"学而优则仕"到"卖官鬻爵"都是平民阶层通过各种手段进入官僚贵族阶层，从而实现"天下为公的浪漫主义理想"的侧面表现。这种"天下为公的浪漫主义理想"的蔓延和濡染使得街头小贩大谈国事成为北京一景。论起北京人，刘

① 崔志远：《燕赵风骨的交响变奏》，作家出版社，2001，第57页。
② 杨东平：《城市季风：北京和上海的文化精神》，新星出版社，2006，第334页。
③ 王安忆：《上海女性》，中国盲文出版社，2008，第256页。

勇也觉得北京人拥有高度的政治热情，"北京人几乎个个都可以算得上政治人"①。京派小说的代表老舍笔下的地道北平人"无论老、中、青，都似乎有点'官迷'"。实际上这种对时事政治的关心和敏感已经成为北京居民的一种集体无意识，如铁凝在《玫瑰门》中说的人们的思维已经完全被意识形态化了——"要是你的触觉麻木了碰在玻璃上不觉得疼，没准儿你会认为你本来就是朝着门里进，你没能进去那不怪眼前的'门'那怪你，只有怪你。也许是你的姿势不对，也许是第一步迈错了腿，也许是没找着进门的要领。总之毛病出在你身上你不能怀疑眼前是门不是门。你拿起一个蒙着白霜的真极了的蜡柿子咬一口真是味同嚼蜡，但这不怪柿子也只有怪你，想必是你没咬对地方，没咬出技巧所以你的嘴有毛病，你得好好查查舌苔是不是太厚，味觉系统嗅觉系统是不是已经老化，也许是牙齿不帮忙其实没经咀嚼就把蜡柿子吞咽了下去"。

文化塑造人。在铁凝笔下，北京京都文化有着白大省一般的"仁义"底质，也有着渴望权力的一面。铁凝多部作品犀利描写人对权力或渴求或畏惧的复杂态度。《对面》中尹金凤的目标是嫁给北门市的副市长。她高声宣扬："我通读了全世界二百多个总统、总理、政治家的传记。我喜欢权力，如果我得不到权力我也得站在有权力的人身边。"《无雨之城》里吸引陶又佳投入婚外情苦苦等待不肯放手的是前途无量握有实权的副市长普运哲；《大浴女》中唐菲想象掌握实权的副省长俞大声是自己的生父；《四季歌》中男青年的前任女友和"市革"副主任的儿子结了婚；《树下》里小狼操持的同学聚会由于做了副市长的项珠珠姗姗来迟，几十号人饿着肚子等了六个小时；《小郑在大楼里》的小郑是县政府伺候县长的勤务员，因为能接近县长，小郑的工作便受人羡慕……权力在铁凝小说中占有如此重要的分量，既来源于特殊时代的刺激，又和铁凝的童年记忆密不可分。"文革"在北京进行得如火如荼的时候，正是铁凝寄养在北京外婆家的时期。在散文《想象胡同》中，铁凝曾回忆"文革"时，同院西屋主人被关押在屋里，被人日夜看守的场面。在强权下人的身体遭受到的种种暴行和随之而来的"异化"，成为铁凝童年记忆中挥之不去的阴影，并内化为小说创作的重要

---

① 刘勇：《北京历史文化十五讲》，北京大学出版社，2009，第35页。

构成。《玫瑰门》中不同人物身体的呈现，表达了权力对人的身体的"异化"。

　　权力运行的最原始、直接的方式是对"犯罪者"肉体的惩罚。绝对权力通过肉身酷刑的公开展演，充分展示了屈从权力的必要性。酷刑成为权力仪式的首要条件是标明"犯罪者"身份，"它应给受刑者打上耻辱的烙印，或者是通过在其身上留下疤痕，或者是通过酷刑的场面"①。铁凝笔下"文革"时期对人的批斗，无意间成为福柯权力/惩罚理论的典型案例。《大浴女》中灯儿胡同小学的唐津津老师因未婚生子被当作"女流氓批斗"。她被押上批斗台，"胸前挂着一个大白牌子，牌子上用墨汁写着'我是女流氓'"，牌子和牌子上的字，是受刑者的标识。唐津津的身体于是成为犯罪者的身体，不再具有正常的身体应有的权利，而成为权力实行的场所。对肉体的施暴是权力的公开展演：

　　　　（1）一个人绕到老师身后，冲她的腿弯处飞起一脚，她便"扑通"一声跪在了地上。
　　　　（2）一个戴着红袖章的男生突然把穿着军用胶鞋的脚伸到唐津津脸前说，连资产阶级的猫都能亲，难道就不能亲亲无产阶级的鞋吗！他边说边把脚送上唐津津的脸，一个女生跑过去，按住唐津津的头强迫她把嘴往那男生的鞋上贴。许多只脚伸了过来，他们强迫她把嘴贴在那些滚着尘埃的鞋上。

　　在批斗台上，酷刑的功能是"清除罪恶"，它在犯罪者的身体上留下永远无法抹去的烙印。示众、戴枷受辱的场景使"犯罪"的意识深入受刑者和观众的脑海，掌权者和受统治者的身份泾渭分明，权力的强大和不可违背性得到了完整的呈现。唐津津最后急促而又决绝的"跪步"，"抓起"茶缸将屎尿"一饮而尽"等一系列动作，出发点是对女儿的保护，发生在批斗台上则成为符合观众期待的对权力屈服的结局。

———————————

　　① 〔法〕米歇尔·福柯著《规训与惩罚：监狱的诞生》，刘北成、杨远婴译，三联书店，1999，第37页。

铁凝小说中的"文革"叙事的特殊性在于，它展示的不是政治投机者利用权术对敌对方进行的迫害，而是普通人在某种特殊的政治环境下，如何因为权力的纵容发挥了人性中残酷、暴力的一面，即权力对人性的扭曲。司猗纹的儿子为了表明自己对革命的热诚忠心，在偷光了母亲的财物后，拿起半锅热油泼向母亲喂养他的乳头。司猗纹"满是疤痕"的胸膛已触目惊心，姑爸的遭遇更是小说中权力戕罚身体的高潮。罗家因为姑爸的猫偷吃了一块猪肉而积怨，二旗借助"阶级斗争"权力，带领造反派对姑爸进行批斗。"姑爸被架出屋"，"裸露着上身赤着脚"，"跪在地上"，脖子上挂着的砖头使她深深低着头。对姑爸的身体布置完成了对"犯罪者"的标识，他们的行动获得了合法性，二旗于是拥有了对姑爸施暴的权力。"皮带和棍棒雨点般地落在姑爸身上，姑爸那光着的脊背立刻五颜六色了……每抽打一下，姑爸那从未苏醒过的干瘪乳房和乳房前的青砖便有节奏地摇摆一下"。最后他们把姑爸剥得精光，将她"仰面朝天"地骑住，扬起一根铁通条冲她的下身乱击了一阵，再将铁通条直插进"姑爸的两腿之间"。刑罚手段匪夷所思的残暴，将权力对人身的戕害表现得淋漓尽致。

在人类文明发展中，公开的酷刑施暴场面越来越不为公众所接受，不仅因为司法的公正性遭受质疑，其根本在于人类的身体具有同一性。物伤其类，他人肉身的遭遇将引发围观者的"共情"和代入，从而激起对强权的反感。然而在绝对权力下，"犯罪者"的身体性是被抹杀的，对权力的渴望和掌权的快感使人性最基本的良善泯灭。在施暴者眼中，他人的身体丧失了生命性而仅仅是一种权力实施的工具，受刑者的肉体实际上已经被权力所物化，即使是人类共同的命运——死亡，也无法激发人们的同理心。

面对西屋林太太凄惨的死相，《死刑》中的邻居们"都表现出应有的平静"，因为林先生被划为右派，还监禁在监狱里。包括林太太的亲侄子，也仅是表达着适可而止的悲痛。这种情绪的生成和表达实际上是一种"站队"，站错队意味着政治上的不正确，意味着对权力的背叛。与属于"反动阶级"的林太太生活在一个院里，人们必须时刻警惕他们的言语和行为是否会给自己带来不良影响。因此，林太太的死让同院其他人感到几分踏实——"林太太的死，无论对她自己或者对众邻居，终究都算不得是坏事"。权力的威胁使人们根据形势变化调整着自己的行为和情感，很少流露真正的情绪。"文革"结束后，伴随着新权力中心确立的是新话语体系在全国的推广，林先生出狱回家，人们适时地再次用行动表明自己对新话语、新权力中心的认同。"东屋、南屋和北屋几乎不约而同地帮他砸开锈锁，扫起房间，送去开水"，这种种殷勤行为是对林先生的关爱，本质更是对权力的依附，谁都知道复出意味着林先生已被新的权力话语接纳，已在新的权力关系建构中居于优势。在铁凝笔下，胡同、四合院等都是权力场，权力塑造着其间的人们，人们面对林太太、林先生前后不同态度的出发点并非基于人性或道德判断，而是对权力的依附。

对肉身进行惩罚或者对身体欲望进行规范，都非权力的目的，而是手段。权力的根本目的是通过权力的展演，将主动服从的意识植入普遍身体，通过个体身体的自我审视实现社会秩序的建立。"用不着武器，用不着肉体的暴力和物质上的禁制，只需要一个凝视，一个监督的凝视，每个人就会在这一凝视的重压下变得卑微，就会使他成为自身的监视者，于是看似自上而下的针对每个人的监视，其实是由每个人自己加以实施的。"①

《玫瑰门》中司猗纹出身大户人家，也曾是心思纯粹、热忱的少女。但当她嫁入庄家，婚前失贞直接导致她身处庄家等级至低点。在中国父权制文化传统中，女性最大的资本是"身体"，"初夜权"更是女性获得婆家尊重的必要基础。在新婚之夜，丈夫庄绍俭"迅猛地伸出双手将她托起"，"一把攥住她的脚踝把她劈了开来"。庄绍俭"看"司猗纹。在这场"看"与"被看"中，司猗纹完全被物化，她只是一件没有自主权的被看的器皿。她的失贞决定了她在丈夫家庭的低下等级，以致从扬州回到庄家，面对公婆无理的责骂，她无法解释自己的遭遇，只能把死去的儿子抱在怀里低声哭泣。权力等级文化中，人与人的相处和关系维系必然带有地位的强弱，但这种强弱关系并不是先天具有和固定不变的，而是动态的，个人可以通过包括财产、金钱和体力等资源进行等级的重新排列和权力的重新分配。司猗纹意识到自己在庄家的地位，不甘于处在最低层，通过生儿育女、料理家事和娘家对庄家的经济支持，她获得了当家的权力，"司猗纹的地位在庄老太爷眼里有了变化"。但这个改变并未真正动摇庄家的等级结构，现实

---

① 李银河：《女性权力的崛起》，中国社会科学出版社，1997，第 127 页。

中尽管司猗纹当了家，成为庄家的顶梁柱，但庄老太爷依然处于最高等级。这是由他的身份决定的，中国文化强调尊者、长者特殊的社会地位；同时还在于他占据道德优势，立足道德制高点，随时可以从道德文化的角度对司猗纹进行审判。等级文化中，现实的权力可以营造等级，无形的道德、品行等评判亦可以突出等级。道德审判是终极评判之一，一旦被评判者无法摆脱被加与的劣势，可能永远都没有翻身的机会。尽管司猗纹可以通过付出掌控庄家的现实生活，但道德审判一旦实行她仍然会被打回原形。为了提升自己在庄家的等级或为了延迟道德审判的出现，她采用了极端的手段，即引诱甚至可以说是强暴自己的公公庄老太爷。她深夜潜入庄老太爷房间，用尽自己所能想到的所有方式去激发庄老太爷的男性本能，直到她认定自己目的已经达到才傲然离开。身体隐藏了等级排列的密码。司猗纹的婚前失贞直接导致她在庄家的委曲求全，庄老太爷的晚年失节则意味着庄家的失势。司猗纹通过"性"战胜了庄老太爷。司猗纹对庄老太爷的成功引诱实际上是对庄家等级秩序的颠覆。无论是否自愿，庄老太爷已经成为与儿媳有染的公公，失去了道德优势，道德审判权也不复存在，随即失去家族中的"高等级"。此后司猗纹依旧神态恭顺地向庄老太爷请安，庄老太爷在领受这恭敬时却已不复之前的坦然，更多的是羞愧和紧张。至此庄老太爷在伦理道德上的制高点被司猗纹占据了，司猗纹获得了家庭的至高地位，真正处于庄家等级链的顶层。

中华人民共和国成立后司猗纹果断地放下庄家大奶奶的身份，积极投身劳动——糊纸盒、锁扣眼、砸鞋帮、做佣人，身体力行表现自己对新政权、新权力机构的认可。北京胡同里的传统建筑是四合院。北京传统建筑四合院的分布是一种家庭权力分配的具象表现，向来以北房为尊，里面的摆设自然更为尊贵、舒适。所以司猗纹表现自己对新政权认可的第一步，就是从豁亮、"高得一样望不到顶"的北屋搬出来，腾让出一大批贵重家具，住进了南屋。她的身体往往先于意识感到危险。政治运动刚开始时，她内心还残存求清静的幻想，在一个不起眼的早点铺独自享用一份早餐。当发现自己置身于革命小将的视线中时，她"迅速地做了个侧身动作将自己背到一个那眼光达不到的地方"，随后她才意识到自己存在随时被揪斗的危险。当她意识到权力的存在，身体便成为她趋附权力的落脚点。她敏感地意识到要改变自己的不利处境，必须"站出来"。"站出来"的比喻突出的是革命的肉身性，只有用身体才能证明权力的贯彻。于是她立即写信请革命小将来查抄北屋和家具，还导演了一场挖掘祖传金如意的戏码。让出北屋、交出舒适的家居、引导众人挖掘隐藏的金如意，司猗纹实际上是通过放弃身体享乐的可能性以示放弃旧身份的决心，表明自己坚定的革命立场，表明自己身体的"无产阶级"属性。院子中的一场演讲，使她的身体实现了"站出来"的需要，她才感到自己的安全。

权力文化不仅仅存在于家庭和成长中，在社会生活、群体交往中亦有表现。司猗纹在"文革"期间读报、演戏、夜巡等参与公众生活的行为，表面上是对社会规则的遵循，实则是与罗大妈博弈，她企图将关乎自己身家性命的生死大权掌握在自己手中。同样，主动交出家中的财产也不是因为她高尚，而是通过表演和扮演积极的角色，促使自我和家庭摆脱底层地位，获得当时社会认可的较高等级。为实现生活等级的终极跨越，司猗纹使用的手段和对付庄老太爷如出一辙——通奸与捉奸。司猗纹拿着大旗落在儿媳床上的裤子找到居委会主任罗大妈，说："他罗大妈，我们可是一群娘儿们孩子、寡妇失业的。你们家的裤子是在我们家捡的，照理说这本是件不能罢休的事。共产党最讲实事求是，大旗也不是没有单位，还是团员，可谁让咱们是同院儿呢？对我们您今后还得多照料，您就高抬贵手吧！"本来是大旗和竹西的男女欢爱，在司猗纹这里转手就成为道德优劣的衡量，轻描淡写的"您就高抬贵手吧"，几个字背后的含义不言自明。如果说和庄老太爷的"奸情"提升了司猗纹在庄家的等级，竹西的这次出轨在提升司猗纹地位的同时，保住了司家在"文革"中少受或不受冲击，直接提升了司家的社会等级。

司猗纹对权力的认识是具体而微观的，街道办主任邻居罗大妈就是权力的代表——"眼下谁都明白离你最近的当权者才最具威慑力量"。改变自己的生活方式迎合罗大妈、压抑自己的身体需要来示弱，成为强权下司猗纹趋附权力的主要方式。为了迎合罗家的生活习惯，司猗纹实行着许多违背自己意愿的规定，比如倒脏水不倒出声以免引起对方的注意，开收音机要投罗大妈的喜好，罗家不开灯，司猗纹就坚决不开灯，罗家关灯睡觉，司猗纹就立即关灯，就连吃食衣着，她都尽量克服自己的口味，罗家不买的菜品，她也不买，只能在熄灯睡觉后，偷偷摸摸地拿出蜜供、酥皮等零食来咀嚼。尽管内心充满了对窝头的排斥和不适，她还是特意向罗大妈请教做窝头的技巧；偶尔违背向罗家靠拢的原则买了两条鳜鱼，无奈还要给罗家送去一条。她的种种表现直接指向通过对身体的改造来展现对当权者的迎合依附，是一种权力监督下的身体主动改造。与此类似的还有《银庙》中的小女孩三三的奶奶。奶奶十分喜欢猫咪狸崽，过去都是用牛奶拌猪肝喂它，和街道主任罗大妈一家成为邻居后，只有当罗大妈通知奶奶时，奶奶才敢招呼三三拿上小碗去街口采购杂鱼，而且临行还要照例向北屋禀报一声。当狸崽叼走罗大妈的鸡时，奶奶为了平息罗家的怒火，只能亲自责打狸崽。责打狸崽给三三奶奶带来极大的痛苦，然而对猫咪身体的虐待是一种政治表态，实质是对权力恐惧、依附心态的流露。

权力对身体的规训是行之有效的，通过对普遍民众身体行为的规范，意识形态成为民众自我审视的重要标尺。小女孩三三就是一个典型的例子。她从外省迁居北京，受到了精神的洗礼。因为童谣中有"四旧"桂花油，三三就竭力地忘掉歌谣。她听广播的最高指示，在日记中记录自己对国家的热忱和对政治的领悟。"她的日记也是一个震荡着的小世界：'早请示晚汇报'繁荣标兵、'狠斗私字一闪念'的模范，都是她在日记中歌颂、描写的对象。"三三的精神生活是权力话语的折射，她的思维和情感都承袭着意识形态的逻辑，她本人则成为政治的应声虫。

## 第二节  权力秩序下的欲望身体

权力是探索铁凝小说世界的关键词。现代权力不再等同于中世纪君主的绝对权力，它是各种力量关系的总和，它是变动的、不可回避的，能够随时随地产生。在各种关系中都存在权力运作，可以将之视为特定关系中"复杂的策略性处境"。福柯所强调的权力是一种关系，一种相互作用的关系，这种关系得以维系和运行的一个重要基础是等级。事实上，没有等级就不会产生权力。根源于宗法制的等级制度文化经过数千年统治阶层的强调，已经深入中国社会的肌理，对中国人民族性格的形成和家庭关系的建构有着强大的作用。铁凝的童年和少年时光大多在北京度过，北京外婆家的生活让她感受到了美好,也目睹了人性的暴虐。"文革"中的种种现象和不合常理的举动对幼小的铁凝产生了深刻的影响。父母去"五七干校"学习后,铁凝和妹妹又被送回北京四合院外婆家。此时北京的环境和政治运动与从前已有所不同。外婆家的生活也不像从前那样自得自乐,时刻准备着迎接检查。特殊的时代环境和成长经历促使铁凝从常人难以注意的视角关注日常生活。

《小嘴不停》里70岁的包老太太是经营婚姻的楷模,在她让人羡慕的婚姻背后藏着的是户老先生持续了40年的离婚诉求。户老先生从30岁开始就想要和包老太太离婚,几乎每隔一年就有一次"我想和你谈谈"(离婚),直到临终一刻也没有放弃这个念头,但直到死去也没能实现这个愿望。婚姻是一种契约关系,是可以解除的,为什么40年都无法解除一个契约呢?当离婚带着孩子的小刘向包老太太讲述自己离婚后的艰难时,包老太太讲自己的丈夫从30岁就提出过离婚。包老太太之所以敢说起过往是对自己权威的深信不疑——"她敢说起户老先生曾经提出过离婚,就说明她确定眼下的户老先生再也不会向她提出离婚"①。包老太太之所以有如此信心,是因为她深信自己的丈夫没有提出离婚的资格。"时年三十岁的包老太太,虽已生育了两个孩子,可依旧娇小玲珑,眉黑唇红,她有哪点配不上一个大学总务处的一般职员呢。若论社会表现和治家能力,包老太太还略胜一筹……这样的一位先生,有什么资格向包老太太提出离婚呢"。在这里铁凝强调的是"资格"。"资格"一语的出现,使包老太太和户先生之间的等级立刻鲜明起来。现代社会,社会力量对等级的划分实际上是通过身体实现的。个体身体的快感程度满足越高,就越能体现身份价值,也就处于越高的等级。《遭遇凤凰台》中经历过诸种艰难的老丁向妻子老李提出了离婚的诉求。尽管双方都明确地意识到两人生活习惯上的不合,老李也很清楚离婚后大家都过得更自在,但她还是不能接受老丁离婚后过得更随意自在。因为一旦她允许了老丁的自在,也就意味着老丁已经破除了原有的家庭等级,她的优势地位也随之丧失。《晕厥羊》中,老马家的等级划分同样通过身体体现。老马和老伴婚姻的核心词是"禁止"——老马被老伴禁止吃蒜。

---

① 铁凝:《铁凝小说选》,人民文学出版社,2009,第228页。

老马的反应也很奇特，他一边感到自己被压制，一边也觉得自己被禁止是应当的。在老马关于吃蒜和禁止的剖白中，不到三百字的一段话里出现了七次"禁止"。老伴正是通过对老马身体的多方面管制来实现自己的权力，体现自己的优势。权力并非空洞存在，通过作用于肉身，身体规训形成的同时也强化了权力和等级的观念。"资格""允许""禁止""发令"等词语在铁凝小说讲述的婚姻关系中占有重要的比重，在铁凝看来，婚姻可能并不是琴瑟和鸣、凤凰于飞，而是等级理念支配下权力的争夺。

不论是司猗纹、包老太太、老李还是白大省等，都不甘于被命运操纵，只不过这些人物有的选择了撕裂的抗争，有的是欲改变而不能。尽管极不情愿，白大省还是选择了和弟弟换房子，和郭宏结婚。司猗纹在走完人生的漫漫长途离别这个世界后，作家的描述是"一弯真正的新月已从枣树顶上升起"。包老太太"掌控"户老先生40年不许谈离婚，在老伴离世后发现了他用橡皮膏刺出的几个字——"我想和你离婚"。等级文化的影响下，由于等级差别的存在，每个人都向往着更高的等级，但等级背后所掩藏的个体生命的无奈和荒谬往往被人们忽略，除去相互间的争斗、控制，人们是否有更合理的相处、生活方式？

铁凝小说中种种人物的身体叙事呈现了权力机制下身体的"异化"过程，挖掘了人性中暴戾、丑陋的一面，引发对权力和身体关系的深入思考。身体是否只是权力实施的场所？还是反抗权力的工具？

在铁凝为数不多的长篇小说中，《玫瑰门》和《大浴女》都是备受瞩目的作品。《玫瑰门》六稿完成于1988年7月底，《大浴女》在1999年底完成，尽管创作时间相距长达10年，这两部作品之间依然有着不可割裂的联系。两部作品都涉及"权力""救赎"等创作主题，并以"身体/欲望"为叙事动线，推动叙事进展。

铁凝笔下的女性往往都有着执着的追求。香雪为了一个笔盒跳上了火车，又坚韧地沿着铁轨走回家；何咪儿不顾一切要到北京去；陶又佳为了挽回普运哲的心，在暴风雨中赤裸全身站在石头上，大声背诵普运哲写给她的情诗……在铁凝的小说中，女性力量的爆发是惊人的，甚至是无法阻挡的。《玫瑰门》通过对竹西、司猗纹等女性的描写，呈现欲望、权力、暴力之间的关系。戴锦华在《真淳者的质询——重读铁凝》中将一部分女性形象归纳为"流浪的女人"，竹西是其间重要代表。竹西的"流浪"的第一层含义是身体的流浪，从庄坦到大旗到叶龙北，竹西似乎是为了欲望的满足而从一个男人流浪到另一个男人。女性的身体蕴含了丰富的女性生理、心理、文化信息，它既是男权和女权的争夺焦点，更是女性意识的建构主体。身体尤其是女性的身体已经不仅是简单的一堆碳化合物，而且是一个意蕴复杂的与伦理道德、社会生活、权力政治相关联的文化表征。在儿子庄坦失去性能力后，司猗纹眼中的儿媳妇竹西像个深知天文地理、会炼金求雨的女茨冈[①]，是一块"肥沃的无人耕耘的土地"。当"土地"与"女性"联系在一起，实际指向的是竹西身体形象的"地母"隐喻。在《玫瑰门》中，竹西的身体充满了女性/雌性特征。她以哺乳期妇女的形象作为竹西的第一次出场，丰满的乳房、臀部，富于曲线的腰胯、脖子和肩等身体特征直接指向旺盛的生命原欲，无不彰显出竹西的地母特质。

竹西是生命力旺盛的女性，相继和庄坦、大旗、叶龙北三位男性产生情感联系。但她的情感经历，并不仅仅是女性欲望的呈现，而有更深意指。铁凝以嗝儿、水味儿、烟味儿三种身体延伸符号连接竹西从身体到精神的"流浪"。这三个身体延伸符号分别对应三个男人：庄坦、大旗、叶龙北。

竹西和庄坦的恋爱十分简单，竹西与庄坦相遇时还是一个初出茅庐的大学生。她没等父母出国就主动断绝了同他们的关系，也从不回父母从澳大利亚寄来的信件。这种自觉使她在当时的政治环境中获得了一定的便利。她顺利地加入了共青团，顺利地在医院工作，也顺其自然地与庄坦结婚、生育，因为"他像所有六十年代初的大学生那样，相信生活，关心政治，遇事能为他人着想"。小说中关于竹西这段经历着墨不多，关键在于婚后尤其是政治运动开始后，竹西欲望的苏醒。庄坦性格孱弱，他从出生开始就经常莫名其妙打嗝儿。"嗝儿"这一意象在铁凝的小说中颇为常见，《永远有多远》中的白大省也经常打嗝儿。"打嗝儿"是一种身体的不舒适，在社交场合中带来尴尬，意指庄坦、白大省等人在人际交往中的"不顺畅"的尴尬处境，指向他们的孱弱人格。谁都可以欺负、利用白大省，同样的，庄坦"从精神到肉体好像都缺乏必要的根底，哪怕是人最起码的那点根

---

① "茨冈"是吉卜赛人的别称。

底"。面对强权庄坦是怯懦的，以至在听到达先生被打翻在地发出的惨叫后，他永远丧失了性能力。达先生的遭遇使庄坦意识到个体的渺小，使他看到了身体在权力下的脆弱。"他觉得那是另一种闷雷的轰然而至。这闷雷不仅震撼了他的腹腔胸腔太阳穴，它还使他变成软体动物顷刻间伏了下来。"权力的恐吓压抑着庄坦的生命欲望，最终将其扼杀、消弭。

结婚伊始，竹西对庄坦无时不在的"嗝儿"感到厌恶，但她发现，快感越强烈时，庄坦的"嗝儿"越频繁。在清静和快感之间，竹西选择了快感。

> 竹西在这样的夜晚却仿佛有了更大的自由，外面的一切好像成了对她和庄坦那点声音的掩饰，又好像是对她的热烈鼓动。这酷似人类末日的夜晚使她加倍主动，就像在索取人类的最后一点需求。她和庄坦的每一次都像最后一次是时代允许他们的最后一次。她相信靠了这鼓动她和他才能做更高的飞翔。她怀着偷生和疯狂放任着自己要庄坦跟她一块儿放任，庄坦就在这鼓动之中萌发着新的力量。

政治运动开展前，竹西信任集体，才果断和海外的父母切断联系。但"文革"开始后，竹西逐渐陷入困惑。权力的颠覆、秩序的混乱使她迷惑，种种迹象与她所受到的教育和感受相悖，她越发沉溺性爱以此躲避现实。当达先生在夜晚遭打的惨叫使庄坦受了惊吓从此一蹶不振，竹西的欲望失去了宣泄的出口。她不自觉地出现了暴力倾向。在批斗科主任时，她弄不清楚为什么要打她，可她不由自主地被外界所同化，向年老的科主任挥起巴掌。"那打就是目的，打减轻了激愤她的流浪感，打能使她回味起一个久远的模糊了的愉快。"

"人的本能需要和文明需要在根本上是不相容的。"人类社会的发展史，就是对身体的规训和管理史。任何一个人类文明发展的阶段，都离不开新的权力中心对民众身体的训诫和控制。身体之所以被放置于如此重要的位置，无法为权力统治所忽视，是因为身体原欲蕴藏着巨大的能量。发挥人的主动性去改造世界，反抗对欲望的桎梏是身体与生俱来的本能。"性"在铁凝笔下从不独立存在，而隐藏着性、暴力和权力三者的转化及互喻。竹西感受到权力对身体的压抑，这种压抑激发了她的反思和对抗。越是斗争运动激烈的夜晚，她身体的需求越是强烈。欲望的追逐成为她与权力机制对抗的唯一途径。当她缺乏"性"这一宣泄方式时，她的欲望无意识向暴力转化。她沉浸在捉洋拉子和捕鼠带来的生理刺激中。她让洋拉子爬上手背蛰她，"直至她那多毛孔的皮肤彻底红肿、痛痒起来方才罢休"；为了捕鼠她彻夜不眠；面对怀孕的母鼠，竹西内心充满了施暴的欲望，她"小心翼翼地找到它的子宫，像眼科主刀大夫解剖人的眼珠那样把它剖开，将胎儿们一个个排列在一张白纸上"。惊悚的场面使庄坦呕吐不止。洋拉子带来的痛痒感、解剖老鼠的血腥画面和围观群众的惊恐反应使竹西获得一种快感。当性欲无法满足时，身体内的欲望能量需要通过其他途径宣泄。在特殊环境下，竹西只能通过对他人的暴力实现自己的欲望满足。她放弃自己的主体判断，跟随大众向她的科室主任、一个被界定为反动权威的老医生挥起巴掌。她的手掌因打人而变得红胀、火热，一种被压抑的欲望终于得到些许释放。竹西实际已被外界同化，被压抑的身体渴望宣泄，扭曲为一种恶和暴力。

司猗纹的经历更直观地传达着作者对欲望、权力二者关系的思考。新中国成立前，司猗纹长期处于父权制的统治下，尽管多年来实际是她支撑了庄家的脸面，供养着庄家人，她依旧循规蹈矩，认同自己在家族中的低等级。直至被庄绍俭传染了性病，她才发现自己再洁身自好守身如玉，还是不可避免地被传染上"脏病"。在这种洁净灵魂和患病身体的撕裂之中，她才意识到自己没有做错，却要承担"惩罚"。她清醒地认知到自己是庄家的一件物品，并不具有支配自己身体的真正权力。无论她如何挣扎依然处于家族的低等级，为庄家再付出多少心血，庄家男性始终站在庄家的道德制高点，拥有随时审判她、惩罚她的权力。她不再执着于自己欲望的被动实现，决心攫取掌控自己人生的实权。她常常"赤裸着下身叉开双腿"大模大样地在床上躺着。这种在当时"惊世骇俗"的姿态，暗示司猗纹不再强迫自己服从庄家的父权，而决心颠覆已有的权力结构。身体的原始欲望成为她挑战父权的有力武器。她克服自己的反感，逼迫自己深夜摸进庄老太爷的房间，以自己的肉身激发庄老太爷的原始欲望，制造公公与儿媳私通的既成事实，从而实现了对庄家权力机制的颠覆。在此过程中司猗纹根本不可能获得欲望的实现快感，相反她一直在克服着自己的恶心。身体欲望为她所利用，成为挑战权力、颠覆权力的工具。

　　司猗纹利用欲望、操控欲望，从而获得了权力。竹西并未走上相同的道路，相比配合权力压抑欲望并将之转化为暴力，她更积极于寻找欲望的下一个宣泄点。大旗成为了她的目标。铁凝用"水味儿"隐喻大旗对竹西的吸引。不知不觉中，竹西的身体感受到了大旗身体对她的诱惑，她决定要造就一场真正的追逐，自己充当这场追逐中的猎手和胜者。应该说，这个时期的竹西接近一种女性生命欲望的解放。她是真实的，她坦然地面对自己的欲望需求。她主动吸引大旗、接近大旗既是一种女性主体意识的觉醒，也是积极主动地对人性自由的追求。在铁凝书写的女性谱系中，竹西是传统女性向现代女性的转型，她自信而独立，热爱尊重自己的生命。正是这种自我主体意识的觉醒使她在以司猗纹为代表的畸形环境的阴影下我行我素，从不退让。文本中反复提到，在罗大妈的眼中，"大旗仁义，大旗省心，大旗最具理想色彩"，大旗根正苗红，在印刷厂工作，那些"特大喜讯"、最高指示、精装宝书、样板戏宣传画都是从他的机器里印刷出来再流传出去。而这个在罗大妈眼中最让人省心最理想的大旗在竹西这个"野蛮"得近似原始的女性面前变得不堪一击，他屈从了竹西的诱惑，终其一生在竹西面前都小心翼翼。当竹西与大旗赤裸相对时，竹西眼中是大旗"一身的清新和健康"，大旗眼中"却出现了一片：红旗，红袖章，红对联，红标语，红灯，红花，红油墨，一片红，红海洋，闪闪的红星红星的闪闪，翻江倒海，一塌糊涂"。本应意志坚定的大旗在竹西的进攻面前输得"一塌糊涂"，他所接受过的所有教育都无法抗拒一个真实的肉体，他只能放弃抗争举手投降。大旗在竹西饱满进攻下的屈从和软弱，无疑象征着生命原欲的胜利。性既是凡俗的、动物性的，也是超越的、本质的。自人类诞生之日起，人类要繁衍生息就需要欲望，人类不会因为某个时代就完全放弃这种需求。意识形态随着时间推移会有所发展、有所改变，但人对性的需求是不会改变的。竹西追逐欲望，期待女性生命欲望的实现，其实是一种精神对现实的超越、升华。

　　然而在这场追逐中，竹西的行为依然呈现出失控、盲目的特征。"她要去厕所，厕所她可去可不去，憋不住屋里也有盆"，可是她去了，受了大旗的"水味儿"的诱惑。她一步一步地逼近大旗,"从容地夺过他手中的毛巾从上到下无目的地替他擦拭起来。她只觉得要擦拭"。在和大旗的关系中,竹西受了生命本能的驱使才去追逐大旗,表现出一种对纯粹性爱的追求,却缺失了文化意义上女性对独立个体的追求,也为后续竹西与叶龙北的来往埋下了伏笔。

叶龙北是一个典型的社会潜逃者的形象,因为种种机缘他被社会忘却了。"原来种种历史的现行的原因使他不便于参加早晨那仪式,可他又不属于人类那百分之五的圈子之内。现时他属于暂时脱离牛棚、被单位一时忘却的那种人。"铁凝赋予了叶龙北"启蒙者"的角色。他引导苏眉对世界进行另一种与"小本子"截然不同的思考,也吸引着竹西。几乎没有任何面对面的接触,竹西就迷恋上叶龙北身上的"烟味儿"。"她还记得他抽烟很凶,她从他跟前一过一股烟味便向她扑来。她有点愿意闻,虽然她绝不是有意要闻。打扫西屋时她曾经发现屋角有两个蒙着灰尘的烟头,她捡起来闻闻,烟头已不是她闻过的那种气味,是一种霉气。她还是把它们装进一只信封,把信封放在抽屉的里侧。"以喻体而言,庄坦的"嗝儿"直接来源于身体,更为浑浊不清,大旗的"水味儿"是一种相对抽象的存在,充满清新感,叶龙北的"烟味儿"比"水味儿"更虚无缥缈、更难以把握。这种区别也和庄坦、大旗、叶龙北对竹西的吸引相对应。大旗吸引竹西的是他年轻健康的身体,而叶龙北对竹西的吸引则在于思想。再次相遇后,叶龙北那些关于脱俗、灵魂、城市的话语在竹西灵魂深处激起了一种"莫须有的冲动"。竹西再也没办法在人群中继续沉潜,她坐在和大旗约会过的公园里反复念叨着"新粮食新粪",不顾一切和大旗分开,而与叶龙北无名无分地来往。竹西与大旗之间是一种直接具体的"性"关系,而她对于叶龙北却是一种形而上的"爱"。"性"是超越意识形态的,"爱"更是超越"性"的。性对意识形态的超越是人的自然属性也即动物性对外在强加意志的胜利,竹西俘获大旗是因为她顺应自己天然的性别属性。而"爱"之所以超越"性"是因为"爱"本身就是对人的动物性的超越,是人之所以为"人"而不仅是动物的根本所在。"爱"同时也是人的天然需求。在"性"之上,"爱"才是最终击溃虚无、荒诞的最终武器。竹西一直是一个"流浪"的女人,她的身体是一块丰饶的土地。和大旗结合后,她的身体得到了暂时的置放，但灵魂依然流浪着，她依然没有办法找到自己，没有办法安放自己的心灵。她也无法像苏眉一样通过艺术得到精神上的超越，而只能向往着代表"超越"的叶龙北。

在遇到叶龙北之前，竹西追求身体本能的满足，叶龙北让她意识到一种更高层次的、精神层面的"智慧"，她对叶龙北的爱慕是对身体本能欲望的超越，实质指向主体的建构。竹西追求的是一种精神上的升华，一种更高层次满足。她对自己说，"他懂'新粮食新粪'，我也是为这'新粮食新粪'而来。新粮食新粪最能令人陶醉，懂新粮食新粪才能体味人的返璞归真"，"新粮食新粪"意味着新秩序、新生活的建立。竹西一直存有到达人生另一边的倾向。"屏障那边才是人生那边。但她就是为着穿透这墙这屏障而来，到墙的那边去探索一下人生的追逐。"对欲望受压抑的竹西而言，她以为人生另一边就是欲望的满足，然而欲望满足后的竹西发现，人生始终有着更为难以到达的彼岸。从竹西的人生历程来看，她的少年和青春都在"文革"时期度过，时代影响人的思想，但改革开放后，竹西这一代人成为了精神上的流浪者。他们曾经以为是对的被历史证明是错误的，他们的人生观价值观全被推倒重来。她对叶龙北的追逐，正是对人生彼岸的探索。竹西企望在叶龙北身上得到灵魂的洗涤、精神的超越。《玫瑰门》中并没有费笔墨去描述竹西这一场转型的艰难，铁凝执着的是竹西对叶龙北那份说不清的情愫，"她永远也忘不了西屋还住过一个人，那人不是生活在上个世纪，他和她同代。为了同代的这个记忆，她甚至每天都甘心情愿由眉眉带领着去做早请示。即使他不到场他也是一个存在，是这间西屋的一个存在。"从这种对"同代"的强调看来，竹西对叶龙北的爱恋似乎还潜藏着一种对过去的寻根之情。然而她终究失败了。

铁凝有意在竹西和苏眉之间制造某种微妙的错位。少女苏眉默默仰慕着大旗，大旗却冲破家庭阻力和竹西结了婚；竹西向往着叶龙北，叶龙北却对苏眉另眼相待。他一边虚伪地贪恋竹西健康、魅惑的身体，一边却不自觉地看低竹西，坦然地享受了竹西对他的照顾。竹西并没有获得叶龙北的尊重，反而成为他满足自己自私欲望的工具。从庄坦到叶龙北，竹西始终将自我主体的建构寄托在他者身上。她在庄坦身上体悟到自己作为女性的生命欲望，通过对大旗的追逐实现了这种生命欲望，却依然无法获得精神上对自我的丰满认知。一个人自我主体的建构、自我定位的获得始终只能依靠对自己的深刻认识和理解。女性的自我定位和救赎究竟要往何处寻依然是女性主义者孜孜不倦的命题。

## 第三节　救赎：从有我走向无我

《玫瑰门》涉及女性主体意识的觉醒和建构，对已然成型的人性抱有一种欣赏和理解，文末苏眉女儿额角上酷似司猗纹的新月形疤痕似乎暗示着作品的主题依然有延绵的余地。但作者本意并不聚焦于女性主义或其衍生物，而是更为博大的"救赎"主题。实际上，源自《玫瑰门》的女性救赎主题一直延续，在《大浴女》中得到更为直观、淋漓的呈现。

《玫瑰门》和《大浴女》中都有对暴力的描写。在《玫瑰门》中大黄和姑爸被虐至死，血腥、暴力的场面折射出的人性的残暴不禁让人胆战。因为一块肉，姑爸养了多年的猫大黄被捆绑倒悬在空中①，二旗和三旗解下皮带朝大黄狠命抽去，直到大黄七窍流血。罗大妈是街道办主任，掌握着实权，因此对一只猫实施暴行的罗家依然是"正义"的一方。院子里的其他人对这种已经丧失基本人道的暴虐行径无法提出任何异议，一直到大黄被撕裂。姑爸被退婚后就自我封闭，终身不婚不育，她实际上是一个活在自我世界的女性，大黄是她的情感寄托也是她的伴侣。大黄的惨死使她几乎精神崩溃，她无以发泄内心的愤怒、悲伤，只能站在院里谩骂。与"车裂"大黄的酷刑相比，姑爸的谩骂实在算不得什么，连司猗纹都觉得姑爸"只骂了，没拿菜刀劈谁，谁能奈何她"。然而正是这场谩骂使得二旗带着其他人冲进西屋把姑爸架出屋来，对她施以极刑。"她裸露着上身赤着脚，被命令跪在青砖地上……皮带和棍棒雨点般地落在姑爸身上，姑爸那光着的脊背立刻五颜六色了……他们把'人'搬上床，把人那条早不遮体的裤子扒下，让人仰面朝天，有人再将这仰面朝天的人骑住，人又挥起了一根早已在手的铁通条。他们先是冲她的下身乱击了一阵，后来就将那通条尖朝下地高高扬起，通条的指向便是姑爸的两腿之间……"姑爸和大黄惨死的

---

① 类似情节在《银庙》中亦有出现。

场面让人不忍目睹，《大浴女》中人对人的酷刑也挑战着人伦底线。无辜的唐津津老师被定性为"女流氓"，为了保护女儿不被揪上批斗台，她"挪着'跪步'挪到那茶缸跟前，对那茶缸凝视了一会儿，接着，她就在众目睽睽之下，抓起茶缸双手捧着将屎尿一饮而尽"。人吞食秽物，对同类而言是极大刺激。在特殊的时代，所有人都是暴力的受害者。女生宿舍的生活老师常把学生叫进宿舍谈话、罚站，后来女生们让生活老师穿上那条大花裤衩和灯笼背心站在讲桌上，一遍遍地轮流质问就是为了看她尿裤子，以此报复生活老师曾经让她们尿裤子。"她们从早到晚轮流问，不打她不骂她就是问。女生们心中有数，问不是目的，目的是看她尿……她们故意让她喝水，喝得越多越好，喝完一碗有人又端给她一碗。她喝着，女生等着，为了一个时刻谁都不愿意离去。"施以肉体的暴力实质上也成为精神上的暴力，在不为人知的幽深之处折磨着人的良知。

以上几场暴力描写将人性的扭曲和残酷揭示得淋漓尽致，也构成了司猗纹和尹小跳性格中"恶"的时代景深。大黄被撕裂，这样触目惊心的暴行震撼着司猗纹。司猗纹看着大黄被撕扯，想起古代"车裂"的刑法。她知道大黄被车裂了，变成一堆破烂堆在枣树下，她只能"竭力避开这堆破烂儿，逃进南屋"。司猗纹内心酸楚，却不敢出去安慰姑爸，唯恐祸及自身。她对姑爸的关爱和善意被挤压、扭曲、埋没。

在《玫瑰门》中铁凝采取了一个非常特别的写法，她将司猗纹的过去、苏眉内心活动以及姑爸的痛苦情节在文本中相互穿插，接着司猗纹目睹了大黄的惨状后难以入眠这一章节的是司猗纹的新婚之夜，喻示这场刑罚的使司猗纹忆起新婚之夜被庄绍俭"观看"的情状，她更清醒地认知到当时难以磨灭的屈辱和恐怖。根据时间线索，这三部分之间是断开的，不存在情节上的接续，铁凝"冒险"将三者黏合，恰恰凸显了人类身体痛苦、精神磨难之间的某种共通性。姑爸的死让苏眉震撼，让司猗纹回忆起自己的屈辱和痛苦。姑爸死后，不仅司猗纹，整个胡同都没有人敢去打听姑爸的死因——谁都知道在罗大妈面前深究死因不合时宜。这场暴行使司猗纹感到，他们的生命并不由他们掌握，他们随时会被冲进屋的二旗们打翻在地，至死也没有人追究。情绪的压抑激发、强化了司猗纹的"恶"，她加倍地挑苏眉的刺，加强对竹西私生活的窥探。

尽管司猗纹的形象时常被诠释为"恶女"，事实上她从未参与真正的暴行。司猗纹的"恶"具体表现为对家庭女性成员的强烈掌控欲。但在面对女儿庄晨、朱吉开母亲和初恋华致远的时候，她依然是一个本性良善的司猗纹。在北京城政治运动开展如火如荼的时候，她依然想要躲进早餐店求个清静。"她愿意自己清静一会儿。现在她觉得全北京、全中国实在都失去了清静。大街小巷，商业店铺，住家学校，机关单位……都翻了个过儿，一向幽静的公园也成了黑帮的场所。坐在理发馆你面前不再是镜子里的你自己，镜子被一张写着'小心你的发式，小心你的狗头'的红纸盖住……现在司猗纹觉得全北京、全中国只有这个小门脸还没人注意，早晨照样是油饼儿、糖饼儿，焦圈、豆浆；中午和晚上照样是馄饨和豆包。只有进入这个小门脸你才会感到原来世界一切都照常，那么你自然而然地就会端着破边儿的碗盘坐下了。"可以说，在与罗大妈进行较量过程中的司猗纹，是"社会人"司猗纹，是司猗纹的"超我"，她的"本我"依旧是那个良善渴望清静的司猗纹，而这个"司猗纹"借助苏眉的视角呈现。

苏眉是司猗纹的外孙女，也曾经历过生活老师的质问，也目睹了女生们对生活老师的折磨，但她对这一切都没有兴致。在父母也遭受暴行之时，她不断反省自己，"她总觉得是那次她的粗野才引来了人间的一切粗野"。"那次粗野"指的是当苏玮还在庄晨肚子里时，苏眉嫉妒得推了一下妈妈的肚子。苏眉是那么坚定地认为如今的一切都是因了她的粗野，她深深地感到自己有罪。以至于父母要送她去北京的那天，她感到非常惭愧、自卑、内疚，"她抱起小玮，抚摸着她被她'打'过的那些地方，眼泪夺眶而出"。苏眉本性中的良善战胜了她在社会生活中遭遇到的所有的恶，也战胜了内心因为嫉妒而产生的恶念。在苏眉的心中，这种善恶的交战从来没有停止过，正如直到司猗纹去世，苏眉和她之间的交战也从来没有停息过。苏眉与司猗纹之间取得和平甚至是暂时性的谅解往往是因为苏眉看见了司猗纹本性中的良善。比如司猗纹带她去拜访朱吉开的母亲，苏眉觉得这时的司猗纹不像婆婆，像是这个家里的一个贤惠的媳妇。她看着司猗纹流泪，"站在她们中间小心地呼吸着生怕惊扰了婆婆的真切。她觉得眼前是个从来也没有见过的婆婆，她就像和婆婆一起做着一个最美好的梦"。苏眉的外貌酷似司猗纹，在司猗纹去世后，苏眉以为该过去的已经过去，该重生的也已经重生，正如"一弯真正的新月已从枣树顶上升起"。然而她发现，自己生下的女儿额头上有着一弯新月形的疤痕，酷似司猗纹额头上被庄绍俭砸出的那道新月形疤痕。这种超越血缘的承继恰恰在暗示，司猗纹毕其一生想要获得的对自我的救赎即使在苏眉身上也依旧没有完成。实际上，无论是司猗纹一生中不停息的各种战斗，还是竹西对叶龙北的追逐，或是苏玮离开故土的坚定决绝，甚至是苏眉对艺术创作的投身，都未能完成女性在城市荒野中挣扎的真正的自我救赎。《大浴女》中尹小跳展示了女性救赎的另一路径。

尹小跳是和苏眉一样内心充满负罪感，她的"罪恶"其实也是根源于她所目睹的恶和暴力。在灯儿胡同读小学的尹小跳目睹了"女流氓"唐老师被批斗的场面。唐津津老师为了不让私生女唐菲被揪出来批斗而吃屎的场面给尹小跳留下终生难忘的印象。这场在当时司空见惯的批斗在尹小跳内心引发的反响是复杂的。最简单、直接的是，唐老师之所以被批斗是因为她是"女流氓"，尹小跳心中也就留下了"女流氓是罪恶的"观念。也许当时尚属年幼的尹小跳不懂得"女流氓"的实际指向，还以为流氓只能指向男性。但这场批斗让她模糊地意识到这与"偷情"和"私生女"相关。当年级更大的中学生在这种批斗中获得快感时，尹小跳只觉得恶心。唐老师吃屎引起了她的共情反应，她感觉像是自己吃了屎一样一遍遍地刷牙漱口，内心充斥了对批斗的恶心和极度恐惧。她误以为这是对"女流氓"的憎恨和厌弃，所以当母亲章妩与唐医生出现婚外情时，尹小跳内心充满了厌恶和仇视，甚至写信向父亲告发。这样的憎恨和厌弃也使得尹小跳一直无法原谅母亲。尹小跳因目睹唐老师被批斗而产生的连锁反应同样发生在唐菲身上，唐菲对章妩和唐医生的私生女尹小荃的憎恶和仇视不亚于尹小跳。她们甚至不由自主产生了扼杀这个"婚外情产物"的念头。当尹小荃即将掉进下水道时，尹小跳和尹小帆紧拉着手咬紧嘴唇没有呼救，导致尹小荃死亡。这个行为与她们与生俱来的善是背道而驰的，与重建的现代都市伦理道德也相违背。尹小跳因此受到了双重的心理折磨，她潜意识地把自己定义为恶人，她觉得自己是杀害尹小荃的凶手，要去偿还自己犯下的罪孽。她恋慕方兢，宽宥方兢，因为方兢也是那个暴力城市的受害者，他的身上集中了唐老师和尹小荃两个时代受害者的形象。尹小跳向他奉献自己的情感和青春，实际上就是为那个荒唐的城市向受害者也就是唐老师和尹小荃赔罪。实际上，尹小跳和唐菲也是暴力的受害者。

唐菲悲剧的一生很大程度上是时代和城市造成的，她看似堕落的一生是因为对那个时代滑落的道德和伦理感到失望，但她依然不甘心，她依然希望能够得到救赎，因此，她渴望父亲，渴望北京，她渴望通过去北京找父亲来救赎自己。尹小跳的母亲章妩因为和唐医生的婚外情，终其一生都怀有罪恶感。章妩的内心极度希望能够洗刷去这一段记忆，把这一段历史涂抹掉，她不由自主地热衷于各种整容。这是一种逃避，章妩无法面对过去犯下"罪孽"的自己，她以为把自己弄得面目全非就可以与过去彻底告别。

铁凝通过尹小跳的彻悟表明，在恶行中，人自身的善是自我救赎的唯一一根稻草。在唐菲死后，在与陈在炽烈的爱恋后，尹小跳意识到了在这个世界上还有比爱情更重要、更深厚、更持久的东西，那就是"善"，真正无私的"善"。陈在对前妻的挂念和照顾是一种善意，对尹小跳童年往事的宽宥和爱也是一种善意，在这种毫无保留的善意中，尹小跳走进了自己内心的花园，选择了以放弃来实现自我救赎而不是占有。"她拉着自己的手走进了她的心中。以前她以为她的心只像一颗拳头那么大，现在她才知道她错了，她的心房幽深宽广无边无际。她拉着她自己的手往心房深处走，一路上到处都是花和花香，她终于走进了她内心深处的花园，她才知道她心中的花园是这样的。这儿青草碧绿、泉眼丰沛，花枝摇曳、溪水欢腾，白云轻擦着池水飘扬，鸟儿在云间鸣叫。到处看得见她熟悉的人，她亲近的人，她至亲的人，她曾经的恋人……他们在花园漫步，脸上有舒畅的笑意。也还有那些逝去的少女，唐菲、抗日女英雄和尹小荃，她们头顶波斯菊在草尖儿上行走，带起阵阵清凉的风……是与生俱来的吧，在每个人的心中都有一座花园的，你必须拉着你的手往心灵深处走，你必须去发现、开垦、拔草、浇灌……当有一天我们头顶波斯菊的时候回望心灵，我们才会庆幸那儿是全世界最宽阔的地方，我不曾让我至亲至爱的人们栖息在杂草之中。"尹小跳最终宽恕了自己，也宽恕了赋予她"恶"的时代和背景，成全了万美辰，获得了内心的宁静。

从某种意义上讲，尹小跳是成长起来的苏眉，她们身上的恶延续了司猗纹的恶，这种恶是集体无意识的暴力造成的。她们对自己的宽宥，用善来实行自我救赎，实际上是司猗纹的自我救赎。司猗纹直到老死都未能完成的"善终"，隔了一代人，终于在尹小跳这里完成了。铁凝是一位期待以文学温暖世界的作家，"文学可能并不承担审判人类的义务，也不具备指点江山的威力，它却始终承载理解世界和人类的责任，对人类精神的深层关怀。它的魅力在于我们有能力不断重新表达对世界的看法和对生活新的追问，必须有勇气反省内心以获得灵魂的提升"[①]。回顾铁凝在北京度过的人生时光，也许从《玫瑰门》到《大浴女》也是她对自我心灵的一次深刻探索。

女性的自我成长是理解铁凝"救赎"主题的一个角度，但铁凝对"救赎"的书写，还存在更为深远广阔的阐释。铁凝的乡村小说《孕妇和牛》发表后备受评论界称赞，得到了汪曾祺的大力推荐，"这是一篇快乐的小说，温暖的小说，为这个世界祝福的小说"[②]。抽去《孕妇和牛》中所描绘的宁静清澈的诗化乡村世界，承寄着孕妇希冀和幸福的载体引起我们的注意，那是一块被推倒的石碑，碑上有十七个字：忠敬诚直勤慎廉明和硕怡贤亲王神道碑。这里的神道碑就是立在墓道上的石碑。"忠敬诚直勤慎廉明"前半部分强调的忠诚、恭敬、诚实、正直的品德，体现了传统文化弘扬的作为臣民应该具有的服从统治阶级的忠顺美德。碑文中的"怡贤亲王"也就是康熙十三子爱新觉罗·胤祥。怡亲王胤祥是雍正的十三弟，因为生前谨慎忠诚、实心任事、勤奋奉职而屡受恩赏。雍正八年（1730）皇帝亲书"忠敬诚直，勤慎廉明"匾额予以褒奖，同年病逝，谥为"贤"。这个怡贤亲王园寝位于北京西南大约88公里、涞水县以北12.5公里的石亭镇东营房村西云溪，和铁凝在《孕妇和牛》中的背景设置相当吻合。铁凝在这篇诗意化的小说中选取的生灵意象是牛，而不是其他。牛为人所驱使，从不反抗，勤勤恳恳，是忠顺美德的最佳象征。这种所谓的忠顺实质就是对权力秩序的自觉遵从。

"礼者，天地之序也……序，故群物皆别。"（《乐记》）"夫礼者，所

---

① 铁凝：《无法逃避的好运》，见铁凝《让我们相互凝视》，东方出版中心，2014，第250页。
② 汪曾祺：《推荐〈孕妇与牛〉》，《文学自由谈》1993年第2期。

以定亲疏、决嫌疑、别同异、明是非也。"（《礼记·曲礼上第一》）儒家"礼"的实质指向等级文化，即明确的权力秩序。等级是一种权力的分配，也是一种位置的安排。在社会和家族中，每个人都处在相对稳定的等级位置。在其位谋其职，处于不同等级的单元个体承担与自己位置相应的职责、权力，维系家族/体系的秩序运转。"秩，常也；秩序，常度也，指人或事物所在的位置，含有整齐守规则之意。"合理的等级分配和对权力秩序的维护从来都是儒家教化的核心。《笨花》中的向喜是个崇尚儒家教化的军人，《孟子》的"谨庠序之教，申之以孝悌之义"理念是他的人生信条之一。对外他尊重上级，不做僭越之事。攻打龟山时子弹擦着他的胳膊，这时他完全有理由佯装重伤下火线，但"转念又想，他是拿了主家的工钱的"，"主家"意味着一种隶属关系，也意味着等级和权力。支撑他坚守阵营的并不是对功名的崇尚，也不是对杀戮的热衷，而是对等级关系、义务与权力的自觉维护。尽管在部队编制上，他的十三混成旅归吴光新指挥，但王占元是发掘他的第一人，在他心中王占元才是他的"主家"，所以他听从王占元的调令去诱捕吴光新。当他和上级王占元一起时，只管恭敬地坐在一旁看王占元抽大烟、喝洋酒。对内他崇尚朱熹的治家格言，主张将朱熹的治家思想贯彻全家，强调在家族中每个人都要找准自己的位置，安守自己的等级，只做分内之事。尽管长子向文成不在他身边而在笨花村，但他始终强调向文成才是向家的"大公子"，是真正的"少爷"，向家里里外外都应对他保持绝对的尊重。向家几乎每个人都有自己的事业，或持家，或革命，或从医，他们都有自己的内心操守，并成为乡亲尊崇的道德典范。向桂虽是全家最为肤浅的一个，但老宅重建，自己住的西院只有正房是砖房，东西配房一律青灰抹墙也不以为意。他觉得长房理应用最好的，自己作为弟弟，所用规格都应处在哥哥之下，这才是长幼有序、尊卑有别。向家人辗转多地，对血脉的忠诚和对家族等级的维护将他们紧紧地联系在一起。铁凝将向家人的成就建立在父慈子孝、兄友弟恭、夫妻相敬如宾等秩序的基础上，似乎有意宣扬传统文化中的等级秩序才是真正的和谐之道。如果说在《永远有多远》中她对北京胡同里的"仁义"文化尚存质疑，用现代理性审视权力等级秩序的合理性，那在《笨花》中，铁凝已经认可了这种用等级维护秩序从而达到和谐的文化追求。这种对等级秩序的认可在铁凝的创作中被凝练为对"民族国家"的热爱和强烈的责任感。铁凝曾多次强调这种责任感①，凸显一个作家的家国情结。

于铁凝创作而言，这种对主流意识形态的认同和遵循以及具有强烈责任感的家国情怀，是其对"救赎"主题的更深层次思考。她让笔下的人物走出个人主义，走出自我沉浸，自觉地站在"民族国家""社会责任""大公精神"的角度对他人、人民、中华民族的生存现状进行观察和沉思。从自我走向无我，从无我走向人人皆我，才是救赎的真正完成。她的作品也因此呈现出格外的厚重感和深邃的历史意识。"文学是负载着责任的。……他对人类和世界的窥测和探究里，已经有了社会责任的成分。"铁凝认为，文学始终承载着理解世界和人类的责任，创作是对人类精神的深层关怀。这种强烈的国家认同和社会责任成为铁凝作品中的重要底色。只有当这种家国天下的理想植根于写作者的理念，并与写作者本人的诗意化文学想象融为一体时，才能出现《孕妇和牛》这样既诗意又厚重的小说；也只有写作者具备了强烈的社会历史意识才能创作出司猗纹这样丰富、立体、复杂而深刻的人物形象，才能成就《永远有多远》这样一曲老北京城的挽歌。

铁凝的小说创作一直具有极为丰富的面向：《哦，香雪》《孕妇与牛》等小说鲜明地呈现出浪漫而端庄的诗意美感，同《笨花》等寓言式民族史诗成为"柔顺之美"②的力证；《何咪儿寻爱记》《大浴女》《玫瑰门》等作品深入探询女性的欲望本能和情感困境；《马路动作》《蝴蝶发笑》《树下》等将目光投向游离于社会正轨的小人物，揭示社会常规秩序下个体自洽的困顿或艰难；还有《对面》《B城夫妻》《遭遇凤凰台》等不少作品则以近似无性别的客观立场挖掘两性和谐表象下的撕裂，呈现出冷峻、极具批判力的创作风格。从乡村到城市，从女性到男性，从民族史诗到个体心灵，铁凝的创作触及社会发展的多个层面，创作风格和叙事形式也随着书写内容呈现出不同的质地。如此种种，无法也不能与北京都市文化割裂，其创作中呈现出的冲突性及其与北京都市文化中的关联，应有更深层次的探究。

---

① 详见《铁凝文集·序言》，江苏文艺出版社，1996。
② 郜元宝在《柔顺之美：革命文学的道德谱系——孙犁、铁凝合论》一文中提出，《哦，香雪》《孕妇与牛》《笨花》《阿拉伯树脂》等作品是以不同方式对"现当代中国社会特殊的道德理想"尤其是"柔顺之德"进行的文学阐释。

# 第五章　王安忆

王安忆与上海的关系是中国当代文学经久不衰的话题，她被视为"海派作家"代表，几乎每一部作品都有研究者考证文本与上海的关系。以"王安忆；上海"为主题词在中国知网搜索，从 2018 年 1 月到 2019 年 7 月，就有 102 篇（2019 年 15 篇，2018 年 87 篇）文献，往前追溯更为可观。"上海"确是王安忆小说中不可忽视的空间、时代景深。从《长恨歌》到《考工记》，其创作基本没有离开过对上海社会风俗变迁的关注和书写，此为其一；其二，王安忆的小说创作深受以上海为代表的中国当代城市进程的影响。本章将从"身体"角度探讨王安忆小说创作与都市文化的深层羁绊。

## 第一节　欲望身体的力比多回归

王安忆小说的身体叙事一直伴随其对中国社会状况、时代变迁的思考。从"雯雯"系列、"三恋"、《岗上的世纪》到《长恨歌》《富萍》《桃之夭夭》《匿名》等，王安忆笔下的身体叙事都凝聚了其与时代潮流的互动，其作品中身体叙事的价值向度也具有不同的指向。20 世纪 80 年代，大部分文学作品中身体欲望依然被边缘化，具体表现在对"性欲"身体依然避而不谈或遮遮掩掩。张洁《爱，是不能忘记的》和宗璞《心祭》中柏拉图式的爱情获得大量的赞誉之声。张贤亮"惊世骇俗"的性爱题材小说《绿化树》《灵与肉》《男人的一半是女人》等作品对女性身体的美和活力、男性欲望的激荡等进行了大胆的描摹，但他对"性爱题材"的开拓，依然在反思"文革"的政治思潮纲领下进行，男性欲望的压抑和恢复，成为一种旧秩序崩溃和新秩序建立的表征。"性爱题材"依然是一种共名写作，作品对

"人"的表现还停留于为社会服务的主旨。相较而言，王安忆的《荒山之恋》《小城之恋》《锦绣谷之恋》等作品有意虚化时代背景，将笔触聚焦于"人"，探讨更为纯粹的两性关系，从而实现对普遍人性的追问。

王安忆对欲望身体的关注首先表现为欲望主体意识的觉醒，尤其是女性主体意识的觉醒。在《荒山之恋》的前半部分，作者详细交代了两人的成长经历和家庭背景。"拉大提琴的男人"和"金谷巷的女孩"都拥有世俗意义上完美的家庭。"拉大提琴的男人"心智迟熟又过于敏感，妻子欣赏他以母亲般耐心包容他，即使已经生育了两个女儿，两人依然恩爱如初、"固若金汤"。"金谷巷的女孩"同样拥有完美的家庭，丈夫了解她、宠爱她，有了儿子后生活依然从容、余裕。完美的家庭背景抽离了"性"所包含的政治、文化内容，使之回到"原欲"层面。拉大提琴的男人对金谷巷女孩的关注完全出于欲望的投射。他们第一次见面时，男人眼中的金谷巷女孩去捡办公桌下的线团，"半跪着，伸长胳膊去桌下边够，脖子歪着，西窗里射进的阳光，照着她半侧的脸蛋，将那轮廓映得分外姣好"。① 两人闲扯几句，"他低了一回目光，又看了她一回，乌黑的由一条雪白的头缝分为两边的头发，头发上漫不经心地插了一根竹针"。此处作者的视角与男主人公的视角重叠，以男性的目光欣赏女性的身体。文本中只描写了侧脸和头发，站在男性的视角却不难想象露出的雪白脖子，以及脖子下起伏的胸脯。从一开始，拉大提琴的男人看待金谷巷女孩就是一种情欲化的凝视。等到晚上，他抱着自己的妻子时想起了女孩，"心里忽又很奇怪地想道，她在怀里该是什么感觉"。这时想起女孩，实际就是情欲的被唤醒，意指金谷巷女孩已然成为拉大提琴男人情欲投射的对象。但女孩对此并不反感，甚至可以说正是她"技痒"，有意引起男人的关注。"知道他在她不远的后面，知道他在看她，也知道他有点喜欢她，心里便十分快活。"女孩从小便从母亲处习得驾驭男性的技巧，她的自我认知局限于男性欲望的投射，"一个女人的知觉是由男人的注意来促进和加强的"②。

人类社会经历了相当漫长的父权制社会，在这种父性秩序中，女性被

---

① 王安忆：《王安忆自选集》（第二卷），作家出版社，1996，第287页。
② 王安忆：《锦绣谷之恋》，中国电影出版社，2004，第56页。

排除在历史之外，几乎所有能呈现的文字作品，对女性的描述都是男性视角的描述。个人主体性认同的实现需要一个逐渐形成的过程，这个建构过程需要参照物作为引导。在父性秩序中，除了对身体进行性别化的规训如风俗、礼仪等，前人还留给后来者大量的史料和文学作品，在这些代代相传的文化资料中，男性可以轻易地获得诸如"七尺男儿""顶天立地"等关于男性身体形象的描述作为参考，而女性主体身体在文化语境中是缺席的。女性难以获得从主体视角出发的身体参照，在男性对话语权的绝对把控下，女性身体只能以男性视角中的客体身份出现，即从男性立场对女性身体进行叙述或评判。在长期被父权秩序他者化的指认下，女性对自己的身体缺乏主体性的认同，对身体的想象只能从男性视角出发，女性想象中的自己的身体是男性情欲化凝视中的女性身体。克里斯认为，人对自我主体性的认识，相当大程度上来自对自己的虚拟认同。"一个人的虚拟认同，指的是他如何看待自身，如何看待自己的身份/认同；而他的实际社会身份/认同指的是别人怎么看他们。"① 金谷巷女孩的自我认知代表了前期王安忆的性别/欲望观，在《锦绣谷之恋》中可以看到更为直观的呈现。

《锦绣谷之恋》全篇没有情欲场景的描写，女编辑欲望的苏醒和情感追求却构成了小说叙事的核心和线索，她对男作家产生的依恋和向往，伴随着对自我女性身份的反复确认。她躺在床上打量自己的身体，被自己身体的美而感动，接下来开始检点这一日自己的行为举止，她回忆自己在群体中的行为举止，感到无比的愉悦——"她无意中对自己有一种约束……她极愿做一个宁静的人，做一个宁静的人，于人于己都有无限的愉快。她觉出大家对她的好感，愿意和她在一起，干什么都不会忘了她，少了她便成了缺憾。她非常感激，觉着生活真是太美好了。"——她对自己主体性的认可，即满足感和成就感的获得，完全来自外界的反馈。当她与男作家相遇，她想象着男作家凝视她的目光，并为这目光鼓舞。"因为有了这照射，她的每一个行为都有了意义，都须愉快地努力。在这一刹那，她的人生有了新的理想。"小说中，女编辑确认了男作家对她的关注后，接下来作者采用非

---

① 〔英〕克里斯·希林：《身体与社会理论》（第二版），李康译，北京大学出版社，2010，第83页。

常细致的笔触对女编辑晚会后照镜子的行为进行描述。"她对着镜子站了良久，久久地察看着自己在镜子里的模样，镜子里的自己，像是另一个自己，凝望着她，似乎有一肚子的话要说却终于没说出口，而全盘地心领神会了。她微微地转动着脸盘，不知不觉地细察着自己的各种角度，她忽又与那镜里的自己隔膜起来，她像不认识自己似的，而要重新地好好地认识一番，考究一番，与那自己接近。她依然是认不清。她变得很陌生，很遥远，可又是那么很奇怪地熟谙着。"在这段叙述中女编辑照镜子的视角实际上发生一次变化。刚开始她是一种内视的视角，看着自己的影像，与自己对话。等她"细察着自己的各种角度"，就采用了想象中的男作家的视角，将自己的身体视为客体，影像由此变得陌生。在这种视角转化中，女编辑的身体发生了变化。在自我内视中，她的身体是欲望的主体；等她采取了男作家的视角去观察自我时，已经揣摩出了男作家对自己身体的欲望。她是将自己的身体作为男作家欲望投射对象去观察。女编辑的庐山锦绣谷之恋正式开始。往后她与男作家探戈式的你来我往，也是女编辑对这种男性视线的继续探询和落实，所以当男作家激情洋溢地拥吻她后，她"也重新意识到了，自己是个女人，她重新获得了性别"，直到临别两人经历了二十分钟的无聊时光，女编辑重新对这段经历和自己的性别产生了怀疑，男作家的手按了一下她的头，"她浑身的血液都冲到了头顶，她以她浑身的血液来体验，来回应这只手，她以她浑身的血液亲吻着他的手心"。这种澎湃的激情，与其说是两人真正的相恋，不如说是女编辑对自己女性主体和身体魅力再次确认而引起的兴奋。

回到《荒山之恋》中的金谷巷女孩，她对拉大提琴男人的关注和挑逗，起初并没有针对性，仅是出于一种"技痒"，而这种挑逗男性的习惯中，包含的实际是女性对主体身体的反复确认。拉大提琴男人的冷淡引起了她的关注，她感到自己被忽略，对自己的女性魅力产生了质疑，遂有意接近他、勾引他，以期在这种挑逗游戏中获得自我确认。"她看着他的脊背，的确良的衬衫里印出白色的背心，有一点点汗迹透过背心洇湿了衬衫，将那衬衫贴在背上。那汗迹慢慢地很有趣地扩大，扩大，她这才满意地站起身，不辞而别了。"女孩看到男人的紧张，意识到自己的技巧生效了，感到莫大的成就和满足，但同时女孩的情欲也被唤起。"眼前浮现出他背上的那一片汗迹，轻轻地洇出，又渐渐地扩大，动画片似的，就抿着嘴笑。心里却有一点骚乱，好像欲念被触动了似的，不觉怔怔起来。那一片洇湿的汗迹，散发出一股热烘烘的气息，轻轻地撩着她的鼻息。"我们可以将这一段与《锦绣谷之恋》中对女编辑情欲唤起的分析进行比照。女编辑遇到了男作家，两人暧昧。"他毕竟不是她的第一个异性，她曾经有过的那些战栗埋藏在她的记忆和身体的深处，记忆和身体深处的经验神鬼不知地复苏，与这一次的呼唤产生了共鸣。"汗迹的出现和扩大，其实是男性情欲身体出现的象征。就在这种雄性勃发的情欲气息中，金谷巷女孩曾经有过的性爱身体经验被唤起，"与这一次的呼唤产生了共鸣"。女孩将男人视为"猎物"，却不知自己也已经成了情欲的"猎物"。"她从打字机前的高凳上站了起来，他的心陡地缩成一团，几乎要闭过气去。他感觉到她在朝自己走来，他们之间本只有一步之遥，可是不明白她怎么会走了那么长的时间。他头晕了，天旋地转。她站在了他的跟前，他支持不住了，实实在在支持不住了，竟向她求援地伸出手去，她也正向他伸着手。他们只有抱了，如不互相抱住，他们便全垮了。……他抱住她火烫火烫的身子，她抱住他冰冷冰冷的身子，一句话也说不出来。"在叙述中，我们并不能看到女孩和大提琴手之间情感的波澜，他们的主体意识被抽离，表现出一种处于本能欲望中的动物性的身体。

王安忆从来不避讳对自己的作品进行阐释，她说"《荒山之恋》中的那个男人很软弱，但他也要实现自己逃避的梦想，而那女孩其实是一种进取型的女子，他们其实都是为了实现自己的理想而走到了一起"。[①] 其中"理想"的具体指向需从文本中寻。拉大提琴的男人对妻子充满了亦妻亦母的依恋，"他需要的是那种强大的女人，能够帮助他克服羞怯，足以使他倚靠的，不仅要有温暖柔软的胸怀，还要有强壮有力的臂膀，那才是他的栖息地，才能叫他安心"。从恋爱到调动工作，男人走的每一步，都在妻子熨帖的鼓励和爱护中才得以推动。拉大提琴的男人在生活中实际一直是被动的，但他内心潜藏着极大的欲望。他在一个"高大阴森""黑洞洞"的宅子中长大。宅子中祖父常以检阅、杖打儿媳等方式强调家族等级，彰显自己的权

---

① 〔美〕彼得·布鲁克斯：《身体活：现代叙述中的欲望对象》，朱生坚译，新星出版社，2005，第3页。

力，形成对子孙、儿媳的禁制。"文化不仅压制了人的社会生存，还压制了人的生物生存；不仅压制了人的一般方面，还压制了人的本能结构。"① 森严的家族等级挤压个体生存空间，权力的凝视使卑微内化成个体人格。个人成为自身欲望强有力的管控者，仿佛满足自己的任何欲望都成为一种罪过。即使在饥荒时期，拉大提琴的男人也无法直面自己对食物的渴望，认为"饥饿"是一种罪，吃掉一块侄子的饼干，更是犯了"纵欲"的大过。这种自罪感是无法直面欲望的体现，也是预设欲望本能有罪的后果。可以说拉大提琴的男人一生都在与自己的欲望搏斗，企图禁锢自己的欲望，而他"逃避的梦想"就是实现自己。和金谷巷女孩的相遇给他提供了实现欲望的路径，和女孩在一起成为他唯一主动争取的事情，殉情是完成自我的终极步骤。

新中国建立初期，急需集中全部劳动力加速现代化建设，反映在文学叙事上，欲望身体的表达遭到压抑，被转换为投身社会建设的集体热情。女性尤其是获得主流认可的英雄女性形象存在明显的"男性化"倾向，性别特征遭到隐匿、抹杀，潜藏其间的既有集体主义对个人话语的遮蔽，还有父权文化对女性的围攻和打压。王安忆正视身体的欲望，通过发掘身体欲望的巨大能量书写性别主体意识的苏醒。《锦绣谷之恋》中女编辑对自我性别的反复追认形成了时代思潮中女性性别意识觉醒的叙事模拟；《荒山之恋》中金谷巷的女孩也通过对男性的挑逗，完成自我身份和性别魅力的确认等。王安忆小说展现女性鲜活、真实的强大生命本能，形成对丁玲《莎菲女士的日记》中女性欲望主体的呼应，突破了父性秩序对女性主体个人空间的遮蔽，形成对父权制权威话语的消解，也使这时期的创作"无意"间成为中国当代女性主义的经典文学范本。

《小城之恋》《岗上的世纪》等对欲望的描写更为直露，也有更深意指。《小城之恋》开篇就突出了小说主角男孩和女孩的身体。小说写道："她脚尖上的功夫，是在学校宣传队里练出来的，家常的布底鞋，站坏了好几双，一旦穿上了足尖平坦的芭蕾鞋，犹如练脚力的解去了沙袋，身轻似燕，如

---

① 〔美〕赫伯特·马尔库塞：《爱欲与文明：对弗洛伊德思想的哲学探讨》，黄勇、薛民译，上海译文出版社，2008，第4页。

履平地，他的腰腿功夫则是从小跟个会拳的师父学来的，旋子，筋斗，要什么有什么。"如果说此处只是故事背景的交代，那么下文显然是对他们俩"与众不同"的身体进行凸显。省艺校舞蹈系的老师来团指导，把他们当作练坏了的身体作为典型展示。"还特地将她拉到练功房中央，翻过来侧过去让大家参观她尤其典型的腿、臀、胳膊。……一队人在省艺校老师的指拨下，细细考察她的身体。"这里身体的出现不仅仅是文本内的展示，更是把他们的身体作为叙述的唯一对象推到读者面前。读者的目光也必须聚焦于文本的身体。两人之间的故事发展，每一个细微的转折，都围绕身体发生。

（1）她躺在他的面前，双腿曲起在胸前，再慢慢向两侧分开，他再也克制不住内心的骚乱了。他喘着粗气，因为极力抑制，几乎要窒息，汗从头上，脸上，肩上，背上，双腿内侧倾泻下来。……当他为她开胯的时候，他心里生出一股凶恶的念头，他想要弄痛她，便下了狠劲。

（2）湿透的练功服紧紧地贴住了她的身体，每一条最细小的曲线都没放过。她几乎是赤身裸体的，尽管没有半点暴露，可每一点暗示都是再明确不过的了。那暗示比显露更能激起人的思想和欲念。……汗水是一梯一梯往下流淌或被滞住，汗水在他身上形成明明暗暗的影子。而她却丝绒一般地光亮细腻，汗在她身上是那样一并地直泻而下。两个水淋淋的人儿，直到此时才分出了注意力，看见了对方。……两人几乎是赤裸裸地映进了对方的眼帘，又好似从对方身体湿漉漉的反照里看出了自己赤裸裸的映像。

（3）这是一场真正的肉搏，她的臂交织着他的臂，她的腿交织着他的腿，她的颈交织着他的颈，然后就是紧张而持久的角力，先是她压倒他，后是他压倒她，再是她压倒他，然后还是他压倒她，永远没有胜负，永远没有结果，互相都要把对方弄疼，互相又都要对方将自己弄疼，不疼便不过瘾似的。真的疼了，便发出那撕心裂肺的叫喊，那叫喊是这样刺人耳膜，令人胆战心惊。而敏感的人却会发现，这叫喊之所以恐怖的原因则在于，它含有一股子奇异的快乐。①

---

① 三段引文见王安忆《小城之恋》，中国电影出版社，2004，第10、18、61页。

这是小说中三段身体描写。尽管这三段叙述的并非"性爱"身体的场面，"性"和"欲"的意味却呼之欲出。类似的身体描写几乎每一页都有。从这个角度看《小城之恋》被称为"唯性主义"习作①并非无的放矢，《小城之恋》整篇小说确实是围绕两人身体如何从相互吸引一步步走到情欲的发生而建构。作品中对情欲压抑所引发的日常生活行为的失控，使"性"的主体性地位更得到凸显。《小城之恋》中男女主人公生活在小城剧团中，虽是集体生活，两人却长期被隔绝在秩序常态之外。鲜有人至的练功房和洗澡房是身体展示的舞台，也是欲望滋生的场所。周遭环境的隔绝将他俩逼进这封闭境地。当省艺校的老师将他俩当作练坏形体的典型拉到众人面前指点，就形成了这种隔绝，同屋的排斥加剧了这种压迫。在这种环境中，女孩和男孩的努力都没有得到应有的重视，在旁人眼里他们并非有自主意识的主体，而更接近于野蛮生长的兽类。亚伯拉罕·马斯洛将人的需求由低到高分为生理需求、安全需求、社交需求、尊重需求和自我实现的需求五种层次，人的需求从低级向高级演化。在《小城之恋》中，男孩和女孩身体的畸形阻隔了他们自我价值的实现，在剧团中既得不到尊重，也无法顺利社交在集体中取得位置，只能转而求其次，将所有的生命激情、能量都投入情欲中去。环境形成了对他们生命激情的禁锢，助长了欲望的反抗本能，对欲望的禁锢反而助推了欲望的实现。

《岗上的世纪》的叙事亦以"性"为本体，极致彰显欲望中的"身体"。

（1）他脸色发黑，神情严峻如一块岩石，他干枯的皮肤这时凝固就一张铁，下颚超前突出，眼睛放射着灼热的光芒。……他匍匐在她的身上，像一条断了脊梁的狗，他们的身体贴在了一起，他像死去了一般。……她看见他背脊上两块高耸的肩胛骨，如两座峭拔的山峰，深褐色的皮肤上有一些病态的斑痕。

（2）她的脸朝上地平躺在了他的面前，睁着两眼，眼睛好像两团黑色的火焰，活泼泼地燃烧。月光如水在她身体上流淌，她的身体好

---

① 王昌忠：《浅析王安忆"三恋"、〈岗上的世纪〉中的性叙事特征》，《广西社会科学》2006年第 7 期。

像一个温暖的河床。月光打着美丽的漩涡一泄到底。她又伸长手臂，交错在头顶，两个腋窝犹如两眼神秘而柔和的深潭。

（3）他赤裸裸地立在潮湿的虫蚊处处的泥地上，细长得好像不是一个人，而是一条直立的蛇。他胸前根根的肋骨，已渗出了油汗，好像粗糙的沙粒。晶莹的她是一道光，他则是一条黑影。刹那间，黑影将光吞噬了，而后光又将黑影融化。……苎麻拧成的绳筋勒进了他的背脊，又勒进她的背脊，留下鲜红的交错的伤痕。她的肌肤如水一般光滑地在他身上滚过，他的肌肤则如荆棘般磨蚀了她的身体。

以上是《岗上的世纪》中三段杨绪国和李小琴的性爱描写。在第一段中是杨绪国和李小琴不成功的第一次性爱，作者将李小琴和杨绪国的交合放置在夜晚的旷野中，让人感觉到旷野中别无他物，只有两具交缠的身躯；在第二段中李小琴身体幻化，河床、深潭的比喻暗示了她的身体与广袤世界之间的勾连，凸显的依然是"身体"本身；第三段中杨绪国像一条蛇，充满了神秘色彩。对杨绪国的身体描写都是通过李小琴的视角完成，显然李小琴眼中的杨绪国就是一个准备实践"性"的男性身体，爱情、崇敬等社会性因素被彻底抽离。

在谈及《岗上的世纪》的创作动机时，王安忆称："人都是社会的人，都有自己的生存方式，我想寻求的是拥有不同生存方式的男性和女性在获得这种无功无用的人性的快乐时，他们是怎么对待的。"[1]《岗上的世纪》中李小琴对杨绪国的"勾引""献身""控告"，都有着明确的功利目的。但李小琴招工失败，控告杨绪国后，两人分别遭到了伦理和法制的"围堵"。他们却在这种围堵之中在岗上的小屋度过了几天几夜，招工、控告及家庭责任等都被悬置，只有欲望的实现和满足。《荒山之恋》《小城之恋》《岗上的世纪》中，宏大叙事背景被有意虚化，故事背景仍明确指向"文革"时期，主流文化逻辑依然深刻地烙印在小说中。"文革"时期欲望叙事被进一步禁锢，身体欲望的表达长期压抑，"爱情"和"性"等成为创作禁区，引

---

① 齐红、林舟：《更行更远更生——答齐红、林舟问》，见王安忆《重建象牙塔》，上海远东出版社，1997，第198页。

起个人性和隐私性会导致对社会秩序的背离。《荒山之恋》和《岗上的世纪》中，金谷巷的女孩和拉大提琴的男人，李小琴和杨绪国，追求的是一种极致的、纯粹的快乐，一种源于本能的、作为自在目的的欲望满足。人类文明的建设究其实质是建立在对人的本能欲望的管控上，合法的性欲满足应活跃于有效的生育链条，为繁衍服务。但在"三恋"和《岗上的世纪》中，情欲的发生和实践都打破了生育链条。《岗上的世纪》中杨绪国有家有儿，为了李小琴抛家弃子；《锦绣谷之恋》中婚外情并未真实发生，繁衍更谈不上；《荒山之恋》中男女主角殉情身亡；《小城之恋》中女孩虽生下儿女，却极力阻止父亲身份的确认，实际上也是对生育链条的破坏。剥离了繁衍的功力目的，欲望就是纯粹的、不顾后果的欲望，并不掺杂更多的社会效用。"文革"时期由于生产、社会经济发展的需要，压抑人的本能尤其是性欲本能，并使其转化为生产冲动和能力，投入社会建设中。在这种背景下，"人"被理解、塑造为社会的人，而非自然、自在、自为的人。金谷巷女孩、拉大提琴的男人、小城里的他和她、李小琴、杨绪国等竭力追寻生命欲望的实现，是对社会身份的突围，他们的悲剧不是社会悲剧，而是身份欲望的悲剧。也正是在此意义上，王安忆20世纪80年代初的"性爱题材"小说描写追求极致的纯粹的性欲快乐，成为80年代初新社会秩序的建立的回响——都意在打破某种已存在的规则，建立新的秩序，从而形成对普遍人性的观照，具有深刻的突围意味。

## 第二节　异化：身体的后现代寓言

20世纪90年代是中国市场经济全面发展成熟的社会变革期，中国沿海城市迎来了发展先机。"上海，作为首批沿海开放城市，摆脱了共和国长子的工业基地和国权经济发动机的重负，'重振雄风'，轻装进行，再度成为转口贸易的枢纽以及国际经济、金融、航运、科技创新和服务业的中心，完成了'起飞'。"[1] 随着国门开放、经济发展，海派文化及上海历史再次引

---

[1] 刘复生：《一曲长恨，繁花落尽——"上海故事"的前世今生》，《小说评论》2018年第5期。

起关注，在香港、上海及全国范围内掀起一股"上海怀旧"热潮。在这一时期，中国当代文化审美范式和伦理道德都遭到了前所未有的挑战，传统的精英式、超验性的审美范式淡出文化中心，取而代之的是"日常生活审美化"，日常生活中的器物、小事等都被赋予了形而上的审美意义。这场审美范式的转向并非孤立发生，而与社会、体制、生活方式的深刻变化密切相关。伴随社会体制改革而来的是营销学、传播学等技术理念变革——身体/欲望成为多个领域关注的焦点。作为经济利益的核心，"欲望"成为某种可创造、可刺激、可购买、可消费的东西。波德里亚在《消费社会》中如此描绘：在消费的全套装备中，有一种比其他一切都更美丽、更珍贵、更光彩夺目的物品——它比负载了全部内涵的汽车还要负载了更沉重的内涵。这便是身体。在经历了一千年的清教传统之后，对它作为身体和性解放符号的"重新发现"，它在广告、时尚、大众文化中的完全出场——人们给它套上的卫生保健学、营养学、医疗学的光环，时时萦绕心头的对青春、美貌、阳刚/阴柔之气的追求，以及附带的护理、饮食制度、健身实践和包裹着它的快感神话——今天的一切都证明身体变成了救赎物品。在这一心理和意识形态功能中它彻底取代了灵魂。[①] 波德里亚对消费社会中身体的描述，实际上是对"欲望"的描述，身体是欲望的载体。

身体和欲望成为1980年代中后期至90年代突出的文学景观，诸多写作者介入身体的言说，欲望身体叙事不再遮遮掩掩。继张贤亮、王安忆等为时代先声后，先锋作家余华、苏童等通过对身体本能欲望和反叛精神的书写，进一步突破"文革"时期意识形态写作的束缚；陈染、林白、铁凝等对女性欲望的探秘，展现了作家对复杂人性的深入探究；贾平凹、莫言尝试以"欲望"为基本叙事策略，突出欲望身体叙事的感官化，为文学作品的市场化提供了思路；何顿、朱文、韩东等将欲望满足和自我实现混为一谈，卫慧、棉棉等对欲望沉溺和堕落的展演，助力"肉身潮"、"身体写作"成为20世纪末文学叙事的重要表征。1980年代初如《爱，是不能忘记的》和《心祭》般的柏拉图恋爱在90年代尤其是21世纪几乎不再出现，文学

---

① 〔法〕让·波德里亚：《消费社会》，刘成富、金志钢译，南京大学出版社，2000，第139页。

叙事从关注人的精神和心灵领域转向关注感官化、物化的欲望满足。

王安忆在20世纪90年代的几部作品如《妙妙》《米尼》《我爱比尔》等依然以身体和欲望作为叙述的主要对象和情节发展的主要动力，但与"三恋"和《岗上的世纪》中实在的生理身体需求相比，妙妙、阿三、米尼等女性的身体内涵已经发生了嬗变。她们的情欲已经脱离了李小琴式弗洛伊德所说的"力比多"或现代科学解释的"多巴胺"层面，而与她们征服男性和融入社会的野心交织在一起，有了更为庞杂的内容。居住在小县城的妙妙，对服装潮流触觉敏锐，时刻想要逃离县城走进现代生活，她与男演员、孙团、何志华等男性的情爱关系都在向往现代化新生活的驱使下发生。小说中妙妙的身体对现代化进程中中国乡土的隐喻不言而明。米尼比妙妙和阿三似乎更为纯粹，她是在对身体感受的极致追求中一步步堕落，然而小岗或练功房式的封闭空间已经不存在，与平头相遇后，她的"性"与金钱收益直接挂钩，欲望的发泄反而成为其次。在她身上交织着的是身体在资本和消费时代遭受到的异化，像是一个堕落的寓言。

出版于1990年的《米尼》的主要故事线索是一位名叫米尼的上海回城女知青如何在自我欲望中沉沦，一步步走向犯罪深渊的生活历程。通过米尼的生活串联起其他人的生活境遇，那也是欲望的波澜起伏。米尼父母在香港胼手胝足相濡以沫，实际情况却是到了香港第五年，米尼的爸爸就讨了小老婆，只是偶尔回去看看米尼母亲；卖淫女妹妹十三岁的时候被父亲强奸，从此开始了流浪的生活。《米尼》是王安忆对女性走向堕落的多种可能性的探索，知青返城大潮中米尼和阿康回到物欲横流的大都市上海；米尼和阿康离婚后在1986年意外重逢；后来米尼跟随阿康、平头等人南下深圳卖淫等三大重要事件是米尼的命运转折点。在米尼的堕落过程中，知青返城、改革开放等社会因素是其间重要推力，"在米尼'选择'与'被选择'的过程中，始终是米尼背后隐藏的'城市改革'的'要素'在发生作用"①。不可否认社会秩序的变革提供了米尼犯罪的土壤，但是这种说法未免过于推卸个人的责任。米尼犯罪的轨迹，实际上更是她个人的欲望一步步膨胀、失控的轨迹。

---

① 陈华积：《"米尼"们的"沉沦"——王安忆小说转型研究》，《当代文坛》2011年第1期。

米尼最重要的命运转折点是在回上海的船上遇到了阿康，在与阿康的言语交锋中，她不自觉地被阿康迷住了。在萌芽的情感驱动下，米尼脱离同伴和男生们一起在蚌埠上岸玩了一天，并在关键时刻让阿康挤不上火车，制造出两人单独相处的机会，随后同居，怀孕，生子。米尼心甘情愿生活在自己一手制造的爱情幻境中，正是在这种对自己欲望和情感的有意放纵中，米尼初次走上犯罪的道路。她平静地"从一个女人的两用衫的斜插袋里拿了一只皮夹"，丝毫没有罪恶感。在作者的描述中，这时期米尼尚且能够自控，"她从不被那些虚妄的情绪所支配，她永远怀着她实际的目的。她的头脑始终很清醒，即使在生理的时刻，也不让喜悦冲昏头脑"。应该说虽然米尼意识到偷窃过程中自己好像和阿康血肉相连，从而获得成功的快乐，但此时她牢记自己的主要目的是满足养育孩子、给阿康邮寄物资的现实需要，尚存一丝道德戒律。

阿康出狱后，米尼和阿康曾经有过一段平静安稳的日子。但在这种安稳的日子中，随着欲望的膨胀，他们渐渐地感到不耐烦。米尼和阿康是缺乏精神生活的人，他们只能在一次次的刺激中才能体会自我的存在。长久的盗窃提高了他们的兴奋阈值，一旦生活稳定，缺乏新的刺激，他们就消沉下来，质疑按部就班"过的是什么日子"，浑浑噩噩感觉不到生存的乐趣。王安忆从来都积极于在文本中为人物表白，"他们因为是最没有教育，最无理智，最无觉悟，最无自知之明和自控能力的人"。似乎正是因为缺乏教育，也缺乏对自己的认知，导致了多余的精力转化为对"性"的渴求。他们对自己的欲望并没有清醒的认识，更谈不上欲望的自控，面对自己身体上的渴求，他们只能想方设法去顺应。米尼似乎是下意识地带小姐妹回家，她明知道阿康对小姐妹有兴趣，还一趟趟地带她回家，等到"捉奸"的时候，她心里想的是"这一天终于来到了"。这句话说明米尼其实是潜在地等待或者说酝酿着阿康出轨的发生，因其可以带来更为强烈的情感刺激。果然，在确定离婚后，他们又感到强烈的激情。"他们两人抱作一团，亲吻着，爱抚着，从没有这么亲爱过"，"他俩又摸在了一起，像新婚或久别时那样狂热地做爱，如胶如漆"。在这一阶段米尼其实是挣扎的，她一方面忍不住品味因爆发的激情带来的快感的满足，一方面仍认为阿康出轨是对自己的伤害，所以坚持离婚。离婚后她的主要精力放在和阿婆的争斗之中，直到阿婆的去世使他们再次相聚。

这次相聚开启了米尼的堕落之路，她再次沉溺于对阿康的迷恋中不可自拔。"他们放着好好的夫妻不做，却偏要做一对偷情的男女。他们尝到了甜头，不舍得放手，一夜又一夜的共度良宵。""他们对白天完全不负责任，只管在黑夜里做爱，这是最轻松最纯粹最忘他也最忘我的做爱。"对夫妻关系和白天的逃避，意味着他们已经在欲望的操控中偏离了主流社会秩序，对官能快感的追求，喻示着他们堕落的可能。此后，米尼在情欲中越陷越深。先是在阿康的着意安排下，米尼和平头发生了关系。

> 当他脱到只剩一件衬衫的时候，米尼突然明白了，她从床上跳起来，叫道：你走，你走开！那人伸出一只手掌，就将米尼推倒在床上了。米尼哭了，说：阿康是让你来干这个的吗？又说：阿康你到底要做什么呀！可是她不再抗拒，那人的爱抚使她很舒服，那人像是很懂得这一行，他使米尼的内心充满了渴望。……那人的精力和技巧都是超凡的，米尼忽而迷乱，忽而清醒。那人的手法使她不知所措，傻了似的，这却是天下第一次的体验。她没有任何念头，只剩下感觉，她注意力空前的集中，不为任何事情分心。

然后是懵懂地和阿康、平头、另一个姑娘在一套新工房上"共同度一个快乐的夜晚"。

> 阿康的身体将她的意志一次又一次地摧毁了，她无法与他捣蛋，她和他捣蛋就是在和自己捣蛋。与平头做爱之后再重新与阿康做爱，这感觉是新奇无比，使她满心的欢喜。由于平头加强培养了她的领悟力和创造力，她从阿康身上加倍得到了快乐。

平头又以他的粗犷和果敢去爱抚她，使她又转回头来。平头与她玩出百般花样，使她欲罢不能。……米尼渐渐陷入一种心荡神怡的迷乱之中，她惊心动魄地哀鸣着，使得久经沙场的平头也不禁觉得有些过分，想罢手，米尼却不放过他了。

平头和阿康的软硬兼施，终于使米尼走上了卖淫的道路。在集体出发去深圳卖淫前，米尼和平头再次做爱。

> 她越来越失了控制，所有的意识都从她全身上下一点一滴地出去了，她也变成了一个畜生，就像她让那些男人变成的那样。她完全失了廉耻，一遍一遍地请求平头。只有平头才可使她颠狂成这个样子，使她达到畜生的境界。而她多么情愿做一条狗，在平头脚下爬来爬去。……她颠狂得厉害，生死都置之度外了，她做着最危险的动作，连平头都骇怕得惊叫起来。

从这几次性爱描写中，可以清晰地看到米尼一步步陷进欲望旋涡的过程。最初与阿康的缠绵，是出于真挚的爱，米尼确实是想和阿康结为夫妻，共同进入有序和谐的现实生活。但和平头之间，抽离了爱的内核，纯粹是一种性欲的释放。她终于从尚能自控的盗窃逐渐走向完全失控的纵欲。

《米尼》和《我爱比尔》描写的都是女性逐步走向性犯罪道路的故事，皆取材于王安忆 1989 年在上海白茅岭监狱的采访。与入狱的结果相比，堕落过程中欲望失控的场面更让人感到可怕。上引几段性爱描写，无法冠之以色情。因"色情"对读者的诱惑力在于表现了"性"的美好和快乐。可是在王安忆的书写下，无论是《岗上的世纪》中的李小琴和杨绪国、《小城之恋》中的少男少女，还是《米尼》中的米尼和阿康、平头，都没有表现性爱的美丽、迷人，相反通过作者的镜头展现的是人沉沦在欲望之中的种种丑态。平头一行人在小旅馆的放纵场面更让人可怖。

> 他们共是三女两男，而平头是可以一挡十的。他们以极快的速度沉溺到那男女勾当之中，这使他们暂时忘记了他们身居客地的陌生孤独，以及前途茫茫之感，身心激荡。他们起初还以蚊帐为帷幕，到了后来，便不再需要帷幕，这耽误了他们的好事，碍手碍脚的。他们渐渐集中到一个房间里来，好像在举行一场盛大的肉欲的晚会。到了忘我境界的时候，他们废除了一切游戏的规则，一切规则都成了他们狂欢的敌人。这规则使他们争风吃醋，争先恐后，制造了不利于和睦团

结的因素，他们不得不破了这规则，进行自身的解放。他们好像回到了人类之初原始林莽中的景象。①

沉沦在欲望中的男男女女就像动物一样，丧失了人类在漫长的文明进程中规训出来的理性美感，而带着一种绝望、丑陋、病态的歇斯底里。此段中"解放"一词让人玩味。从挣脱"五千年性压抑"的角度看，平头一行人抛弃了伦理、社会规则带来的羞耻感，身体从文化归属中挣脱出来，完全从属于自己，似乎获得了真正的解放。那么，既然身体属己，欲望也是合理的，利用身体、欲望获取利益又有何不可呢？事实上，平头对身体解放的宣扬，本质是为了引诱米尼和其他女性服从于资本、消费的新规则。当欲望成为商品，人被资本所异化，所谓解放了的身体，实际上是遭到了资本、利益、消费主义的多重绑架。"解放"并未解放，而成为堕落。

如果说《米尼》中的身体叙事依然延续了"三恋"和《岗上的世纪》的叙述风格，1996年出版的《我爱比尔》则另辟出一条身体叙事的路径。

阿三和多名外籍男性发生情感关系。但在这些关系中，与享受性快感相比，她更像是将情爱作为身体展示的舞台。"阿三将床头上的一件绸衣服罩上她身穿的白色连衣裙，说：让我来向你表演中国人的性。说罢，又从同学床头捞了一件睡裙再罩上绸衣服，接着，又套上了第三件。就这样，她套了这层层叠叠、长长短短的一身走向比尔。……于是，比尔就脱去了她的连衣裙。"在画作"阿三的梦境"②的暗示和"东方性表演"的步步为营下，阿三与比尔的关系终于有了实质性的进展。但在这场风月中，阿三其实谈不上欲念，"与实际的做爱相比，阿三的兴趣更在营造气氛方面"。她运用自己的想象力和创造力，营造让比尔惊叹的情爱氛围。小说对阿三的身体描写也明显异于"三恋"等作品，不再过多暴露，而以一种遮遮掩掩的方式凸显。她或者套着层层叠叠、长长短短的一身，或者"穿的一身

---

① 以上四段关于米尼的性爱描写分别引自王安忆《米尼》，作家出版社，1996，第113~114、119、120、130页。

② 原文：画的是一个没有面目的女人，头发遮住了她的脸，直垂下来，变成了茂盛的兰草，而从她的阴部却昂首开放一朵粉红的大花。在一整幅阴郁的蟹绿蓝里，那粉红花显得格外娇艳。

缟素，白纺绸的连衣裤，拦腰系一块白绸巾。化妆也是尽力化白的，眼影眼圈都用烟灰色，嘴唇是红的，指甲是染红的。穿的鞋是那种彩色嵌拼式的，鞋帮是白的，鞋尖却是一角红，也像染红的脚趾甲"……此类叙述中看不见身体，看到的是层层叠叠的服饰——通过色彩、服饰等意象遮盖身体的肉身性，将身体割裂成一小块一小块的空间，使阿三的身体支离破碎。身体的虚化和遮盖意味着作者不再强调身体的肉身性，而强调出身、处事方式等所具有的社会、文化内涵。

笔者曾探讨张洁对女性性征身体的有意遮蔽，是为了追求与男性平等的作为文化主体的地位，要求的是对"他者"地位的超越。在这里阿三同样追求"他者"地位的超越。阿三希望比尔能将她视为与西方女性同等的地位，获得对于她个人的认可，而不仅仅出于对东方文化的好奇。悖论在于，正是她身上代表的东方文化特性吸引了比尔，一旦脱离了东方的神秘，阿三的身体也就失去了吸引力。对比尔来说与其说与阿三的身体做爱，不如说与东方文化身体做爱。"有一些肉体以外的东西在吸引着他的性。这像是一种悲剧性的东西，好像有什么面临绝境，使得性的冲动带有震撼的力量。……他的欲念并不是肉欲，而是一种精神特质的。"在与比尔交往时，甚至分开一段时间后，阿三的情欲和情感都与她的美术创作交叉、织缠，这是作者通过叙事方式突出阿三身体的文化主体性，作者有意将阿三作为一个中西方文化冲突交融的新生代代表来处理。在和比尔的恋爱中，阿三并非作为一个独立个体呈现，而将自己的身体作为东方文化的载体，借由身体为舞台，为比尔表演"中国人的性"，以此调动比尔的欲望，企图通过和美国外交官的恋爱达到出国的最终目的。"出国"对阿三来说不仅意味着到别处生活，还意味着身份、社会地位的转变，意味着获得他人的尊重和仰慕。身体、欲望、艺术创造、文化交流等都是阿三等人实现"出国"的"外衣"或手段，"大马路上走来走去的外国老少，不知哪一个可做衣食父母的"。"身体关系的组织模式都反映了事物关系的组织模式及社会关系的组织模式。"①《我爱比尔》发表于20世纪90年代中期，彼时上海经济快速发展，普通民众对西方文化多为倾慕。阿三的故事在某种意义上成为这种

① 〔法〕让·波德里亚：《消费社会》，刘成富、金志钢译，南京大学出版社，2000，第140页。

大众心理的隐喻。

　　然而在遇到马丁——与阿三发生关系的第二个男人后，阿三的文化象征性逐渐消失。尽管阿三觉得与马丁依然是"一场精神上的恋爱，保持着特别纯洁的气息"。可是不同于比尔总为阿三身上的文化神秘色彩着迷和对她画作的肯定，马丁对阿三的创作是持否定态度的。他对阿三说"你很有才能，可是，画画不是这样的"。来自法国、拥有祖传画廊的马丁，象征着悠久坚实的西方文明。他对阿三极力追求并引以为傲的创作进行了彻底否定，觉得"她画得一点也不对头"。马丁不是因为对东方文化的好奇而对阿三带有文化主体意义的身体产生兴趣，而是纯粹的一个男性对一个女性的"性趣"。阿三的身体已经无法代表一个东方国家的历史文化，也不是凭借东西方文化的冲突美感而产生吸引力，而是以一个身处男性情欲化凝视下的女性身体呈现在马丁面前。也是在这种意义上，作者才会说"马丁却比比尔更加破坏阿三的生活"。阿三成为流莺的命运已是不可避免。阿三不再画画，美术创作已经不可能为她打开融入社会主流的大门，身体成为她实现西方梦的唯一武器。她熟练地运用身体为自己获得生活来源。阿三的身体内涵演变是一个文化性逐渐剥离、情欲性逐步凸显的过程。

　　类似的身体叙事的变化同样出现在《长恨歌》中。故事的开头王安忆依然用大量的笔墨描述王琦瑶的日常生活，但王琦瑶的身体意象已经超越了生理形态的身体，成为上海文化的象征和隐喻。与素描般的身体外貌描写相比，《长恨歌》中对王琦瑶外貌进行描述的语言绝大部分是相当抽象的。作者形容王琦瑶的美："她的五官是乖的，她的体态是乖的，她布旗袍上的花样也是最乖的那种，细细的，一小朵一小朵，要和你做朋友的。"王琦瑶参加"上海小姐"的选拔，"穿婚服的王琦瑶有着悲剧感，低回慢转都在作着告别，这不是单纯的美人，而是情景中人"。这种主观色彩极浓、高度概括的抽象语言映射出的是王琦瑶身体意象的丰富内涵，几乎每一个人都能在她身上找到自己想要的东西。王琦瑶一生经历的多个男人中，程先生眼中的王琦瑶最接近肉身性。程先生是通过摄影镜头认识王琦瑶的现实身体，从中发现她的美，将她推上了"三小姐"的舞台。手握重权的李主任毕生在金戈铁马和靡靡之音中走过，他祈求的是乱世中的一种清音，"一种贴心的感受"。王琦瑶身体的弱势和日常性象征着俗世生活的一点安康平静。阿二自命不凡，满心对繁华上海的向往，期冀进入历史舞台，来自上海并带着桃色传说的王琦瑶是他自己上海繁华梦的投射，象征着另一种光彩夺目的生活。当他第一次看到王琦瑶，"心里忽有种触电般的相通感觉，他惊奇地想：这才是他的影子呢！……他觉得，王琦瑶也是从那正经的世界上裁下的，却是错裁的，上面留着那世界的精华"。他总觉得王琦瑶"就像是天边的落霞"，又是一个传奇。出身旧式大家庭在夹缝中生存的康明逊内心深处充满对旧上海的依恋，又夹杂了对生母的怜惜之情，王琦瑶不露声色的风情暗示着和旧上海的藕断丝连。"他好像看见王琦瑶身后有绰约的光与色，海市蜃楼一般"，"他在王琦瑶的素淡里，看见了极艳，这艳洇染了她四周的空气，云烟氤氲，他还在王琦瑶的素淡里看见了风情，也是洇染在空气中……王琦瑶是上个时代的一件遗物，她把他的心带回来了"。1985年老克腊找到王琦瑶时她已年过半百。老克腊以旧上海时尚作为自己走在时代尖端的标榜，王琦瑶在他眼中是"好莱坞电影的女主角"，在这种对旧时光的好奇中，"恍惚间，他看见了三十多年前的那个影。然后，那影又一点一点清晰，凸现，有了些细节。但这些细节终不那么真实，浮在面上的，它们刺痛了老克腊的心"。通过这些男人的视角，我们看到王琦瑶的身体逐渐虚化的一个过程。刚开始她是一个标致的少女，在李先生眼里是贴心的象征，1949年后她逐渐成为旧上海的临水照花人，凝结成老克腊对旧时尚的一种向往，最后作为长脚的黄金梦死去。她的身体成为一种虚指，成为一种虚无的意象。最后长脚的谋杀还原了王琦瑶身体的肉身性。

　　长脚的两只大手围拢了王琦瑶的颈脖，他想这颈脖是何等的细，只包着一层枯皮，真是令人作呕得很！王琦瑶又挣扎着骂了声瘪三，他的手便又紧了一点。这时他看见了王琦瑶的脸，多么丑陋和干枯啊！头发也是干的，发根是灰白的，发梢却油黑油黑，看上去真滑稽。王琦瑶的嘴动着，却听不见声音了。长脚只觉得不过瘾，手上的力气只使出了三分，那颈脖还不够他一握的。心里的欢悦又涌了上来，他将那双手紧了又紧，那颈脖绵软得没有弹性。

　　长脚出身底层，"对旧人旧事没什么认识，也没什么感情"，因此尽管他也享受在王琦瑶公寓的宁静温馨，但他眼中王琦瑶只是个得体的妇人。当长脚决意要在肉体上消灭王琦瑶时，"上海小姐"的光芒褪尽，旧上海传说、民国文化罩在她身体上的面纱也被揭开，王琦瑶的身体在此绝境中得到了还原，细弱绵软的颈脖、干枯的皮肤、花白的头发，才是王琦瑶作为一个老妇的身体本相。

如何描述身体，是作家生活经验的表达，更是社会文化心理的映射。从 20 世纪 90 年代开始，营销、广告、媒体文化等都围绕"身体"建立，"身体"→"欲望"→"消费"成为全新的社会逻辑。围绕身体建立的种种消费机制，实际上形成了对身体的新一轮遮蔽，是对身体物质性和精神性的再度分裂。"除了那些愿意消费被工业化过滤后的经验、外表、态度和性格的身体受到赞美外，消费者所受到的教育就是彻底贬低其生物身体的价值。"① 王安忆在《我爱比尔》《长恨歌》中虚化身体原始欲望，突显身体的精神维度，是解开消费社会对身体的种种绑架，还原身体本质的一种努力和尝试。

及至 2007 年《启蒙时代》面世，敏锐的读者意识到王安忆叙述方式的改变。《长恨歌》中绵绵密密的知觉描述在《启蒙时代》中被一段段虚无艰涩的讨论代替。绵密的感知描述、精准而意指繁复的用词、絮絮叨叨的语调、日常细节的放大和铺排本是王安忆创作的个人名片，她绝不放过身体的任何细微感受，必然要捉住最微小的身体细节加以渲染。在《启蒙时代》中，我们少见这种叙述，甚至连情节的曲折跌宕都少见，不同人物角色代表的是理论探讨的多种角度。

作为身体的极致表现方式，《启蒙时代》未对南昌和嘉宝的欲望身体进行描述。尽管在文本中作者也曾对嘉宝的少女身体进行白描："她的白衬衣被照成蝉翼一般透明，于是，身躯的轮廓显现出来。那是又丰腴又结实的，胸罩的带子略有些勒紧，并没有束缚反而更突出肌体的弹性。她的蓬松的短发又被光照出一层毛茸茸的镶边，也是有弹性的。"但对嘉宝的描写，包括和南昌性关系的发生，退隐成一个故事的背景。性及其后果根本目的已

---

① 〔美〕约翰·奥尼尔:《身体形态——现代社会的五种身体》，张旭春译，春风文艺出版社，1999，第 100 页。

不在表现身体，事故的发生只是为了引出高晨对南昌"光与真理"的启发，为南昌和小老大的讨论和南昌回归日常的铺垫。正是和嘉宝的厮混使南昌和医生高晨相遇，受到"光和真理"的启蒙，从而启发了南昌对社会和自我的审视，也才有了南昌和小老大之间关于肉体和灵魂、疼痛和痛苦、语言和思想等哲学命题形而上的讨论。叙述的重点不再是女性身心的成长，而是南昌的成长。嘉宝作为女性的身体，成为衬托男性成长的"他者"，在时代宏大话语中遭到了隐匿。

通过对王安忆小说的对照，可以发现在王安忆的创作流变中，作为叙述目的的身体呈现出逐渐隐遁、退场的轨迹。重要的不仅是欲望如何呈现，更有欲望为何如此呈现。

20世纪80年代"人道主义"话语下人的个性解放和身体自主权的争取值得肯定，当代人也都在不同程度上共享了现代文明成果。然而面对"身体至上"主义的盛行，其间社会、集体以及个人的伦理困境、欲望放纵所带来的社会失序的严重后果等亦需警惕。王安忆的性爱书写是一个很好的例子。80年代初在思想界、知识界开始对"人道主义"的肯定和宣扬时，依然面临着重重阻力，"思想路线不能搞精神污染"的反对之声一直伴随着改革的步伐。1983年8月开始，在全国范围内掀起了"严打"风潮，在此期间，全国大多数地区掀起了剪头发、剪喇叭裤的热潮，烫头发或穿喇叭裤被认为是流氓的象征，不少本是个人自由恋爱的青年因"流氓罪"被抓捕枪决。人的情感需求和身体表现，在与人们生活更为贴近的"习俗""风尚"层面依然被严重禁锢。"三恋"发表之初也遭到了激烈的批评。批评者称："我们是高张着呼唤人性的丰富自由发展这面大旗，去践踏陈腐的性意识，去塑造大写的人。但不能随矫枉过正的冲力而陷入沉湎于人的自然属性的单纯展览之中，以为这是人性的极地，这就必然本末倒置，结果诞生一批耽于性爱的小写的甚至带上引号的人。"① 在与台湾作家李昂对谈时，王安忆曾就此提出异议："其实表现性的题材《男人的一半是女人》已经跑得更远；他们最不能容忍的是，你怎么可以把爱情、性爱作为一个作品的主题来写。一般都是通过写性爱来表达一个社会问题，性爱本身是不能

---

① 任仲伦：《目光应穿透扭曲的表层》，《文汇报》1986年10月7日。

够作为主要内容的。……他们认为性爱是属于太个人性的东西，完全是两个人之间的事，有什么了不得的，而张贤亮就可以了，因为他通过写男女两个人反映了社会问题。"① 陈思和对"三恋"持赞赏的态度，他认为"三恋"中身体性爱书写的突破在于，当某些作品对性进行赤裸裸的描写又摆出一副道学家的模样大谈其社会意义时，王安忆有意将作品中的所有社会背景虚化，引导读者将目光集中于故事中的"人"身上，从而实现了小说对"人"性的深刻讨论。② 在这种意义上，"性"形成了一种与普遍人性的同构关系，王安忆心怀"身体正义论"，她意欲为"身体欲望"正名，将其还归个人，它背后的创作逻辑和意识形态是 80 年代的人道主义话语。至少客观而言，王安忆"三恋"中对女性身体欲望的抒写，展现了女性鲜活、真实的强大生命本能，突破了父性秩序对女性主体个人空间的遮蔽，形成对父权制权威话语的消解，也使王安忆这时期的创作"无意"间成为中国当代女性主义的文学范本。

在多年的创作历程中，王安忆以风俗观察者的角色，将人物的身体摆在叙述的主要位置，引导读者去思考面对泛滥的身体需求，人该如何把控自身，如何处理自己的欲望，如何在享受、放纵、节制中取得合理的平衡。金谷巷女孩儿、文工团女孩、李小琴、米尼、阿三、王琦瑶对自己的身体欲望，都缺乏理性的把控，都因欲望的膨胀而堕入虚无和犯罪，金谷巷女孩儿殉情欲而死；李小琴与杨绪国度过"岗上世纪"的后果不堪设想；正是在逐步对官能快感的极致追求中，米尼成为卖淫团伙中的一员，也最终导致了查理的不可救药；如果不是因为对高级咖啡、宾馆周到服务等身体欲望的追求，阿三怎会沦为妓女？同样如果王琦瑶不是陷在与老克腊的关系中不可自拔，钥匙就不会到长脚手中，一场谋杀也许就可避免。王安忆始终保持与潮流之间的疏离与清醒，其笔下的身体欲望始终渗透着她对社会、时代的审视与思考，在 20 世纪 80 年代初期强调纪律约束、舍弃私人欲望的历史语境中，"三恋"、《岗上的世纪》等作品中欲望的张扬负载着人性解放的思想深度；20 世纪 90

---

① 王安忆、李昂：《妇女问题与妇女文学——与台湾作家李昂对话》，见王安忆《重建象牙塔》，上海远东出版社，1997，第 152~153 页。

② 王安忆、陈思和：《两个六九届初中生的即兴对话——与陈思和对话》，见王安忆《重建象牙塔》，第 127~141 页。

年代后，欲望无限扩张，王安忆反其道而行之，揭示市场法则下欲望堕落的一面，转向追求思想升华和精神超越。这种疏离和清醒不仅是其创作的张力所在，也是当代文学欲望叙事多种维度的呈现。

## 第三节　秩序：日常身体及文化接续

在中国现当代文学史上，日常化身体的书写处境甚为微妙。"日常生活的最大特点就是身体的在场，生老病死、饮食起居、七情六欲等都是以'身体'为中心的，我们可以把这种身体体现称为'日常身体'。"① 日常化写作就是对日常生活的描摹，"就是把日常生活中的琐事和经验写入文学，让它称为文学叙事的主要对象和审美范畴"。②

五四以来，"身体"是多种意识形态话语的战场，"身体"书写被赋予或革命、或启蒙、或民主、或解放等宏大主题，始终捆绑于国民身体的现代化改造进程。在汹涌澎湃的时代话语中，只有张爱玲的上海市民书写剥除了修饰身体的多种话语，还原了身体的日常性。随着时代的发展左翼革命文学成为时代主流，中华人民共和国成立后"十七年"及"文化大革命"期间，日常化身体的书写被政治话语所挟持，不断受到意识形态的干预和改造；20世纪80年代末90年代初，在改革开放、社会结构加快转型的社会背景下，出现了"新写实"小说风潮，日常身体再次成为文学书写对象。刘震云、池莉、方方等是这股风潮的代表者，《一地鸡毛》《烦恼人生》《风景》等作品中出现了大量庸常而具体的生活细节描写。吃喝拉撒睡、婆媳矛盾、夫妻矛盾、孩子入学等极为细碎的生活事件成为新的叙事内容，身体在日常生活中的行为细节也成为新的审美对象。王安忆的写作从一开始就体现出日常化写作的倾向，创作初期的《小院琐记》《流逝》《69届初中生》及20世纪90年代后的《长恨歌》《富萍》《妹头》《上种红菱下种藕》等作品充满了对日常生活的渲染和铺陈。即使是晚近的《启蒙时代》《匿名》等具有"写大东西的野心"的作品也不时出现具体细碎的日常生活描

---

① 李蓉：《"十七年文学"（1949—1966）的身体阐释》，人民出版社，2014，第65页。
② 王卉：《刍议中国当代文学中的日常化写作》，《理论学刊》2005年第6期。

写。王安忆通过绵密的意象组织和感性提炼赋予日常生活精致的趣味，并将其转化为新时代的审美主流。

以代表作《长恨歌》为例，主人公王琦瑶的形象塑造中服饰描写占据了极大比例。主人公王琦瑶的塑造，始终离不开对服饰的细致描绘，甚至可以说正是王琦瑶穿的衣服造就了王琦瑶。凭靠三套别出心裁步步为营的衣服，王琦瑶才能脱颖而出成为上海"三小姐"，也是粉红色旗袍的衬托，才使她获得李主任的青睐，住进了爱丽丝公寓，实现了社会阶层的超越。王琦瑶非常重视服装的修饰，每一分的浓淡都经过精心思考，即使已是中华人民共和国成立初期，仍将家境实力非同一般的严师母逼得向隅而泣。再艰难的时期王琦瑶都没有动过李主任留给她的金条，却在薇薇热衷服饰潮流时兑换现钱作贴补。在王琦瑶的人生观中，女人的服饰是最重要的，是一张"从生下地就开始苦心经营"的比学位更重要的文凭。王琦瑶对身体、服饰与人生的理解，是作者身体、服饰观的体现。王安忆在《香港的情与爱》中发表她对女性的理解："女人既不是灵的动物，也不是肉的动物，她们统统是物的动物，这物集中表现为服饰。服饰是她们的目的，也是她们的手段；是她们的信仰，也是她们的现世；是她们的精神，也是她们的物质。服饰包括了她们人生的所有虚实内容，这是比她们本身更能证明和实现她们价值的，这便使得女人的人生奋斗总要比男人多出那么一点艺术的味道，其中还含有一项审美活动似的。"① 于是服饰成为王琦瑶唯一的知己，与她的自我价值实现同构。在参加上海小姐评选时，她感到蒋家母女和程先生都是旁观者，只有做的三套衣服才"是要与她共赴前程的，是她孤独中的伴侣。她与它们是有肌肤之亲，是心贴心"。

王安忆在服饰描写上寄寓了驳杂的内容，在绵密的描述中反映出的既有形象的完善、人物心境的衬托、情节的推动，还有她本人对历史文化的理解。王琦瑶是王安忆心中上海市民文化的隐喻，她与上海精神之间的勾连，是通过服装实现的。在第一章第五节"王琦瑶"中，作者写道："上海的时装潮，是靠了王琦瑶她们才得以体现的。……她们无怨无艾地把时代精神披挂在身上。"她穿家常花布旗袍的照片成为《上海生活》封二，"这

---

① 王安忆：《香港的情与爱》，作家出版社，1996，第528页。

照片与'上海生活'这刊名是那么合适，天生一对似的，又像是'上海生活'的注脚。这可说是'上海生活'的芯子，穿衣吃饭，细水长流的，贴切得不能再贴切"。以王琦瑶为代表的上海弄堂女孩的穿着成为上海市民文化的代言。王安忆曾说，"历史的面目不是由若干的重大事件构成的，历史是日复一日、点点滴滴的生活的演变，它只承认那些贴肤可感的日子"。①《长恨歌》的服饰描写充分体现了王安忆的历史观。新中国成立后，"五十年代的上海街头，这样的旗袍正日渐少去"；"文革"逼得执意"与旧时尚从一而终"的程先生也自制一套绿军装；七十年代的变化，更是"生活美学范畴"的，"服装的世界开始繁荣，许多新款式出现在街头"。历史时代话语在王安忆的叙述下消隐，转化为服饰的变化，意指宏大历史的日常面向。

《长恨歌》中宏大历史的"退场"在空间设置中亦有鲜明体现。李主任消失后王琦瑶"避难"的邬桥充满了虚幻感，仿佛避世的幻境。1949年后，王琦瑶居住的平安里，具有"遁世"气质。王琦瑶的私人空间固然是其身体延伸。"房间里有一股娟秀之气，却似乎隐含着某些伤痛。旧床罩上的绣花和荷叶边，留连着些梦的影子，窗帘上的烂漫也是梦的影子。那一具核桃心木的五斗橱是纪念碑的性质，纪念什么，只有它自己知道。沙发上的旧靠枕也是哀婉的表情，那被哀婉的则手鞠不住水地东流而去。"坐在这样的空间中，严师母内心感到出奇的平静，等摸上麻将的时候，王琦瑶房间的"旧上海"气息越发浓烈，严师母感到"过去的时光似乎倒流"了。弄堂外的政治斗争已是翻江倒海，作者交代那是"一九五七年"，外面的世界正发生着"大事情"，康明逊也不得不穿着时下的"蓝咔叽人民装"。但王琦瑶房间却成为一个被遗忘的角落，里面的人聚餐、打麻将、下午茶、围炉夜话，过起了与时代氛围格格不入的日子。家、弄堂等空间成为日常化身体的展现场所。

日常化写作是以"身体"的物质属性为中心的。身体始终置于"秩序"的规塑之中，文学身体意象也不可避免地反映着"秩序"潜在或显在的规

---

① 徐春萍、王安忆：《我眼中的历史是日常的——与王安忆谈〈长恨歌〉》，《文学报》2000年10月26日。

则。"身体部位、感觉和概念（包括众所周知的两性之间的解剖学差异的辨别）是建构一种象征秩序的奠基石，这种秩序包括言语、游戏以及整个人类语言体系。"① 身体始终承担着象征秩序的重任，文学创作者通过身体意象表达自己对秩序的思考。王安忆的日常化书写中含有紧凑而具体的身体秩序感。且看《上种红菱下种藕》中早晨秧宝宝的上学准备，"陆国慎替她装菜盒、量好米，再量好水。……将这些东西一一装进饭袋，交到秧宝宝手里，让她上学去"；还有《流逝》中欧阳端丽早起买菜，她"咬咬牙翻身坐起，把被子一直推到脚下，……迅速地套上毛衣、棉袄、毛裤……五分钟以后，她已经围着一条黑色的长围巾，挎着篮子，拧开后门锁，重重地碰上门，匆匆走了"。"装""量""交""坐""推""套""挎""拧""碰"等动词接连出现，体现了身体动作的紧凑和连续；再看王琦瑶待客的描写，"要他们坐下，再端来茶水、就回到厨房去。……煤炉上炖着鸡汤，她另点了只火油炉炒菜，油锅哗剥响着"，吃过后"撤去饭桌，热水擦过桌子，再摆上瓜子，添了热茶，将毛毛娘舅带来的水果削了皮切成片，装在碟里"。一连串的生活细节描写，充满了事情一件接一件有条不紊的秩序感，体现出一种独有的趣味。

究其深层，"秩序"意味着掌控，掌控意味着身体主动性的发挥，只有将生活琐事上升到"统筹学"层面，才不致让生活成为"一地鸡毛"。由此可见，王安忆的日常化写作具有明显的价值导向，她为小说人物所建构的日常身体秩序不仅是生物性的、被动的，还是主观的、思想性的，是"知"与"行"的和谐统一。王安忆高度肯定了日常秩序的合法性，指出处于日常秩序并主动适应秩序、掌控秩序的身体才是有血有肉的身体，是自我价值的体现。《流逝》中欧阳端丽充分发挥身体的主动性，利用一切劳动的可能保障了家人温饱等身体需求，"她感到自己的力量"，而且"这力量使她勇敢了许多"。来来在中学受到欺负后，她跑到学校据理力争，迫使老师和工宣队让欺负者向来来道歉；通过做保姆、织毛线等劳动获得生活收入后，她感到自己具有了与以往不同的尊严和力量，变得更加勇敢、坚强。以前

---

① 〔美〕彼得·布鲁克斯：《身体活：现代叙述中的欲望对象》，朱生坚译，新星出版社，2005，第 9 页。

欧阳端丽和张家子女的尊严来自公公的资产，是"金钱"构成了他们的尊严和生活，一旦失去金钱就像失去了倚身之本，张文耀等都成为一无所能的"废人"。欧阳端丽通过自身劳动获得了收入，意识到"身体"才是真正在世间行走的本钱，只要还有身体，就还能挣得生活资本活下去，她的"自尊感"和"力量"实际上都是因此而获得的安全感，她也感到"自己是他们的保护人，很骄傲，很幸福"。"文革"结束后，欧阳一家的生活境遇有了极大改善，欧阳端丽从一分钱掰成两分花的生活窘境中解脱出来，又陷入另一种生活困境。境况好了，家人相处反而摩擦不断，欧阳端丽时常感到莫名的忧郁和惆怅，心里总觉得空落落。两种生活境遇中家庭关系的对比，使她陷入了生活意义的困惑中，过惯苦日子的小女儿咪咪"不工作，过日子有什么意思？"的反问使她更加矛盾和挣扎。小叔子张文光曾几次与欧阳端丽探讨生存意义。张文光前半生一直深感生活无聊，欧阳端丽告诉他，活着就是为了吃饭、穿衣；"文革"后欧阳端丽纠结于继续工作还是放弃时，对生活已经有所体悟的张文光告诉端丽，"人生的真谛实质是十分简单，就只是自食其力"，欧阳端丽内心触动。王安忆用大量的身体细节描写做铺垫，最终引出对人的在世方式的思考和生命终极意义的关怀。除了对日常身体的直接抒情和赞美，这种价值取向在王安忆的小说叙事中，是通过"生育身体"这一意象来导入的。

在王安忆的多部重要作品中都出现了生育事件。《69 届初中生》中霏霏和雯雯都相继怀孕生产，雯雯还在汽车上遇到孕妇临产，陪她去了医院；《弟兄们》中老李生了小孩，老王毫不犹豫从南京奔赴上海给老李侍奉月子，觉得老李的孩子是两人精神的产物，"她们有了一个小宝宝了"；《上种红菱下种藕》中从第五章就提及陆国慎有喜，直到文末秧宝宝离开时还处于哺乳期；《小城之恋》中的主角"她"生下了双胞胎；《长恨歌》中王琦瑶亦怀孕、生育；《米尼》生下了查理；《启蒙时代》中的嘉宝也不慎怀孕；《桃之夭夭》中郁晓秋在自己生孩子之前就已经代替去世的姐姐做了孩子的妈妈……王安忆笔下的女性大多对受孕和养育充满欣喜，她们的形象也大多美好而温暖。陆国慎"穿一条肥大的男士裤子，上面的衬衣很短地撅着。头发长了，在脑后扎一个小刷把，也是撅着。这么样不匀称，可是一点不难看，因为她神情安详。她不慌不忙，一步一步走着，所以，虽然身子笨，速度却也不慢。走到熙攘的桥头，让人让车还相当灵活。……陆国慎站在桥头看着笑，脸红扑扑的，笑成一朵荷花"。虽然米尼对查理的教育较为失败，但也可以看出在知道自己怀孕后，米尼和其他女人一样感到别有的温存，感到特别踏实平静。"她细心又伤感地吮着甲鱼细嫩的骨头，把汤喝得一干二净"，"把自己的毛衣拆洗了，织成婴儿的衣服"，"按期去医院检查身体"，经常"挺着大肚子，神色庄严地在房间里缓缓行动"，连说话都放慢了速度放低了音量，种种身体行为的改变都说明米尼对孕育的重视。郁晓秋在亲历生产之前，抱着去世的姐姐留下的婴儿，走在夜深人静的路上，也是"心里格外的宁静"。嘉宝在错误的时间怀孕，不得不做人流手术，但怀孕后的嘉宝在南昌眼中别样美好，"经过这些日子的煎熬，嘉宝憔悴了不少，可依然显得颇有光彩"，"他看见嘉宝修长的手指，指甲闪烁着粉红的贝类的光泽"。"对于女性来说，生育融合了知与行，自觉意识与创造活动，实践性与延续性"①，王安忆充分肯定女性生育功能和责任意识，认为生育是一种自然现象的发生，因而她笔下处于怀孕或养育活动中的妇女圆融安详，具有感染力。

因父母外出打工，秧宝宝寄宿在李老师家。生性敏感的秧宝宝在李老师家难以适应，对李老师的女儿闪闪充满了敌意，只有对陆国慎产生了友情。放学晚归后秧宝宝"头颈硬硬"地回到自己房间，不知道如何应对时，陆国慎"走到她身边，拎起她的书包，解下系在书包带上的纱布袋"，"一手提着饭袋，一手拉住她的手"，第二天再替秧宝宝把米、水、菜盒等一应物件装好，送她到门口。彼时陆国慎已经怀孕了，是一个准母亲，作者写到陆国慎的亲切和温柔使秧宝宝"一时恍惚，以为是妈妈"，意指孕妇陆国慎实际充当了秧宝宝照顾者的角色。能柔化性情执拗的秧宝宝，也说明陆国慎对秧宝宝的关爱是真切的，意指陆国慎母亲角色的自然转换。更重要的是秧宝宝是一个正在成长的少女，生母的缺席使她只能向外寻找成长的领路人，在小说中陆国慎的和黄久香的形象分别代表了女孩成长的两种方向。

---

① 〔英〕克里斯·希林：《身体与社会理论》（第二版），李康译，北京大学出版社，2010，第59页。

黄久香是美艳的，是镇碑乘凉人群中的核心人物，她的身体充满了女性的性感魅力。个子不高，略有些腿短，但却是蜂腰，于是，腰和髋之间的曲线夸张了，走路就有些扭。她的衣裤都要比她的身量紧一码，布质又薄，于是，便裹在了身上，丰腴的身体一目了然。她的头发好像是烫过又剪短，在脑后扎一个结，在方才升起的月亮下，四周的卷曲碎发勾出一圈花边。秧宝宝一度对她非常倾慕，和蒋芽儿结伴游荡，学着黄久香的样子走路、拿扇子、撩头发、眼睛含笑等，旁人评价"扭捏作态"还自鸣得意，也怠慢了功课，写作业"鬼画符"草草完事，做早操时也不积极，只是"慵懒地抬着手臂"，课堂上朗读课文也不再开口，甚至厌恶学校生活，因为"那太不合黄久香的风范了"。对两个正处于发育期的女孩来说这其实是一种很危险的倾向，容易偏离生活的轨道走向"堕落"，文中也多次暗示了黄久香的神秘背景。在缺乏父母监护的情况下，是陆国慎将秧宝宝拽离了危险的边缘。陆国慎的形象和黄久香截然不同，作为一个孕妇她挺着沉重的身体，但充满了安详、平和的气息，是一种有别于黄久香的魅力。陆国慎的身体渗透在秧宝宝的生活中，"洗干净，叠好了，端端正正放在她枕头的衣服上，有陆国慎特有的风格，比如，豇豆也好，茭白也好，茄子也好，南瓜也好，北瓜也好，一律上锅蒸熟，再浇上酱麻油或者腐乳汁"；陆国慎的女中音，中和了李老师和闪闪的火爆，使家里的说话声变得均衡；陆国慎喜欢点卫生香，家里弥漫开一种檀香味……如此种种，陆国慎的影响力通过日常细节渗透进秧宝宝的生活秩序，再浸润秧宝宝的精神感知。自从陆国慎从医院回来后，无论蒋芽儿怎么诱惑，秧宝宝都更愿意待在家里。她感到家里有一种内在的稳定、平和，心性得以安定下来。也因为陆国慎的关系，她开始学着独立，每天早上自己料理事情，舀米、装菜、装水等，一件件放好提着上学。陆国慎甚至把蒋芽儿也拉进了家。在陆国慎的影响下，秧宝宝迅速地成长，甚至在家里忙碌时担任起部分家务、照顾小毛。黄久香代表的是一种在外闯荡的江湖生活，在她身上看不到庸常人生的痕迹，她的身体也是一种征服社会的、向外的欲望展示；陆国慎代表的则是一种家常，通过她的身体展现的是一种普通人的生活状态，洗衣、做饭、炒菜等生活琐事。《上种红菱下种藕》中也存在两种不同的生活空间，镇碑下、包公庙等蒋芽儿带秧宝宝游荡的地方具有更多的公共性质，是游离在私人生活空间之外的。陆国慎把秧宝宝留在家中，开着门，向蒋芽儿"招招手"，把她招进家门，实际上就是把两个小姑娘从公共空间拉回了私人空间，教她们做鱼圆、陪她们说话、带她们回娘家等行为，是向她们展示了身体另一种存在方式。从结伴游荡的刺激到安居家宅的宁静，从被动接受到主动承担，秧宝宝逐渐觉得炒菜、做饭、拾掇等种种家务中蕴含着让人"心安"的力量，她对身体的理解从黄久香式的展演回归到陆国慎式的踏实，终归回到了生活的正轨。陆国慎无形中成为秧宝宝少女成长的启蒙者。小猫被偷后蒋芽儿沉浸在悲伤中无法自拔，秧宝宝想到的治愈方式是给她抱抱新生儿小好，蒋芽儿果然抱着小好露出了多日来的第一个笑脸。

孕产妇形象在王安忆的小说中常常成为"启蒙"的关键。《69届初中生》中"文化大革命"结束后，雯雯调回上海工作。当其时男友任一、姐姐霏霏、姐夫周介龙都在继续求学，社会的剧烈动荡、时代的发展使雯雯陷入深刻的迷茫和虚空中，失去了人生的方向。"她只受了五年一贯制的小学教育，这教育还远不够帮助她发现和认识自己的才能，远不够帮助她真正懂得自己喜欢什么。"她既厌倦工厂机械的工作，也无法融入任一和同学们的文艺生活，对家务充满了不耐，脾气变得十分乖僻、烦躁，"心里明明是觉得爸爸、妈妈、姐姐对自己好，自己也想对他们好，可一到了跟前，心里的温情全变成了一团怒火。她心里烦"。雯雯所感到的寂寞和烦闷，实际是找不到自己人生定位的迷茫，人有实现自我价值的本能，雯雯正是找不到自己的价值所在，感到自己成为社会边缘的多余人。经过姐夫周介龙的点拨，她稍微振作拾起课本，将生活安排得更为紧凑、充实，但前进的方向依然模糊。作者写道，"这是一个人尽其能的时代，雯雯一无所能"，因此她的心境依然是迷茫的，直到她在公交车上遇到一个孕妇临产，把她送到医院后。雯雯的心境忽然变得开朗清澈，一扫之前的阴霾。在帮助孕妇的过程中，她感到自己被需要，她忽然发现自己对他人、对社会依然有价值，她发现"自己苦苦寻找了半生的东西，在这一瞬间找到了。她老是在苦恼：她终究应该干什么？现在她明白了，她能干什么就干什么。她力所能及的所有事情都是她应该干的。……她的才能，她的价值，她的所长，会在这力所能及之中"。她终于找到了自己的人生方向，决定考电大中文系，也终于在刻苦和用功中体会到了乐趣。

　　2007 年出版的《启蒙时代》，讲述的是以南昌为代表的"红卫兵"一代的成长历程。南昌一代是迷信教条的一代，出身于革命干部家庭，私人生活领域和工作公共区域之间界限模糊，家庭生活多是集体化的，即使是吃饭的时候，"他们看上去也不像一家人，而是像一个学习小组"。作者直言南昌等人是"新社会的教育下长大的一代，接受着简单的阶级思想，将人和事划分成抽象的类别。他们这样集体化的家庭生活，也没有提供人情世故的常识。所以，他们的脑筋都是极其教条的"。他们讨论的都是阶级、法国大革命、国际形势、党的生死存亡等形而上的宏大命题，却对真实的日常生活视而不见，更谈不上了解。南昌的神经僵化到对于母亲的死，也是淡漠的，在母亲的灵堂前既不磕头也不伤心难过。但很难将这种淡漠归咎于个人的选择，更确切地说是无知。得知母亲死后，南昌的行为呈现出一种失控的混乱。他忽然获得一瞬间的俯瞰视能，像是身在高处往下看，就在这一瞬间的灵魂脱壳的俯瞰中，他根本没有意识到已经到家了，撞上台阶摔到地上，他"一直处于激烈的寒颤之中，膝盖碰膝盖，牙齿格格响着。有几回，他的脚还绊住自己的脚，磕倒在大理石的楼梯上"，多日来抄写默诵的《路易·波拿巴的雾月十八日》也忽然间全忘了。从这些身体描写中可以看出，对于母亲的死，南昌是有感知的，他的内心和精神都受到了极大的震撼，只是他从小缺乏情感的教育，也没有充分地认识自我、内观自我，对自己的精神事件一无所知，因而无法正面认识自己的行为和状态，无法为之命名，甚至和嘉宝纠缠在床上时，他依然懵懂，觉得自己"本来只是请嘉宝过来谈谈，不曾想却变成了这样"。直到嘉宝怀孕，不得已陪嘉宝去做人流手术，他才感到了疼。南昌坐在手术间外，只隔了一道布帘，留意着里间的动静。当嘉宝忍不住发出疼痛的信号，"门外的日光忽地尖锐起来，南昌的眼睛一阵刺痛，他将头埋在膝间，感到了惨烈"。南昌终于感觉到了"疼痛"。他想要从小老大处找到关于"疼痛"的阐释，并和小老大展开了一场"痛苦"和"疼痛"的辩论。他感到思想是痛苦的，不言不语的安娜启蒙了他对"痛苦"的认识；而嘉宝给他启蒙的，是"疼痛"这一课。他企图将自己和嘉宝进行了分类，"他想，他是痛苦，嘉宝是疼痛"，就是将"思想"和"肉体"分离，自己是"思想"的，嘉宝是"肉体"的，但他却在嘉宝的手术中感到了"疼痛"。这种转变说明嘉宝的怀孕实现了对南昌的身体启蒙,将他从虚无缥缈的形而上理论拉回可知可感的肉身现实。

生育身体在王安忆的小说中得到肯定和赞美,是通过"生育身体"导向更深层的"日常秩序"。通过生产、养育等身体事件进入普通人最基本的生活状态,王安忆肯定的不仅是生育意识,更是日常秩序于人生的重要意义。在这个层面上,陆国慎对秧宝宝的带领,公车上的孕妇给雯雯的启示,以及嘉宝使南昌认识到了肉体的"疼痛",体现出日常秩序和身体向度之间的共通。"那是行动性很强的生存方式,没什么静思默想,但充满了实践。他们埋头于一日一日的生计,从容不迫的三餐一宿,享受着生活的乐趣"①,这是王安忆对上海市民精神的理解,也是她对日常生活秩序的理解。日常生活意味着身体在场,只有身体在场才能构筑起日常秩序,生命的真正意义在这种秩序中才得以呈现。《小城之恋》中女孩的身体、心路历程完整地体现了作者这种融生命意义于日常秩序中的价值观。

女孩深陷在情欲洪流中不可自拔,但一次两人跑到野外私会导致天亮才急匆匆赶回剧团后,她忽然不想再继续了。当他们气急败坏地赶到剧团时,人们已经起床了,有的在水池子边刷牙洗脸,有的倚在墙角蹲着吃早饭,还有的已经在练功房里练功了。吃饭的,洗脸的,有说有笑。练功房里放着练功用的钢琴伴奏录音,那是二拍子的舞曲,又清新又美好。这一切都像是众人有意安排好,向他们展览自己的幸福,面对着这清洁而和平的幸福,他们羞愧地惊住了,他们以为自己是世上最最不幸的人了。这一天的晚上,她终于决定,死去算了。女孩的心理变化成为故事的转折点。作者对女孩的背景做了交代,她小小年纪就进了剧团做学员,只读过三年书,连给父母写封完整的信都做不到。从《小城之恋》中我们感受到剧团的氛围其实是十分封闭的,初夏飘逸的裙子,"只在剧团内部遗憾地招摇着",再加上"头脑简单"的天性,女孩其实是在一种非常封闭、真空似的环境中长大。她的成长缺乏引导,对自己身体发生的转变根本一无所知,身体发育实际上是一种无序的状态,像野草一样仅凭生命本能生长。当她跑回剧团,看见每个人都得到一个恰当的位置、心安理得地做自己的事情

---

① 王安忆、郑逸文:《作家的压力和创作冲动》,《当代作家评论》2002 年第 5 期。

时受到的冲击，是一个有序的日常生活场景对她的冲击。在这之前他们曾产生过朦胧的罪恶感，只是一种因不了解成长和性爱而产生的恐惧，女孩这时产生的羞愧，是深刻地意识到自己行为的失序，"死"的想法与其说是一种终结的愿望，不如说是一种新生的渴求。女孩开始进行寻死前的整理，"她首先整理的是衣服。她将一大个柳条箱的东西都倒在床铺上，一件一件抖开，抚平，再叠好，心里思量着留给谁更合适"。对日常用品的整理，使她想起了自己的家人，"她摆弄着那些衣服，注意到上面的针脚，是妈妈用蝴蝶牌缝纫机轧的。她耳边似乎听见了那缝纫机嚓嚓嚓轻快的声音。那声音有时会变得粗糙，爸爸就拿着一盏绿色的油壶，给机器喂油，油壶细细的壶嘴鸡啄米似的在机器各个部位点着，点过之后，那声音就又轻快了，嚓嚓嚓，唱歌似的"。前面已经知道，女孩在剧团封闭的环境中长大，剧团的生活其实是缺乏日常性的，食宿都由人安排，生活对于女孩而言只是一种记忆和幻象。小时候妈妈做的衣服勾起了回忆，其实就是将她的知觉重新置于一种日常生活的身体情境之中。女孩在经历了长期的情感和欲望混乱后，终于体会到这种平凡日常生活中因秩序而产生的宁静。不仅如此，日常身体情境的再现，使她跳出了自我世界（此前她只看到自己，只看到自己的情欲对象），想到了贫下中农孩子的困窘，看到妹妹对自己的钦羡，她已经生出了对有序世界的渴望，女孩已经在情欲洪流中翻腾太久，将自身纳入现实秩序是她自我拯救的最后一根稻草。于是她终于闻到长久不洗的床单、被子的霉味，计划要清洗被褥、妥善处理剩下的粮票。她向日常有序生活迈出第一步，获得了少有的宁静，"很长时间以来，她没有这样安详而清洁地沉睡过了。没有梦的搅扰。睁开眼睛，天虽还很早，只蒙蒙亮，她却感到十分的清新和振作"。然而她的新生仅靠个人意志无法完成，她的身体依然享受着情欲，直到怀孕。怀孕后她感到前所有为的平静，"清凉如水"，"那一团火焰似乎被这小生命吸收了，扑灭了"，及至生下一男一女，她依然"心里明净得如一潭清水，她从没有这样明净清澈的心境"。

作者认为"生育"是"生命"对"人生"的教育。面对新生命的到来，男性感到的是恐惧和绝望，遗憾的是两人关系的结束。"那生命发生在她的身上，不能给他一点启迪，那生命里新鲜的血液无法与他交流，他无法感受到生命的萌芽与成熟，无法去感受生命交与的不可推卸的责任与爱。"生育意味着责任，责任意味着身体的主动承担。作者给情欲双方安排了不同的结局。女孩怀孕、生产，带着孩子过着艰难但充实的日子；男人却在情欲的烈焰中生活更加无序，他赌博、得肾炎，最终离开了文工团，似乎正是因为缺乏了生命的切身教育造成他的堕落。小说中对女孩的生育描写极为令人动容。"她躺在血污里，痛苦得发不出声。孩子在血污中降生了"，在血污中生育的场面蕴含着极大的生命力，"新生"的不仅是婴儿，还有女孩。带着两个孩子生活的艰难王安忆用一句"勤勤恳恳地过日子"一笔带过，有生活经验的读者却不难想象这个"过日子"的分量。王安忆曾在《流逝》中用大量笔墨描述欧阳端丽一家照顾庆庆的各种忙乱。一岁半的小男孩一进门就在客厅尿尿，一家人手忙脚乱地收拾，又是安抚庆庆又是拖地，转身险些打翻牛奶锅，端起又被烫到，喂饭更是一阵敲锣打鼓。作者将两个孩子推到女孩面前，必然有其言外之意。按照成长规律来说，人的生理身体需求在婴孩时期被无限放大，吃喝拉撒等最为本能的身体需求得到了最大的凸显，饥饱渴睡等是婴儿的唯几知觉，对婴孩的照顾全部都是围绕最基本的身体需求进行，照顾者必须时刻留意着孩子是否饿了、渴了、困了、尿了，每一个环节都不能出错，一旦出错必将带来更大的混乱，日常生活的秩序就在这种一粥一瓢间建立，端丽一家集体照看庆庆姑且捉襟见肘，女孩一个人带两个小孩的艰难更是增加几倍，她必须尽全力去对付生活琐事，对有序生活的渴求最终得以落实，母亲身份的实现也使她的生命获得了终极意义。作者不吝赞美经过生产和养育劳动后的妇女身体。郁晓秋原本身材丰满、气质妖娆，生育后走在路上，不再有当年"猫眼""工厂间西施"的样子，"那都是一种特别活跃的生命力跃出体外，形成鲜明的特质。而如今，这种特质又潜进体内更深刻的部位。就像花，尽力绽开后，花瓣落下，结成果子。外部平息了灿烂的景象，流于平常，内部则在充满，充满，充满，再以另一种另外的，肉眼不可见的形式，向外散布，惠及她的周围"。

通过赋予生育身体以启蒙意义，王安忆肯定了处于日常秩序中的身体价值。在日常秩序中身体会自觉发挥主动性去改造外界，从而获得生存意义。作者其实是认为劳动，如养育、照顾他者，已经是一种身体秩序的建立。秧宝宝和蒋芽儿得了一窝小猫后，不惜其力地照顾它们。作者细致地描写她们收集、洗净、烹煮鱼肚肠，给猫咪洗澡、喂食、晾晒毛发的过程，说她们"坐在小凳上，擦把汗，看猫们唑唑地吃食。她们并不说话，劳动和养育使她们心神安宁"。作者赞美劳动，即是赞美身体，赞美身体即是对"身体在场"的日常秩序的价值肯定。

## 第四节　叛逃的身体：现代文明价值反思

身体是矛盾的，它一方面必然是有着日常生活需要的身体，在日常生活中身体发挥主动性创造价值，获得审美体验，乃至确定生存意义；另一方面身体内涌动着反抗的本能，日常秩序的重复和琐屑在某种程度上也是对身体的禁锢，身体始终处于某种秩序的规塑和改造之中。王安忆进行日常秩序书写的作品，也可见到这种身体内的反抗暗流，或者说日常秩序中顺从的身体书写和反抗的身体书写一直是并轨进行。在《流逝》和《69届初中生》中，"日常秩序"既包含了家常秩序，也包括了工作秩序。家常秩序是让人心安的，照顾外甥迪迪是处于迷茫期的雯雯少有的安心时刻，但工厂秩序只能引发身体的不耐和烦闷。欧阳端丽和雯雯都在街道办的工厂工作。第一天上班的下午，欧阳端丽就觉得很枯燥，很闷气，腰有点酸，脖子有点酸，眼睛也有点酸，"她不停地看表，越看越觉着时针走得慢，她怀疑表停了"。雯雯也一样，感觉在工厂上班是一种机械的生活。工厂的流水线操作中不需要创造力和想象力，只需要凭借习惯，将一个简单的动作重复上千遍。她感到自己也变成了机器，即使是放工回到家或走在路上，"耳朵里还充满着隆隆的机器声"。欧阳端丽感到的腰酸、眼酸、气闷，雯雯的耳鸣等具体的身体反应，是一种反抗的表现。在这两部小说中引发身体不满的似乎只是机械的工厂生活，但在《锦绣谷之恋》中让人不满的是家常生活。女编辑常常向丈夫无来由地发脾气，感到烦闷得透不过气来，也是对秩序围困的不满表达。"日常生活已经形成了一套机械的系统，她犹如进入了轨道的一个小小的行星，只有随着轨道运行了，她是想停也停不了，想坠落也坠落不了，她只有这么身不由己地向前进了。"[1] 对她来说工

---

[1]　王安忆：《锦绣谷之恋》，中国电影出版社，2004，第91页。

作是愉快的，只有走出家门，生活才正式开始。及至 1989 年的《弟兄们》，作者消隐了对某种具体生活秩序的针对性，表达的是对"秩序"的更深刻复杂的思考。

《弟兄们》常被视为对男权神话进行解构的创作文本。研究者多认为三位女子的种种表现是对男性的潜在模仿，通过一种"换装"的策略实现女性文化主体的建构。"从这个标题上我们看到作者的匠心：要进入这个社会这个世界是男人的世界，也是父权社会，只有采用为这个社会所承认、容许的语言。女子想要在男性社会之中占有一席之地，只有学会使用男性话语，而且要比男人用得更出色，才会'出众'。"① 故事中三位女性，"老大""老二""老三"的自称，和对各自丈夫"老大家的""老二家的""老三家的"的称谓，表达了女子"窃位"的企图。文本中大量的关于男人、女人、自我的探讨，似乎也在印证着这一观点。但王安忆从来就不是激烈的女权主义者，相反她更认可一种较为传统的男女有别两性观。在 1988 年和台湾作家李昂的《妇女问题与妇女文学》对谈中，她还一再提到"我特别想回到一种自然的社会处境，就是男人在外面赚钱，而女人则把家里搞得非常美好"。直到 1995 年创作的《长恨歌》，王琦瑶依然秉持一种男性属于大世界，女性属于小世界，而"小世界是由大世界主宰的，那大世界是基础一样，是立足之本"② 的观念，甚至《启蒙时代》中女孩们的闺房世界和男孩的"革命"也呈现出完全不同的质地，那么完成于 1989 年的《弟兄们》有可能超越作家的性别观念，对父权文化进行激烈的抨击吗？故事中几个女性的消沉状态，与其说是男权文化对女性身体产生的束缚，不如说是个体在重复的日常生活秩序中的无奈和挣扎。这种挣扎和背离秩序的渴望，在王安忆其他小说人物身上也时有出现。《米尼》中米尼和阿康在安稳的生活中常会产生无聊无奈之感。"他们好像已经看到了自己的晚景：将这一份生活做到了退休，戴了红花回到家里。深感无聊，却也无奈。……这秩序好比是一架庞大的机器，一旦进入其间，便身不由己，在轨道上运行。"③ 老二无来由的烦闷与米尼、阿康等对日常生活的厌恶是同质的。

① 张京媛：《解构神话——评王安忆的〈弟兄们〉》，《当代作家评论》1992 年第 2 期。
② 王安忆：《长恨歌》，作家出版社，2000，第 86 页。
③ 王安忆：《米尼》，作家出版社，1996，第 92~93 页。

从世俗的意义来看，与张洁笔下受尽丈夫折磨的女性相比，老二的生活无疑是具备幸福条件的。生活稳定，丈夫能分担家务，尊重她不要孩子的意愿，在她消沉的时候能静待她的恢复，甚至在老大来找她的时候主动帮她向单位请假，给她们留出足够的相处空间。但老二在重复的日常生活中始终无法体会到乐趣，相反她感到枯燥、无味。她始终以为自己为了一种"责任"停留在庸俗的日常生活之中，丈夫稳定的爱护对她而言是一种"囚禁"。

> 每天早上，照常买了豆浆油条来。她可以不吃，可以乱了计划，可是周围的环境则依旧秩序井然。渐渐地，她自个儿便也乱不下去了。在这样的时刻，他还加倍地巩固这秩序，下班按点回来，上班按点离家，洗被子，擦窗户，把个家弄得格外整齐，使她觉得自己很荒唐，感到羞惭，慢慢地走上了常规。①

丈夫出于耐心和爱护的行为，实际上具有了深刻的意味。秩序融合在身体行为的点滴中，靠身体行为的实践得以发展、巩固。丈夫买早餐、洗被子、擦窗户等日常家务的践行，实际上是通过自己的行动将环环相扣的秩序具体化，筑造出一个秩序井然、稳定的外在世界，以这个具体的、可操作的外界秩序来带动老二回归正轨。这种行为既是一种警告也是示威，告诫老二她必然处于一种类似于阻挡洪水的堤坝的秩序之中，"这一道堤坝不仅由她的理智组成，而且由其他许多人的理智合成，其中也包括他的"。社会中的所有个体都如老二一般，被这种固化的秩序所包围，个体只能顺应，无从逃逸。个体只是一种秩序的组成，被安排了既定的行为，无须主动性和个体意志。社会是一个机器，人在其间"身不由己"。

"秩序"在《弟兄们》中不再是某种具体的规则，而是融入性别政治、文化制度等的"日常秩序"，是一个更具普遍性的、影响更为深广的抽象概念。秩序无处不在，所有的个体都被纳入秩序的运行之中。只要人与他人之间存在着互动关系，就被纳入一种更为恒久、普遍的秩序之中。"你一环

---

① 《王安忆自选集》第二卷《小城之恋》，第481页。

也不能脱节，假如你脱节了一环，便将一环错一环，一环错一环，统统都乱了套。乱了自己不要紧，可是乱了别人呢？别人将会怎么样呢？你有什么权利破坏别人的秩序呢？别人也没有破坏你的，相反还帮助你维持着秩序。于是，一个人和另一个人，便也成了一条环环相扣的链子，所有的环节都不允其中的一环生出破坏的念头。"① 王安忆的《弟兄们》中几位女性的生活状态呈现的正是这种在当代社会日常秩序下身体的消沉。面对这种无处不在的秩序围困，作者也在多方尝试了逃脱的可能性。因为忘情聊天，忽略了孩子，老大的孩子摔倒在地上，磕出了血。老二要帮她抱孩子的时候，老大"厉声喝道：别碰我的孩子！"这场事故造成了老大和老二之间永久的分裂。此前老大和老二之间的同性情谊具有颠覆现存秩序的企图，老二常觉得老大的孩子是两人的精神产物，将孩子的生父和自己的丈夫都排除在外。"孩子"是父母基因的延续，在传统文化中，未成年前的孩童身体往往归属于父母，父母尤其是母亲也会不自觉地将孩子的身体视为自己身体的一部分。老大嚷出"我的孩子"，暴露了对老二深层的不信任，潜台词是"这是我的孩子，不是你的"，是对老二"监护人"身份的否定，也说明潜意识中老二是在她的生活之外的，和老二的分裂即意味着对现实秩序的回归和顺从。回顾老二，织毛衣、化妆、女性同盟、换工作等多种方式都无法消除她的困兽之感，"调动来，调动去，始终不能满意，调到后来，自己都不知道自己是要什么了"，身体依然被困在秩序的牢笼中无法自拔。

为了逃脱日常秩序的围困，王安忆借助"意外"的制造为笔下的人物开设叛逆的路径。初期的"意外"是温和却是越轨的。1987年发表的《锦绣谷之恋》中的女编辑，厌烦平静、重复、再无火花的婚姻生活，她获得的"意外"是庐山笔会。随着庐山笔会的进行，她对自我身体的体认在不断地变化。刚到庐山，她就觉得身体发生了变化，换了条无袖的横条的连衣裙，穿一双绳编的凉鞋，感觉自己"年轻极了，新鲜极了"；与男作家暗生情愫之后，她似乎忽然觉得自己平时的工作多么乏味，"自己身体里和头脑里，有着什么东西被唤醒了，如一股活水，源源流淌"，已经是"换了一个人似的"；两人在舞会上有身体接触后，她觉得生命呈现出了新的意义，

① 《王安忆自选集》第二卷《小城之恋》，第487页。

这次是"再生了一般";及至和男作家亲吻后,她更加确认了身体的"重生","她的视线推着山远去,恍惚中似乎身体也跟随去了。一个新的自己,在山间冉冉地升起"。平淡的婚姻生活是现实秩序对女编辑身体的围困,和男作家的暧昧是女作家获得了女性身份的再次认可,让她感到身体的重生。在此作者是将欲望对象的置换和情欲的越轨,作为身体叛逃日常秩序的方式之一。米尼和阿康在盗窃和性爱中寻找刺激,来对抗日常生活产生的无聊,也是借助"情爱"来逃离常规秩序。但显然作者并不赞同这种逃离方式,庐山笔会后女编辑重陷生活的庸常中,米尼、阿康则逐步走向堕落、犯罪。于是在《遍地枭雄》和《匿名》中作者再次帮助主人公逃离。

在王安忆数十年的创作中,2005 年的《遍地枭雄》和时隔十年后 2015 年的《匿名》是值得注意的文本。在某种程度上这两部小说是同一个文本的两种叙事方式,故事的起点是相同的,都是主人公被绑架;故事的轨迹也是相近的,主人公都被抛入贯行另一种秩序的全新空间,并且在这个新秩序中获得了新的身体经验和身份归属,不愿再回到原有的秩序日常。韩燕来的角色设定是被母亲和姐姐娇惯大的少年,他的生活是稳定平顺的。所在的村落"遵从着日出而作,日落而息的农耕传统",虽说也有着市井的活泼和繁杂,但也未免无聊。事实上韩燕来在第一次工作经历中就感到了厌烦。工作是将叶子叠好归置起来,工作讲究卫生,发有系列制服,"工资也令人满意。可却是闷得很。翻来覆去这一个动作,来上多少遍才填得满八个小时?"因为对重复工作的不满,韩燕来辞了职,已经有了新的向往,不想打工而想当老板,因为"老板可以自由走动和上下班,不必按钟点",以为老板是游离在工厂固定秩序外的,而在固定的秩序中,"手脚都伸展不开,还有什么意思"。应该说韩燕来的内心早有"叛逃"的因子,表叔充满"冒险"性质的木匠生活对他有着吸引力,但因为在宠爱中长大,性格中矛盾怯懦的一面占了上风,使他甘愿囿于原有的生活中。意外的绑架是天赐的叛逃契机,绑架者拖出坐在驾驶座上的韩燕来,封住他的嘴和眼睛,把他推进车后座,将他的头按到膝上,加以适时的"谈判",韩燕来被带入了"江湖上的规矩"——另一种秩序。他在这种秩序中获得了前所未有的生活体验,"接龙"游戏、命题作文、主动提问等成为他新的"日常"。大王的谈吐和思想吸引着他,他逐渐依赖、崇拜上这个复员军人,乃至卖了车拿到钱后，他失去了回家的热切心情。他想到，"他和老程的车，变成这包钱了。他回去要不要见老程？见了老程，又该怎么解释？还有公司，他如何向公司解释？难道他说：他遭到劫持，那么要不要报案？倘若报案，他又如何向公安局解释？"表面上他是因具体的问题感到犹疑，事实上这一连串问题向他展示的是一幕幕原有的秩序场景。如《弟兄们》中所揭示的，社会秩序就是一环扣一环，每一环都关系到他人，身处其间的个体对秩序的正常运转都有着不可推卸的责任。韩燕来回想起这段被挟持的日子，觉得自己"过得不错"，以至想到回家，想到回到家中就被纳入原有的秩序，他就"觉着闷"了，于是再次与大王他们相遇时，他毫不犹豫地跟了上去，开始心甘情愿的浪游生活。因此他对回家的犹疑渗透的是逃离秩序的欲望。"黑了，而且皮肤粗糙。新长出的唇须也硬扎许多，头发呢，长了，几乎盖在耳朵上"等相貌细节、气质的改变，是作者赋予的"身体"叛逃。

《匿名》中身体对秩序的叛逃更为剧烈。老新①显然是个注重秩序的人。所有他参与建设的空间都井然有序。普通人家最容易杂乱无章的各类电器说明书、保修单、发票、水电费电视费的付费单据等，都按类别、时间顺序归置整齐；办公桌的小物件曲别针、订书机、笔、固体糨糊、透明胶带等，也都分门别类挡在文具盒里，图表、信函、单据也都归整好放在文件筐。作者借杨莹瑛对老新的秩序感进行评价，说经过老新的收拾，"各样物件都在应该出现的时候出现，就好像知道人的心思，一旦要用，自然就到了手边，一拿一个准。衣服被褥，卫浴洗涤，工具管线自不消说，最奇妙的是厨房碗橱，橱门内贴一张表，记录节假日和家中长幼的生诞卒亡"。杨莹瑛的感受表明老新不仅是善于整理物件，而且是对日常生活，包括自身喜好、家人习惯等都有着深刻的了解。从另一个角度讲，老新也在建立着秩序，他归置东西标记日子等，都是将外界的事物纳入自己的秩序运行轨道，使其可以为己所用也跟随着一同运转。杨莹瑛看着这些东西，就"好像看见了他的手"。可见在老新的大半生中，已经形成了稳定的秩序，从为人处世到生活起居，都已经有模式可循，秩序已经融入了老新的身体，他的行为就是秩序的显形。秩序使人安逸，无形中规训身体，使身体应急机

---

① 文中并未出现主人公的姓名，为叙述方便统一使用人物在福利院时的称谓"老新"指代。

能退化。如老新和"朋友"都是同一类人,他们具有相同的身体特征:"身体没有经过繁重劳动磨折,没有落下损伤,也称不上强健,而是略见孱弱。室内的工作又养成白皙的皮肤,就有些像女人。眼睛是一定近视的,然后又老花"。他们的身体特征是"平凡",喻示着生活的庸常平静。从小说开篇到结尾,作者都没有赋予老新和朋友具体的姓名,由此平凡的身体、庸常的生活直接指向身份的模糊。只有到了福利院,老新的能力逐渐得到认可,主动发挥价值后,才获得了"老新"这一代号的确认。

但在获得"老新"身份之前,这具代表着庸常生活无名无姓的身体在进入另一种秩序后发生了"变异"。首先是在发烧中丧失了认知能力,身体的疾痛和机能的消退使他感觉"仿佛退到母巢,变回一颗未受精的卵子",醒来之后看着镜子中的自己,觉得有点陌生,知道是自己,却是"另一个自己",认知能力却是比平时更加灵敏了。随后是失忆,老新在睡眠中封闭了原有的记忆和认知,"退回苍茫",醒来后像孩童一样重新对自己的身体产生认知。"他睁不开眼睛,眼皮上有无数利刃刺来,疼痛难忍,用手抵挡,这才发现了手,继而是腿脚,因为腿脚落地,站立,行走起来。他感到内急,急不可待,于是发现膀胱。身体分割成局部,兀自活动,没有犹豫和徘徊,一路走进卫生间,排泄发现前列腺。"这段描写是一个人对自己的身体重新发现的过程。从眼皮、手、腿脚、膀胱,正常人对身体是不会分割感知的。他逐步发现了"身体",意味着身体和意识的分离,果然他看着镜子里的人,已经不认识,一再自问"这人是谁啊?""可是,这是谁?"这一情节意味着"身份"与"身体"的剥离。"身份"是对"身体"社会属性的命名,是对公共空间中身体义务、权力的辨认,意味着身体接受文明社会的管理和规训。老新失去了"身份",意味着身体在"文明世界"、社会领域的退场,潜在地暗示了身体向自然属性的回归,是"变异"的关键。哑子把他带进深山,他的身体自动调动潜藏的机能,迅速地"变种"。从混沌中醒来,老新的步子有点踉跄,等看到了"壁上的浅凹",他的腿脚突然变得敏捷了,思考的方式向哑子接近,所谓"用腿脚思考""用手思考",就是摒弃了人类对经验的总结,直接用身体去感知。简言之,就是老新的身体"退化"到了原始人类的状态。到此,作者已经完成了对老新身体的改造。此前凸显秩序的各种票据、文具,包括节假日、家人的生诞卒亡等都是人类文明发展的产物。老新被文明的产物所包围，他的身体接受文明的规训，从而也成为文明的产物。"秩序"在这里就不仅是工厂规范、家常秩序、性别政治、文化制度等，而直接指向人类的整个"文明"。作者把老新抛入山林，激发他身体的"变异"，是通过对业已文明化身体的再改造，来对抗现有的所有社会秩序，实现对"文明"的逃离。最后当确认了老新的身份，与家人取得联系后，作者残忍地再次将老新置入异样的境地——"老新一只脚踏上木筏的瞬间，筏子动了一下，另一只脚没上来，人从尾部滑落了"。老新沉落江中，堕入空无。就在即将与原有秩序接轨的时候，作者阻断了老新，让他的身体与原有秩序彻底隔绝。难怪有论者认为《上种红菱下种藕》、《遍地枭雄》和《匿名》中都存在对现代文明秩序的反思，如城乡两类基本叙事空间的比照、开出租和木匠等传统或现代职业的选择、上海与林窟两种生存状态的对比等①，认为王安忆的此类创作提供了重建秩序的可能。如《遍地枭雄》，"王安忆在这部小说中为我们提供了一种抵御现代、后现代生活的途径。虽然这几个人的抵御以失败告终，但这种叙事精神、叙事秩序仍然对中国当下的社会秩序形成一种抗争"。②应该说王安忆是有重建秩序的野心，老新在深山中运草、编织、占卦等，都是依凭自身建立秩序，是对人类文明进程的模拟，《遍地枭雄》中的大王，对人、社会、自然等也都有着自己的一套理解，但王安忆本人却直言自己并无此意。"这个故事很容易让人以为我要对现代文明进行什么批判，其实我没有能力去批判它。"③ 小说确实也没有给叛逆秩序的人物安排美好的结局，大王一伙锒铛入狱，老新落水身亡。与其说作者是对现代秩序的"抗争"，不如说是对一种更合理的身体秩序的呼唤。

哑子唯麻和尚是从，但麻和尚让他把老新杀掉时，他不忍下手，将他放归林窟；敦睦本是凶狠的人，面对树下化缘的一老一少，忍不住捐助五十、一百，再提出到申请政府救助，和哑子一道护送他们到县福利院；麻

---

① 王光东、郭名华：《现代性反思与生存方式的探寻——解读王安忆的长篇小说〈匿名〉》，《新文学批评》2016 年第 3 期。

② 徐德明、张继华：《众生与超越——论王安忆的〈遍地枭雄〉》，《扬子江评论》2007 年第 1 期。

③ 王安忆、张新颖：《文明的罅隙，除不尽的余数，抽象的美学——关于〈匿名〉的对谈》，《南方文坛》2016 年第 21 期。

和尚得知后也放弃了追杀。文明是什么？说到底是对身体最为妥善的安置方式。这几个江湖上的"狠人"在面对"小先心"和失忆的老头时，体现的是一种最具普遍性的同情心。对弱者伸出的援手、对生命的尊重，都是人性"善"的一面，是"文明"的真正底色，也是现代社会秩序（包括社会秩序、文化理念）的真正根基。《遍地枭雄》中被劫持上车的韩燕来本生活在相对稳定的生活秩序中，经过和劫匪在同一车厢内的相处，不仅放弃了反抗，还不自觉地融入了"浪游"氛围，与三个劫匪一同实现了对现实秩序的逃离。《匿名》中的男主人公"老新"自律节制，将自己的工作和家庭琐事都安排得井井有条，偶然被当作"吴宝宝"被绑架，在汽车行驶的过程中发烧、失忆，到达林窟后从身体到心灵都完全遗忘了原有的秩序，进入一种"重生"的状态。王安忆通过这些另类空间提出的并非宗璞般对暴力秩序的反拨，而是对整个现存人类文明的质疑。在日常生活中，当家屋、学校、工作室、医院等往往容易引起我们的强烈情感反应的空间，被纳入权力秩序机制中，往往负有管理、教化身体的重要职能。王安忆将严师母、康明逊等引入王琦瑶的房间，将韩燕来、老新抛至在绵延公路上奔行的汽车，实质是通过意外的制造让他们偏离日常生活的轨迹。"老新"从家庭、工作单位、汽车、林窟、福利院和船等空间的转移，实际上是王安忆对人类文明衍生的二次模拟，也是作家对人类终极问题思考的一种体现。

# 第六章　张洁

张洁于 1937 年在北京出生，此后在北京生活多年。北京都市文化深刻影响其创作，"权力"亦是理解张洁文学创作的重要关键词。不同的是，铁凝笔下的"权力"是福柯所言微观权力，存在多种关系之中；张洁则更多聚焦于女性自主权及两性平权。本章主要以性、疾病与空间三种身体符号为切入点，探究其小说创作深层意指。

## 第一节　雄化：父权机制与"厌女"情结

1978 年张洁在《北京文艺》上发表《从森林里来的孩子》一文，引起广大关注，就此登上当代文学舞台。创作之初，《有一个青年》《爱，是不能忘记的》等作品得到一边倒式的称赞，评论者认为张洁文字优美、流畅，有一种"独特的温暖明快"[1]。《沉重的翅膀》的面世彰示着她的创作转向正统的现实主义，《他有什么病》《鱼饵》《只有一个太阳》等作品中的现代主义色彩和审丑意识也让人极度吃惊。[2] 总体而言，在张洁小说创作中普遍存在着对"欲望"的厌恶和隔绝。

在她的作品中，展现自我欲望的人物被塑造得丑陋不堪。《方舟》中经常色迷迷看着柳泉的魏经理"斜躺在那张罩着大红平绒套子的沙发上，一条腿跨骑在沙发的扶手上，裤门前面的扣子一粒没扣，缝隙里露出了女人们才穿的那种花哨的内裤"，一副邋遢让人生厌的样子。"我从来不自己买

---

① 晓立：《深刻细致，但也要宽阔——谈张洁的创作特色》，《文艺报》1980 年第 5 期。
② 王绯：《张洁：转型与世界感——一种文学年龄的断想》，《文学评论》1989 年第 5 期。

饭票，都是别人替我去买。"钱秀英这句自白影射了她与外事局多位男性的暧昧关系。但在单位颇受娇宠的、尤其注重形象的钱秀英却是"因为连衣裙上的腰带勒得太紧，腰部那一堆多余的肉便被撺向腹部，于是腹部便更加高高地隆起在那件色彩斑斓的连衣裙下，活象一只就要产卵的花蝴蝶"，也是一个庸俗丑陋的形象。张洁对放纵自己欲望的人一向是批评的，对不节制行为的厌恶在作品中显而易见。四十三床一面用牙签剔着牙缝，一面在看一本《大众电影》。她的胃口真好，尹眉不能想象，那么小的一张嘴巴，怎么会吃进去那么多东西。一个早餐便吃掉两个茶叶蛋，一包牛肉干，一碗牛奶，一个花卷，一块蛋糕。她那个床头柜像个袖珍的食品商店，应有尽有。难为她怎么把那么多食品的罐子、盒子、瓶子塞进那么小的一个柜里。"嗯——"她正全力以赴地对付塞在牙缝里的一根牛筋。"嗯——'金鸡奖'怎么不发给《知音》？嗯——噗！好不容易那根塞牙的牛筋弄出来了。"① 张洁用刻薄的口吻嘲讽"四十三床"旺盛的食欲，对她肆意满足自己口腹之欲的行为充满了反感。《七巧板》中道貌岸然的谭印光内心充满了邪恶的欲念，并想尽办法满足自己的欲望。追求金乃文的时候无所不用其极，"半宿半宿地等在医院的大门口，等着送她回宿舍；或是，找个借口，趁她值夜班的时候守在一旁；或是不停地送花给她——那个时候还兴送花；一封又一封地写那些热烈的令人不好意思读下去的情书，有一次甚至还写了以自杀相威胁的血书"。在爱情的名义下，种种追求行径本质是谭印光罔顾他人意愿、肆意追逐欲望的满足，和金乃文结婚后更是无所顾忌地发泄自己的恶念。"多少年来，只要她有一点不服从他就打她，掐她，骂她；除了在床上作践她，他从不碰一下她的肉体，哪怕她发高烧他也不会摸一下她的脑门，他对她的肉体有一种仇恨，厌恶，一种肆虐的渴望。"在工作上也是想尽办法满足自己对权力和利益的渴求。他果然引起小说中几乎所有人的厌恶。结婚多年的妻子认为他在自己食物中下毒；尹眉看见他就烦；小严揭发他将医疗事故嫁祸于人；副局长袁家骝看出他"印着谦和的微笑的脸"下是"恣意放纵恶念的狂欲"，并决定把他从出国进修的名单上撤下来。《他有什么病》中以更为广阔的视野描写了整个社会欲望失序的

---

① 张洁：《七巧板》，《花城》1983 年第 1 期。

乱象。胡立川不慎掉进痰盂的钱包顷刻被人拿走；卖棉花时给检查员送礼就能以次充好，丁大爷一气之下烧了棉花，从此什么活都不干，一天到晚唱小曲，抠老伴脚心，偷看别人两口子睡觉；丁小丽的丈夫新婚夜发现妻子没有落红，第二天就诬告老婆不忠要离婚，经检查丁小丽处女膜完好又苦苦哀求，却轮到丁小丽决定离婚；急需睡眠的外科医生侯玉峰却和天天做木工活的小木匠住同一寝室矛盾不断；"喂"和亲生女儿又生下孩子……在人人都有病的社会隐喻下，通过"医院"这个舞台，张洁展现了一幕幕荒谬的生活场景。

在张洁看来，男性欲望的放纵往往带来女性的苦难。《无字》中墨荷一次次忍耐丈夫的纵欲，一次次承担生育的苦痛，最后一次生产的情景甚为凄凉。适逢邻家的老王头死了，乡亲们都在为他张罗出殡，叶家的人也在参与。墨荷孤身一人躲在后院菜园子的草棚里，等待临产的时刻。"她倚着草棚子里的支柱，叉开两腿坐在铺着秫秸秆的地上"，"翻开衣襟，抚摩着鼓胀的腹部"，"全身也肿胀得如一枚吐丝做茧的桑蚕"。和王安忆笔下安详动人的孕妇不一样，怀孕的墨荷身体肿胀如蚕，很难说这里面有什么美感。临产的场景充满了孤独、寂寞的氛围，墨荷独自承受着生育的痛苦和"九死一生"的结局，个中是诉不清的无奈和苦痛。作者直言"她由不得自己，还是得一个接着一个生育"，又说受孕是"投篮"，"一个女人，尤其是那个时代的女人，一旦作为人家的篮筐，有什么权利拒绝人家的投篮？"作者的叙述直接而充满戾气，墨荷的无奈生育由此成为对父权的尖锐控诉。女性的生育身体在作为父权实施场所之后，又成为女性平权的工具。

两性平权意识一直伴随着张洁创作的多次转型，女性形象的塑造也一直是张洁小说创作中的有机组成部分。我们可以明显地看到，张洁笔下的女性身体呈现，至少有三种形象：苦难身体、"性欲"身体、雄化身体。

由于个人身世和情感遭际，张洁小说中苦难的女性身体的呈现总是伴随着男性的无能和暴虐。在《无字》中，叶莲子在战火连天中被丈夫遗弃，到香港千里寻夫寻来的是丈夫的暴打和虐待。在香港战火街头的一幕是她承受苦难姿态最贴切的缩影：子弹在头顶嗖嗖地飞着，颗颗像是擦着叶莲子的头皮而过。她把吴为横抱于怀，佝偻下身子遮挡着吴为，如疾风下的衰草，低头紧行在香港的大街小巷①。当顾秋水业已丧失生活来源，依靠的是叶莲子外出摆摊赚钱；在叶莲子和吴为多次面对生活困境时，都是叶莲子想方设法谋生。面对苦难时女性的韧性和坚强，将沉溺于兽欲的男性衬托得尤为丑陋不堪。在《无字》中张洁曾引用纪伯伦的诗句"你是一具弓，你的子女好比生命的箭，借你而射向前方"②。"弓"的形象比喻既是对叶莲子母爱的歌颂，也是身体承受苦难时的形象描写。《祖母绿》中曾令儿与左葳在海里的片段描写，也是一组意味深长的对比。当左葳已经昏迷不醒完全丧失求生能力时，曾令儿"朝左葳头上猛击一拳……重又抓住他的头发……一手揪着左葳，一只手臂向前划去，她的牙齿咯咯咯地磕出声响"③。曾令儿充满生命力的身体映射出的是左葳作为男性的无能，指向的是男性角色的虚化。

尽管叶莲子一生全靠自己，却依然认为"一家之主非男人莫属"，对顾秋水依然有着深刻的依赖，强烈的自尊心在面对顾秋水的虐待时"不这样苦熬又能怎样"的妥协，实际上是对男性拥有女性身体支配权合理性的认可。然而从原始社会分工而言，男性对女性实行支配的基础是为其及其后代提供必要的生活保障。离开生活资源的支持，男权的根基荡然无存。当男性早已不再承担人类历史赋予的性别责任，女性的固守和对苦难的承受，实际上已经构成了一种对男权的消解。张洁在追溯吴为母系家族的苦难史时，墨荷和叶莲子对苦难承受的出发点并不完全一致。墨荷是因为不屑和鄙视，终其一生都未曾向娘家倾诉一句，至死也没看丈夫一眼。这种决绝的姿态是一种出于女性本能的反抗，但在叶莲子承受的根本，除了父性秩序规训下形成的奴性，也有她对顾秋水微弱绵延的爱。

对男性的爱和仰慕是张洁笔下女性苦难的开始。就是因为对男性盲目的爱，《祖母绿》中曾令儿为给左葳补习被传染肺炎，只能回家疗养；顶替左葳"右派分子"的罪名被放逐边陲；怀着左葳的孩子在恶劣的环境中受尽白眼，以及生育所遭受的剧痛、意外丧子的绝望等苦痛都因左葳而起。就在曾令儿身体承受种种苦难时，作为情侣的左葳是缺席的，他无从得知

① 张洁：《张洁文集·无字》（第二部），人民文学出版社，2012，第286页。
② 张洁：《张洁文集·无字》（第一部），人民文学出版社，2012，第211页。
③ 张洁：《张洁文集·中短篇小说卷》，人民文学出版社，2012，第211页。

曾令儿的苦难，即使知道也无能为力。到了退休的最后关头，依然是曾令儿加入微码编制组承担实际工作让他得以周全退休。留在左葳身边的卢北河也并没有比曾令儿得到更多男性的照顾。相反，她早已看出左葳的外强中干。为了维护左葳的面子，在家里卢北河始终保持隐忍温顺，在与婆婆交谈时，她总是轻轻地敲门、蹑手蹑脚地开门、轻声慢语地问、轻轻带上房门。从一系列的动作描写，可以看出卢北河在家庭中甘居人下。在公众场合，她也总是保持低调，齐耳短发、衣着朴素，尽量显得无声无息，坐在最后一排，或是哪个犄角的椅子里。从半眯着的眼皮下，静悄悄地观察着周围人和事。再次遇到曾令儿时，她惊讶于曾令儿的活力，才意识到自己被禁锢在灰色衣裤中太久了，尽管有想要挣脱束缚解放自己的冲动，最后还是"用手掌整理好自己的头发，抚平自己的衣襟"，决心将贤惠的角色演绎到底。通过对女性身体困境的多角度阐述，张洁拆穿了男性拯救的神话，她的婚恋小说创作实质是对几千年来被父性秩序反复利用的爱情传说进行解构。对女性苦难身体的突出，使男性在女性现实生活中成为空洞的能指，全然失却存在的意义和价值。

在《让文学和时代同步腾飞——就〈沉重的翅膀〉答联邦德国（明镜）周刊记者问》①一文中，张洁明确表示，她以为现实生活中有一类女性，"在她们看来，如果男人离开了她们，世界就完了。要是男人不爱她了，她会丢掉自己的尊严，千方百计地围住他，不让他走。也有的妇女对自己的能力缺乏信心，她们不懂得，只要锲而不舍与之斗争并投身于实践，自己的价值也能得到社会的承认。她们总以为男人终究要比女人强。"叶莲子就是这一类女性的代表，对于这一类女性，张洁总是哀其不幸，怒其不争，在对她们的身体苦难进行描写时，内心依然怀着深刻的同情和怜悯，但是对于另一类女性，张洁的态度显然更为尖锐刻薄。在同一次访谈中，张洁提及生活中还有更可悲的女性，"她们不把自己看成是人，而把自己看成是性对象。只要见到男人，她们连说话的声音都变了"。张洁小说中身体叙事的主题之一，就是对这一类"性感"女性进行讽刺和批评。

① 〔联邦德国〕K. 莱因哈特，F. 麦耶尔：《〈明镜〉周刊编辑部采访张洁记录》，刊于《明镜》周刊第34期，1985年8月19日。后以让文学和时代同步腾飞——就《沉重的翅膀》答联邦德国（明镜）周刊记者问为题翻译发表于《文学报》1986年2月13日。

张洁和对"性感"女性如钱秀英、艾克斯妈妈等的批评形成与父性秩序机制共谋。在对"性欲"女性时的身体描写，呈现出的是一种"看"与"被看"的对照。《四只等着喂食的狗》中，是从"我"的视角对艾克斯妈妈进行评论：

> 我常在电视内衣广告上，看到有人这副打扮。不过做内衣模特儿，她似乎老了点儿……那些小一号的衣服，把她箍得就像在台上比赛或是表演的"肌肉男"，如果不是在台上比赛或是表演的"肌肉男"，这样凸现身上的疙瘩，真不算好看。就是人家"肌肉男"，平时没事儿也不这样凸现自己的肉疙瘩。

文本中对艾克斯妈妈的身体描写充满了嘲讽的意味，作者似乎是站在一个更高的位置对艾克斯妈妈进行的道德审判。张洁实际在对这些女性施行男性对女性的"凝视"，采取的是男性"看"的视角。艾克斯妈妈成为被凝视的他者，女性身体和心理被遮蔽，无从言说自己的主体感受。

在《沉重的翅膀》中，较为明显的是叶知秋和夏竹筠的身体叙事对比。叶知秋和夏竹筠的人名中，"秋""夏"相对，"叶""竹"相间也强化了这一暗示，两人的身体描写截然不同。郑子云作为小说中改革的最重要领导者，是评判的砝码，他的情感倾向也代表了作者的喜恶。叶知秋是坚决支持改革的一方，她的形象最受作者青睐。尽管作者剥夺了叶知秋作为女性应有的特征和气质，却赋予了她与男性领导者郑子云同等的地位进行思想上的交流，获得了文化主体的地位。夏竹筠代表的则是固守旧秩序需要被改革的一方，作者赋予了她保养得当的外形，却对她对身体的关注进行攻击。夏竹筠第一次出场就处于"被看"的位置，她刚理了发，看着镜子中的自己，"头发的确烫得不错，很合夏竹筠的心意。波浪似的推向一个地方，很有一种雍容华贵的气派"，接下来夏竹筠对着前后的镜子，从从容容地打量了额前、脑后、两侧的头发，满意地微微笑着，种种肢体语言体现了夏竹筠对身体的关注。当叶知秋和郑子云畅谈社会、经济、体制改革、哲学、政治等形而上宏大命题时，夏竹筠的关注点是生活中鸡毛蒜皮的小事。她一回到家就借呵斥郑圆圆指桑骂槐"一个女人戴眼镜，要多难看有多难看"，继而拿出给圆圆新买的衣服，紧接着就是听保姆报账，每一件小事都与日常身体息息相关。夏竹筠实际上是被预设为物质化、世俗化日常生活的代表，与叶知秋的知识女性形象形成强烈对比。这种对比的砝码则是郑子云的情感倾向，尽管叶知秋不修边幅，却得到郑子云的欣赏和尊重，夏竹筠照顾郑子云起居料理家事，也注重修饰且保养得当，却时时引起郑子云不可遏制的厌恶。在郑子云和叶知秋的对话间，作者通过郑子云的回忆插入一段对夏竹筠的描写："一走进那个外人看不见的家门，立刻就丢掉了顶温柔的微笑、顶文雅的风度、顶上流的教养。擦去涂过的红唇、描过的长眉，撕下粘在眼皮上的假睫毛，摘掉了假胸，脱掉了勒住松弛肌肉的紧身马甲，只穿件睡袍，披头散发，趿着一双踩歪了后跟的鞋子，摔摔打打，无缘无故地竖起眉毛，恶声恶气地对待家里人。"文中褒贬分明的措辞充分体现了作者的情感价值取向，也似乎说明夏竹筠失去郑子云的青睐是咎由自取。在这一段开头，作者明确告知这是"外人看不见的家门"，从常理出发夏竹筠的种种都只落在同在家门里的郑子云眼中。郑子云的眼睛就像摄像头一样，时刻对夏竹筠作为"他者"的身体进行凝视。即使是其他人如女儿郑圆圆、朋友汪方亮、客人叶知秋等的视角，实际上也是郑子云视角的延伸，无一不是站在男性的视角、立场来观看夏竹筠的表演，时刻进行着高姿态的道德审判。

《方舟》中的钱秀英身材丰满，在肢体语言、服装修饰方面都较为注重自己女性特征的凸显。"千娇百媚的声音""精心修过的眉毛，勒得紧紧的、过早地发胖的腰肢，一张抹过淡淡的唇膏的大嘴""娇横地向谢昆生瞥了一眼""得意地用手背撩着耳边的长发""娇滴滴地撇着那张河马样的大嘴"等形容是文本中对钱秀英的身体描写。在淡雅时尚的柳泉的衬托下，钱秀英就是"一只就要产卵的花蝴蝶"。《沉重的翅膀》中的何洁中饱私囊，心机深重，也和钱秀英一样有着"甜得令人发腻的嗓子"。就算到了《四只等着喂食的狗》中，这类"性感"女性的身体依旧出现，依旧被批评。艾克斯的妈妈经常穿着"粉红色的高跟鞋""小一号的衣服""黑色的网眼袜子"，走路总是"一拧一拧"。作者的态度非常鲜明，女性身体的性欲化总是与贪婪等恶劣品格挂钩：钱秀英工作懒惰好处不少拿，何洁假公济私中饱私囊，艾克斯的妈妈不关心子女索取天价离婚赡养费，似乎女性身体特征的突显与道德的败落直接相关。

与此相反，在张洁笔下优秀女性身体总是"雄化"的。《方舟》为大家提供住所，替柳泉工作调动奔忙的梁倩在三位女性之中充当的是"保护者"的角色，而在传统意义上，这个角色应由男性承担。她生活也像男人一样"粗糙"，"袜套上有一个不小的破洞"，身体缺乏女性的丰腴，"麻杆一样的细腿""窄小的胯""干瘪的胸"①。梁倩的肢体语言也是"男性化"的。

（1）梁倩用拳头狠狠地砸了一下沙发的靠背。

（2）"他妈的，老子倒霉儿倒霉，老子复官儿显贵。呸！"梁倩撸胳膊挽袖子地说。

（3）张口就是一句脏话："狗蛋，当着朱祯祥的面，我跟谢昆生那老小子大吵一架。你妈的！"

（4）梁倩放下手里的被子，像个男人似的拍着柳泉的背。

除了梁倩，在《沉重的翅膀》中令郑子云刮目相看的叶知秋也颇具男性气息。她不在乎身体修饰，"那些很代表她性格的头发，又粗、又多、又硬。头发的式样也非常古板，又不肯让理发师剪个稍微时髦点的发型，于是，又短、又厚的头发像放射线一样向四处支楞着。远远看去，活像头上戴了一顶士兵的钢盔"，也缺乏女性身体天生具有的细腻和柔美，"浑身上下看不到一点女性的曲线和魅力，肩膀方方正正，就像伐木工人用斧子砍倒的一棵老树的树桩"。和梁倩一样，她的肢体语言也不自主地男性化，采访政界要人郑子云谈得投契时，她"像男人一样把手叉在腰上讲话"，也毫不客气地"背着手在房间里走来走去"②。这种特殊的态度使郑子云对她刮目相看，在叶知秋的对比下，注重修饰的夏竹筠显得肤浅和虚荣。《灵魂是用来流浪的》中的秦不已独身浪迹天涯，整个人散发着雌雄莫辨的气息。和《方舟》中三个女人一样，她身材干瘦，喝酒时像男人一样果断豪放。作者通过墨非的视角形容秦不已"有男人的镇定、残忍、亡命、死不回头、

---

① 《方舟》文本引用皆引自《张洁文集·中短篇小说卷》，人民文学出版社，2012，不再一一注明。

② 张洁：《张洁文集·沉重的翅膀》，人民文学出版社，2012，第54页。

说放手时便放手"的特质，觉得她是个能一起喝酒的哥们儿。秦不已随身携带的小手枪、毫不扭捏当着男人面就"老三老四躺下"睡觉的做派使她与普遍意义上的"女性气质"相距甚远。2010 年出版的《四只等着喂食的狗》中的妈妈有着名校学历、高收入工作、完整的家庭，按理应是举止得体端庄的中产阶级夫人形象，然而上电视节目时的身体动作似乎要向读者说明，她取得的成就完全来自男性般的性格和魅力。在节目中，她像男人一样大大咧咧地"跷着二郎腿"，"开了线的大鞋底儿，占满了整个屏幕"，① 暴露出的是妈妈像男性一样不在乎细节修饰。《知在》中有着中国满族王室血统的毛莉比她们走得更为深远，在性取向上，她也和男人一样"不爱男人爱女人"②。

张洁是一个相当优秀的作家，对文字有着天生的把控能力，然而对"性感"女性和"雄化"女性身体数十年如一日的"脸谱化"描写不禁让人格外在意，也因作者主观色彩过浓而削弱了作品的真实性。这些创作中存在的"硬伤"很大程度上是由张洁对性/欲望的态度决定的。

在张洁的作品中，可以清晰地看到对"性"的回避和厌恶。《爱，是不能忘记的》中缺失"性欲"身体的出场，对钟雨与老干部相爱一生却连手都没有拉过的柏拉图爱情给予歌颂和赞扬，揭示了在张洁心中纯洁"爱情"与肉欲的分裂。《祖母绿》中曾令儿在左葳"软硬兼施"的纠缠下终于与爱人结合，文本中却是用"一个夜晚走完了一个妇人的一生"这样一句话回避了"性欲"身体的表达，曾令儿"简直像一具还魂的僵尸"的形容暗示了曾令儿本人对于"性"厌恶和不适，也间接代表了作者本人的态度。《方舟》中三个女性都认为"性"是男性对女性的奴役，如柳泉非常惧怕与丈夫的交合，觉得每个夜晚都是"可怕的、无法逃脱的灾难"。在《无字》中顾秋水和阿苏交合被张洁斥之为"兽行"，用极端刻薄的口吻进行描述。"顾秋水与阿苏皆属粗俗之人，他们肆无忌惮、呼天抢地、死去活来地表达着享受的快感。那时，天下就是他们二人的天下，或者不如说，天底下就剩下了他或她那两个性器官。"张洁将性欲的享受等同于粗俗，与人的理性

---

① 张洁：《四只等着喂食的狗》，人民文学出版社，2012，第 111 页。
② 张洁：《知在》，人民文学出版社，2012，第 109 页。

与高贵直接对立。虽然吴为与胡秉承因爱情结合，吴为依然认为"性"是不洁的，吴为对性爱的不配合是两人婚姻产生裂痕的重要原因之一。《四只等着喂食的狗》中莉丽亚生育了一子一女，却从来没有夫妻恩爱场景的描写，反而更多展露夫妻间的龃龉。在旁人问及如何保持夫妻和谐时，莉丽亚说"我的决策几乎都决定于汤姆，如果他说往东，我就往西，大致没错"。这种回答间接表示了对丈夫的鄙夷，也将夫妻间的裂痕暴露给读者。

对"性"的回避和肉欲身体的厌恶在张洁的小说中俯拾即是，研究者将这一现象概括为"厌性情结"①，并从创伤记忆追溯这一情结的由来，认为正是父亲"顾秋水"在她心中种下"厌性"的根。② 据何火任编写的《张洁小传》中记录，张洁父亲是一名知识分子，1949 年前在香港曾任一家大型文学杂志的编辑，曾在延安同共产党人有来往，后来成为民主联盟负责人之一。张洁出生不到一百天，母女两人就遭到了父亲的抛弃，此后一直相依为命，在战火动荡中辗转岁月。母亲曾任乡村小学教师，为生活计，也当过用人、工厂收发员。我们不便也难以考究张洁幼年的心理阴影。在作家本人承认"每部作品都是作者灵魂的自传"③ 的基础上，基本可判定张洁作品中的"厌性情结"与其独特个人经历紧密相连。

母亲的遭遇和父亲的暴虐使张洁认为"性"是男性加诸女性身体的一种暴力和虐待，张洁以为"从古至今，男人肆虐女人的办法无所不包、洋洋大观"。她厌恶"性"实质指向的是对男性施暴、奴役女性的拒斥。她对女性特有的"勒紧的腰身"、撩头发等女性化动作、娇滴滴的声音呈现等女性特征的排斥实际上是对作为男性性欲投射对象的女性"性别"身体的排斥和拒绝。在创作中张洁尝试了多种女性解放方式，最终却只证明了无论是承受还是牺牲都只能使女性的苦难更加深重，女性的"雄化"成为唯一出路。当梁倩等还未自觉雄化前，她们的身体语言沿袭的是父性秩序中规约的"女性气质"，却没有获得男性的正视和社会的尊重。她们或者是男性性对象或者是生孩子的"篮筐"；或者戳破爱情婚姻的神话——梁倩发现自己婚姻的基础是父亲的职位和权势；或者所谓婚姻的存在不过是男性奴役

---

①　张建伟：《张洁"厌性情结"的精神发生学分析》，《齐鲁学刊》2014 年第 4 期。

②　张建伟：《从创伤记忆看张洁的〈无字〉》，《文艺争鸣》2014 年第 8 期。

③　张英、张洁：《真诚的言说——张洁访谈录》，《北京文学》1999 年第 7 期。

女性的合法形式……不喜家务、吸烟、砸拳、不善烹饪、说粗口、使用枪支等男性身体习语①逐渐在她们身上呈现。

然而悖论在于，女性雄化的前提是承认两性气质的区隔和男性优势的合法化，即梁倩、曹荆华等自觉雄化，是把自己本身具有的坚强、理性、正直、拼搏、勇于担当甚至优越的智商、出色的工作能力等归类为男性特有的性别气质。"女人并不是生就的，而宁可说是逐渐形成的。"② 社会秩序对身体属性进行建构和预设早已是身体研究者的共识。在父性秩序中，"性别"的生成并非基于生物学原理生理学基础上的客观认识，更多是一种社会历史文化建构的话语叙述。所谓女性气质实际上"从来没有存在过"③，父性秩序对母亲形象的勾勒和女性气质的强调不过是男权强加于女性身上的枷锁。女性身体的生理特征被父权制赋予更多的"性"意味，女性的主体意识在父权制的注视下萎缩，自觉地成为宏大历史的"他者"。事实上女性生理特征是不可回避的，是女性主体性的有机构成部分。梁倩、柳泉等人身上拥有的优秀的品质应该是人类共有的、超越性别的、无性化的。张洁小说中的女性遭到不公待遇和歧视，从而产生"女人生而不幸"的思想，以为女性不自觉成为男性性对象就无法获得社会福利，进而延伸为对自我性别的厌恶和否定。"风干牛肉"般的身躯、毫不修饰的面容、雌雄莫辨的穿着、粗鲁的用词等身体语言都是她们摒弃自身女性特质的力证。至于她们宣称自己天生不擅长"生孩子，睡觉，居家过日子"这几项女性"特有的功能"，实际上是一种刻意的自我放逐，以示对父性秩序的反抗。这些对女性身体的改造，她们自以为是有力的武器，实质不过一场性别模仿游戏：似乎只要举止像个男人，就能让他人认为她们拥有男性的优点，视其为特例获得同等地位。与此形成对照，注重女性特征的人物，在张洁的小说中

---

① Body Idiom, These com-prise bodily appearance and personal acts: dress, bearing, movement and position, sound level, physical gestures such as wavingor saluting, facial decorations, and broad emotional expression. 见 Goffman, E. (1968) *Behaviour in Public Places. Notes on the Social Organization of Gatherings.* New York: The Free Press. 李康译作"身体习语"，泛指"穿着、举止、运动与位置、音高、挥手或致礼等身体姿势、脸部装饰、明白的表情"。见〔英〕克里斯·希林著，李康译《身体与社会理论》（第二版），北京大学出版社，2010。

② 〔法〕西蒙娜·德·波伏娃：《第二性》，陶铁柱译，中国书籍出版社，1998，第 257 页。

③ 〔法〕西蒙娜·德·波伏娃：《第二性》，陶铁柱译，第 2 页。

是被贬斥的对象。从表面上看"雄化"是一种女性对男权社会的挑衅，究其实质依然是认同男权社会的价值观，附和父性秩序中对女性的歧视和他者身份的建构，成为女性与男性和解的行为策略，在不知不觉中实现与父权制文化的机制共谋——两者皆持续强化女性整体地位的低落。张洁本力求女性的独立，为苦难女性解放而发声，然而无论是对女性"性欲"身体的回避，还是"雄化"女性的自我解放，实际上都是对女性身体和心理的极大遮蔽。父性秩序长期将女性妖魔化，将女性身体视为危险和罪恶。在这种父性秩序长期将女性身体异质化、他者化的指认下，无论张洁对女性"性欲"身体的拒斥还是女性"雄化"的解放道路，本质依然是父权制女性歧视的一种践行。

## 第二节　隔绝：英雄男性的消解

在张洁的女性雄化叙事中，往往采取的是男性/他者凝视女性的视角，但在《无字》中，叙事的视角实现了转换。女性成为"看"的主体，男性成为"被看的对象"。"他赤身裸体，从床上一跃而起，一把拉起睡梦中的叶莲子，劈头盖脸就打。他睡帽上的小绒球；他两胯间那个刚才还昂扬挺立现在却暴怒而疲软，说红不红、说紫不紫的鸡巴，也随着他的跳来跳去、拳打脚踢，滴溜当啷，荡来荡去。"这一段对顾秋水身体的描写，似乎出于叶莲子或者吴为等女性视角实现的观看。但紧接着下文吴为醒了，看到叶莲子被顾秋水虐打，感到强烈的心痛。"即便吴为自己动辄被顾秋水没头没脑地用烙铁砸、用脚踹、用巴掌扇的时候，也不曾感到如许的疼痛，因为她不可能站在局外，冷眼观看一个强壮的男人恃强凌弱自己的情状。现在吴为却清清楚楚看到一个强者对一个弱者的残暴。"叶莲子和顾秋水，包括在旁边蜷缩一团的阿苏，共同成为吴为观看的对象，都置于吴为的凝视之中。《无字》中的身体叙事表明张洁的叙事在一定程度上超越了性别限制，无论女性还是男性，都被吴为一一收进眼底。如果说这是一种纯女性的视角，那也是一种拒绝与男性进行对话，甚至是拒绝与自身外的任何人进行对话的自我视角。尽管张洁曾经在访谈中表示："西方的女权主义者向男性挑战，我对此不以为然。我不认为这个世界仅属于男性，也不认为它仅属于女性。世界是属于我们大家的。"① 她的创作却无法体现这种性别平等观，文本叙事始终保持一种拒绝对话的姿态。

张洁在《无字》中追溯母系家族在宏大历史中的生命历程的同时，也叙述了一部胡秉宸、顾秋水等参与缔造的"革命神话"。书中张洁一再试图客观地表示，老革命胡秉宸确是人中龙凤。无论是舍命在熊熊烈火中抢救机要文件箱、只身深入虎穴送达情报，还是找关系买电台，在吴为看来都是为革命屡建奇功，也是"五百年才出一个"的优秀品质的体现。在回顾胡秉宸的革命历程时，读者常能感受到张洁叙述的矛盾性，她在把胡秉宸塑造为一个孤胆英雄、卓越的地下工作者的同时，不时宕开一笔用"身体"来消解胡秉宸的英雄形象。如在叙述胡秉宸舍身救火时，写他"一头钻进熊熊烈火，第一个冲上三楼机要处，抢救心肝宝贝机要文件箱……他的头发、眉毛都烧焦了，所幸脸上没有留下伤疤"。这几句话描写的显然是一个为了革命事业不顾个人安危的形象，但紧接着，她写"事后，胡秉宸对着镜子一面抚摩自己的脸庞一面想，不如留下一些无伤大雅的伤疤"。这一句通过胡秉宸对"伤疤"这一身体标记的幻想，揭露了他的革命投机心理，从而消解了前文所述的英雄形象。后文故意说胡秉宸救火并未怀揣"作秀"的动机，而是"自诩天降大任于斯，在可能献身的事业上一往无前"的热忱，但当这种理想主义精神与胡秉宸个人对救火一事应在身体留下记号的意愿结合，就形成了有力的讽刺：胡秉宸救火并非"作秀"，而是他的"献身"理想本身就是饱含表演的意图。

应注意到无论是胡秉宸、顾秋水，还是次要的包天剑、赵大锤，他们的革命历程叙述都与各自的"下半身"遭遇交织。顾秋水曾到过延安，却因为坚持"男人在鸡巴上的待遇应该是一律平等"而离开，使自己的革命生涯发生了转折。胡秉宸多次出生入死，但文中表现出其与死亡最近的距离是将情报送至大别山时，赵大锤拿枪顶住了他的腰。彼时胡秉宸正在"向滂沱大雨中抛洒出一道在膀胱中潴留过久的秽水"。在有所选择的情况下，"膀胱""潴留""秽水"等词，毫无保留地体现了作者对胡秉宸这一

---

① 〔联邦德国〕K. 莱因哈特，F. 麦耶尔：《〈明镜〉周刊编辑部采访张洁记录》，刊于《明镜》周刊第 34 期，1985 年 8 月 19 日。后以让文学和时代同步腾飞——就《沉重的翅膀》答联邦德国（明镜）周刊记者问为题翻译发表于《文学报》1986 年 2 月 13 日。

形象的尖刻讽刺。作者再细致地描述这一"抛洒"的过程：他的眼波，一次又一次地拂过抛出那一道抛物线的管子，一副"醉里挑灯看剑"的情态，几乎对着那道管子赞道"好剑！好剑！"……胡秉宸的抛物线终于走向了强弩之末，他不大情愿地抖了抖自己那柄"好剑"，做了一个收势垂下。[①] 对排泄过程的详细描写，显然是对胡秉宸"英雄形象"的消解，"抖了抖"的动作，引发的只能是猥琐的观感而绝不是神圣的崇拜。在这生死存亡之际，作者设置了一个剑与男性生殖器的互喻。在下文对赵大锤被卸去班长职务的回顾中，再次设置了武器/枪与男性生殖器的互喻。赵大锤一枪把传达机密情报的情报交通员的脑袋崩开了花，是枪杆子使用不当；他在同一晚上摸进寡妇家，把媳妇和姑娘都"干了"，也是"枪杆子"使用不当。作者讽刺地突出"枪"对于赵大锤和革命事业的神圣意义。"自己虽因枪杆子使用不当受了处分，却不能损害他对枪的顶礼膜拜。枪不但是他的图腾，也是很多大人物的图腾。在未来的岁月里，枪杆子肯定还会发挥越来越大的作用。"当作为神圣图腾的枪成为抛洒出"在膀胱中潴留过久的秽水"的男性生殖器的喻体，显然是对男性"正史"的挑衅。无论是枪还是剑的使用，都应当是经过思想层面深思熟虑的结果，是为达成一个神圣、伟大目标而采取的措施，而胡秉宸、赵大锤等男性之"剑"/"枪"的使用完全是一种无须经过思考的生理冲动。通过排泄/性交这一下半身肉体层面的转移，思想在此被生殖器所取代，枪/革命所具有的崇高和神圣性被无情降格，伟大变成了猥琐，无私变成了自私，革命变成了享乐，牺牲变成了表演。

张洁不遗余力地用"身体"对"历史"尤其是缔造正史的英雄男性进行嘲讽。胡秉宸是"五百年才出一个"的优秀人物，但这个优秀人物缺乏必要的常识，他担心吴为的输卵管结核会传染，吃饭时要分用碗筷，使用后也要煮上几十分钟消毒。在吴为住院期间，他到医院看望，"摩挲着两只手站在病房地当间儿，哪儿也不敢沾"，却不放弃做爱，而要戴上两层避孕套，但"没等他戴上第二个避孕套，形势即刻大颓"。吴为直接指出胡秉宸生活上的种种谨慎是地下工作的职业病。吴为将打好的口述历史软盘交给胡秉宸时，他却不急着接手，说："等一等。"原来他是怕软盘上留下指纹

---

① 张洁：《无字》（第二部），人民文学出版社，2011，第 2 页。

要去找一双手套戴上后才敢接。"吴为不可遏制、歇斯底里地大笑起来，'你真是没白干多年的地下工作！'"匪夷所思的身体细节就此颠覆了"革命者"的神圣性。"世界各个角落都有不少男人在较量这个抛物线的射程。当他们成长为一个男人之后，部分肤色、国籍、民族、职业、学养……更会互相攀比这一物件的孰优孰劣，用这种办法证明他们伟乎其大的男人品德。//尤其国人，还会以此认定今后的前程，诸如指点江山、横扫一切、征服女人的种种潜能，与它的 size，也就是尺码、型号，息息相关。并且认定，即便从全世界来较量，自己也是那个 number one。他们的盲目、自大，在他们对这段管子的自恋上表露无疑。"① 当作者轻蔑、讽刺地表示对"男性"的不屑一顾，描述胡秉宸年老力衰已不能让吴为感到性之欢喜时，被脱冕的不仅是男权文化的浅薄根基，更是整个官方的、充满父权意味的由男性创造、书写、阐释的"历史"。《无字》中的历史叙事，毫无疑问是对"男性缔造历史"的颠覆。

在前期创作中，张洁以男性视角凝视女性，对"性感"女性进行批评，后期创作视角转换，将男性视为敌对者。无论是何种视角，张洁笔下两性关系常常是紧张对峙的，在空间、疾病等身体符号中有更为具体的呈现。其成名作《方舟》的题名——"方舟"，是典型的空间隐喻。她将三个无家可归、在社会上历经磨难的女人放置在同一个屋子里，形成一种与外界隔离、封闭的空间。房子的出现是在荆华和柳泉都离婚走投无路之时。在这种情况下，梁倩提供的房子是一种庇护，最终指向女性之间由于相近的身体经验和共同的悲剧命运的相互慰藉。房子的情况也充满了象征性质。房子本身朝南，阳光充足，但即使顶热的夏天，"房间里也有一股阴冷阴冷的气儿"。这种设定显然违背了自然规律，是作者主观情感的体现，借此表达她们"霉气太重"。"从院子里南边一路走过来，看吧，家家阳台上都摆满了花盆，只有她们阳台上是光秃秃的，一盆花也没有。好像一大堆如花似玉的姑娘里夹着一个丑陋不堪的瞎老太婆"。② 这段描述将房子和女性身体直接关联，房子即成为文中三位女性的身体的象征。白复山的造访进一步指认房子与女性身体之间的关

---

① 张洁：《无字》（第二部），人民文学出版社，2011，第 5 页。
② 张洁：《张洁文集·中短篇小说卷》，人民文学出版社，2010，第 32 页。

联。"'咚！咚！咚！'响起了又重又急的敲门声"，没人回应仍在强烈持续的敲门声意味着男性对女性的强势侵扰。白复山"像大侦探波洛一样，在荆华的房间里转了一圈"，又"'蹭'地一下推开了柳泉的门"，害得穿着短衣短裤的柳泉"拉条毛巾被盖上都来不及"等行为，表面上是无礼貌无修养侵入房间，实质是对荆华、柳泉等人生活的侵扰，喻意男性对女性身体的侵犯。小说如此描述"白复山便这样肆无忌惮地侵犯了她们。侵犯了她们的悲哀，她们的心境，她们想要过一个平和的星期日的打算"[①]。在房子与女性身体的同构关系中，曹荆华对白复山的拒绝"把胳膊往门框上一撑"，说话"像打点射似的，一个字、一个字，瞄准了目标，叭、叭、叭、叭有节奏地，慢条斯理地往外射"，然后"'砰'地一声关上了门"，是女性对不容侵犯的自我尊严的维护，代表了她们对父权制文化的坚定拒绝。

张洁笔下女性的疾病往往根源于女性对男性的付出。荆华患有风湿病，一到阴雨天就犯病。小说开头就是独自在家的荆华犯病的描写。她"腰部僵硬得象是一根木头棒子，不得翻转"，只能依靠有力的胳膊支撑自己，拿过放在床边的远红外线治疗器缓解症状，以继续正常生活。在张洁的小说中，"阴雨天"这种天气是一种象征，在渲染一种抑郁、无奈的气氛的同时隐喻荆华、柳泉、梁倩三个女人面对的严峻现实。"腰椎风湿病"与"阴雨天"天气形成一种复调，共同喻示社会施加在她们身上的压迫，强化了她们生活、工作中的艰难。荆华的疼痛和不便奠定了全篇小说晦暗、哀伤的基调。同时腰部风湿疼痛作为铺垫，引出荆华"有力的胳膊"，强调在困苦的情况下她们不屈的精神和挣扎。《祖母绿》中曾令儿因为左葳承受了多次疾痛。在左葳因肺结核住院时，为了不让他落下功课，曾令儿"整整一年"都在自己完成学业之余给他补课。有一次不慎被汽车撞上，"从自行车上翻倒下来，滚到汽车轮子旁边"。她处理疾痛的方式与她的性格、"钢板"的外号是统一的，是她人物设定中坚强个性的反映。被车撞后，"她咬着牙，装出一副若无其事的微笑，伸曲着摔破的膝盖给司机看。然后她在路边的水龙头下冲干净额头和膝盖上的血迹，赶到左葳家里给他补课去了"。曾令儿对于自己的疾病是忽视的。"她的膝盖感染了，好久好久一瘸一拐地走

---

① 张洁：《张洁文集·中短篇小说卷》，人民文学出版社，2010，第 26 页。

路。她瘦了，晚上有盗汗，还有干咳。不过她并不在意，她想都不想，左葳的肺结核会传染给她。"处理疾病的方式完善了曾令儿的形象塑造。

在霍达《穆斯林的葬礼》、王旭烽《不夜之侯》及宗璞《三生石》中，女性人物的疾病都成为患者与外界保持联系、发生情感交流的推动力和渠道：韩新月的心脏病促成了与楚雁潮之间恋情的发展，杭盼的肺结核为小堀一郎提供发掘中华民族精神内核的空间，梅菩提的乳腺癌也成为与方知相爱的重要契机等。与上述作家处理女性疾病的方式不同，张洁笔下女性疾病使她们的处境尤显凄凉，反而造成了女性与男性、社会的隔绝。曾令儿得了肺结核后，回到家乡，"整整一个假期，她躺在沙滩上睡呀、睡呀，好像她缺了一辈子的觉，要在这里一下子补齐。她在海风里吹呀、吹呀，任新鲜的空气，洗干净她的肺"。这种"自然疗法"中读者看到的是除了曾令儿个性中刚强独立的一面，还看到曾令儿与左葳、与社会、与他人之间的割裂——她没有宣告也没有求助，而是回到老家，像是蜗牛、乌龟缩回自己的壳——女性面对厄运时的无助和孤独境况随之而生。同时，读者也能轻易地看到疾病描写在张洁小说表现中的单薄。曾令儿的"肺结核"并没有特殊含义，可以被替换成任何一种疾病，肺炎、肝炎等，曹荆华的风湿病替换为哮喘等也丝毫没有违和感，应该说张洁着眼的不是具体的病症与小说细节的结合，无论是风湿病、车祸还是肺结核，她注重的是"疾病"符号的本身。在她认为男性以爱情之名实现对女性的长期欺骗和剥削的创作主题下，小说中的疾病符号一致指向父权制下男性对女性的压迫以及女性身上承受的深重苦难。

王蒙曾提醒张洁慎用作家的话语权："如果书中另外一些人物也有写作能力，如果他们各写一部小说呢？那将会是怎样的文本？不会是只有一个文本的。而写作者其实是拥有某种话语权力的特权一族，而对待话语权也像对待权力一样，是不是应该谨慎于负责于这种权力的运用？怎么样把话语权力变成一种民主的、与他人平等的、有所自律的权力运用而不变成一种一面之词的苦情呢？"①且不论王蒙的立场和言外之意，这段话实际上揭示了张洁小说文本中拒绝对话的倾向，从性别立场看，就是拒绝男性参与对话，这也是张洁写作的局限性所在。

---

① 王蒙：《极限写作与无边的现实主义》，《读书》2002 年第 6 期。

下
编

身体与民族

在文学作品中，叙事情节的发展依赖人物身体的行动来一步步展开，只有通过各种身体的凝聚，文本才得以展现其社会文化内容。正是在这种意义上，身体既是叙事的工具，也是叙事的核心。"身体"是文学叙事无法回避的象征符号。"书的身体应该是身体的身体，它在那里，却又不在那里。文学，以及文学与哲学的关系，是肉身化秘密的长期延续，是对这个秘密的长期解释，也是这个秘密长期隐含的意义。"当身体作为叙事工具时，写作者将叙事意义赋予人物身体，通过对多种人物身体的关系推动叙事发展，而叙事核心则隐藏在文本外的时代逻辑中。霍达和迟子建的身体叙事超越了纯粹性别立场，以文化观察者的视角对传统民族文化和现代化进程持续进行诘问和思考，具有对传统文化和现代理念的整合意识。

# 第七章　霍达

就已有研究而言，霍达小说创作中的"身体性"长期遭到忽视，实际上早在 1988 年的《魂归何处》中，霍达就以当下流行的"穿越小说"形式，触及"灵与肉"的深层思考，其《红尘》《未穿的红嫁衣》《穆斯林的葬礼》《补天裂》等小说中的身体叙事，蕴含极为丰富的历史文化内涵。

## 身体记号与叙事动线

身体是现代小说叙事的重点元素，同时也是推动情节、叙事意义的凝结。霍达的中篇《红尘》是身体推动叙事、成为叙事中心的经典文本，德子媳妇身体的秘密在叙事过程中一点点展露。故事的第一部分是这样开场的：

> 礼拜天是她出游的日子。
> 瞧，她出来了。

一个"瞧"字引出了两类身体：观察者和观察对象。紧接着是对被观察的"她"的身体细致描写：

> （瞧，她出来了，）穿着花丝葛紧身旗袍，淡紫色的底子上撒满了浅绿的碎花儿，袖口和旗袍的下摆外边露出细白细白的胳膊腿儿。高高的领口连扣两个纽襻儿，衬得那张粉脸像梨花儿似的。其实她并没搽粉，天生就这么白，一头青丝天然打着鬈儿，洗得干干净净，再抹

上那么一层梳头油，乌亮乌亮的，散发着一股清香。眉毛精心地摘过，细细的，长长的，弯弯的，像两道月牙儿。她年已三十五岁，妙龄已过，称不上娇艳了，脸上的肉皮儿也有些松弛，可身条儿保持得好，不像旁人家的媳妇那样，生过几个孩子就早早地发了福，一个赛一个地胖。何况她又十分会打扮自己，不是靠珍珠翡翠往身上堆砌，而是让自己的美恰如其分地得到显示。一件半旧旗袍，胸前缀一朵小白兰花，这在上海南京路也许平平无奇，可在北京的这条小胡同里，就足够艳冠群芳了。

作者细致地描写了她的旗袍，从袖口和旗袍下摆露出的细白四肢，白皙的面孔，乌亮的头发，弯弯的眉毛和匀称的身材，似乎已经展示了很多细节，但读者仍无法对她的身体得到完整的印象。对德子媳妇身体的描写充满了转喻，叙事的笔触显然更集中于衣饰的细节，即使是对眉毛的描写，也将注意力引向"两道月牙"，段末艳冠小胡同的本质上是她的身体，作者却有意说成是缀着小白花的半旧旗袍。作者的意图在这段叙事中暴露无遗，对身体的描写是有意的遮盖。"她坐在三轮车的座儿上，布篷子遮住了早晨的阳光，一抹淡淡的阴影儿罩住她的上半身，有一种浮云遮月的朦胧意韵。两条细长的白腿，穿着长筒丝袜，月白色尖口儿布鞋，像曲艺演员爱穿的那种样式，一只脚踩在踏板上，另一只跷起来，摆成一个优美的 X 型。"布篷子、阴影等形成了视线的遮挡，身体被掩藏在遮挡之中。双腿交叉形成 X 的造型和演员爱穿的鞋子式样暗示德子媳妇的身体成为一个偶像化、被迷恋的"符号"。对衣饰等细节的过分重视吸引着观察者的注意力，使她的身体无法被认识。紧身旗袍、长筒丝袜、尖口布鞋极具时代痕迹的物件成为身体的代指，提醒着这具身体与当下环境的距离。马三胜和邻居不止一次地猜测，德子"从哪勾搭来这样一个媳妇"。德子媳妇身体与其他身体之间的对比、断裂即成为探究（叙事）的动因。

叙事在对德子媳妇身体的反复探究中进行。文中出现两次政治运动，都以对德子媳妇身体（身世）的探究形成高潮。"四清"运动会场上，德子媳妇控诉了自己反复被卖的悲惨经历，众人对她身份的猜测似乎已经有了解答。但马三胜代表了群众紧接着问道："大嫂，你在窑子里，每天都接客吗?"马三胜针对的是德子媳妇过往的性经历,为的是自己性想象的满足。德子媳妇的身体再次作为男性欲望对象引导着叙事的进行。这场被德子打断的刺探延续到"文革"之中,人们押着德子媳妇游街,期盼着"立即开个大会,让她把上回'诉苦'没说周全的详情细节再透透地说一遍,那才有滋有味呢!"德子媳妇的身体经历成为一个"谜",这一谜团不揭晓叙事就无法结束,对谜团的探究随着叙事延续。"文革"结束后,在《望乡》的触动下,她不慎透露出自己和《望乡》中的妓女一样曾被成群结队的官兵糟蹋,一直被遮盖的身体秘密终于揭晓,叙事就行至尾声——真相揭露,德子卷起铺盖离去,媳妇在绝望中自杀。堵上煤炉后,德子媳妇"把雪白的传单蒙在自己的身上",是坚持对身体的遮蔽,是个体对自己的无奈保护,也暗示着身体处于被侵害的处境。此前叙述中她的身体是不完整的,被割裂成种种衣饰,这种身体上的"破碎"形成了对她被踩蹋、糟蹋身体经历的隐喻。她最后的遮挡对叙事是有意义的——正因床单(死亡)的遮挡,小院的人们再也无法进一步探究她身体的真相,谜团仍然持续,邻居"从前,咱们这儿住过一个窑姐儿"的叙述也才能继续进行。

《穆斯林的葬礼》中韩新月的身世之谜是叙事进行的主要动力。对韩新月生母的怀疑和探究,吸引着阅读的进行。小说开篇就暗示了韩新月与名义上的母亲梁君璧之间的隔阂,此时韩新月对自己与梁君璧之间的血缘关系还毫不怀疑。新月捧着这碗"寿面",几乎要落下泪来。17岁了,她已经度过了16个生日。她不记得最初的几次生日是怎样度过的,自从她记事儿以来,这一天常常是毫无表示的,似乎被人遗忘了。这是第二章中关于新月生日的交代。生日意味着身体的诞生,是母女间血缘的相续的重大仪式。分娩者与出生者之间出现的身体连接与割裂,也蕴含了子女身体未来归处的指向。对家庭成员生日的重视,无疑是对成员身份的肯定,是对这具此在身体的珍爱。新月生日的被忽视和文中多次强调的韩子奇、韩天星和姑妈等人对新月关爱有加的情况形成了一种矛盾。这种矛盾的存在只能归因为身为母亲的梁君璧的有意冷落。只有对新月的家庭生存状况进行如此交代,前文新月对父母的争吵如此在意的行为才合情合理。接下来两人的接触更让读者疑窦丛生。

　　新月端起碗来，深情地望着姑妈，说："姑妈，谢谢您……"

　　姑妈慈祥地笑了，对她说："新月，不是这么个说法儿，你该谢的是你妈，这一天是她为你受难的日子！"

　　新月顿时意识到自己的疏忽，脸微微红了，朝旁边望着妈妈，按照姑妈的指点，说："妈，今天是我的母难之日，感谢您把我带到人间……"

　　韩太太刚要吃面，看新月说得那么一本正经，笑了笑，对姑妈说："成了，成了，别难为孩子了！当妈的十月怀胎，一朝分娩，她一个姑娘家哪儿知道那受的是什么罪？吃面吧！"

　　在这段中，新月是主动感谢姑妈，且是"深情"地望着她，在姑妈的指点下，她转头望着梁君璧，却已不再"深情"，而是机械地，"按照姑妈的指点"再向梁君璧致谢。两种态度分明显示了新月与姑妈的感情比与梁君璧更自然和深厚。梁君璧的做法也有别于普遍想象中的母亲，她对姑妈说别为难孩子，看似替孩子解了围，其实是对新月感谢她生育之恩的回避。此前她对新月生日的忽略和现时的回避，都是对两人身体延续关系的遮掩。对新月身体来处的困惑和追究的动力也就成为叙事发展的重要动力。接下来梁君璧和新月"生身之母"之间的身体错位，与新月的疑惑形成合力，共同推动谜团的显形。照片上的妈妈比现在年轻得多了，那时妈妈还是一个美丽的少妇，烫着鬈发，穿着旗袍。现在妈妈老了，装束也改换了……变化最大的不是形象，是妈妈对她的情感！行文至此谜团已经显形，读者假使尚未意会到新月生母另有其人，也能意会到这个家庭内部存在着不为人知的隐秘。另一条叙事线索在同时进行，但在第十三章"玉归"之前，这两条线索之间是断裂的，作者依然没有揭示出新月的生身之谜，两条线索之间也没有产生直接的承转关系。如何将两条线索融合，成为无法被悬置的问题。事实上我们看到在新月这一条线索上，围绕身体发生了一系列家庭变故。引子是梁君璧阻挠新月上大学，并以此要挟韩子奇交出珍藏的玉；然后是韩子奇再次看见被卖的玉，深受打击滚下楼梯受重伤；韩新月得知父亲受伤后急火攻心，心脏病发作住院；新月久病不愈，促使与楚雁潮定情；新月和楚雁潮的恋情受梁君璧阻挠，因此进一步质疑梁君璧母亲身份；韩新月的追问使姑妈猝死；韩子奇终于吐露真相……各种身体的变故使新月生母的真相浮出水面，梁君璧对新月的矛盾情感才得到解释。两条线索至此才真正产生联结，成就一个完整的叙事。

显然在这一连串的事件中，直接推动谜团解决、两条叙事线索的是韩新月"莫名其妙"的心脏病。在追溯病因时，韩子奇强调家族没有心脏病史，还在一家以治疗心血管系统疾病著称的医院接受过"很严格的身体检查"，没有迹象显示患有先天性心脏病。小说中毫无根源的先天性心脏病实际上是作者赋予韩新月的特殊"身体记号"。"身份及其辨认似乎有赖于标上了特殊标记的身体，它俨然是一个语言学上的能指。记号在身体上留下烙印，使它成为一个指意过程中的一部分。"[①] 被符号化的身体成了解读叙事意义的关键因素。当操办了韩天星和陈淑彦的婚礼后，梁君璧一句"这里头有你什么事儿？"加深了韩新月的疑惑，"这桩喜事儿总算办得圆圆满满，我这心事就全没了！"的感慨落到韩新月耳里，更加剧了她对自己与母亲血缘关系的质疑。在这种疑问和失落之中，本来经过调理已见好的新月，立即病情恶化，当天就发起了高烧。就在这次发病中，韩子奇产生了不祥的预感，感到女儿病重如此，再不告知真相也许就没有机会了，终于拿出梁冰玉留给女儿的亲笔书信，揭露了真相。当生身隐秘被揭露，叙事如何继续？文中韩新月在读了梁冰玉的信后有一段细致的描写："强烈的渴望和绝望同时向新月袭来，她那颗柔弱的心脏慌乱地抖动，像奔驰的马队从胸膛上踏过，她那涌流的热血像突然淤塞在一个无路可走的狭谷，她那苍白的肌肤骤然渗出淋漓的冷汗，面颊和嘴唇憋得青紫，她艰难地大张着嘴呼吸，仍然觉得胸部像压着千钧磐石。"韩新月的心脏病依然承担着终结、揭露叙事意义的重任。当心脏生理上的器质反应来自情感的强烈震动，新月也在生母无处可寻、养母无法回避的残酷现实中辞世，新月的死亡才得以成为对梁君璧的谴责，叙事的意义才得以顺利揭示。

作者将心脏病作为一种身体记号赋予韩新月，使韩新月的身体成为叙述性的身体而具有象征意义。在故事中，新月的心脏病意味着她在两个

---

① 〔美〕彼得·布鲁克斯：《身体活：现代叙述中的欲望对象》，朱生坚译，新星出版社，2005，第 3 页。

"母亲"之间的挣扎，从而影射了梁君璧和梁冰玉各自代表的文化系统之间的矛盾。对身体记号中刻录的故事的推演，即新月出生前的故事，则合乎情理地成为小说的第二条线索。新月的心脏病即以此成为叙事意义的驱动力，全方位地影响着叙事情节的进展。

空间亦是霍达作品中推动叙事的重要身体符号。《未穿的红嫁衣》中李言进入郁琅嬛的闺房，意味着两人关系的私密化、暧昧化。与此类似，《穆斯林的葬礼》中大学教师楚雁潮的志向是文学翻译，他的房子里到处都摆满了书。而且他住的是"德、才、均、备四'斋'的最后一幢"的"备斋"，与他品德优良、潜心翻译的设定十分契合。楚雁潮主动邀请韩新月到他的房间坐坐，意味着他本人情感、心理及身体上对韩新月的接纳。《补天裂》中梅轩利和迟孟桓带人到林若翰家搜查，使倚阑深感屈辱。"迟孟桓第一个冲进去，贪婪地浏览着隐藏在插花屏风后面的少女天地……倚阑的眼泪'唰'地涌出来，她生平第一次遭遇这样的情景，一个少女的闺房被如此野蛮地践踏！"迟孟桓一直觊觎倚阑的美色和地位，曾向她求婚被拒，以查办抗英烈士易君恕为由搜查林若翰住所，显然有报复意味；"贪婪""浏览""少女天地"等词语组合运用，暗示的是男性（迟孟桓）对少女（倚阑）的践踏和羞辱；同时林若翰经历了被总督重用和抛弃的过程，对他住所的搜查更为直观地体现了他地位的变化和政局的动荡。从中我们也可看出，小说中的空间设置不是静态的、固化的，而是受到主观色彩渲染呈现动态的空间。

作品中的身体叙事并不独立存在，而承担着多重隐喻，如《未穿的红嫁衣》和《补天裂》中的服饰与空间描写，皆有深刻意指，在此仅举几例。霍达长篇小说《未穿的红嫁衣》以服饰为名，"未穿"和"嫁衣"之间的落差，暗示了小说的悲剧色彩。小说中"通体猩红，'V'字形的领口，周围用花针变成一圈花环"的红嫁衣，率先成为郁琅嬛和李言的定情之物。

> "嫁衣！"她回过头来，嫣然一笑，"懂吗？傻子！"
>
> "啊！"
>
> 李言如梦初醒，震惊了，麻木了，陶醉了！半年来，他和郁琅嬛之间几乎无话不谈，唯独没有触及那个神魔的字眼儿：爱情。而现在，

她已经明确地以身相许了！①

从此两人陷进婚外情的纠缠之中。红色的羊绒连衣裙成为两人爱的信物，寄寓着两人合法结合的美好夙愿，象征着郁琅嬛对李言炽热的感情。同时"猩红"与"血一般的红"之间的关联，郁琅嬛"它红得像心脏，像血，真挚热烈的爱，生死不渝的爱"的表白，既喻示了郁琅嬛爱情的力量，也暗示了她性格上的刚烈，成为她和李言不得结合之后精神失常的预言。

在《穆斯林的葬礼》中，梁冰玉是深受现代文明影响的穆斯林代表，1979 年她回国探亲时"穿着白色的坡跟皮鞋，银灰色的西服裙和月黄色的短袖衬衫"，通过西式着装的描写，暗示了她的身份的转易和文化上的西化。处在相近年纪时的梁君璧，却是"穿着一双藏青礼服呢方口布鞋，烫得平平整整的灰色暑凉绸长裤，深褐色的靠纱短袖大襟上衣"，保持典型的中式服饰。藏青、灰、深褐等三种低调色彩，与梁君璧虔诚穆斯林的形象吻合；裤子"烫得平平整整"，"右手无名指上戴着一枚精巧的金戒指"，又体现出她对"韩太太"身份的自矜。韩新月作为梁冰玉的女儿，继承了梁冰玉的现代性，成为生母的化身继续与梁君璧之间的文化抗衡，首次出场时"脚上穿着白色丝袜和方口扣襻儿黑布鞋"，穿着"飘然下垂的白裙子"，右肩挎着"蓝印花布书包"，是一派新学生的风尚。"白色丝袜""方口扣襻儿黑布鞋"让人想起韩子奇的玉展上，梁冰玉"上身穿一件青玉色宽袖高领大襟衫，袖筒只过臂肘，露出玉笋般两条手臂，腰束一条黑绉纱裙，白色长筒袜紧紧裹着一双秀腿，脚穿青布扣襻儿鞋"的现代学生形象，母女两人学生装扮之间的相近与对英语共同的钟情和同在燕京大学外文系求学的人生轨迹结合，奠定了两人精神传承的基调。《补天裂》中倚阑作为被英国牧师抚养大的女孩，她呈现在易君恕面前的是彻底的西洋装束，她"头戴白色的帽子，扇形的帽檐向前展开，像一片轻盈的贝壳，纤细的身姿着一袭白纱长裙，裙裾下露出一双天足，穿着白色高跟皮鞋"，全副西洋装束和黑头发、黑眼睛的强烈对比，建构了倚阑的身体与殖民地中国之间的具身性隐喻。

---

① 霍达：《未穿的红嫁衣》，北京十月文艺出版社，1995，第 154 页。

# 第八章　迟子建

　　民族话语对迟子建和霍达的影响存在较大的区别。霍达是回族，对回族的宗教教义、历史流变、当代困境等多有切身体会。但迟子建本身是汉族人，却生活在少数民族聚居地，对少数民族如鄂伦春族等的文化、生活有着近距离的观察。

　　《额尔古纳河右岸》时间跨度九十多年，从叙述者"我"出生开始，到20世纪80年代改革开放、几乎全部鄂温克族人下山定居为止，其间正是中国现代史风云变幻的近百年时间，也是中国社会、文化制度的现代化进程最为关键的部分。论者所给予的"一首从历史的密林中飘出的挽歌""人类文明进程中的尴尬、悲哀与无奈"，或者是"民族文化的纪念碑志与族群生态的时代涅槃"等评价，提示的都是小说中无法回避的民族性与现代性的辩证思考。鄂温克人居住在大兴安岭原始森林深处，过着日出而作、日落而息，随着季节迁徙的类原始生活，时代背景在小说中时隐时现，现代文明对民族传统的侵蚀是以"身体"为场域展现的。1959年，政府曾为鄂温克族人在有供销社的乌启罗夫盖了几栋房子，吸引鄂温克族人去定居，但"他们总是住不长，还是喜欢山里的生活"。现代文明对鄂温克族人真正起作用的第一声温柔召唤是运用现代医学技术对身体的养护。政府在激流乡建造了卫生院后对部落民族的吸引力大大增加，"年纪大的，如伊万、依芙琳、坤得和哈谢，他们的身体一天不如一天，去定居点是必然的。达西为了杰芙琳娜能够怀孕，把希望寄托在卫生院的医生身上，去定居点是迫不得已"。即使后来部分已定居的人又回到了山上，但达西和杰芙琳娜、伊万等依然住在定居点。早在医生上山检查身体时，依芙琳就率先表示对现代医学的支持，因为有了治病的药，妮浩就不用跳神治病救人，也就不用再失去自己的孩子。正是有了现代医学这一救治身体的基础，在马克辛姆表现出成为新萨满的端倪时，族人果断地将萨满的神衣、神帽和神裙都捐给了激流乡的民俗博物馆，以隔绝马克辛姆和神秘气息的联系。当新萨满不再诞生，现代医学就成为鄂温克人唯一的救治身体的方式，也就加速了鄂温克族人向现代化生活迈进的步伐。鄂温克族人的身体成为民族性与现代性纠葛的反映，画家依莲娜的身体在山上和城市两个空间的游移徘徊，也成为典型的原始自然生存秩序和现代城市生活秩序之间的冲突。"依莲娜在山上待烦了，会背着她的画返回城市。然而要不了多久，她又会回来。她每次回来时都是兴冲冲的，说是城市里到处是人流，到处是房屋，到处是车辆，到处是灰尘，实在是无聊。她说回到山上真好，能和驯鹿在一起，晚上睡觉时能看见星星，听到风声，满眼看到的是山峦溪流，花朵飞鸟，实在是太清新了。然而她这样过上不到一个月，又会嫌这里没有酒馆，没有电影院，没有书店，她就会酗酒，酗酒后常常冲自己未完成的画发脾气，说它们是垃圾，把画扔进火塘里毁掉。"她一面深陷在城市为身体欲望提供的便利生活，一面向往着山林的平静，这种身体和精神上的徘徊是少数民族在现代文明侵蚀下的精神困境。

究其深层，迟子建的创作深受鄂温克族等少数民族文化的影响，具体表现在其作品的欲望、疾病、死亡等身体叙事。

# 第一节　现代文明秩序下的身体迷失

对身体欲望的膨胀和无节制追逐引发的社会失序，迟子建作品中也多有表现。《盲人报摊》中的报纸"无非写着最具刺激性的一些话题。由乞丐摇身一变成为富翁的秘诀呀，炒股票蚀了本的人跳楼自尽呀，巩俐被评为世界十大美女之一呀，周润发的影迷害了相思病，童安格的歌声使一所中学的十二名少女发誓终身不嫁，银行发生特大抢劫案等等"。内心纯净的王瑶琴都闻到这些文字散发出来的"恼人的气味"。刘家一死一伤的结局更从另一侧面展现了当今社会欲望失序造成的可怕结果。在对个人纵欲的批判上，迟子建和张洁立场相近。《亲亲土豆》和《七巧板》（张洁）中塑造了食欲旺盛的"四十三床"一样，也出现了追求口腹之欲，给家人带来无限痛苦的病人形象。王秋萍的丈夫脑溢血瘫痪在床，病前将家里的积蓄都赌博败光了，瘫痪在床脾气更差，经常责骂王秋萍，"食欲却比旭日还要旺盛，整天指着名要鸡要鱼"。为了满足他的欲求，在照顾他之余，王秋萍一天打两份工，每天早晨三点多到火车站的票房子排队买票卖给黄牛，中午给一家养猪场到几家饭店去收剩饭剩菜，家里欠债，还有孩子和老人待养。丈夫纵欲带来的沉重生活压力也将人的情感异化，王秋萍甚至隐隐期盼他干脆离世。

更为集中地表达迟子建对整个社会欲望失序深重忧虑的是长篇小说《晨钟响彻黄昏》。这篇小说采用了相对复杂的叙述方式。分别以"宋加文""刘天园""宋飞扬"为第一视角叙述，加以全知全能的第三视角。故事的线索也错综复杂，几乎所有成年人都有既成生活秩序外的性和感情纠葛。它像是一部当代社会的欲望寓言，小说中的人都深陷在无穷无尽的欲求之中，或者因自身的欲望带给旁人灾难，无意识中成为施暴者，又或者为他人的欲望所伤，成为受害者。大学教师宋加文有洁癖，生活习惯规律，注重身体、家居清洁，曾与冯巧巧、儿子宋飞扬有一个美满的家庭。然而冯巧巧与伍玉祥的婚外情，造成了两人情感上的裂痕，使宋飞扬失去了家庭的完整。一次偶然的机会宋加文和刘凤梨发生了性关系，从此两人深陷情感的囹圄，宋加文尤其无法自拔。最终因为去机场追刘凤梨，将还读幼儿园、尚无自理能力的儿子宋飞扬独自留在家中，间接导致了他的死亡。甚至就在儿子坠楼时，他还在与陈小雅缠绵。儿子去世后，宋加文的表现也让读者大失所望。与失子的悲痛相比，似乎刘凤梨的出走更让他不堪忍受，与追查儿子坠楼的真相相比，他更愿意沉浸在追踪刘凤梨的下落之中，对冯巧巧"你还会有自己的孩子的，你还这么年轻"的劝慰，使他的父亲形象显得更为淡漠。这种令人愤慨的表现折射出来的是他对家庭责任的无意识逃避，及与之相伴的对自我欲望的放纵。面对与冯巧巧之间的裂痕，他宁愿一次次出差逃避可能的争吵和分歧，而没有去探究问题的实质，改善夫妻关系；平日再如何思念儿子，也依然没有采取足够的行动来表达自己的诚意。种种做法展现出的是他责任意识的缺乏和情感上的放纵，他心甘情愿地让自己沉浸在对刘凤梨的迷恋之中不可自拔，没有一丝理性的思考。当这种情感发生在年轻恋人中时，或许是崇高的爱情，然而与照顾孩子放在同一架天平上，只能凸显追逐生理情欲的自私，与陈小雅不知起于何时的私情，更增加了对宋加文自律性的质疑。在宋飞扬坠楼案中，没有人是无辜的。如果没有冯巧巧与邻居伍玉祥的婚外情，也许他们依然沿着生活的正轨平静地生活下去，儿子失却安全监护坠楼的概率大大减少。正是因为宋飞扬撞破了冯巧巧新男友绍言和另一个女性的偷情，绍言才愤恨地将本本掐死从窗口扔下楼，宋飞扬才会跟着本本从窗口跳下。从这种角度看来，宋飞扬的死，冯巧巧更难辞其咎。荒唐的是，在法庭上代表正义和道德的余红侠，在已婚的情况下还和陈小雅发生暧昧关系。作者似乎将刘凤梨塑造为追求自由的灵性女子，几乎每个遇到她的人都被她的风采折服，事实却是刘凤梨和其他人一样，都打着追求灵魂自由的旗号行伤害他人之实。虽说女儿马林果是遭强奸的后果，但将她交给和自己是"一路人"的小酒馆老板娘却又担心她的教育，在希望宋加文忘记两人之间羁绊的同时请求他常去看望自己女儿，这种自相矛盾的做法难道不是一种对自己的放纵？难道盗窃了"不义之财"就能为盗窃正名吗？自己曾遭到强奸，丈夫刺杀行为不端的厂长被枪毙，就能够成为报复社会的理由吗？在与陈小雅并无直接接触的前提下，因讨厌她的言行而将宋加文的裤子划破，难道不也是一种有意的是非混淆？刘凤梨口口声声"别设圈套规范我"，似乎不懈地追求所谓自由的灵魂是一种潇洒，在不断忏悔的同时却又为自己找借口。人始终是社会的人，"人在现实性上是一种社会关系的总和"，个体不是孤立存在的，必然寄挂于某种社会架构，人与人之间貌似独立，实质存在"蝴蝶效应"，牵一发而动全身。将自己的欲望管制在合理范围内，或者寻求更为恰当的实现方式，应成为人的自觉要求，否则将引发一系列人生悲剧。

小说中的所有女性，几乎都是他人欲望放纵、破坏社会秩序的受害者。张桂芝14岁被人强奸；刘凤梨读大学时也遭到强奸致孕，丈夫因喜欢的女孩子受到厂长亲睐将厂长杀死，导致家庭四分五裂；郑玉瑶在精神病院中成为李其才的玩物；刘天园被邻居强奸精神失常，住进精神病院后遭到李其才糟蹋再次自杀……"强奸"甚至成为小说的关键词。巧巧带宋飞扬探望宋加文母亲和外婆后，宋加文给冯巧巧打电话表达亲近情感时说的是"我真想把你强奸了"；在和郎乡讨论刘天园的困境时，郎乡认为解决问题的唯一方法就是"强奸她";李其才甚至因自己强奸刘天园后,刘天园恢复意识而沾沾自喜。暂且抛开"强奸"话语中隐藏的男性对女性的统治和仇视,就强行发生性关系而言,主导强暴行为发生的是身体欲望的极端放纵。正如刘天园对性爱的质疑,"如果要问夜晚最强大的声音是什么,那决不是风声雨声,而是做爱的声音。它控制了男欢女爱的人们,风靡全球,激荡四海"。在大学教师、知名作家、律师、医生、商人、画家、社科研究员等"上流人士"的道貌岸然下,是暗流涌动的越轨的情欲,就连远离故事主线的郎乡担任大学美术教师期间,都将性骚扰女学生美化为"一次极端流畅却是错误的线条感应",人成为欲望的奴隶,为无穷尽的欲望所驱使。小说中有意识管理自己欲望的只有王喜林和刘天园,这两人的遭遇却令人唏嘘。刘天园以为自己是同性恋者,对室友朱珠充满了依恋,在朱珠结交男朋友后,绝望自杀。这种举动表面上是情感的困扰或绝望,深层次细究下去,其实她对自己的同性恋倾向充满了罪恶感。在宋加文去医院探望她时,她曾绝望地问:"同性恋是一种不文明的行为,是吗?"她的自杀有着对自己同性恋倾向的遏制,她认为自己是罪恶的,自己对女性身体的欲求"不文明",唯一能够将这些萌发膨胀的身体欲望扼杀的方式就是毁灭自身。刘天园曾对宋加文寄寓期望,在目睹他和刘凤梨旁若无人的亲昵举动后,她意识到他的不可靠,发现王喜林才是自己最为信赖的人。王喜林是个处事非常"认真"的人。在第一次见面,他就爱上了刘天园,在生活和工作的接触中,他始终彬彬有礼,决不做违背刘天园意愿的事情,想要唤醒刘天园的自主意识,也仅仅是把她揽在怀里。面对灵芝的诱惑,他以"阳痿"的借口明确拒绝,当刘胜才问他,如果他事先知道强暴会令刘天园清醒,他是否会对刘天园实施暴行时,"王喜林沉默片刻,以极其冷静的口吻说:'我不会,我永远不会去强暴一个女人,因为我是个男人。'""我只喜欢结束一种生活再开始一种新生活,无法忍受双重生活压迫在我身上"的表白,揍了留学博士后打电话给宋加文,让他把博士送去医院的请求,都说明在生活中他有控制身体欲望,将欲望满足局限在合理范围内的理性意识,体现了他的自律和底线。可是这么一个"好男人",他的妻子却坚决要求与之离婚。妻子离婚后甚至给同事发喜糖庆祝,爱上的刘天园两度遭人强奸,自杀身亡。在欲望泛滥的时代,没有人是无辜的,也没有人是幸福的。

## 第二节 民间书写与疾病隐喻

疾病符号在迟子建的小说中大量出现。《门镜外的楼道》中扫楼道的清洁工老梁，被逼着与表哥结婚，生下一儿一女都是痴呆，丈夫因锅炉爆炸失去双腿瘫痪在家，她带着"一傻一残"两个男人艰难度日；《福翩翩》中刘家稳因车祸失去双腿病退在家，生活起居全靠轮椅，依然熬夜写对联卖钱补贴家用；《盲人报摊》中吴自民和王瑶琴这对盲人夫妻苦心经营一个小报摊，王瑶琴怀孕后不得不发起募捐为下一代准备；《亲亲土豆》中秦山肺癌晚期惦记的还是家里的土豆还没收；《白银那》中陈守仁中风偏瘫，中年卧床不起，还把控着家庭的话语权，指挥儿女要彻夜捕鱼；《起舞》中丢丢意外被截取一条腿，齐耶夫也患有肺病，仍将咳出的血说成欢迎妻子回家的草莓……身体的伤残、疾病意象在迟子建的小说中如影随形，长篇小说中的人物更是各有各的伤痛疾苦。《树下》的七斗受惊后常生病，好友福根脸上长着不知名的癣，老船长的好友死于脑溢血，米三样常年患有风湿病，七斗唯一的儿子多米四岁多时因白血病夭折，似乎每个人身上至少都带有某种残缺，疾病也成为身体的一部分。甚至《白雪乌鸦》中整个傅家甸都生活在鼠疫的阴影。精神上的疾病在迟子建创作中出现的频繁更让人咋舌，《雾月牛栏》中的宝坠、《罗索河瘟疫》中的领条、《雪坝下的新娘》中的刘曲，还有《疯人院的小磨盘》中的小磨盘、《额尔古纳河右岸》中的安草儿等已成为当代文学长廊中的经典形象，以至《在理性与疯癫之间——读迟子建〈疯人院的小磨盘〉》《论迟子建小说中的畸异人物》《论迟子建小说中的"疯癫"者形象》《迟子建小说中的"傻子"形象研究》等论著将迟子建小说中的精神疾病书写作为某种特定现象进行研究探讨。

与其他作家将疾病视为生活的越轨、身体的异常不同，迟子建将疾病视为一种生活的常态来书写。疾病是身体的一种异常，然而却是生活的日常。身体的生物性使其具有不同的两面，"每个降临世间的人都拥有双重公民身份，其一属于健康王国，另一则属于疾病王国"。① 每个个体身上、每

---

① 〔美〕苏珊·桑塔格：《疾病的隐喻》，上海译文出版社，2003，第5页。

个人身边都潜藏着疾病的无限可能。当人们将疾病视为人生的某种不完满，是生活的意外，这种"不完满"和"意外"的大量出现，实际喻示了人类面临的普遍困境。无论是健全人还是残疾人，无论女性还是男性、老人或者小孩、富人或是穷人，没有人的生活是圆满无缺的，总有这样那样的意外，不是身体上的欠缺就是精神追求受阻，不是经济上的困窘就是家庭关系的破裂，每个人都面临着相通而又不同的生命欠缺、生活困境。每个人都不完满，每个人都有"病"。迟子建的疾病书写正是在对人类生存困境的深刻理解上展开。于是我们看到，即使是在鼠疫蔓延，每天都有大量的人死去的绝望情境下，傅家甸人的生活都如常进行，吃饭、喝酒、调情、做爱、生育、死亡，日常生活的每一进程都在进行，并没有因为疾病、死亡而停滞。迟子建坦言，在《白雪乌鸦》中，她想要展现的"是鼠疫突袭时，人们的日常生活状态"。不仅《白雪乌鸦》确实如作者所愿，成为一幅鼠疫时期的"浮世绘"，种种人生在傅家甸同时上演，其他小说中展现的也是困境中的凡俗人生。但人物面对疾病的态度却是坦然的。

秦山（《亲亲土豆》）看到自己咳出血住进医院后，只觉得"人生埋伏着的巨大陷阱被他踩中了"。放弃治疗偷偷回家，有经济上的困窘，也有秦山对妻子的怜惜，更重要的是他对疾病的坦然。回家后，秦山依旧在土地里劳作，"一家人收完土豆后便安闲地过冬天"，李爱杰也仍然"平静地为他做饭、洗衣、铺床、同枕共眠"。丢丢（《起舞》）对自己丢失的一条美腿也毫不可惜，相反她常常怀念出事那一瞬间起舞的感觉。"因为她在失去右腿的那个瞬间，在一生中唯一起舞的时刻，体验到了婆婆所说的离地轻飞的感觉，那真是女人一生中最灿烂的时分啊，轻盈飘逸，如梦似幻！她至今回忆起那个惊心动魄的时刻，仍有陶醉的感觉。"同样齐耶夫面对自己咳出的血，只是"直起腰，擦了擦嘴，牵起丢丢的手，柔声安慰着妻子：别怕，老天知道你喜欢水果，特意让雪花为你打了个豁亮的水果架子，再让我撒上几颗红草莓，迎你回家啊"。因错误治疗失去听力的聋儿（《芳草在沼泽中》）却在无声的世界中获得别人体会不到的快乐，得到了内心的安宁，被孩子爸爸废去一条腿的老医生和孩子一家相互扶持，平日常陪孩子玩教他识字。吴自民和王瑶琴（《盲人报摊》）曾经十分担忧生下的孩子眼睛残疾，最后他们决定放弃这种担忧，王瑶琴意识到，不可能为孩子准备好一切，"要让他有点不足，缺陷会使人更加努力"。在刘奶奶家的悲剧面前，他们意识到失明不仅带来痛苦，还有一种因单纯而生的和谐。这种"孩子不管是否盲人，都是上帝赐予的。他们觉得会加倍爱惜那孩子"的态度，体现了他们对身体残缺的从容接受。迟子建小说中人物面对疾痛伤残的坦然和正视，体现出的是一种返璞归真的自然生态观。在疾病面前，人类依然要生存、繁衍生息。疾病并不意味着生命的停止，而是另一种生活方式的开始。

从迟子建对疾病与人物结合的安排上，可以明显地看出她书写民间疾苦的倾向。疾病在她笔下大量出现，然而她更倾向于表现底层人民的苦难。无论是老梁、刘家稳、吴自民、王瑶琴还是秦山、丢丢、齐耶夫、王秋萍的丈夫等，都是生活在底层的劳动人民。这种安排使迟子建的创作呈现出一种"苦难"叙事的色彩。作者似乎意欲用艰难的生存环境去烘托主人公在困境中愈显高贵的质朴人性之光。

吴自民和王瑶琴虽然双双失明，却是比健全人更为恩爱的夫妻。因病失明的丈夫为了弥补妻子先天的不幸，常常给她讲解颜色的变幻多姿。文中多次描写他们恩爱的细节。"早饭后他们像以往一样手牵手走出家门"，"吴自民将壶盖拧好，挂在王瑶琴的脖子上，趁势捏了一把她的脖子，王瑶琴咯咯地笑起来"等种种细节是他们"全院不吵嘴的夫妻"的证明。其他身体健全的家庭却常常家无宁日。阿三夫妇经常吵架，"摔锅掷碗的"；另一家的婆婆和儿媳摩擦不断，儿子出差时矛盾爆发，刘奶奶用剪刀把孙子扎成重伤，自己也上吊自杀。眼睛的残疾使吴自民和王瑶琴避免了这些家庭纷争，吴自民的感慨反映出作者用失明为人物构筑童话世界的设置。"全院子里只有我们是不吵嘴的夫妻，因为我们相互看不见，在我心目中，你是世上最美最好的女人。""你也是。"失明不再是一种痛苦，而成为家庭和谐的基石。

《起舞》中丢丢在老八杂是受人称道的人物，"老八杂的人，但凡遇见难事，都爱凑到丢丢那儿请她拿个主意，虽说她是个女人，却是老八杂人的主心骨"。但丢丢和齐耶夫的感情也出现了危机。在习惯着丢丢温存恩爱的同时，齐耶夫深深地迷恋着罗琴科娃。丢丢的伤残实现了对齐耶夫最严厉的谴责。"齐耶夫一看到丢丢的残肢，眼泪就抑制不住地流下来。他憎恨自己。如果搬迁的前夜他不讲他与罗琴科娃的故事，也许丢丢就不会在绝望中返回半月楼，要做一回起舞的红蜻蜓。如果丢丢死了，他的生活再也不会有光明了。"他终于意识到丢丢对自己的意义，得以从思念罗琴科娃的痛苦中解脱出来。"齐耶夫不再去找罗琴科娃了，对她除了一份怜惜外，再也没有那种爱到深处的锥心刻骨的思念。直到这时他才明白，他爱丢丢。丢丢的根扎在这里，这里也是他的故土了。"在丢丢出事之前，齐耶夫虽然生在中国，长在中国，却对自己的生父充满了向往，对父亲所在的地方也充满了依恋。与俄罗斯女孩罗琴科娃的恋爱使他有种回到家乡的归属感。"他俯在罗琴科娃身上，就像匍匐在故乡的大地上一样踏实。"与罗琴科娃分开后，他长久生活在痛苦之中，甚至一听到琴声就头痛欲裂。是丢丢的意外出事把他从无谓的寻找和绝望的痛苦中拯救出来，也成为拯救他们婚姻的转机。

身患肺癌的秦山和妻子李爱杰一生相濡以沫。他们去土豆地干活时总是并着肩走；入院后在李爱杰要离开时，秦山总要拉住她的手，在等她来医院时为她叫好一碗小米粥，搁在自己肚子上保温；秦山偷偷离开医院回家之前，还特意给李爱杰买了一条旗袍，嘱咐她穿给别人看再找一个依靠……疾病并没有消磨他们之间的温情，没有呈现出王秋萍及其丈夫之间的撕裂痛苦，而以一种互相体谅、爱护的情境出现。结尾处秦山的葬礼上，一只土豆滚到李爱杰脚边，她轻轻一句"还跟我的脚呀？"的爱嗔，更增添了小说的温情。刘家稳下肢瘫痪，最关心的还是妻子的身体。为了省点煤，他独自在家从不点火暖和自己，只在妻子回家前点起火，"这样她下班回来屋子就有热气了"。写春联卖钱的最大愿望，也是要给妻子买一台颈椎治疗仪。面对多米在怀中去世的噩耗，张怀竭力劝慰七斗："咱们还会有一个孩子的。"张怀搂着七斗的肩头说："会有的。"七斗说完，她热泪盈眶。从这番对话可以看到在经历了种种风波后两人内心依然充满了对生命的执着和继续生存下去的勇气。

在迟子建构筑的小说世界里，疾病并不能使人被压垮，也不能使人的心灵扭曲，相反疾病突出的是苦难中闪耀的人性光辉。在沉重艰难的现实生存，书写坚韧善良的人性坚守，以此达到对现实人生的超越，体现的是迟子建本人对底层劳苦大众的人文关怀。出于对下一代的担忧，王瑶琴和吴自民决定为孩子募捐，并承诺如果生下的小孩不是盲人，会将收到的捐助献给另一个盲人儿童。报摊来来往往那么多人，生意一直很红火，募捐者却是寥寥无几，半个月下来只有二十多元。更多的人怀着围观的质疑："谁知道她怀没怀孕？现在的人为了挣钱，什么法子都想得出来。"刘家稳写一晚上的对联，柴旺摆摊一整天，才能卖得二十多块钱。两家人平时勤勤恳恳省吃俭用才能勉强度日，花疤瘌靠着小混混的习气却赚得多处房产，养着几个情妇，一出手就赏了柴旺八百元。聪明乖巧的聋儿因医疗事故失去听力，家庭困难，父亲柱子捕了白鹤卖，却被抓了起来，买白鹤享用白鹤的人却不受处罚。丢丢为了维护半月楼失去了一条腿，老八杂的人让出了土地，在新建的龙飘花园里却无立足之地。张怀、马占军、秦山、王秋萍等农民家庭，一辈子在土地里辛苦劳作，为城市输送食粮，却禁不起一次疾病的冲击。面对死亡和疾病的平静，究竟是本性的坦然还是面对现实的无可奈何？老梁带着一残一傻两个男人生活，独自支撑家庭，却因为和老刘的互助失去了工作，受到众人歧视……当迟子建一遍遍用底层人民苦难中的温情感动读者时，也在启发读者的追问：当吴自民、王瑶琴、聋儿、老梁等劳动人民因身体伤残而陷入生存困境无助挣扎时，社会援助之手在哪里？当刘家稳因伤残病退家庭收入骤减时，领导官员们却和混混花疤瘌沆瀣一气公款吃喝时，社会监管在哪里？当少数人的享受建立在大多数人的苦难上时，这个社会是否已经出了严重的问题？这也是《青草如歌的正午》中陈生的追问。陈生的妻子杨秀患有胃癌，因为没钱无法动手术病逝。邻近的镇子为吸引游客花费巨款举办冬季运动会，为了满足滑雪的需要，只能花钱雇人买雪背上山，"足足花了好几十万块钱"。陈生不禁问："为了玩就花好几十万块钱，这世道是不是就不像话了？这钱能给多少得病的人开刀?!""人要不玩也死不了，要是得了病没钱开刀就得等死。他们只看重那些活蹦乱跳的人，却不管要死的人，这像话么?!""杨秀得了重病，因为没钱，住不起院，开不起刀，只能在家硬挺着吗，就把一个大活人给挺死了。你们有张罗运动会的那些钱，能给多少个人开刀，杨秀就死不了了。"[①]当社会资源分配失衡成为一种常态，陈生的发问振聋发聩。这也正是迟子

---

① 迟子建：《青草如歌的正午》，见迟子建《清水洗尘》，中国文联出版社，2001，第172页。

建疾病书写的要义之一。文学应当有关注现实、拷问社会的勇气，迟子建的疾病书写透露了她对底层人民的关怀，和对社会问题的思考。这是她本人朴素的人道主义立场的体现。

# 第三节　生灭皆常的身体原旨观

在迟子建的作品中，死亡叙事的首要特点是死亡现象的大量出现。截至 2015 年，迟子建共创作《树下》（《茫茫前程》）、《晨钟响彻黄昏》、《热鸟》、《伪满洲国》、《越过云层的晴朗》、《额尔古纳河右岸》、《白雪乌鸦》、《群山之巅》8 部长篇小说，每篇小说都有对死亡的指涉。《伪满洲国》《额尔古纳河右岸》中死亡事件密集出现，《白雪乌鸦》的故事线索是瘟疫下人们的接连死亡，《树下》中女主角七斗的每一次成长都伴随着亲人的逝去……早有研究者从童年经历的角度探究死亡在迟子建作品中频繁出现的原因，迟子建也坦言自己是在一种"死亡的气息"中成长的。其次是冷静客观的死亡叙述方式。迟子建笔下的死亡身体书写常出现残酷与温情两种风格特质的交缠。单从写作风格而言，迟子建对死亡情景的描述含有冷静、客观的基调。第一部长篇小说《树下》中姨妈一家被朱大有枪杀的情景：

> 姨妈正死去活来地趴在姨夫身上哭泣，然而很快又一颗子弹打在姨妈身上，七斗看见姨妈的脖颈处溅出一大团鲜血，姨妈最后"啊"了一声，便松懈了四肢，像块红色的布一样罩在姨夫身上。
>
> ……
>
> 七斗看见子弹穿向两个表弟，大表弟被击中了左胸，而小表弟则被击中了小便部位，小表弟捂着那痛苦地抽搐着，然而没能等他挣扎几秒钟，又一颗子弹飞来击中了他的头部，小表弟的脑袋像红气球一样爆炸了，他也倒下去。

作者力图还原姨妈一家被杀时的情景，采用了"红色的布""红气球"等常见事物作为比喻，意在通过日常普通事物做喻体，突出死亡的平淡，实际效果是消解了死亡的可怖，甚至使文段呈现出一种俏皮的气质，暗含一种主体情感的疏离。《伪满洲国》中被日军剖出腹中胎儿的孕妇美莲何其悲惨，被割喉死后，肚腹"却依然喷出一汪汪的血水"，迟子建却用"艳极了的牡丹的花瓣在临风舞动"来比喻，情景之凄厉和叙述之轻松形成强烈的对比，使人触目惊心。其他人物的死亡也被作者以客观冷静的口吻道来。

就在一个日本军官挥手之间，机关枪的火舌像炽烈的岩浆一样喷涌而出，顷刻间，人群中血肉横飞，惨叫声惊天动地地响起。一个八岁的孩子当时正啃着月饼，子弹当胸穿透他的脊梁，他弹跳了一下，手中的半块月饼飞向空中。这月饼落下时滑着一个老人血肉模糊的脸，立刻就成了血饼子。……他们用刺刀挑开最上层的人，看看压在底层的还有没有活着的。只要逢到一息尚存的，锐利的刺刀就会穿透这人的咽喉。人会发出最后的"呃——"的呻吟，如同吃饭时被什么东西卡住了的声音。……她只觉得肚子突然一阵粉身碎骨般的裂痛，刺刀已经挑开了她的肚腹。美莲惨痛地狂叫着，恍惚中看见刺刀忽然挑出一团紫红的东西，她觉得肚子空空如也，她拼足力气挣扎着扑向那团血团，日本兵机敏地将刺刀端头的婴儿抛绣球般掷向远方，然后反身麻利地刺中美莲的咽喉。美莲照例同经历这个瞬间的其他人一样"呃"地叫了声，再无声响了。

这段关于屠杀场景的描写顺畅，读下来甚至有一气呵成之感，死前"呃"像吃饭时咽喉卡住的形容，孩子啃月饼的情景，以及"照例"等词的运用，透露出一种冷漠、接近"零度"情感态度。其他更为骇人的死亡，作者处理得更为简单。小和尚杨昭在老家被胡匪吃掉了。"两个胡匪见杨昭昏迷了，就先剜出他的心来生吃，然后他们又点起火来，将他们认为人身上最好吃的部位剔下来，扔到锅里去煮。未等煮烂，他们就掀开锅大嚼大咽起来，吃得心满意足之后，就连夜逃回山上。"分明是惨绝人寰、匪夷所思的人吃人情景，却好像普通人家吃火锅下面条一样简单自然，甚至不及在描述鄂伦春人风葬前杀马有一句"让人不忍去看"的怜惜。张秀花为掩饰杀害亲儿，撒谎说自己去"拉了泡屎"，也是将死亡与排泄等形而下的日

常联系在一起，降格了死亡事件的庄重性。这种死亡处理方式充分体现了
迟子建的死亡观。在《死亡的气息》中，作者坦言童年经历使她意识到人
突然的死亡是生活的一种常态，"死亡是随时都可能发生的事情，它同人吃
饭一样简单"①。她笔下人物的死亡确实践行着这种观念，如以说媒为乐的
张家老太吃着豆子就被噎死了。如此种种似乎表明在作者的观念中，死亡
作为生命的一个必然过程，无论方式、过程，结果都是一样的。人的身体
的消亡，和一片树叶、一朵鲜花的凋落没有本质上的区别。然而并不能就
此认为作家不认可现世生命的可贵。作为创作的组成部分，迟子建的死亡
书写必须与她的创作主题相结合。从 1980 年代发表第一篇作品开始，迟子
建的目光始终投向中国底层劳动人民的苦难日常，书写小人物生死之间的
无奈挣扎。在这种大纲领下，迟子建看似冷酷的死亡叙事就有了特殊意味。
迟子建在描写底层人民生活时采用的是平等的视角，将自己视为底层劳苦
大众的一员，切身地理解、体会他们的喜怒哀乐。人有"物伤其类"的本
能情感反应，正因屠杀、吃人的情景过于血腥、残忍，不得不采取一种接
近零度的情感来进行观察，只有将主体感情从事件中抽离，视人的死亡等
同于物件的损耗才能减轻内心的痛苦。冷静的死亡叙述是迟子建作为叙述
者自觉的克制和理性体现。

　　死亡叙事中，不仅体现着作者的生命伦理观，还蕴含着作者对宏观的
社会文化秩序的思考。迟子建的死亡叙事存在冷静客观的死时情景叙述和
温情的死后灵魂想象，支配着两者同时出现的是作者万物有灵、生命平等
的原始身体秩序理念。《额尔古纳河右岸》中几乎每一次死亡都伴随新生。
尼都萨满在救活列娜之后，先前还活蹦乱跳的灰色小驯鹿毫无预兆地一动
不动倒在地上，"代替"列娜死去。列娜从灰色的小驯鹿身上换来的生命没
能持续多久。在搬迁营地时，失去孩子的母驯鹿主动让列娜骑上它，把列
娜遗落在雪地上。当列娜死后，母驯鹿已经干枯的奶汁又涌了出来。生命
的神秘性在人和驯鹿的生死替换间得到了淋漓尽致的展现。妮浩萨满在第
一次跳神时就得到了神示，她每救活一个人，就必须失去一个自己的孩子，
因为"天要那个孩子去，我把他留下来了，我的孩子就要顶替他去那里"。

---

① 迟子建：《女人的手》，明天出版社，1999，第 12 页。

哈谢和玛利亚长期无子，哈谢的父亲达西死后，玛利亚立刻就怀孕了。在大自然中，生命是有定数的，也是平等的，驯鹿的死和人的死同等重要。作者所描述的个体生命的无常，恰恰是建立在集体生命的恒常轮回上。这种现象在文学叙事中具有神性意味。还有熊不会袭击露出乳房的女人；雷来自天上，要还雷于天，所以被雷电击中的林克风葬的墓要离天更近一点；吊死的人要连同他吊死的那棵树一起火葬等，都是对自然人身体的想象，具有人类对自我与自然关系的原始思考印迹。但并不能就此认为迟子建的生命观完全来自活跃于东北大兴安岭地区的萨满教影响。文本中确实对萨满教的跳神、丧葬仪式等有较为详尽的描写，鄂伦春人也常在其他作品中出现。但迟子建着重描写的自然动植物和人的生命之间的"等价交换"，体现出的万物有灵、生命平等观，并非为萨满教所独有，而是广泛存在于多种宗教思想中。"泛灵信仰是人类早期对人自身以及外部世界的错误认识和幼稚经验的产物，普遍存在于各民族文化的早期发展阶段。"① 在任何一种宗教教义中，都能寻得灵魂说的阐发。因此迟子建所建构的灵魂世界，并不是简单地受到萨满教的影响，而是原旨性自然身体秩序的回归。人类一旦形成社会，死亡就不可能保持原始的自然意义，而必然具有文化意义。在部落中人的死亡并非私人的死亡，而是集体性事件，牵涉集体对死去的人生平的评定，即生存意义的赋予。迟子建将死亡等同于吃饭、拉屎、红布、红气球等日常，将人的生命等价于一只驯鹿或一只狼、一棵树的生死，是对社会赋予死亡以意义的剥离，实际上就是去除了身体的社会性、文化建构性，而将身体本质回归于自然万物的枯荣。

　　少数民族文化对迟子建身体叙事的影响还表现在对死后世界的建构之中。在大量表现死亡的同时，与死亡情景冷酷的叙述相反，迟子建对人死后的想象投注了相当的温情。迟子建相信人有灵魂一说，死亡在她看来仅是肉身的消亡，灵魂却依然活跃。《树下》中七斗曾多次在梦中与被杀的姨妈一家交流。"他们仍然住在过去的旧房子中，室内没有光线，因而他们的脸看上去都是青的。姨妈温和地坐在一只矮板凳上拣米里的沙子。"显然姨妈他们到达了另一个世界，那个世界的人们和人间并没有什么不同，他们

---

① 马昌仪：《中国灵魂信仰》，上海文艺出版社，1998，第23页。

一样要吃饭、上学、养鸡、种植、找工作，也会哭泣、难过、尴尬、羞愧，凡人世要经历的一切，另一个世界的人们也须经历。这种肉体消亡灵魂永存的死亡想象，与作者亲身经历有关。在父亲去世后第二年七夕节，迟子建睡在原本属于父亲的位置上，"然而才躺下不久，我就觉得有人不停地挤我，想把我挤下床，我便也推这个人，这时我清清楚楚听见父亲说话了："挤什么挤，我一年才回来一次'"，她连忙向"父亲"道歉回到自己的居室。这次经历使她意识到，死亡并不是生命的终结，而是另一种生命形式的开始。在李爱杰的理解中，从土豆坟堆上滚到她脚边的土豆，是生前爱跟她脚的秦山的化身；《额尔古纳河右岸》中去世的达玛拉变成一条蛇，在依芙琳耳边说："依芙琳，你就是再跳，跳得过我吗?"……此类生命转化的想象消解了死亡的恐怖意味。一个顺流而下被装点了鲜花的女尸，不但没有让紫环感到恐惧，甚至引起了她的羡慕，她对胡二说："那如意可真漂亮唯，插着那么多花，躺在上面又能闻到香气又风凉，真是不错。等有一天我死了，你也这样让我躺在如意上走，就不枉活一场了"。死亡不仅不可怕，甚至成了紫环向往的去处。迟子建作品进行的是一种众生相的描绘，她的目光投向最普通、最底层的人们，他们的生命也像蝼蚁般，湮灭后悄然无息。关于亡人魂灵去处的想象，使死亡充满了救赎意味，"死人的灵魂的归宿也只能在人间。人们受尽了房屋的囚禁，受尽了那些稻米、蔬菜的喂养，身心必定要脱离于这些，去森林的清风明月下做个自由的精灵，一定是这样的"。对于在苦苦煎熬默默忍受的人来说，死亡意味着现世苦痛的结束；对于活着的人来说，却正是因为亲人的死亡带来的痛心特别强大，不得不相信亲人在另一世界生活，以告慰自己破碎的心灵。

对死亡的不同想象，体现了作家不同的生命本质观。据考证，灵魂信仰是原始人类智力、思维发展到一定阶段的产物。"吃人，包括吞吃自己的父母，看来是所有民族在发展过程中都经历过的一个阶段。"[1] 在茹毛饮血、如野兽般吞吃同胞身体的旧石器时期，人类社会不可能出现灵魂之说。直到山顶洞人时期，原始人类有了人与其他动物、生与死之分，出现了将死者埋于下室的活动，这意味以死亡想象/灵魂信仰为基础的原始宗教思想的

<hr>

① 恩格斯：《爱尔兰史》，《马克思恩格斯选集》（第四卷），人民出版社，1995，第94页。

诞生，并从此深刻地影响着人类文化的发展，直至今日仍对人们的生活产生无法估量的影响。中国虽有鬼神之说，但这与文化结构中的"身心一元论"并不矛盾。与身体是气之凝结相对应，在中国古代灵魂说中，"魂"也是气的一种。人的死亡是阳气的"气绝"，灵魂则是失去阳气后阴气的逸散。更重要的是，灵魂学说难以得到儒家正统思想的正面认可。中国文化深层结构中，儒家的生命伦理观是主导民众死亡态度的中坚力量。"子不语怪力乱神""不知生焉知死"等告诫以及对"不问苍生问鬼神"的批评，乃至"死而不朽"只能冀望于"立德、立功、立言"的建议，都说明与想象死后世界相比，中国传统文化精神更强调对现实人生的关注。鬼神灵魂观念在我国民间长期盛行，各时期儒家继承者对此都存有争议。儒家创始人孔子对死后世界的态度也颇为暧昧，"吾欲言死者有知也，恐孝子顺孙妨生以送死，欲言无知，恐不孝子孙弃不葬也，赐欲知将无知也，死，徐自知之，犹未晚也"，这番话说明了孔子的矛盾心境。但究根到底，孔子对死后世界、鬼神说的回避，都基于对现世生命服务社会人伦的思路。总体而言，正统儒家对鬼魂之说采取敬而远之、存而不论的态度，并没有建立完整的死后世界体系。灵魂学说更多是作为道德法制的补充，以宗教的面目发挥劝人从善的现实效用。王旭烽和宗璞继承的正是儒家知生、重生、珍生的生命观，既不回避死亡的自然存在，也不过分夸大死亡的可怖，而将"成仁""成义"等人生社会价值的最大发挥来实现对死亡恐惧的超越。迟子建作品中对灵魂和死后世界的想象，更多是一种民间鬼神说的性质。"那最后一口气，它是活生生的，它定能脱胎换骨的。那最后一口气的命运肯定是有好有坏的，好的飘向窗外，飞向半空，与云霞为伍了；坏的呢，它遇到瘴气，被裹挟进去，又回到人间害人了。"《伪满洲国》里老中医对杨昭说的这番话正是善恶有分的宗教性魂魄思想的体现。

迟子建在作品中描述了大量因现代化侵入而死亡的悲剧事例。《群山之巅》中安大营死后被定义为英雄，入葬青山烈士陵园。他的死却是因为于师长的钱色交易。一个原本前途无限心怀抱负的年轻生命，因为军队的等级不得不违心为长官服务，明知道干的是见不得人的勾当，还要把喜欢的姑娘往师长房间送，"烈士"的死后待遇成为对腐败权力的辛辣讽刺；《晨钟响彻黄昏》中幼童宋飞扬单纯无辜，却因目睹继父偷情意外坠楼而死，他的离去是对以爱情为名行纵欲之实的当代两性关系的尖锐谴责；《青草如歌的正午》中杨秀、《亲亲土豆》中的秦山等底层人民身患绝症无钱医治，导致家破人亡，与此同时大量的社会资源却流向滑雪场等娱乐活动，荒凉与奢侈的鲜明对比，是对当代社会繁荣表象的深刻质疑。王旭烽的"茶人三部曲"中杭嘉乔、吴有、吴坤在一定程度上也是放弃了传统修身理念，选择个人欲望的张扬，唯利是图、趋炎附势，最终走向"多行不义必自毙"……"当文化转型的汤汤之潮漫过这个世纪最后一道堤坝的时候，人们心中一切既成的价值观念、生存方式以及精神信仰终于变得摇摇欲坠"。[①]迟子建企图让人的身体回归自然，王旭烽强调家国观念，宗璞对自我知识分子、精英身份的高要求，都是对传统中华文化的继承和宣扬，是对业已走向失序、享乐主义、消费主义、虚无主义甚嚣尘上的现代文明身体秩序的无奈回避和反拨，"身体回归"与"文化重塑"形成同构，具有深刻的现实意义。

---

① 洪治纲：《大于生命的赌注——王旭烽创作论》，《当代作家评论》1994年第6期。

# 结　语

就文学创作身体话语系统的范式而言，中国当代文学至少有四个分期：
1949～1970年的"十七年文学"与"文革"叙事；1970年末到1980年末的
新启蒙叙事；1990年末至21世纪初的新生代叙事；21世纪初网络文学萌芽
至今。中国当代文学的身体表达经历了多重嬗变。

1949～1970年"十七年文学"与"文革"叙事对文学身体的表达进行
强有力的管理，普遍而言表现为个体身体经验的隐匿和集体身体的凸显。
究其根源，1950～1970年对文学身体表达的规范有中国"以心抑身"的文
化传统的影响，更重要的是过激的现代化理想必然要求国家话语和阶级话
语对身体的"殖民"。"可视之为万民的联合，他们为了公共的和平、防卫
以及利益而团结得像一个人一样，支持一个公共的权力"。① 社会学家霍布
斯指出，社会个体要谋求自身利益最基本的包括身体安全与和平等切身利
益的最大化，首要前提是将其个体权利移交给第三方——国家的社会。作
为众多社会个体的集合，国家为普遍的稳定创造了条件。1949年中华人民
共和国成立意味着近百年来战争、动乱的结束，人们经历长时间的颠沛流
离后首次得到和平时光，但是新政权对人们群众的鼓舞是建立在社会主义
优越性的承诺上的。为了尽快体现社会主义的优越性，"赶超英美"，国家
必须充分发掘身体的经济价值。为了最大限度开发生产力、利用生产资料，
从个体走向集体几乎是一种必然。在这样的时代背景下，通过塑造"高大
全"的英雄人物，丑化、矮化反面人物来帮助普通民众来完成是非观、价
值观的树立是这个时期文学叙事的基本规律。

在这样的前提下，身体的欲望本能和中国人根深蒂固的血缘情结成为了

---

① 〔英〕布莱恩·特纳：《身体与社会》，春风文艺出版社，2000，第158页。

国民身体改造的实际阻碍：前者会导致对规训的背叛和社会秩序的破坏，后者则会促使人放弃集体利益而倾向自我或家庭利益的满足。在"十七年文学"和"文革"叙事中，充斥着对欲望身体的压制和贬低，直接呈现为对女性身体特征的模糊。中华人民共和国成立后，女性社会地位得到了前所未有的提高。"妇女能顶半边天""男女都一样，男同志能做到的事情，女同志一样能做到""不爱红装爱武装"等话语屡屡出现。对女性社会角色变化进行的推动，一方面是将个体纳入集体话语的要求，另一方面则是生产力发展的需要。反映在文学创作中，女性地位的提高与女性特征的消匿捆绑出现。"不爱红装爱武装"是当时女性形象创作的真实写照，"中等身材，短发，衣着样式、色彩朴素无华，身体结实有力"是文本中的常见用词，从事劳动生产的"铁姑娘""铁娘子"也成为最受歌颂的女英雄，[1] 对女性特征的强调只能在黑姐己等反面人物身上出现。这种身体规训策略的根本指向是对"性"的禁锢。客观而言，1950~1970 年多种红色经典名作的史学价值大于其文学价值，因其缺乏主体身体经验，不同时代的读者无法从中取得身体经验的共鸣。

1978 年十一届三中全会的召开标志着我国现代化建设进入新时期，关注人的现实生活、日常生活的人道主义伦理取代了阶级伦理，急需鼓舞人们对新生活、新秩序的期盼，引导人们投入新的经济建设中。伤痕文学、反思文学、寻根文学、改革文学等种种思潮接踵而至，逐渐形成了有别于"十七年文学"、"文革"叙事的文学身体话语系统，个体身体经验重新成为文学书写的对象。反思文学、伤痕文学等皆以身体的痛苦引起读者共鸣，以完成对过往的批评和清算。无独有偶，中国当代女性文学创作也在同时期焕发光彩。

宗璞出生于 1928 年，1948 年即以"绿繁"的笔名发表小说处女作《A.K.C.》[2]，创作于 1956 年的《红豆》[3] 发表后引起极大争议，1964

---

[1] 详细论述见刘传霞、蒋凯旋《论 20 世纪 50—70 年代中国文学女性身体形态脸谱化叙述》，《妇女研究丛刊》2012 年 1 月第 1 期。

[2] 《A.K.C.》，法文，意为"打碎它"，发表于天津《大公报》，发表具体日期待考。资料见先燕云《三千里地九霄云——宗璞与云南》，云南教育出版社，2000，附录 2。

[3] 宗璞：《红豆》，首刊于 1957 年《人民文学》7 月号。

年逐渐停止小说创作，"文革"后 1978 年再次发表小说《弦上的梦》①；

张洁出生于 1937 年，1978 年在骆宾基的鼓励下开始文学创作，1978 年在《北京文艺》发表处女作《从森林里来的孩子》，并获 1978 年全国优秀短篇小说奖；

凌力，出生于 1942 年，"文革"期间开始文学创作，长篇小说《星星草》上卷出版于 1980 年；

霍达 1945 年出生，1980 年开始小说创作，1984 年发表小说《追日者》②；

王旭烽生于 1955 年，1980 年发表处女作独幕话剧《承认不承认》；

王安忆出生于 1954 年，1981 年出版短篇小说集《雨，沙沙沙》；

铁凝出生于 1957 年，1980 年出版第一部小说集《夜路》，成名作《哦，香雪》发表于 1982 年；

迟子建生于 1964 年，1983 年开始写作，1985 年发表短篇小说《那丢失的——》和《沉睡的大固其固》。

大批有影响力的女性作家及优秀作品的出现，意味着一种新的文学范式正在建立。张洁的《从森林里来的孩子》可视为典型案例。在小说中音乐家"梁启明"中"启明"指向"启蒙与光明"，也正是梁启明吹奏的长笛打开了孙长宁孩童的混沌，唤起了他对外界的想象，"这旋律在他的面前展现了一个他从来未见到过的奇异的世界。在这以前，他从不知道，除了大森林，世界上还有这么美好的东西"③。不仅孙长宁感受到音乐的魅力，其他伐木工人也在梁启明的演奏中"遇见了自己熟识的朋友，快乐而亲昵"。来自北京的梁启明在小说中实际上是一个现代化文明社会的象征，唤起的是人们心目中对善良等美好品质的向往，和对温情日常生活的期盼。梁启明不仅教授孙长宁吹长笛，教他读写算等文化技能，充当他的启蒙教师，更重要的是他作为一个标杆，让他"到北京去"，指引孙长宁投向现代

---

① 宗璞：《弦上的梦》，首刊于 1978 年《人民文学》12 月号。
② 霍达：《追日者》，首刊于《当代》1984 年 10 月期。
③ 张洁：《从森林里来的孩子》，《北京文艺》1978 年第 7 期。

文明世界。孙长宁在考场遇到的主考官是梁启明的好友，给了他考试的机会，也收留了孙长宁。"夜晚，当孙长宁躺进教授那松软的、散发着肥皂的清新气味的被窝里的时候，从浅绿色的窗帘的缝隙里，他看见天空中灿烂的群星在闪烁。"在这里，从侧面反映知识分子日常生活的"松软的、散发着肥皂的清新气味的被窝""浅绿色的窗帘""天空中灿烂的群星"等元素，直接为读者勾勒出一幅现代化的舒适生活图景，召唤人们自觉投身于现代化建设。

身体的枷锁一旦被打开就迅速走向自我解放。20世纪90年代，改革开放政策取得初步成效，不仅沿海地区已有一部分人先富起来，人们的生活水平也得到了极大的提高，人们对生活物资的需求开始超越了实用性，开始向精致化、审美化发展，更精致、更舒适的身体感受成为新的时代追求。与此同时，中共中央从1980年代初开始调整文化政策的指向，1991年3月1日，中共中央宣传部、国家文化部和广播电影电视部联合发布《关于当前繁荣文艺创作的意见》，正式提出文艺工作"坚持发展多样化和突出主旋律的统一"的主张，要求"在创作内容的多样化中，要突出时代和生活的主旋律"。在政策和经济环境的双重促进下，反映人民生活物质水平的提高，消费方式的多样化成为1990年代小说的重要组成部分。几乎每一个文本都都能轻易找到消费时代的符号，百货高楼、服装品牌、吃喝玩乐等现代化象征与身体感受的细致化、审美化直接关联。无论是现实生活还是文化考察，都把注意力从宏大叙事中抽离，转向普通人的日常生活实践，将视线投向与政治事件相对的私人领域，于是不同社会、不同文化阶段的身体观念和与身体紧密相关的风俗礼仪成为新时代令人关注的内容。在文学中身体成为叙述的主要对象，甚至是唯一对象。"现代叙述看来形成了某种身体的符号化，而与之相应的是故事的躯体化：它断言，身体必定是意义的根源与核心，而且非得把身体作为叙述确切含义的主要媒介才能讲故事。"①布鲁克斯强调了身体成为现代文学唯一的叙述对象的事实，具体而言，"欲望身体"的展演成为此时文学创作的重要景观。

---

① 〔美〕彼得·布鲁克斯：《身体活：现代叙述中的欲望对象》，朱生坚译，新星出版社，2005，"绪言"第2页。

林白在《一个人的战争》中将身体性快感的追求追溯到童年时期；陈染在《私人生活》中描述了黛二小姐对性的独特感受和追求；卫慧、棉棉的情爱叙事相当于直播性爱过程；九丹的《乌鸦》《凤凰》等作品被斥为妓女文学……不仅女性作家用身体进行独白，与此同时，男性作家笔下的性爱也越来越缺乏严肃性。韩东笔下的男性经常在拥有稳定伴侣的同时与多位女性发生性关系，朱文谈及父子一起去嫖娼时的语调更是稀松平常，更不用说因大量性描写遭到删禁的《废都》给贾平凹及出版社带来多少可观的收益……泛性化的写作倾向当然引发极大的争议，受到多方面的批评。有人认为这是文学政治维度缺失影响下的身体堕落和人文精神的迷失。若对90年代文学叙事中的身体写作进行横向考察，不得不感到轻微的分裂：一方面男性作家依然秉持女性作为性欲工具的论调，将女性身体作为一种商品或资源；另一方面女性作家高举身体的旗帜宣称"而我的身体/是怎么也交不出去的……哪怕在你进入的/某个瞬间，哪怕我宁愿/死在这瞬间，我仍然是那个/独自死去的人"①。更吊诡的是，在消费主义的强大意识形态力量下，即使是女性主义读本，也因文本中的性爱描写而使女性身体再次被贩卖，本是身体主权的宣示，最终的呈现却是与男权窥视癖的合谋。可是，站在21世纪第二个十年回头看20世纪90年代的文学创作，发现当时被斥为下流、低贱的美女写作、下半身写作，与当下文学现状相比，依然充斥着极强的理想主义色彩。卫慧和棉棉等的情爱描写中，依然寄寓了自己对文化、人生的思考，乌托邦追求依然在性爱叙事中时时浮现。相较之下，当前文学身体话语系统更让人困惑。

科学技术的发展加速时代的图像化、符码化，更多不同形态的文学创作涌现，图像、声频甚至视频等，都可以成为某部文学作品的表达方式。当下，不仅文学的意义无从找寻，连文学的定义都遭到从所未有动摇和颠覆。有人说这是一个没有阅读的时代，我们看到的却是全民阅读的景象：人人都在微博、朋友圈用140字编写自己的日常叙事，段子手成为新的网络红人，随便一篇网络红人的文章在一个小时内就能达到几万甚至十几万、几十万的阅读量，由网络红文、段子集结而成的书籍稳居销售榜首，网络

---

① 艾云：《献给第三者》，见艾云《用身体思想》，江苏人民出版社，2003，第255页。

写手以人生导师的姿态开了一个又一个文学讲座……我们无法用已有的任何一种文体称呼那些通过社交网络迅速膨胀的文章，故事？散文？小说？随笔？札记？无从标记。如果说新概念作文大赛出道的韩寒一派尚属于文学青年，依然秉承一种对于小说写作的严肃态度，职业网络写手们简直让人大跌眼镜，以无节操无下限的情节来赚取流量和读者已是司空见惯，直接在文末向读者谄媚撒娇求取打赏也未尝不有。身体描写与广告植入紧密相关，情爱叙述是作品阅读量的主要经济增长点，身体无处不在却又无处可寻。本己性的身体感受已经被抛弃，重要的是身体表达所获得的外界反馈，身体遭受到新一轮的异化。深感忧郁的社会研究者甚至认为人类社会将在这种不断循环的身体刺激中走向灭亡，如尼尔·波兹曼就曾宣布现代社会将"娱乐至死"。

1949 年发展至今，中国当代文学已走过 70 年历程。当文学创作自由的时代到来，文学发展的黄金时代又能如愿到来吗？当人人醉心于追逐最新的段子最热的博文，纯文学的读者只剩文学研究者时，文学的时代精神落足何处，又应有怎样的时代精神？正是站在这样的时代岔口，重读几位新时期深具代表性的女作家才越发具有社会意义。长期以来，对女性文学与身体叙事的研究或多或少存在种种误区，如以为女性文学执着于个人情感、身体叙事局限于欲望叙事等，事实上新时期女作家小说创作对当代中国社会生活、民族历史文化、人们生存状况的挖掘等都有着更多维、更立体的呈现，其间蕴藏的人文精神和知识分子风骨，对科学、理性、民主、人文关怀的追求，对民族文化精神的探索和传承等，是为新时期文学创作的重要内涵。期待更多探讨。

# 参考文献

## 外文文献

[1] David Armstrong. *Political Anatomy of The Body*: *Medical Knowledge in Britain in the Twentieth Century*. London: Cambridge University Press, 1983.

[2] Don Johnson. *Body*. Beacon Press, First Edition, 1983.

[3] Bryan S. Turner. *The Body and Society*: *Explorations in Social Theory*. London: Blackwell, 1984.

[4] John O'Neill. *Five Bodies*: *The Human Shape of Modern Society*. New York: Cornell University Press, 1985.

[5] John O'Neill. *The Communicative Body*: *Studies in Comunicative Philosophy, Politics, and Sociology*. Evanston: Northwestern University Press, 1989.

[6] Roland Barthes. *S/Z*. Paris: Editions du Seuil, 1970.

[7] Peter Brooks. *Reading for The Plot*: *Design and Intention in Narrative*. New York: A. A. Knopf, 1984.

[8] Peter Brooks. *Body Work*: *Objects of Desire in Modern Narrative*. London: Harvard University Press, 1993.

[9] Daniel Punday. *Narrative Bodies*: *Toward A Corporwal Narratology*. New York: Palgrave Macmillan, 2007.

[10] Maurice Merleau-Ponty. Phenomenology of Perception, tr. Colin Smith (London: Routledge & Kegan Paul, 1962).

[11] M. M. Bakhtin. "The Banquet, the Body and the Under World", Pam Morris, ed.. *The Bakhtin Reader*: *Selected Writings of Bakhtin, Medvedev, Voloshinov*. London, New York, Sydney, Auckland: Edward Arnold, 1994.

［12］ Dillon. *Merleau-Ponty's Ontology*，Evanston：Northwestern Unieversity Press，1997.

［13］ Charlotte Perkins Gilman. *The Man-Made World*. New York：Cosimo，Inc. 2007.

［14］ F. H. Bradley. *The Presuppositions of Critical History*. Chicago：Quadrangle Books. 1968.

［15］ Simon Cottee. "What ISIS Women Want"，*Foreign Policy*，17/5/2016。

［16］ VNVolosinov. *Marxism and the Philosophy of Language*. New York：Seminar Press，1973.

［17］ Andrew Kahn，Rebacca Onion. "Is History Written About Men，by Men?"，Slate，Jan./6/2016. http：//www. slate. com/articles/news ＿ and ＿ politics/history/2016/01/popular＿history＿why＿are＿so＿many＿history＿books＿about_men_by_men. htm

## 专著类

［1］〔法〕米歇尔·福柯：《规训与惩罚：监狱的诞生》，刘北成、杨远婴译，生活·读书·新知三联书店，2003。

［2］〔英〕克里斯·希林：《身体与社会理论》，李康译，北京大学出版社，2010。

［3］〔英〕布莱恩·特纳：《身体与社会》，春风文艺出版社，2000。

［4］〔美〕佩吉·麦克拉肯：《女权主义理论读本》，艾晓明、柯倩婷等译，广西师范大学出版社，2007。

［5］〔美〕海登·怀特：《叙事的虚构性：有关历史、文学和理论的论文（1957—2007）》，马丽莉、马云、孙晶姝译，南京大学出版社，2019。

［6］〔法〕保罗·利科：《虚构叙事中时间的塑形：时间与叙事卷二》，商务印书馆，2018。

［7］茅海建：《历史的叙述方式》，上海三联书店，2019。

［8］〔苏联〕巴赫金：《巴赫金全集》（第六卷），河北教育出版社，1998。

［9］〔法〕罗兰·巴特：《S/Z》，屠友祥译，上海人民出版社，2000。

［10］〔美〕彼得·布鲁克斯：《身体活：现代叙述中的欲望对象》，朱生坚译，新星出版社，2005。

［11］〔法〕让·波德里亚：《消费社会》，南京大学出版社，2000。

［12］〔德〕米夏埃尔·兰德曼：《哲学人类学》，上海译文出版社，1988。

［13］〔英〕沃尔什：《历史哲学——导论》，广西师范大学出版社，2001。

［14］〔法〕米歇尔·福柯：《词与物——人文科学考古学》，上海三联书店，2002。

［15］〔美〕斯特拉桑：《身体思想》，王业伟、赵国新译，春风文艺出版社，1999。

［16］〔美〕亨廷顿：《文明的冲突与世界秩序的重建》，周琪等译，新华出版社，1998。

［17］〔法〕米歇尔·福柯：《知识考古学》，生活·读书·新知三联书店，1998。

［18］〔英〕汤因比：《历史研究》（中册），上海人民出版社，1986。

［19］〔日〕沟口雄三：《中国前近代思想的演变》，索介然、龚颖译，中华书局，1997。

［20］〔美〕约翰·奥尼尔：《身体形态——现代社会的五种身体》，张旭春译，春风文艺出版社，1999。

［21］〔美〕苏珊·桑塔格：《疾病的隐喻》，上海译文出版社，2003。

［22］任东华：《茅盾文学奖研究》，中国社会科学出版社，2011。

［23］黄子平：《革命·历史·小说》，牛津大学出版社，1996。

［24］葛红兵、宋耕：《身体政治》，上海三联书店，2005。

［25］李蓉：《"十七年文学"（1949—1966）的身体阐释》，人民出版社，2014。

［26］刘传霞：《中国当代文学身体政治研究》，中国社会科学出版社，2014。

［27］汪民安：《后身体：文化、权力和生命政治学》，吉林人民出版社，2003。

[28] 刘胜利:《身体、空间与科学——梅洛-庞蒂的空间现象学研究》,江苏人民出版社,2015。

[29] 欧阳灿灿:《当代欧美身体研究批评》,中国社会科学出版社,2015。

[30] 黄金麟:《历史、身体、国家:近代中国的身体形成》,新星出版社,2006。

[31] 李蓉:《中国近现代身体研究读本》,北京大学出版社,2014。

[32] 吴耀宗:《精神中国:1976年以后的文学求索》,复旦大学出版社,2013。

[33] 马昌仪:《中国灵魂信仰》,上海文艺出版社,1998。

[34] 黄盈盈:《性/别、身体与故事社会学》,社会科学文献出版社,2018。

[35] 李天石:《中古良贱身份制度研究》,南京师范大学出版社,2004。

[36] 刘泽华:《中国政治思想史》(先秦卷)第1卷,浙江人民出版社,1996。

[37] 赵稀方:《后殖民理论》,北京大学出版社,2009。

[38] 连玲玲:《打造消费天堂:百货公司与近代上海城市文化》,社会科学文献出版社,2018。

[39] 李今:《海派小说与现代都市文化》,北京大学出版社,2019。

[40] 陈平原:《中国小说叙事模式的转变》,北京大学出版社,2003。

[41] 陈灵强:《革命历史叙事的生成与建构(1949—1966)》,人民出版社,2017。

[42] 黄继刚:《空间的现代化想象:新时期文学中的城市景观书写》,武汉大学出版社,2017。

## 文集、小说类

[1] 凌力:《梦断关河》,北京十月文艺出版社,1999。

[2] 宗璞:《宗璞代表作》,黄河文艺出版社,1987。

[3] 凌力:《少年天子》,北京十月文艺出版社,2003。

［4］宗璞：《西征记》，人民文学出版社，2009。

［5］霍达：《未穿的红嫁衣》，北京十月文艺出版社，1995。

［6］凌力：《星星草》，北京出版社，1981。

［7］王安忆：《香港的情与爱》，作家出版社，1996。

［8］张洁：《中短篇小说卷》，人民文学出版社，2010。

［9］宗璞：《南渡记》，人民文学出版社，2000。

［10］迟子建：《群山之巅》，人民文学出版社，2014。

［11］王安忆：《王安忆自选集》（第二卷），作家出版社，1996。

［12］王安忆：《锦绣谷之恋》，中国电影出版社，2004。

［13］宗璞：《野葫芦须·宗璞散文全编（1951—2001）》，北京出版社，2003。

［14］凌力：《蒹葭苍苍》，广州出版社，2001。

［15］张洁：《张洁文集·无字》，人民文学出版社，2012。

［16］张洁：《张洁文集·中短篇小说卷》，人民文学出版社，2012。

［17］王安忆：《米尼》，作家出版社，1996。

［18］张洁：《四只等着喂食的狗》，人民文学出版社，2012。

［19］张洁：《知在》，人民文学出版社，2012。

［20］王安忆：《重建象牙塔》，上海远东出版社，1997。

［21］迟子建：《清水洗尘》，中国文联出版社，2001。

［22］王旭烽：《走读西湖——从湖西开始的风雅之行》，浙江摄影出版社，2003。

［23］迟子建：《女人的手》，明天出版社，1999。

［24］王旭烽：《香草爱情》，广州出版社，2001。

［25］王旭烽：《筑草为城》，浙江文艺出版社，1999。

［26］霍达：《补天裂》，北京出版社，1997。

［27］迟子建：《伪满洲国》，作家出版社，2000。

［28］张洁：《沉重的翅膀》，人民文学出版社，2012。

［29］张洁：《灵魂是用来流浪的》，人民文学出版社，2012。

［30］宗璞：《朱颜长好》，人民文学出版社，2013。

［31］宗璞：《三生石》，人民文学出版社，2014。

[32] 宗璞：《四季流光》，上海文艺出版社，2015。

[33] 迟子建：《额尔古纳河右岸》，北京十月文艺出版社，2008。

[34] 迟子建：《世界上所有的夜晚》，上海人民出版社，2008。

[35] 迟子建：《起舞》，上海人民出版社，2008。

[36] 迟子建：《晚安玫瑰》，人民文学出版社，2013。

[37] 迟子建：《越过云层的晴朗》，人民文学出版社，2014。

[38] 迟子建：《晨钟响彻黄昏》，人民文学出版社，2014。

[39] 迟子建：《树下》，人民文学出版社，2014。

[40] 霍达：《穆斯林的葬礼》，人民文学出版社，2000。

[41] 霍达：《搏浪天涯》，人民文学出版社，2000。

[42] 霍达：《红尘》，人民文学出版社，2000。

[43] 王安忆：《上海女性》，中国盲文出版社，2008。

[44] 铁凝：《铁凝影记》，河北教育出版社，1998。

[45] 铁凝：《铁凝散文自选集》，百花文艺出版社，1995。

[46] 铁凝：《铁凝散文》，浙江文艺出版社，2001。

[47] 铁凝：《何咪儿寻爱记》，花山文艺出版社，2002。

[48] 铁凝：《大浴女》，春风文艺出版社，2003。

[49] 铁凝：《铁凝小说选》，人民文学出版社，2009。

[50] 铁凝：《玫瑰门》，人民文学出版社，2008。

[51] 王安忆：《匿名》，人民文学出版社，2016。

[52] 王安忆：《考工记》，花城出版社，2018。

[53] 宗璞：《北归记》，人民文学出版社，2018。

说明：由于本书涉及资料较多，部分著作和期刊论文未能列出，对文中曾引用资料的作者谨致谢意！

# 后　记

学无止境。

问学以来，研究视域主要集中于女性。从文学中的女性形象、女性主义到以历史、民族等视域关注女性论题，于我而言，是一次"飞跃"。年岁越长，越发现自己的无知，对于女性论题的研究亦是如此。灿若繁星的书海中，拙著所关注的论题更多是一种"隐形"存在，但于研究者，却是一种年轮似的记录。

"层冰照日犹能暖，病骨逢春却未苏。"诸多的遗憾留于日后更多的努力。感谢师长、朋友和亲人给予的温暖。

阳光明媚，生活美好。

**图书在版编目（CIP）数据**

身体·历史·都市·民族：新时期女作家群论 / 邱
慧婷著. -- 北京：社会科学文献出版社，2019.12
ISBN 978-7-5201-5742-1

Ⅰ.①身… Ⅱ.①邱… Ⅲ.①妇女文学-小说研究-
中国-当代 Ⅳ.①I207.42

中国版本图书馆 CIP 数据核字（2019）第 229651 号

身体·历史·都市·民族
——新时期女作家群论

著　　者 / 邱慧婷

出 版 人 / 谢寿光
组稿编辑 / 宋月华　刘　丹
责任编辑 / 刘　丹

出　　版 / 社会科学文献出版社·人文分社（010）59367215
地址：北京市北三环中路甲 29 号院华龙大厦　邮编：100029
网址：www.ssap.com.cn
发　　行 / 市场营销中心（010）59367081　59367083
印　　装 / 三河市龙林印务有限公司

规　　格 / 开　本：787mm×1092mm　1/16
印　张：16.5　字　数：259 千字
版　　次 / 2019 年 12 月第 1 版　2019 年 12 月第 1 次印刷
书　　号 / ISBN 978-7-5201-5742-1
定　　价 / 128.00 元

本书如有印装质量问题，请与读者服务中心（010-59367028）联系